KiWi
PAPERBACK
924

Über das Buch:

Josef Maria Stachelmann ist verzweifelt. Der Dozent für Geschichte an der Universität Hamburg kommt nicht weiter mit seiner Habilitationsschrift, deren Rohmanuskript er seit Monaten überarbeiten will. Und nun hat sein Chef, Professor Bohming, sich auch noch einen neuen Favoriten ausgesucht als Nachfolger auf dem Lehrstuhl: Wolf Griesbach, den es von der Freien Universität in Berlin nach Hamburg zieht. Er genießt Ansehen in der Fachwelt, sieht blendend aus und hat eine atemberaubende Frau, Ines. Nach dem Willkommensempfang für Griesbach geht Stachelmann in eine Kneipe, um sich zu betrinken. Da erscheint Ines. Sie reden und trinken miteinander, schließlich landen sie in Ines' Bett. Griesbach ist noch einmal nach Berlin gereist. Als er nicht wieder auftaucht und sich auch nicht meldet, bittet Ines Stachelmann, ihren Mann zu suchen. Stachelmann lässt sich überreden und fährt nach Berlin. Und gerät in einen Mordfall, in dem es nur einen Verdächtigen gibt: Josef Maria Stachelmann. Alle Beweise sprechen gegen ihn, das Motiv ist offenkundig. Nur Anne glaubt ihm, obwohl er sie bitter enttäuscht hat damals, als sie gemeinsam den Fall Holler in Hamburg lösten.

»Christian v. Ditfurth zeigt, dass deutsche Autoren bestens gegen internationale Konkurrenz bestehen können.« *Focus*

»›Mann ohne Makel‹ lässt auf weitere Ermittlungen dieses auf sympathische Weise zerknitterten Historikers in der Rolle des Amateurdetektivs hoffen.« *NDR über Stachelmanns ersten Fall*

Über den Autor:

Christian v. Ditfurth, Jahrgang 1953, ist Historiker und lebt als freier Autor und Lektor bei Lübeck. Er hat die viel beachteten Romane »Die Mauer steht am Rhein«, 1999, »Der 21. Juli«, 2001, »Der Consul«, 2003, veröffentlicht.

Weiterer Titel bei Kiepenheuer & Witsch:

»Mann ohne Makel. Stachelmanns erster Fall«, KiWi 826, 2004.

Christian v. Ditfurth

MIT BLINDHEIT GESCHLAGEN

Stachelmanns zweiter Fall

Kiepenheuer & Witsch

Informationen über dieses Buch:
www.cditfurth.de
www.kiwi-koeln.de

1. Auflage 2006

Umschlaggestaltung: Barbara Thoben, Köln,
nach einer Idee von Philipp Starke, Hamburg.
Umschlagfotos: Marc-Oliver Schulz, Hamburg, und photonica/CSA
Gesamtherstellung: Clausen & Bosse, Leck
ISBN 3-462-03659-9

Für Gisela

Wer sich gezwungen sieht, mit den Wölfen zu heulen, mag sich in reinster Notwehr befinden. Aber ist das ein Grund, hinterher auch mit den Schafen zu blöken?

Martin Kessel

1

»Ziehnse die Vorhaut zurück.«

Er zog die Vorhaut zurück. Der große, hagere Uniformierte betrachtete das Glied des Gefangenen. Dann musste der sich nach vorn beugen und die Gesäßbacken auseinander ziehen. Der Uniformierte beäugte den After des Gefangenen. Dann musste der sich mit dem Gesicht an die Wand stellen. Im Augenwinkel sah der Gefangene, wie ein anderer Uniformierter seine Kleidung durchwühlte. In einer Ecke des Raums stand ein Dritter, er war fett. Er beobachtete. Alle hatten sie Knüppel am Gürtel und auf der anderen Seite ein Pistolenhalfter. Der Hagere gab dem Gefangenen einen Stapel. Darin ein grauer Trainingsanzug, Unterwäsche, Handtücher, blauweißes Bettzeug, obenauf Becher, Teller und Hausschuhe. Er befahl dem Gefangenen, sich anzuziehen. Der Gefangene zog den Trainingsanzug an. Er war verschlissen, die Hose rutschte.

Ein vierter Uniformierter betrat den Raum. Er sagte zum Gefangenen: »Gehnse!« Er zeigte die Richtung an. Sie stiegen Treppen hinauf und hinunter und kamen in einen Gang mit vielen Türen und ohne Fenster. Flecken auf dem Betonboden, an der Decke Neonleuchten, eine flimmerte. An manchen Stellen waren Linien auf dem Boden gezeichnet. Dort musste der Gefangene warten. »Gesicht zur Wand, Hände auf den Rücken!« Der Wächter schaute um die Ecke, dann drehte er an einem Schalter. Das grüne Licht an den Wänden ging aus, rote Lampen leuchteten auf. Sie liefen weiter. »Halt!« Er öffnete eine Tür, der Gefangene erschrak, als er in den Raum blickte. Er wurde hineingeschoben, die Tür fiel zu. Der Raum war klein, die Wände waren aus Beton, statt eines Fensters waren wenige Glasbausteine hochgemauert. Über der Tür brannte hinter einem in die Wand eingelassenen Glas eine Glühbirne. An einer Seite stand eine Holzpritsche mit erhöhtem Kopfteil, an einer anderen ein Klapptisch und ein Stuhl, in einer Ecke ein Porzellan-WC.

Er setzte sich auf die Pritsche und starrte an die Wand. Eine braune Linie zog sich knapp in Bauchhöhe an der Wand entlang, zwei Finger breit. Darüber war die Wand ocker, darunter schmutzig weiß gestrichen. Der Gefangene stützte die Ellbogen auf die Knie und legte sein Gesicht in die Hände. Er merkte, dass er den Kopf schüttelte. Dann dachte er, das ist ein Irrtum. Sie wissen nichts. Du bist spazieren gegangen, sonst nichts. Wer kann etwas dagegen haben, dass einer spazieren geht? Sie müssen dich wieder rauslassen.

Schritte auf dem Gang. Riegel klackten, Türgeknarre, alle Geräusche gedämpft durch die schwere graue Tür. Im Guckloch erschien eine Pupille, sie verschwand gleich wieder. Nasse Kälte kroch dem Gefangenen die Beine hoch.

2

Er schimpfte vor sich hin. Obwohl er aufgepasst hatte, verfehlte er den Abzweig, überraschend war das Schild nach der Kreuzung aufgetaucht. Er kam sich vor wie ein Fremder, dabei hatte er mehr als die Hälfte seiner Schulzeit hier verbracht. Aber auf dem Waldfriedhof war er nie gewesen. Stachelmann bog rechts ab in eine Seitenstraße mit Einfamilienhäusern, fuhr zweimal rechts und war zurück auf der Straße nach Reinbek. Dort fuhr er links und erreichte gleich wieder die Kreuzung. Wieder zu weit, diesmal aus der anderen Richtung. Er hätte geradeaus fahren müssen, als er wieder an der Durchgangsstraße stand. Er schlug mit der Hand aufs Lenkrad und spürte den Schweiß unter den Achseln. Zuvor hatte er fast eine Stunde im Stau verbracht auf der Autobahn zwischen Reinfeld und Bad Oldesloe. Er kam zu spät zur Beerdigung seines Vaters.

Auf dem Parkplatz neben dem Friedhof standen nur wenige Autos. Er stellte seinen alten Golf in die Nähe des Gittertors. Noch im Auto sah er die Kapelle, sie leuchtete weiß. Er ging durch das Tor, vorbei an einem Betonturm, in dem eine Glocke hing. Eisiger Wind ließ ihn frösteln. Der Eingang der Kapelle lag zwischen zwei grau lackierten Stahlsäulen, die das Spitzdach der Kapelle stützten. Stachelmann öffnete die Holztür und sah den Geistlichen auf der Kanzel. In den ersten drei Reihen saßen verstreut ein paar Leute, zwei oder drei schauten sich um nach ihm. Er las Unverständnis in den Blicken. Auf dem Stuhl am Gang in der ersten Reihe saß eine Frau, ganz in Schwarz. Das war seine Mutter. Sie war klein und dünn. Der Platz neben ihr war frei. Stachelmann hörte, dass der Pfarrer sprach, aber er verstand ihn nicht. Er setzte sich neben seine Mutter, die schaute irgendwo auf den Boden. Stachelmann schlug seine Beine übereinander und faltete seine Hände auf dem Knie. Da legte seine Mutter die Hand auf seine und drückte sie kurz. Er schaute nach vorn und nahm erst jetzt den Sarg wahr. Der war bedeckt mit Kränzen und Schleifen. »In Dankbarkeit« stand auf der Schleife des Polizeisportvereins.

Plötzlich war es still. Der Pfarrer verließ die Kanzel. Dann erklang im Hintergrund Musik, ein Largo-Satz aus einem Violinkonzert von Vivaldi. Sein Vater hatte es geliebt und in der Interpretation von Yehudi Menuhin und dem Polnischen Kammerorchester oft gehört. Stachelmann fiel ein, wie sein Vater früher die Platte an manchem Abend auf den Dualplattenspieler gelegt und andächtig gelauscht hatte. Dann mussten alle ruhig sein, während der Vater mit halb geschlossenen Augen hörte und sein Körper kaum sichtbar mitschwang.

Als das Stück beendet war, ging der Pfarrer zur Tür, die Mutter stand auf, Stachelmann folgte ihr. Vier Männer in dunkelgrauer Kluft schleppten den Sarg hinaus. Draußen formte sich der Zug. Der Pfarrer, die Mutter und Stachelmann folgten dem Sarg. Dem voran schritt ein Junge mit einem Kreuz. Die Trauergäste bildeten den Abschluss. Sie liefen auf einem Weg aus Erde, Sand und Kiesel, vorbei an parzellenförmig geordneten Gräbern unter Bäumen mit mächtigen Kronen. Manchmal durchbrachen Sonnenstrahlen die schweren Wolken, dann glänzte die Nässe auf den Grabsteinen. Stachelmann wartete auf die Schmerzen, sie würden kommen, das war gewiss. Er tastete die Knöpfe seines Mantels ab, um sich zu vergewissern, dass sie geschlossen waren. Er fror am Hals, den Schal hatte er vergessen.

Der Zug hielt am Rand des Friedhofs, an einem weißen Grabstein. Daneben war eine Grube ausgeschachtet, zwei Schaufeln lehnten am Zaun. Die Träger stellten den Sarg ab neben der Grube. Der Pfarrer sprach von Asche und Erde, Stachelmann betrachtete den weißen Stein des Nachbargrabs. Er sah aus wie ein Hinkelstein, lief oben spitz zu. Darauf eingraviert in Versalien: Will, Adolf H.; gest. 15. Nov. 2001; geb. 22. April 1954. Was hieß »H.«? Helmut, Heinz, Hans? Da hatten Eltern ihren Sohn Adolf H. getauft, neun Jahre nach Ende des Kriegs. Der Sohn war vor genau zwölf Monaten gestorben, und Stachelmanns Vater würde neben ihm begraben sein. So würde Stachelmann auf Adolf H. treffen, wenn er das Grab seines Vaters besuchte. Aber das war noch nicht ausgemacht.

Während der Pfarrer sprach, fiel Stachelmann das letzte Gespräch mit seinem Vater ein. Das war zwei Jahre her. Sie hatten sich gestritten über die Lebenslüge seines Vaters, der Ende des Kriegs als Postbeamter Hilfspolizist wurde, um ein Bombenräumkommando aus Sträflingen zu bewachen. Er sah immer noch die Verbitterung in den Augen des Vaters. Seit dem Gespräch hatte Stachelmann nicht mehr mit ihm geredet. Nun wartete er auf das schlechte Gewissen; wenn einer tot ist, kann man nichts nachholen. Aber das schlechte Gewissen rührte sich nicht.

Seine Mutter stieß ihn leicht am Arm. Stachelmann schaute auf und sah, der Pfarrer hatte seine Ansprache beendet, die Träger senkten den Eichensarg an Seilen ins Grab. Als der Sarg abgestellt war, traten die Mutter und Stachelmann an den Rand der Grube. In einem Erdhaufen steckte eine kleine Schaufel. Die Mutter nahm sie, hob ein bisschen Erde vom Haufen und warf sie auf den Sarg. Stachelmann tat es ihr nach. Dann stellten beide sich ein Stück seitlich von der Grube auf und warteten auf die Trauergäste. Ein alter Mann warf Erde ins Grab, dann steckte er die Schaufel wieder in den Haufen und näherte sich der Mutter und Stachelmann. Der Mann gab der Mutter die Hand und murmelte etwas von Beileid, dann gab er Stachelmann die Hand. Stachelmann begegnete einem harten Blick, Hass steckte darin. Ein Paar näherte sich, sie hinkte, er ging am Stock. Auch sie drückten der Mutter die Hand, an Stachelmann gingen sie vorbei. Die Mutter warf einen kurzen Blick zu ihrem Sohn, sie schien mit den Achseln zu zucken. Eine Träne stand ihr im Augenwinkel. Von den verbleibenden Trauergästen verweigerte niemand mehr Stachelmann den Händedruck, aber freundlich schaute ihn keiner an.

Als der Letzte auf dem Weg zum Parkplatz war, fragte Stachelmann die Mutter: »Wer sind diese Leute?«

»Freunde deines Vaters.«

»Aus dem PSV?«

»Auch.«

Mitglied im Polizeisportverein war auch Hermann Holler gewesen, erst SS-Sturmbannführer, dann Makler. Wegen seiner Verbrechen in der Nazizeit waren die Frau und die Kinder seines Sohns Maximilian ermordet worden, Jahrzehnte danach. Stachelmann war zufällig in diesen Fall verwickelt worden, hatte den Mörder überführt und den alten Holler gestellt, der den eigenen Tod simulierte, um unterzutauchen. Der Jude Leopold Kohn hatte sich gerächt. Hermann Holler hatte Kohns Familie ermorden lassen und deren Besitz geraubt. Die Lokalpresse überschlug sich, ein Historiker hatte die schrecklichste Mordserie seit dem Krieg aufgeklärt und die Polizei schlecht aussehen lassen. Es war erstaunlich, was die Medien Stachelmann andichteten, wo sie ihn doch nicht kannten und er mit keinem Journalisten sprach. Dann fanden sie eine andere Sensation und ließen ab von Stachelmann. Dessen Vater hatte den alten Holler gekannt, und die Trauergäste hassten Stachelmann, weil er ihre Vergangenheit ans Licht gezogen hatte. Die Polizei hatte nicht nur den Verkehr geregelt in der Nazizeit, ohne sie wären Ausplünderung, Deportation und der große Mord nicht möglich gewesen. Die alten Kameraden des

Vaters im Polizeisportverein hatten Grund, Stachelmann zu hassen.

»Du musst nicht mit zum Leichenschmaus«, sagte die Mutter, als sie an dem Glockenturm aus Beton vorbeiliefen.

Stachelmann nickte.

»Aber du musst mich bald besuchen. Wenn das vorbei ist.«

Stachelmann gab der Mutter die Hand. Sie hielt sich gerade, streckte ihr Kreuz, als wollte sie sich wehren gegen die Last. Dann ging er mit schnellen Schritten zu seinem Auto und fuhr los. Er drehte sich nicht um. Unterwegs überlegte er, wann die Trauer käme. Er spürte nichts, vermisste seinen Vater nicht, Wehmut fühlte er nur, wenn er an Episoden dachte, die weit zurücklagen. Spiele mit dem Vater in der Kindheit. Der Vater als Helfer, wenn es Ärger gab in der Schule. Geburtstags- und Weihnachtsgeschenke. Stachelmann war ein behütetes Kind gewesen, der Zwist kam später, zu spät, Stachelmann hätte den Vater früher fragen müssen. Ihr letztes Gespräch fiel ihm ein, als der Vater berichtete und doch nur Unverständnis erwartete. Die Behörden hätten ihn in den letzten Monaten des Kriegs an einen Platz gestellt, und er habe seine Pflicht getan, wie jeder andere Deutsche auch. Er hatte die Sträflinge nicht verhaftet und nicht abkommandiert zum Bombenräumen. Er passte auf sie auf, und wenn einer weglief, fing er ihn wieder ein. Es war Krieg; einer, der nicht dabei war, kann das nicht verstehen.

An der Universität warteten Hausarbeiten von Teilnehmern seines Hauptseminars. Er hätte längst beginnen müssen mit der Korrektur, aber sie langweilte ihn. Je länger er sie hinausschob, desto stärker wurde der Druck. Es war immer so. Am Abend gab es bei Bohming den Empfang für den neuen Kollegen aus Berlin, Zeit genug, ein paar Arbeiten zu lesen und zu benoten. Stachelmann setzte sich auf den Schreibtischstuhl und lehnte sich zurück. An Holler hatte er schon lange nicht mehr gedacht, jetzt kehrte die Erinnerung zurück. Was wohl Holler junior trieb? Er spielte mit dem Gedanken, Ossi anzurufen, seinen Freund aus Studientagen, der bei der Hamburger Kripo arbeitete. Der wusste gewiss, was Maximilian Holler tat. Der Kontakt zu Ossi Winter war abgerissen, sie hatten sich gestritten bei den Ermittlungen und den Streit danach nicht ausgeräumt. Er wusste nicht mehr genau, um was es gegangen war.

Er wollte über all das nicht mehr nachdenken, und das war ihm einigermaßen gelungen bis zur Beerdigung des Vaters. Wenn er an den Fall Holler dachte, fiel ihm die Zeit mit Anne ein. Anne, die ihn enttäuscht hatte und von der er manchmal zu wissen glaubte, sie dachte ähnlich über ihn. Auch wenn er nicht wusste, warum sie so denken sollte. Er hatte Abwehrkräfte entwickelt, gelernt, sachlich mit ihr umzugehen, Guten Tag zu sagen und Tschüss und ihr aus dem Weg zu gehen, wenn es möglich war. Er hatte sich darin eingerichtet. Anfangs schaute sie ihn manchmal traurig an, als wollte sie ihn auffordern, mehr zu sagen. Aber dann überzeugte er sich, er bilde es sich nur ein. Ein paarmal hätte er sie fast angesprochen, aber er wusste nicht, was sie erwartete. Und dann war sie eines Tages schwanger gewesen von einem anderen. Als er es hörte, betrank er sich und erschien am nächsten Tag nicht im Philosophenturm.

Er griff nach einer Hausarbeit, sie schilderte die Einführung der Reichsfluchtsteuer in der Weimarer Republik. Diese Steuer diente der Devisenbewirtschaftung in der Weltwirtschaftskrise und wurde später eine der schärfsten Waffen der Nazis, als die daran gingen, die Juden auszurauben. Er las zwei, drei Seiten und schob die Arbeit wieder weg. Sie war nicht schlecht, aber nicht originell.

Zusammengeschrieben aus Büchern, viele Zitate. Er war ungerecht, er wusste es. Er verlangte zu viel von seinen Studenten und machte sie verantwortlich für seine Langeweile.

Es klopfte, er dachte an Anne und ärgerte sich. Es war Renate Breuer, die Sekretärin des Historischen Seminars. »Sie denken an den Empfang?«, fragte sie.

Er nickte, Renate Breuer schloss die Tür, nachdem sie ihn einen Augenblick unfreundlich angestarrt hatte. Stachelmann zog die Hausarbeit wieder vor sich, blätterte und schob sie wieder weg. Er verschränkte die Hände hinterm Nacken und rollte mit dem Stuhl ein Stück vom Schreibtisch weg. Dann stand er auf und schaute hinunter auf den Trubel des Von-Melle-Parks. Natürlich dachte er an den Empfang. Professor Wolf Griesbach trat seinen Dienst an, einer, der es fast schon geschafft hatte. Besser C 3 als gar nicht habilitiert. Stachelmann kannte einige Veröffentlichungen des Neuen, auch der beschäftigte sich mit dem Nationalsozialismus. Als Professor ohne Lehrstuhl besaß er alles, was einer haben musste, der eines Tages Hasso Bohming nachfolgen würde, dem Sagenhaften, wie er am Seminar genannt wurde, weil er so blumig berichtete von seiner Beteiligung an all den Historikerschlachten. Er war ein Angeber, aber kein schlechter Kerl. Einer, der es gut meinte mit Stachelmann und doch Griesbach geholt hatte aus Berlin. Stachelmann nahm sich vor, kein schlechtes Wort zu sagen über den Neuen. Griesbach war offenbar gründlich und zurückhaltend, hatte ein gutes Urteilsvermögen, das musste er einräumen. Der hatte erreicht, was Stachelmann anstrebte. Stachelmann erinnerte sich an einen Aufsatz Griesbachs in den Vierteljahresheften für Zeitgeschichte, der ihn beeindruckt hatte. Neid keimte in ihm, er mühte sich, ihn wegzuwischen. Ganz gelang es nicht. Er stritt mit sich, erklärte sich seinen Neid mit dem eigenen Versagen. Warum hatten es andere leichter? Weil du es dir selbst schwer machst. Dann fiel ihm die Beerdigung wieder ein. Was bist du für ein Mensch? Dein Vater wurde gerade beerdigt, und du denkst nur an dich. Die Trauer ließ sich immer noch nicht blicken. Vielleicht lag es daran, dass er seinen Vater schon vor zwei Jahren verloren hatte.

Als er in Bohmings Dienstzimmer kam, waren die anderen schon da. Ostermann, zurzeit Bohmings Lieblingsassi, machte auf Kellner. Er hatte sich einen devoten Blick zugelegt und verbeugte sich pausenlos. Mit gespielter Eleganz jonglierte er mit einem Tablett Sekt und Orangensaft. An der Wand waren auf einem langen Tisch Schnittchen mit Fleisch und Fisch ausgelegt, der Neue gab sich spendabel. Stachelmann entdeckte einen Mann, der dem Eingang den Rücken zukehrte, das musste Griesbach sein. Er stand vor Bohming, und der hörte zu. Neben Griesbach sah Stachelmann eine schlanke Frau mit dunkelbraunen Haaren, einem kurzen Rock und langen Beinen. Sie verfolgte das Gespräch zwischen Griesbach und dem Sagenhaften. Stachelmann kannte sie nicht. In einer Ecke entdeckte er Anne im Gespräch mit dem schönen Kugler, der sich mal wieder eingeschlichen hatte von den Politologen, wo er hingehörte und, ging es nach Stachelmann, hätte bleiben sollen. Rolf Kugler war immer auf der Suche nach Frauen, alle witzelten darüber. Kugler kümmerte es nicht und widmete sich seiner Mission mit erstaunlichem Erfolg. Stachelmann ärgerte sich, dass Anne mit ihm sprach. Er schaute weg, aber nicht schnell genug, um nicht einen Blick von ihr einzufangen. Er hatte ihren dicken Bauch gesehen. Er hatte sich gemartert, wer der Vater sei, es aber nicht gewagt, jemanden zu fragen. Sie hatte eines Tages Renate Breuer erzählt, sie sei schwanger, und die Sekretärin hatte es herumgetratscht. Wenn man wollte, dass etwas bekannt wurde, musste man es Renate Breuer erzählen.

Plötzlich stand Ostermann vor ihm mit seinem Tablett. »Herr Historienrat wollen doch nicht verdursten an einem so wunderbaren Tag«, sagte er. Stachelmann nahm einen Orangensaft und wusste nicht, wohin er sich stellen sollte.

Da winkte Bohming plötzlich, rief: »Josef, komm mal her!« Er winkte noch einmal.

Stachelmann stellte sich zu der Gruppe.

»Das ist Josef Maria Stachelmann, nicht nur ein ausgezeichneter Kollege, sondern auch so eine Art Detektiv«, sagte Bohming mit Öl in der Stimme.

Stachelmann winkte ab.

»Ich habe davon gehört«, sagte Griesbach. Er hatte eine sympathische Stimme. Und er sah gut aus. Beides ärgerte Stachelmann, und es ärgerte ihn noch mehr, dass es ihn ärgerte.

»Reiner Zufall«, sagte Stachelmann, »und schon zwei Jahre her.«

»Das ist meine Frau Ines«, sagte Griesbach. »Sie ist Kollegin, wenn zurzeit auch ohne Anstellung, oder sollte man besser sagen, Zeitvertrag.«

Ines lächelte ihn aus braunen Augen an. Sie hatte einen festen Händedruck. Als Stachelmann mit dem Kopf nickte, blieben seine Augen an ihrer Bluse hängen. Sie trug keinen Büstenhalter, die Brustwarzen ragten hervor. Dann merkte er, seine Augen waren einige Augenblicke zu lang hängen geblieben, er schaute auf und spürte, wie er errötete. Sie strahlte ihn an. In ihrem Blick lag ein Einverständnis.

»Auch ich habe von Ihnen gehört. Vor allem, dass Sie ein Tiefstapler sein sollen.« Sie lachte und warf den Kopf nach hinten.

»Mit dem Transportwesen habe ich nun wirklich nichts zu tun, auch wenn ich mich mal in etwas eingemischt habe, das mich nichts anging. Genauer gesagt, ich wurde eingemischt.« Er sah im Augenwinkel Horst Lehmann das Zimmer betreten. »Entschuldigen Sie bitte, da kommt der Kollege Lehmann, mit dem muss ich dringend etwas besprechen.«

»Nur wenn Sie schwören, dass Sie wiederkommen«, sagte sie leise.

Es berührte ihn. Als er ging, sah er, dass Wolf Griesbachs Augen ihm folgten. Stachelmann glaubte, eine Frage darin zu lesen. Er wechselte ein paar Worte mit Lehmann und ging dann zur Toilette. Dort schaute er in den Spiegel. Er fand sich älter als dreiundvierzig Jahre und hässlich. Die Stirnglatze glänzte, die verbliebenen Haare waren zu früh ergraut. Der Bauchansatz wölbte das Hemd über dem Gürtel. Was konnte eine Frau finden an ihm? Er wusch sich die Hände und ging in sein Dienstzimmer. Was für ein Tag. Am Mittag den Vater beerdigt, am Nachmittag gefaulenzt, dann ein Bild eingesammelt von einer Frau, von dem er wusste, er würde es eine Weile mit sich tragen.

Er setzte sich wieder an den Schreibtisch. Dann kam der Schmerz, er kroch über die Beine nach oben. Stachelmann streckte den Rücken und durchsuchte seine Taschen nach einer Tablette. In der Jacketttasche fand er eine Diclofenac, er schluckte sie trocken. Es klopfte an der Tür, sie öffnete sich, ohne dass er etwas gesagt hatte. Griesbach guckte durch den Spalt. »Viel zu tun?«, fragte er.

Stachelmann nickte, er hatte einen Kloß im Hals. Er hatte sich verdrückt vom Empfang, das war ihm peinlich.

Griesbach blieb in der Tür stehen. »Vielleicht verraten Sie mir demnächst die Geheimnisse?«

»Geheimnisse?«

»Was man hier wissen muss als Neuer. Damit ich nicht in Fettnäpfchen tappe. Das ist gewissermaßen mein Steckenpferd, Sie verstehen?«

Stachelmann musste grinsen. »Dann sind Sie auf diesem Gebiet mein schärfster Konkurrent. Es gibt kein Fettnäpfchen im Philosophenturm, in dem Sie nicht schon Fußabdrücke von mir finden. Kommen Sie rein!« Stachelmann zeigte auf den Stuhl vor seinem Schreibtisch.

»Was macht Ihre Habil?«, fragte Griesbach.

Stachelmann änderte seine Sitzposition, um dem Schmerz auszuweichen. »So genau weiß ich das selbst nicht.« Er hatte den Berg der Schande aufgelöst, die Aktenstapel, die gewachsen waren, um Stachelmann noch mehr abzuschrecken. Als er nach Hermann Hollers Hinterlassenschaft in Naziakten suchte, hatte er gemeinsam mit Anne den Berg abgetragen. Inzwischen war der Entwurf seiner Habilitationsschrift zur Geschichte des Konzentrationslagers Buchenwald fertig, die Datei lag auf der Festplatte seines Computers, und er fürchtete sich vor dem, was er geschrieben hatte. Er hatte eine Vorstellung, was er schreiben wollte, aber als es geschrieben war, schien es seinem Maßstab nicht zu entsprechen. Ob die Arbeit schlecht war oder sich seine Ansprüche verändert hatten, er wusste es nicht. Aber er wusste, der Entwurf legte ihn fest, noch einmal würde er es nicht schaffen, eine neue Arbeit war nicht vorstellbar, und so musste er den Entwurf verbessern und fürchten, dass er am Ende nicht zufrieden sein würde. Es half nichts, dass er sich einredete, er sei noch nie zufrieden gewesen mit sich und dem, was er schrieb. Warum sollte es diesmal anders sein? Doch seine Sorgen gingen den anderen nichts an.

»Bohming hält ja große Stücke auf Sie«, sagte Griesbach. »Große Stücke.«

Stachelmann stellte sich vor, wie Griesbach seiner Frau die Bluse auszog. »Er übertreibt gerne ein bisschen.« Griesbach hatte volles schwarzes Haar, war drahtig, trug eine leichte Brille mit Tönung. Er trieb Sport, das verrieten sein Aussehen und sein Auftreten. Stachelmann fühlte sich noch hässlicher.

Griesbach grinste. »Sie denken da an seinen Durchbruch im Historikerstreit?«

Stachelmann musste lachen. »Ihr geheimes Spezialgebiet ist offenbar die Militärgeschichte.«

»Gewiss, aber nur solange es um das Gemetzel unter Kollegen geht. Und Kolleginnen natürlich.«

»Denken Sie da an Ihre Frau?« Es rutschte Stachelmann heraus.

Griesbach lachte. Er hatte ein offenes Lachen. »Die darf zurzeit nicht mitmetzeln. Hat sich an der FU, dann an der Humboldt von Zeitvertrag zu Zeitvertrag gehangelt. Aber mit einer Festanstellung wurde es nie etwas. Dabei ist sie spezialisiert auf die SED, man sollte doch denken, dafür gebe es Bedarf. Aber Berlin ist pleite.«

»Dann ist sie jetzt arbeitslos. Haben Sie Kinder?«

Griesbach schüttelte den Kopf. »Die sind nicht freizeitkompatibel.« Er lachte. »Wir reisen gerne und treiben Sport. Aber das ist natürlich nicht so aufregend wie das, was Sie erlebt haben. Bohming hat mir einiges erzählt. Ich weiß natürlich nicht, ob das alles stimmt. Darf ich Sie mal einladen, meine Frau würde sich auch freuen. Dann müssen Sie uns aber etwas von dieser Holler-Geschichte erzählen.«

Stachelmann sah sich in der Erinnerung mit Anne in seinem Dienstzimmer, wie sie die Akten filzten. »Ich hatte gehofft, es sei vorbei.«

Griesbach schaute ihn erschrocken an. »Tut mir Leid, ich wollte nicht aufdringlich sein.« Er erhob sich. »Aber die Einladung steht, über einen Termin sprechen wir noch. Und wenn Sie keine Lust haben, von Ihren Abenteuern zu berichten, dann reden wir über was anderes.« Er winkte Stachelmann freundlich zu und verließ den Raum.

Stachelmann starrte auf die geschlossene Tür. Es schien ihm, als hätte nichts von dem, was er tat und dachte, einen Sinn. Ihm fielen die alten Leute auf der Beerdigung ein, ihr Hass. Sie trugen dieselbe Lüge mit sich herum wie der Vater. Wir sind nicht schuld, wir haben nur Befehle befolgt, es war unsere Pflicht. Stachelmann überlegte, was geschehen wäre, wenn sein Vater früher darüber gesprochen hätte, von sich aus. Es hätte ihre Beziehung früher zerstört. Ihre beiden Wahrheiten waren nicht zu versöhnen und nicht zu widerlegen. Sie überlappten sich nirgendwo. Ihr Streit hatte sie nicht weitergebracht, sein Vater begriff ihn nicht, so wie er den Vater nicht begriff. Er spürte einen Anflug von Reue. Warum hatte er den Vater bedrängt? Der hätte die Lüge mit ins Grab nehmen können, niemandem hätte es geschadet, und gemessen an den Naziverbrechern gehörte der Vater zu den kleinen Rädchen im Mordgetriebe. Stachelmann überlegte, ob er ungerecht gewesen war. Es wäre nicht mehr gutzumachen. Wenn er nach dem letzten Gespräch an den Vater gedacht hatte, dann im Zorn über die Halsstarrigkeit des Alten.

Da fielen ihm die Spaziergänge im Sachsenwald ein, er mit seinem Vater. Er hatte ihn mit Fragen gelöchert. Wie groß ist der Mond? Warum wird man schneller müde, wenn man schneller läuft, als wenn man dieselbe Strecke langsam zurücklegt? Warum ist der Himmel blau und nicht rot? Und vielleicht waren es Vaters Geschichten über den Alten von Friedrichsruh im Sachsenwald, den der Kaiser Wilhelm zwo aus dem Amt warf und damit Deutschlands Untergang einleitete. Bismarck war Vaters Held, und eine Weile hielt ihn der Sohn für einen Riesen, der jeden Augenblick im Wald vor ihnen stehen konnte. Im Sachsenwald setzte der Vater die Wurzel für die Geschichtsneugier des Sohns, auch wenn sich die zunächst auf Helden richtete, wie Bismarck einer war oder Schlieffen, der ältere Moltke und Hindenburg. Es dauerte seine Zeit, bis Stachelmann das Reich der Helden verließ, in den Träumen war er daraus nie ganz verschwunden.

Vielleicht begann er erst mit dem Tod des Vaters zu verstehen, wie der ihn auf einen Weg geführt hatte, ohne führen zu wollen. Als Stachelmann die Quarta besuchte, erklärte er seinem Vater, er wolle später Historiker werden. Der Vater legte die Zeitung weg und lächelte, wie er über die vorherigen Berufswünsche gelächelt hatte. Als Stachelmann die Bilder sah, spürte er einen Kloß in der Kehle.

* * *

Immer wenn er draußen Schritte hörte, hielt er den Atem an, um vorbereitet zu sein. Aber immer entfernten sich die Schritte wieder, ohne dass jemand die Tür oder die Klappe öffnete; es schien, als hätten sie ihn vergessen. Ab und zu klickte es an der Tür. Unvorbereitet, er hatte niemanden kommen gehört. Er wusste nicht mehr, seit wann er in der Betonhöhle saß.

Irgendwann schlief er ein. Es knallte metallisch an die Tür. »Aufstehen!« Ein Wärter schlug seinen schweren Schlüsselbund von außen gegen das Schloss. Der Gefangene setzte sich auf und starrte an die Wand. Alles verschwamm ihm vor den Augen. Er folgte der Linie, die das Ocker trennte vom Schmutzigweißen. Er begriff nicht, was mit ihm geschah. Gestern früh hatten sie ihn aus dem Bett geklingelt, sie waren zu zweit. Sie durchwühlten die Wohnung, packten Papiere aus seinem Schreibtisch in eine Kiste. Als er fragte, was sie täten, antwortete einer: »Sie reden nur, wenn Sie gefragt werden.« Nachdem die Suche beendet war, erklärte der Mann: »Wir nehmen Sie mit zur Klärung eines Sachverhalts.« Dann zwangen sie ihn, sich anzuziehen, und legten ihm Handschellen an. Auf der Straße begegnete ihnen eine Nachbarin, sie hatte bisher freundlich gegrüßt, jetzt drehte sie sich weg. Im Auto wartete ein Fahrer. Um was es gehe, fragte der

Gefangene, als das Auto losfuhr. »Das wissen Sie genau!«, schnauzte ihn der Mann an, der neben ihm saß. »Seien Sie ruhig!« Sie zwangen ihn, sich nach vorne zu beugen, dann legten sie eine Decke über ihn. Sie fuhren eine Weile, dann hielt der Wagen. Die Decke wurde weggezogen. »Aussteigen!« Dann durchsuchten sie ihn, gaben ihm Wäsche und Geschirr und sperrten ihn in die Betonzelle.

Irgendwann verlor er das Zeitgefühl, immer brannte das Licht. Er fand keinen Rhythmus in den Schritten auf dem Gang. Der Hunger meldete sich. Er stand auf und klopfte gegen die Tür. Er wartete, nichts geschah. Er klopfte wieder. Nichts. Dann näherten sich Schritte, er klopfte. Die Schritte entfernten sich wieder.

3

Auf dem Weg zum Dammtor-Bahnhof kam er am Tokaja vorbei. Er wollte nicht allein zu Hause hocken, so ging er hinein. Es war dunkel und rauchig. An dem Tisch, wo er früher mit Ossi und Anne gesessen hatte, waren alle Plätze besetzt. Er fand einen Hocker an der Theke. Hinter der Theke arbeitete ein junger Mann in einem ärmellosen Hemd mit Comiczeichnungen darauf. Er hatte kurze rote Haare und einen Spitzbart. Stachelmann bestellte einen italienischen Weißwein und einen Grappa. Der Rothaarige stellte beides vor ihn, dann wechselte er die CD in der Musikanlage. Stachelmann drehte sich vom Tresen weg und betrachtete die Leute. Es kam ihm komisch vor, allein in einer Kneipe zu sitzen und zu trinken. »Das Gleiche noch mal?«, fragte der Mann mit dem Comichemd. Stachelmann nickte. Fast hätte er versucht, mit der Hand den Schleier wegzuziehen, der vor seinen Augen lag. Er fühlte sich müde und elend. Der Rothaarige stellte Wein und Grappa auf den Tresen, Stachelmann trank schnell. Er hörte den Spielautomaten dödeln neben der Tür zur Toilette. Davor zwei junge Männer, einen davon glaubte er schon einmal gesehen zu haben, vielleicht in einem Seminar. Die beiden waren angetrunken. Der Automat klapperte, sie hatten gewonnen. Sie lachten, schlugen sich auf die Schultern und gingen. Stachelmann hätte gern gewusst, wie sie mit ihren Vätern standen.

Der Rothaarige mit dem ärmellosen Hemd hatte wieder zwei Gläser hingestellt. Stachelmann drehte sich zum Tresen und betrachtete die Flaschen im Regal. Dann hörte er den Hocker neben ihm, er wurde verschoben. Er achtete nicht weiter darauf, trank einen Schluck Weißwein. Jemand tippte ihm an die Schulter, er drehte sich um und erschrak.

»So schlimm ist es doch nicht«, sagte Ines Griesbach.

Stachelmann schüttelte den Kopf, zu heftig. »Nein, nein.« Er hörte sich stammeln. Ein leichter Schwindel erfasste ihn. Warum, verdammt, hatte er so viel trinken müssen?

»Ist der Wein zu empfehlen? Das da in dem kleinen Glas lass ich lieber aus. Sonst mache ich nur Unsinn. Das ist dann für andere lustig, aber nicht für mich.« Sie klang, als wären sie schon lange vertraut miteinander.

Stachelmann winkte dem Mann hinter dem Tresen und zeigte auf sein Glas und dann auf Ines. Der Rothaarige nickte.

»Hier kann man sich schlecht unterhalten«, sagte Ines. »Es ist laut.« Sie berührte sein Ohr fast mit ihrem Mund. Sie roch aufregend, ein dezentes Parfüm. Der Mann hinter dem Tresen stellte ein Weinglas vor ihr ab. Sie hob es und hielt es Stachelmann hin. »Prost«, sagte sie lächelnd. »Auf Sie!«

»Nein, nein«, sagte Stachelmann, »auf Sie beide.«

Sie lächelte. »Auf meinen Mann kann ich schlecht trinken. Erstens ist er nicht da. Zweitens haben wir uns gestritten.«

»Tut mir Leid«, murmelte Stachelmann. Er kämpfte gegen den Dunst in seinem Schädel.

»Der liebe Wolf ist in Berlin, letzte Erledigungen. Was auch immer das sein mag. Und jetzt wollen Sie bestimmt noch wissen, worüber wir uns gestritten haben.« Sie trank einen kräftigen Schluck.

»Nein«, sagte Stachelmann.

»Ich wollte nicht mit nach Hamburg«, sagte Ines. »Und wissen Sie, warum?«

»Nein«, sagte Stachelmann. Er hielt sein Ohr an ihren Mund.

»Weil ich hier keine Chance habe, eine Stelle zu bekommen. Mein lieber Mann pflegt gerne zu übersehen, dass ich denselben Beruf ausübe wie er.« Sie bestellte ein weiteres Glas.

Stachelmann stand auf.

»Nun lassen Sie mich nicht auch noch allein.«

Er musste lachen. »Keine Sorge, ich bin eine treue Seele.«

Sie grinste. Sie saß vor ihm und war aufregend. Er hätte sie umarmen können, sie hätte sich nicht gewehrt, er spürte es, sie saß da wie eine Einladung. Er ging auf die Toilette. Dort trank er Wasser und überlegte, was Ines ins Tokaja geführt hatte. Er war angespannt, er fühlte sich mutig.

Als er zurückkam, legte sie ihm die Hand auf den Unterarm und sagte: »Wir wohnen hier um die Ecke. Ich wollte mir diese Kneipe ohnehin mal angucken. Besser ich trage meinen Ärger hierhin, als zu Hause darin zu brutzeln.«

Stachelmann lachte.

»Warum lachen Sie?«

»Ich stelle mir gerade vor, wie Sie zu Hause brutzeln.«

Sie lachte. »Blödes Wort, nicht?«

»Schönes Bild«, sagte Stachelmann.

»So, so!«, sagte Ines. Licht durchschimmerte ihre Bluse. Der Anblick erregte Stachelmann. Sie schien es nicht zu merken. Ihre Hand spielte mit ihrem Haar. »Wollen wir nicht zu mir gehen, da lässt es sich leichter reden.«

Stachelmann spürte die Spannung im Unterleib, als er sich ja sagen hörte. Sie bezahlten jeder für sich, dann hakte sie sich ein bei ihm. Der kalte Wind traf ihn hart vor der Tür, ihm schwindelte. Sie zog ihn sanft die Straße entlang. Matschiges Laub zwang sie, vorsichtig zu gehen, Stachelmann hatte Gummiknie. Er ahnte, was kommen würde, wusste, es war verrückt und eine Quelle künftigen Ärgers.

Aber er wollte es. Der Alkohol und die Erregung ließen ihn die Schüchternheit überwinden, das machte ihn zufrieden. Er bemerkte alles, was mit ihm geschah. Dann fiel ihm Anne ein. Er hätte mehr trinken sollen, vielleicht hätte es dann geklappt mit ihr. Das Lachen überfiel ihn. Ines schaute ihn erstaunt an, sagte aber nichts. Und dann kam der Zorn. Soll Anne doch sehen, wo sie bleibt. Warum mussten die Männer den ersten Schritt tun, immer noch trotz allen Geredes über die Emanzipation? Warum er? Und warum ließ sie sich von einem anderen ein Kind machen? Für Stachelmann war es ein Vertrauensbruch, eine Rache für etwas, das Anne als sein Versagen empfinden mochte, oder als was auch immer. Er erinnerte sich vorwurfsvoller Blicke, aber nie hatte sie ein Wort gesagt. Vielleicht hatte sie hin und wieder etwas angedeutet durch Ironie und schnippische Bemerkungen. Warum konnte sie nicht Klartext reden, wenn sie nicht zufrieden war?

»Was überlegst du?«, fragte Ines. »Bist du böse?«

Natürlich war er böse. »Nein, es ist kalt.«

»Wir sind gleich da.«

»Und dein Mann?«

»Der kommt erst morgen Abend wieder. Keine Sorge. Er hat bestimmt eine Verehrerin in Berlin.«

»Moderne Ehe«, sagte Stachelmann.

»Alte Ehe«, sagte Ines.

Dann standen sie vor der Tür eines modernen Mehrfamilienhauses. Ines schloss auf und nahm Stachelmann an der Hand. Sie legte einen Finger auf den Mund. »Psst, die Nachbarn müssen nicht alles wissen.« Sie führte ihn die Treppe hinauf in den ersten Stock. Sie öffnete die Wohnungstür, es roch nach frischer Farbe. Als sie die Tür geschlossen hatte, zog sie ihren Mantel aus. Stachelmann hängte seinen Mantel ebenfalls an die Garderobe. Sie schaltete eine Stehlampe ein, die warf ein weiches Licht ins Wohnzimmer, das abzweigte von der Diele. Sie ging ein Stück ins Wohnzimmer, Stachelmann folgte ihr, dann drehte sie sich um und blieb stehen. Das Licht zeichnete ihre Figur nach. Stachelmann ging auf sie zu und nahm sie in den Arm. Er küsste sie, erst vorsichtig, dann mit dem Mut, den er sich angetrunken hatte und den ihm die Erregung verlieh. Er knöpfte ihr die Bluse auf. Er hatte lange nicht mit einer Frau geschlafen und noch nie mit einer, die alle seine Wünsche kannte.

In der Nacht lag er lange wach. Ines schlief mit ruhigen Atemzügen. Ab und zu brabbelte sie etwas Unverständliches. Er wälzte sich, ohne die Schmerzen im Rücken loszuwerden. Die Tablette dämpfte sie kaum. Die Wirkung des Alkohols ließ nach. Eine Straßenlaterne warf ein mattes Licht ins Schlafzimmer. Er roch die Farbe. Dann legte er den Arm unter den Kopf und fragte sich, wie es weiterging. Die Aufregung ließ nach, aber das Verlangen wuchs. Anne fiel ihm ein, und er ahnte, was er versäumt hatte. Er schüttelte den Kopf auf dem Kissen. Es war zum Totlachen, weil er Anne nicht verlieren wollte, hatte er sich zurückgehalten. Weil er sich zurückhielt, hatte er sie verloren. So was nennt man auch Dummheit. Aber bei der Frau eines Kollegen verlierst du die Hemmung. Das kann nicht gut gehen, und du bist zum Draufgänger mutiert, wie es einem Unglücksraben ansteht. Einen Augenblick fühlte er sich als Schwein. Er betrog einen Kollegen, aber hatte sie ihn nicht in die Wohnung gelockt?

Irgendwann war er doch eingeschlafen. Er spürte einen Luftzug am Ohr. Als er die Augen öffnete, lachte sie ihn an. Sie stand am Fußende des Betts. Der Frühstückstisch war gedeckt.

»Kein schlechtes Gewissen?«, fragte er.

»Warum?«

»Offenbar nicht«, sagte er. »Richtig skrupellos.«

»Beschwer dich nicht, du hattest deinen Spaß.«

Er staunte, wie kühl sie war. »Und nun?«

»Was nun?«

»Treffen wir uns wieder?«

»Ja, bestimmt. Ich ruf dich an. Du hast bestimmt eine Visitenkarte.«

Stachelmann gab ihr eine.

Sie schaute drauf. »Oder eine Mail. Aber bitte melde du dich nicht.«

»Klar«, sagte Stachelmann.

Sie zeigte ihm das Badezimmer und hatte sogar eine Zahnbürste für ihn.

Er küsste sie, als er ging. Sie war mit ihren Gedanken woanders. Doch ein schlechtes Gewissen, dachte Stachelmann, aber sie will cool sein.

Eine halbe Stunde vor Beginn seines Hauptseminars saß er in seinem Dienstzimmer. Er sortierte die Gedanken in seinem Kopf. Die Müdigkeit zog an ihm. Er überflog noch einmal die Hausarbeit, über die er in der Sitzung sprechen wollte. Reichsfluchtsteuer, Arbeitsdienst, Autobahnen. Gestelztes Geschreibsel, ein Epigone, dieser Walter Hartmann. Der zählte zu den wenigen Eifrigen im Seminar, und Stachelmann hätte dankbar sein müssen, dass es ihn gab. Aber ihn widerte die Mischung aus Eifer und Nachgeplapper an.

Er dachte an Ines. Und dann an Anne. Die Gesichter verschmolzen miteinander. Aber Anne hatte einen Schwangerschaftsbauch. Auch wenn er zu lange gezögert hatte, das hätte sie ihm nicht antun dürfen. Er spürte Wut aufsteigen, stand auf und schaute zum Fenster hinaus. Der gestrige Tag verwirrte ihn. Hätte einer vorher behauptet, er würde an einem Tag seinen Vater beerdigen, sich betrinken und mit der Frau eines Kollegen schlafen, Stachelmann hätte ihn für verrückt gehalten. Hatte ihn die Beerdigung stärker erschüttert, als er es sich eingestand? Mit der Frau eines neuen Kollegen, das war, als hätte er eine

Zeitbombe gezündet, ohne zu wissen, wann sie explodierte.

Es klopfte an der Tür. Es war Hartmann. »Herr Stachelmann …«

Stachelmann drehte sich abrupt um. »Ja, ich komme.« Jetzt holten die Studenten einen sogar ab. Früher wären Stachelmann und Ossi in die Cafeteria verschwunden, wenn sie das Seminar nicht umfunktioniert hätten.

Er nahm seine Tasche und Hartmanns Hausarbeit und überlegte, wie er es anstellen sollte. Dann dachte er an Ines. Wie schön es wäre, sie am Abend wieder zu besuchen. Ob er sie doch anrufen sollte?

Im Seminarraum erwarteten ihn gut zwanzig Teilnehmer, ein paar fehlten immer. Trotzdem waren es zu viele für ein Hauptseminar. Hartmann saß in der ersten Reihe, neben ihm eine hübsche Studentin mit halblangen braunen Haaren. Stachelmann missachtete sie seit Wochen, die Verfolgung durch eine aufdringliche Studentin in der Zeit des Holler-Falls hatte ihn ängstlich gemacht.

Hartmann referierte seine Arbeit genauso gestelzt, wie er sie geschrieben hatte. Hauptwort an Hauptwort, Partizipien, kunstvolle Relativsatzgeflechte, viele Adjektive und Genitive. Er sagte nichts Falsches, aber auch nichts Neues. Stachelmann ermahnte sich, von seinen Studenten nicht mehr zu verlangen, als die meisten Historiker zustande brachten. Und doch ärgerte er sich über Hartmanns Vortrag.

Niemand im Seminar meldete sich. Als er eine Weile vergeblich gewartet hatte, sagte er: »Wenn man ein Beispiel sucht, warum die Arbeiten vieler Historiker unlesbar sind, dann hätten wir eines gefunden.« Er trug seine Gründe vor, und jedes Argument war genauer als das vorherige. Er geißelte den Jargon seiner Zunft, das Platzhirschgehabe, das sich in Wort- und Satzmonstern offenbarte und darauf aus war, die Leser zu beeindrucken. Als er von verbalem Imponiergehabe sprach, sah er, wie sich Hartmanns Gesicht verfinsterte. Die Studentin neben ihm starrte auf die Tischplatte vor ihr. Als er fertig war, wusste er, dass er es falsch gemacht hatte.

Hartmann stand auf und verließ den Raum. Die anderen schauten irgendwohin, nur nicht zu Stachelmann. Keiner protestierte, Stachelmann hätte mit Widerspruch besser umgehen können als mit Schweigen. Er fühlte, er war zu weit gegangen, auch wenn er in jedem Punkt Recht hatte. Aber es war nicht fair, den lang angestauten Ärger über die Angeberei mancher Kollegen an einem Studenten auszulassen, der sie nur nachgeäfft hatte.

Der Rest des Seminars zog sich zäh hin, Stachelmann war erleichtert, als es zu Ende war. Er blieb auf seinem Platz sitzen, als die Studenten den Raum verließen. Hartmanns Nachbarin blieb als Einzige im Raum. »Selbst wenn Sie mich jetzt auch fertig machen, ich fand es unter aller Kanone, was Sie mit Walter gemacht haben. Das hätte ich nie geglaubt von Ihnen.« Sie drehte sich weg und ging. Er hätte es auch nicht gedacht von sich.

Er saß einige Minuten, die Gedanken rasten durch sein Hirn. Gesichterfolgen wie in einer Diashow. Ines, Anne, Walter Hartmann, dessen Nachbarin, die als Einzige den Mut aufbrachte, ihren Kommilitonen zu verteidigen. Er war traurig, weil es ihm zum ersten Mal nicht gelungen war, sich im Seminar zu beherrschen. Es nutzt nichts, Recht zu haben, wenn man nicht überzeugen kann. Dann redete er sich ein, die Aufregung werde sich legen. Vielleicht war sein Auftritt sogar nützlich gewesen, und die Teilnehmer würden später begreifen, was er ihnen beibringen wollte. Mochte auch sein, dass sich manche künftig überlegten, ob sie ein Seminar von ihm besuchen sollten. Seine Veranstaltungen waren ohnehin zu voll.

Er packte seine Sachen in die Aktentasche und ging zurück in sein Zimmer. Es drängte ihn, Ines anzurufen.

Zwar kannte er ihre Telefonnummer nicht, aber Renate Breuer hätte ihm gewiss gleich die Nummer des neuen Kollegen gegeben. Ob Ines oft fremdging? Tat sie es, um sich an ihrem Mann zu rächen, weil der seinen Willen durchsetzte? Warum war sie mitgekommen nach Hamburg, wenn es ihr in Berlin besser ging und die Ehe längst brüchig war? Viele hingen an Beziehungen, die bereits verloren waren. Beendet werden sie meist zu spät. Stachelmann erinnerte sich gut, bei ihm war es nicht anders. Von außen sahen die Dinge oft klar aus. Er mühte sich, die Gedanken an Ines und Hartmann zu verdrängen und noch zwei Hausarbeiten zu korrigieren. In der nächsten Seminarsitzung wollte er besonders aufmerksam und freundlich sein und sich vielleicht sogar entschuldigen für seinen Auftritt. An die Arbeit, befahl er sich.

Als er die erste Hausarbeit fast zu Ende gelesen hatte, klingelte das Telefon. Gleich dachte er an Ines, aber es war Bohming. Der fragte, ob Stachelmann kurz vorbeischauen könne. Stachelmann hatte keine Ahnung, was Bohming wollte. Vielleicht einfach nur ein bisschen angeben, manchmal brauchte der Sagenhafte das.

Es standen noch ein paar Platten mit Schnittchen auf dem langen Tisch an der Wand. Dazwischen schmutzige Gläser. Dem Chaos gegenüber saß Bohming hinter seinem Schreibtisch, auf dem nichts lag außer einem Kugelschreiber. Stachelmann setzte sich auf den Besucherstuhl. Das Tischchen, an dem Bohming sonst seine Gespräche führte, war übersät mit schmutzigen Tellern und Gläsern.

Bohming schnaufte. »Ich freue mich schon auf morgen früh, wenn der Dreck weggeräumt ist. Er fängt schon an zu stinken.«

Stachelmann nickte. »Es kommt ja nicht jeden Tag ein Neuer.«

»Es gäbe auch nur wenige, über die ich mich freuen würde. Der Wolf Griesbach passt gut zu uns, ich habe das gleich gemerkt.« Bohming rühmte sich gern seiner Menschenkenntnis. Er strich über seinen Bauch, der im Sitzen nach oben gedrückt wurde. Stachelmann fiel die reich verzierte Gürtelschnalle auf, die sich unter der Strickjacke hervordrängte. »Ich glaube, der Lehmann ist noch ein bisschen skeptisch, aber das wird sich legen. Und was meinst du, Josef?«

»Ach, am Anfang guckt sich jeder einen Neuen erst mal an. Und mancher befürchtet, es ändern sich die Konstellationen. Andere mögen hoffen, dass sie sich ändern. Ich finde den Kollegen Griesbach nett, und er hat ordentlich publiziert. Das wird schon klappen.« Er spürte seine Anspannung. Nichts würde klappen, es herrschte schon jetzt Unordnung. Wie sollte er mit einem Kollegen klarkommen, mit dessen Frau er so bald wie möglich wieder schlafen wollte?

»Aber deswegen habe ich dich nicht zu mir gebeten. Du kennst Walter Hartmann?«

Stachelmann nickte. Die Frage überraschte ihn. »Er sitzt in meinem Hauptseminar.« Stachelmann sagte nicht, dass er sich gerade überworfen hatte mit ihm.

»Das ist ein Neffe von Oswald Meyerbeck. Du weißt, wer Meyerbeck ist?«

Stachelmann nickte. Dr. Oswald Meyerbeck war der Hauptaktionär der Meyerbeck Werft, wohl der einzigen Großwerft, die noch Gewinne abwarf, jedenfalls in Hamburg, trotz der subventionierten Konkurrenz aus Südkorea.

Bohming grinste, das hatte Stachelmann noch nie gesehen. »Und dieser Meyerbeck ist auf die Idee gekommen, die Geschichte seiner Reederei aufschreiben zu lassen. Von uns! Wenn das klappt, dann sind wir wohl der erste historische Lehrstuhl in Deutschland, der Drittmittel erwirtschaftet.« Bohming schaute in die Ferne. Wahrscheinlich arbeitete er in Gedanken schon an einem Artikel, in dem er der Fachwelt diesen Coup vorstellen wollte.

»Aber es gibt doch einige Kollegen, die Firmengeschichten veröffentlicht haben.«

»Gewiss, aber Meyerbeck will diesen Auftrag nicht mir geben oder einem anderen Kollegen hier, sondern meinem Lehrstuhl. Er glaubt, und da hat er Recht, dass dies die Studie unanfechtbar machen wird.«

»Dann hofft er also auf freundliche Worte.«

»Das hoffen solche Leute immer. Aber er hat mir geschrieben, wir sollten unabhängig arbeiten und das publizieren, was wir herausfinden, ohne Rücksicht zu nehmen auf ihn und seine Familie.«

»Das ist nicht ohne Risiko. Warum macht er das?«

»Weil er sonst auf lange Sicht schlechter dastehen könnte. Die bauen Schiffe für amerikanische Reedereien, auch wenn die dann offiziell unter Billigflagge fahren. Seit dieser Zwangsarbeitergeschichte sind Firmen, die in die USA exportieren, erpicht darauf, eine halbwegs weiße Weste zu haben oder wenigstens Bußfertigkeit zu zeigen. Meyerbeck hat in den Zwangsarbeiterentschädigungsfonds eingezahlt, das war Pluspunkt Nummer eins. Dass die Werft damals U-Boote gebaut hat, juckt heute keinen mehr.«

»Weil er also Pluspunkt Nummer zwei braucht, beauftragt er uns, die Werftgeschichte aufzuarbeiten. Kommen viele braune Flecken ans Licht, gilt Meyerbeck als Unternehmen, das seine Geschichte selbstkritisch aufarbeitet. Gibt's wenig braune Flecken, umso besser.«

»So kann man es auch sagen.« Bohming grinste wieder. »Es wird eine leichte Übung. Vor allem für einen wie dich.«

»Wie mich?«

»Ja, Meyerbeck hat dich vorgeschlagen. Er folgt dem Rat seines Neffen, dieses Hartmann.«

»Nein, bitte nicht.« Es platzte ihm heraus. Er dachte an Hartmann, der sich gewiss längst ausgeweint hatte bei seinem Onkel. Vielleicht überlegte der sich nun sogar, das Projekt aufzugeben. Er schien jedenfalls viel zu halten von Empfehlungen seines Neffen.

Bohming schaute ihn neugierig an. »Was ist denn los?«

»Meine Habil, ich muss die Arbeit fertig machen.«

»Josef, du verstehst nicht, wie wichtig das für uns ist. Überall kürzen sie die Mittel, demnächst werden wir für jeden Bleistift auf den Knien zum Senat kriechen müssen. Meyerbeck wird uns eine Menge zahlen dafür, mit dem Geld könnten wir einen neuen Projektor kaufen, die Bibliothek aufstocken, vielleicht reicht es noch für ein oder zwei Hiwis fürs neue Semester. Und wenn wir das Projekt gut hinkriegen, dann kommen vielleicht weitere Firmen, die ihr Image aufbessern wollen. Deine Habil, Josef, ist doch so gut wie fertig. Du darfst uns nicht im Stich lassen. Ich wüsste nicht, wer es sonst machen sollte.«

»Die beiden Männer«, sagte Stachelmann.

»Ostermann und Lehmann sind prima Kollegen. Aber noch ist das eine Nummer zu groß für sie. Meyerbeck, das ist ein Pilotprojekt.«

»Griesbach«, sagte Stachelmann.

»Das wäre unanständig. Der ist noch nicht mal richtig eingezogen, und schon schicken wir ihn auf eine Expedition. Der wird beim nächsten Projekt drankommen.«

»Derling.«

Bohming schaute ihn fragend an. »Die ist schwanger. In zwei, drei Wochen liegt sie im Kreißsaal oder wo immer die Frauen heutzutage Kinder kriegen. Da kann sie schlecht Quellen suchen gehen.«

»Aber das Projekt muss nicht sofort beginnen.«

»Doch, wir dürfen uns diese Chance nicht durch die Lappen gehen lassen. Oder glaubst du, Meyerbeck ist auf uns angewiesen? Die lieben Kollegen an anderen Unis würden sich um diesen Auftrag reißen. Wenn ich da nur an die Bremer denke! Aber du bringst mich auf eine Idee. Wenn Anne wieder an Bord ist, soll sie dich unterstützen. Ich werde ihr das schon beibringen. Und wenn du sonst Hilfe brauchst, wir stehen alle bereit.«

Stachelmann überlegte, ob er Bohming berichten sollte von seinem Zerwürfnis mit Hartmann. Aber er sagte nichts. Und wie sollte er zusammenarbeiten mit Anne?

»Ich habe für dich schon einen Termin bei Meyerbeck vereinbart, provisorisch natürlich. Übermorgen Nachmittag. Ist dir das recht?«

»Und wie lange soll das Projekt dauern?«

»Nicht lange. Und du musst nicht jeden Tag daran sitzen. Hauptsache, wir kriegen den Auftrag und du fängst an.«

Am Abend zog sich der Stau bis zum Horner Kreisel. Stachelmann war es egal. Mit dem Schmerz kam die Niedergeschlagenheit. Der Regen hatte aufgehört, Pfützen standen in der Spurrille. Endlich bog er ab auf die Autobahn 24 nach Berlin und dann auf die 1 Richtung Lübeck. Er fuhr langsam, leise ertönte ein Barockkonzert aus dem Autoradio. Als er von zu Hause losgefahren war, ging es zur Beerdigung. Es war viel geschehen seitdem. Die Nacht mit Ines rückte weiter weg. Er dachte an Anne. Es würde eine Weile dauern, bis sie aus dem Schwangerschaftsurlaub zurückkam. Was sollte er dann tun?

* * *

Er wusste nicht, wie lange er an die Wand gestarrt hatte, als es an der Tür rasselte. Riegel knallten, ein Schlüssel knirschte im Schloss. Ein Uniformierter stand in der Tür. »Aufstehen! Machen Sie gefälligst Meldung!«, brüllte er.

Der Gefangene stand auf.

»Sie melden sich als 17 rechts!«

Der Gefangene verstand, ein zweiter Häftling in der Zelle trüge die Nummer 17 links.

»Es meldet 17 rechts!«

»Kommense!«, schnauzte der Mann.

Sie gingen den Gang entlang, wieder musste der Gefangene an Linien auf dem Boden warten. »Gesicht zur Wand, Hände auf den Rücken!« Wieder wurden grüne Lampen aus- und rote angeschaltet, bevor sie weitergingen. Sie stiegen Treppen hoch, bis sie einen Gang mit gepolsterten Türen erreichten. Über jeder Tür ein Licht. Die Lichter waren auf Rot geschaltet. Vor einer Tür befahl der Wächter: »Stehen bleiben!« Er öffnete die Polstertür, dann sagte er: »Gehense rein!«

In dem Zimmer saß ein Mann mittleren Alters mit schwarzen Haaren. Auf dem Schreibtisch stand eine Vase mit Blumen. Es roch nach frischem Kaffee und Zigarettenrauch. Der Mann hinter dem Schreibtisch stand auf und näherte sich dem Gefangenen, während der Wächter die Tür schloss. »Nun haben wir Sie endlich«, sagte der Mann. Der Gefangene erkannte Dienstgradabzeichen auf der Schulter. »Solche Typen wie Sie kriegen wir immer! Sie sind zu dumm für uns!« Er schrie es dem Gefangenen ins Gesicht. Der spürte Speicheltröpfchen. Er hob die Hand, um sich das Gesicht abzuwischen. »Stehense still!«, brüllte der Mann. Dann sagte er ruhiger: »Setzen!« Er wies auf einen Hocker. »Ich bin Ihr Untersuchungsführer«, sagte der Mann. »Nennen Sie mich Leutnant Kurbjuweit.«

Der Gefangene beschloss zu schweigen. Er schaute aus dem Fenster auf ein graubraun verputztes Haus. Der Hof war von Scheinwerfern beleuchtet.

Die Polstertür öffnete sich. Es erschien ein kräftiger Mann mit grauen Bürstenhaaren. Der Vernehmer stand auf und schnauzte den Gefangenen an: »Stehense auf!«

»Nun, Genosse Kurbjuweit«, sagte der Unbekannte. »Macht er Sperenzchen?«

»Natürlich, Genosse Major«, sagte Kurbjuweit. »Das machen am Anfang alle.«

Der Major lachte trocken. »Und alle gestehen am Ende doch. Würden Sie freiwillig wochenlang in Einzelhaft sitzen wollen, Genosse Leutnant?«

Kurbjuweit grinste. »Nein, ich gehe heute Abend nach Hause zu meiner Frau und meinen Kindern. Was Gutes essen, ein Bierchen, ein Kessel Buntes und dann gut schlafen im weichen Bett.«

»Tja«, sagte der Major. »Ich habe für heute Abend einen Tisch reserviert im Moskau. Haben Sie da mal die Soljanka gegessen?«

»Ja, Genosse Major, die ist vorzüglich.«

»Manche verzichten freiwillig auf diese schönen Dinge, weil sie meinen, sie müssten in Betonlöchern sitzen.«

»Die werden sich später fragen, warum sie sich umsonst geplagt haben. Ein sauberes Geständnis, und schon gibt's den Umzug in eine schöne Zelle mit einem schönen weichen Bett. Und bald kommt ein Zellengenosse dazu. So allein, das ist doch nicht schön.« Kurbjuweit verzog das Gesicht. Dann sagte er: »Die neue Zelle, das wäre schon fast wie im Hotel.«

Der Gefangene schwieg. Er wusste, was die beiden bezweckten mit ihrem Gerede. Sie wollten ihn weich kochen. Ihn provozieren. Sie hatten schon Hunderte Male Gefangene bearbeitet. Für die war er nur einer in einer langen Reihe. Der Gefangene nahm sich noch einmal vor zu schweigen. Aber er spürte, dass ihn sein Wissen über die Absichten der anderen nicht schützte vor der Wirkung ihrer Methoden.

Der Major ging.

»Sehen Sie«, sagte Kurbjuweit, »da haben Sie aber keinen guten Eindruck hinterlassen beim Major. Der entscheidet übrigens, ob die Untersuchungshaft auf Ihre Zeit im Vollzug angerechnet wird. Meine Prognose und Erfahrung: Wenn Sie schweigen, wird sie nicht angerechnet, wenn Sie reden, wird sie angerechnet. Wir spielen hier mit offenen Karten, tun Sie das auch.«

Dann schwiegen sie. Der Vernehmer schrieb etwas auf. Er trank Kaffee und zündete sich eine Zigarette an. Der Gefangene betrachtete die Einrichtung des Zimmers. Links in der Ecke ein Safe, auf dem Schreibtisch ein großes Telefon mit vielen Knöpfen. Hinter dem Vernehmer ein niedriger Aktenschrank, darauf eine Topfpflanze. An der Wand ein Bild, das der Gefangene als Porträt Feliks Dserschinskis erkannte, der den sowjetischen Geheimdienst, die Tscheka, gegründet hatte. Die Büromöbel stammten aus derselben Fabrik wie alle Büromöbel im Land.

Dann hob der Vernehmer den Kopf. »Lassen Sie uns doch vernünftig miteinander reden. Solange Sie nicht aussagen, sitzen Sie in dem Betonloch. Wir können das ewig mit Ihnen machen. Ich erwarte ja gar nicht, dass Sie alles zugeben. Eigentlich reichen uns die Beweise, die wir haben. Aber ich will ein vernünftiges Protokoll mit Ihnen aufschreiben. Ich will diesen Fall bald abschließen, und in Wirklichkeit wollen Sie das auch.«

»Was für Beweise?«, fragte der Gefangene und ärgerte sich gleich, dass er gesprochen hatte.

»Na sehen Sie, es geht doch.« Der Vernehmer legte ein Blatt auf den Tisch. Der Gefangene erkannte seine Schrift. Es war ein Brief, den er nach Westberlin geschickt hatte. Dieser Brief beweise sein Verbrechen, sagte der Vernehmer, alle weiteren Beweise erübrigten sich eigentlich. Aber sie hätten, weil sie gründlich seien und in einem Rechtsstaat lebten, weitere Beweise gesammelt, die ausreichten, ihm viele Jahre Gefängnis einzubringen. Als der Gefangene kurz aufblickte, legte der Vernehmer ein

Taschenmesser in einem durchsichtigen Plastikbeutel auf den Tisch. »Bewaffneter Grenzdurchbruch«, sagte er. »Das sind schon ein paar Jahre mehr.« Daneben legte er den Führerschein des Gefangenen. »Unter Nutzung technischer Hilfsmittel. Noch mehr.« Es folgten Fotos von Menschen. »Im organisierten Zusammenwirken«, sagte er. »Was hier auf dem Tisch liegt, reicht für acht oder neun Jahre Bautzen zwo. Noch nicht eingerechnet die staatsfeindliche Verbindungsaufnahme. Glauben Sie nicht, dass Sie da früher rauskommen oder gar abgeschoben werden in den Westen. Wir sind kein Reisebüro. Wir passen auf, dass solche Typen wie Sie uns nicht alles kaputtmachen. Sie wissen nicht, was Bautzen zwo ist? Sie werden es erleben. Wenn Sie weiter schweigen.« Er schaute den Gefangenen böse an. Dann hellte sich sein Gesicht auf. »Wenn Sie aussagen, wer die Hintermänner waren und die Verbindungsleute im Westen, dann könnten wir über ein paar Jahre Nachlass sprechen. Arbeiten Sie mit uns zusammen, es hilft vor allem Ihnen. Wir sind keine Unmenschen.«

Dem Gefangenen fiel ein, dass Unmenschen behaupten mussten, sie seien keine Unmenschen, um sich selbst davon zu überzeugen. Gute Menschen würden ihre Gefangenen nicht in Betonhöhlen einsperren. Sie würden ihnen nicht verbieten, sich ohne Befehl auf die Pritsche zu legen. Aber er sagte nur: »Sie haben meine Wohnung durchsucht. Dürfen Sie das?«

Da lächelte der Vernehmer freundlich. »Wir sind ein Untersuchungsorgan. Wir untersuchen Verbrechen gegen unseren Staat, dem Sie so viel zu verdanken haben. Und zum Untersuchen gehört es nun mal, dass wir Wohnungen durchsuchen. Das ist klar.« Er zeigte auf die Gegenstände auf dem Tisch. »Wir können ein paar davon verschwinden lassen. Dann wird es leichter.« Er nahm das Messer vom Tisch, dann die Fotos, dann den Führerschein. »Jetzt wird es nicht mehr Bautzen zwo. Und wenn

Sie künftig mit uns zusammenarbeiten, dann sammeln Sie gewissermaßen Pluspunkte. Aber Sie müssen uns Ihre Kontaktpersonen im Westen nennen. Und wie Sie das mit Ihren Komplizen hier organisiert haben.« Er hielt dem Gefangenen zwei Fotos hin. Das eine zeigte eine Frau, das andere einen Mann, etwa im Alter des Gefangenen. Der Vernehmer schaute den Gefangenen freundlich an. »Sie sollten unserem Staat dankbar sein. Er hat Ihnen eine ausgezeichnete Schulbildung gegeben, er hat Sie studieren lassen. Das dürfen nicht alle.«

Der Gefangene überlegte, ob es nicht besser wäre, dem Mann alles zu erzählen. Er saß erst kurz im Gefängnis und war schon fertig mit den Nerven. Er überlegte, wie er sich fühlen würde, wenn sie ihn zurückbrachten in die Zelle. »Wenn Sie kein Unmensch wären, würden Sie mich nicht in diese Betonhöhle sperren«, sagte er trotzig.

»Seien Sie froh, dass Sie nicht im U-Boot sitzen. Da haben wir ein paar Zellen im Keller, auf die dieser Name wunderbar passt. Da gibt es nur Kunstlicht, kein Wasserklosett, sondern einen Eimer. Es liegt ganz an Ihnen, ob und wann Sie ins U-Boot verlegt werden. Wenn Sie wollen, kriegen wir das gleich hin.« Er rieb seine Hände aneinander. Der Gefangene entdeckte einen Ehering am Finger des Vernehmers. Er fragte sich, ob die Frau wusste, was der Mann tat. Dann dachte er über die Vorschläge des Vernehmers nach. Warum sollte er nicht gestehen, was sie ohnehin wussten?

»Ich wollte die Grenzsicherung anschauen«, sagte er. »Das ist alles.«

»Um Republikflucht zu begehen«, sagte der Vernehmer freundlich.

»Ich habe mit dem Gedanken gespielt.«

»Und das, obwohl unser Staat es gut meinte mit Ihnen. Ich verstehe Sie nicht. Außerdem, ob versuchte Republikflucht oder vollendete, es ist beides strafbar.«

»Ich sagte doch, ich habe mit dem Gedanken gespielt. Ich habe nichts versucht oder vorbereitet.«

»Der Gedanke ist schon strafbar.«

»Das ist absurd«, sagte der Gefangene.

»Das ist das Gesetz. Wir leben in einem Rechtsstaat. Und das heißt auch, dass sich jeder an das Gesetz halten muss.«

Es war fast ein gemütliches Gespräch. Der Vernehmer war geduldig und erklärte dem Gefangenen, was Recht war und was Unrecht. »Also, Sie geben zu, Sie haben an Flucht gedacht.«

»Manchmal«, sagte der Gefangene.

Der Vernehmer schrieb etwas auf.

»Aber ich war nicht fertig mit dem Denken.«

»Weit genug, um an der Küste Ausschau zu halten nach der Grenzsicherung.«

»Es war mehr ein Spazierengehen.«

»Nun widersprechen Sie sich aber. Unter Spazierengehen verstehe ich was anderes.«

»Was ist mit der Frau?«, fragte der Gefangene.

»Welcher Frau?«

»Der auf dem Foto.«

»Die sitzt ganz in Ihrer Nähe.«

4

Oswald Meyerbeck blickte über den Hamburger Hafen. Er saß im siebten Stock seines Büros in der Nähe der Landungsbrücken und sagte nichts. Stachelmann staunte über das Panorama, das dieser Mann jeden Tag genoss beim Blick durch die Glasfront an der Hafenseite. Sie hatten sich begrüßt, Meyerbeck hatte Stachelmann einen Platz in der Sitzecke angeboten und gefragt, ob er etwas trinken wolle. Stachelmann hatte abgelehnt und wartete auf die Fragen und Wünsche des Werftbesitzers. Währenddessen bewunderte er die beiden Gemälde, eines hinter dem Schreibtisch, das andere an der Wand gegenüber der Glasfront. Kokoschka, erkannte er, wahrscheinlich Originale. Aber er fragte nicht. Meyerbeck kratzte sich an der Nase, dann schaute er Stachelmann an durch eine dicke Hornbrille, hinter der die Pupillen verschwammen.

»Wissen Sie, die Sache ist nicht einfach, und dies aus zwei Gründen.« Er hatte eine tiefe Stimme, die man dem schmächtigen Mann nicht zugetraut hätte. Und er sprach langsam wie einer, der sich das Recht nahm, über die Zeit anderer Leute zu bestimmen. »Der erste Grund liegt in der Sache selbst. Der zweite in Ihrer Person. Fangen wir bei Punkt eins an. Wissen Sie, die Meyerbeck-Werft AG gibt es seit zweiundsiebzig Jahren. 1931, mitten in der großen Krise, kaufte mein Großvater zwei kleine Werften auf und vereinigte sie mit der eigenen. Das war ein genialer Schachzug, denn in dieser Zeit konnte man Firmen für ein Spottgeld erwerben. Bald war die Krise überwunden, und die Nazis rüsteten auf. Die Werft wuchs schnell und verdiente gut. Dafür mussten sich mein Großvater und mein Vater anhören, sie seien Kriegsprofiteure gewesen.«

Er strich sich wieder über die Nase. Dann setzte er die Brille ab und legte sie auf den Tisch. »Wissen Sie, das war hart, aber gerecht. Natürlich hatten sie von der Aufrüstung profitiert, aber keineswegs so, wie sich das die Besserwisser ausgerechnet hatten. Denn erstens wurden große Teile der Gewinne weggesteuert, um den Krieg zu bezahlen. Zweitens haben die Alliierten die Werft bis aufs Fundament zerbombt.« Er schloss die Augen und kniff sich an der Nasenwurzel.

Stachelmann schwieg und überlegte, was der zweite Grund sein konnte. Hartmann, dachte er, was sonst?

»Weder mein Vater noch mein Großvater wurden im Entnazifizierungsverfahren als belastet eingestuft. Sie waren Mitglieder der Arbeitsfront gewesen, das war Pflicht, aber sie waren nicht in der Partei oder anderen Organisationen gewesen, obwohl Himmler sie gerne in seinem Freundeskreis der SS gesehen hätte und eine Mitgliedschaft dort nützlich gewesen wäre, jedenfalls bis 1945.«

Stachelmann legte sich Argumente zurecht, um für Grund zwei gewappnet zu sein. Was Meyerbeck berichtete, war Dutzendware, das alles hatte Stachelmann schon zigmal gelesen. Nur wenige Industrielle und Banker hatten die Nazis vor der Machtübernahme unterstützt, dafür hatten viele sich danach beeilt, die riesigen Schulden der Braunen abzutragen. Dann musste er doch etwas sagen. »Hitler-Spende.«

Meyerbeck fixierte ihn kurz, dann nickte er. »Wahrscheinlich«, sagte er. »Wissen Sie, heute spenden Unternehmen zur Landschaftspflege, damals war es eigentlich nicht anders.«

»Nur dass Unternehmer heute sagen, sie wollten mit ihren Zuwendungen die Demokratie stärken. Das war damals anders.«

Meyerbeck nickte. Er schwieg eine Weile, dann strich er sich wieder über die Nase und setzte die Brille auf.

»Natürlich hat die Werft im Krieg Zwangsarbeiter beschäftigt, die wurden einem ja zugeteilt. Und ohne sie hätte die Werft die Produktion einstellen müssen. Mein Vater erzählte mir, sie seien ordentlich behandelt worden. Keiner musste hungern. Ich glaube, dass es so war. Aber das werden Sie alles herausfinden. Es sei denn, gut, kommen wir zu Grund zwei.« Er beugte sich ein Stück zu Stachelmann vor und blickte ihn streng an. »Sie kennen meinen Neffen.« Es war keine Frage.

Stachelmann nickte.

»Wissen Sie, ihm verdankt es Professor Bohming, dass sein Lehrstuhl diesen Auftrag erhalten soll. Wobei ich mir da nicht mehr so sicher bin. Um nicht um den heißen Brei herumzureden, Walter hat mir von Ihnen vorgeschwärmt, er hat wohl alles gelesen, was Sie geschrieben haben. Eigentlich wollte ich die Firmengeschichte nicht an Hamburger Historiker vergeben, da drängt sich der Eindruck auf, dass die Untersuchung vielleicht nicht unparteiisch geführt würde. Sie mögen mich für übervorsichtig halten, aber es gibt schon mehr Filz, als unsere Gesellschaft erträgt. Und welchen Wert hat eine Firmengeschichte, wenn es heißt, sie sei Hofberichterstattung? Aber gut, Walter ist ja angehender Historiker, und da habe ich auf seinen Rat gehört. Gestern Abend aber hat Walter mich angerufen und seinen Rat zurückgenommen. Sofern man einen Rat zurücknehmen kann. Er hatte wohl eine Auseinandersetzung mit Ihnen, eine der unerfreulichen Sorte.«

Stachelmann nickte und wartete auf das nächste »Wissen Sie«.

»Wissen Sie, Auseinandersetzungen gehören zum Erwachsenwerden. Wenn mein Neffe mich jetzt hören würde, würde er sagen, er sei erwachsen. Es stimmt beides. Er ist ein Dickschädel, wollte unbedingt Geschichte studieren. Ich hatte ihm zu Betriebswirtschaft geraten, dann

Harvard. Wissen Sie, ich habe keine Kinder. Aber ich schweife ab. Meine Zweifel setzen nicht bei irgendeiner Auseinandersetzung an, sondern bei der Art und Weise. Walter glaubt, Sie hätten ihn gedemütigt. Nach dem Gespräch gestern Abend wollte ich unseren Termin schon absagen. Aber dann fiel mir ein alter Spruch ein, einer meiner Professoren hat ihn gerne zitiert: Audiatur et altera pars. Das stammt von Cicero.«

»Seneca«, sagte Stachelmann leise. Ihn nervte die Geschwätzigkeit des Alten.

»Ach ja? Sie müssen es wissen.« Er schwieg, war aus dem Konzept geraten. »Wirklich Seneca?«

»Ja, der Satz stammt aus der Medea.«

»Wissen Sie, das ist aber nicht unser Thema.«

Stachelmann nickte und schalt sich. Soll Meyerbeck doch Recht haben.

»Und, was sagen Sie dazu?«

»Wozu, Herr Dr. Meyerbeck?«

»Zu den Anwürfen meines Neffen.«

»Das ist schwierig. Er hat Recht und Unrecht zugleich.« Stachelmann dachte an Bohming und entschloss sich, die geplante Widerrede zu entschärfen. »Ich hatte einen schweren Tag, habe meinen Vater beerdigt. Sie verstehen, wenn ich mich dazu nicht weiter äußern will. Wenn meine Worte Ihren Neffen getroffen haben, so tut es mir Leid. Ich habe mir ohnehin vorgenommen, mich bei ihm zu entschuldigen in der kommenden Seminarsitzung.«

Meyerbeck schaute Stachelmann mit großen Augen an durch seine dicken Brillengläser. »Das wollen Sie tun?« Er wartete nicht auf eine Antwort. »Dann liegt es ja an mir, meinem Neffen beizubringen, weiterhin an Ihrem Seminar teilzunehmen.«

»Ich bedaure …«

»Wissen Sie, ich habe lange gebraucht, um zu lernen,

dass man sogar Respekt haben soll vor Leuten, bei denen man keinen Grund erkennt, sie zu respektieren.«

Stachelmann überlegte, ob Meyerbeck solche armen Kreaturen überhaupt zu Wort kommen ließ. Dann bemerkte er ein Unwohlsein, verdrängte es aber gleich.

Meyerbeck lud ihn ein, das Archiv der Werft frei zu nutzen, fragte, wie lange Stachelmann brauchen werde, und war zufrieden mit seiner Antwort, er wisse es noch nicht, werde es aber bald nach Beginn der Arbeit abschätzen können. Im neuen Jahr wolle er sich gleich daranmachen.

Das Gefühl des Unwohlseins meldete sich wieder, nachdem er sich von Meyerbeck verabschiedet hatte. Er stand vor dem Werftgebäude und wehrte sich nicht mehr gegen die schlechte Laune, die ihn ergriff. Es rumorte in ihm. Er hatte die Beerdigung seines Vaters benutzt, um gut Wetter zu machen. Es hatte gewirkt, aber es war verlogen gewesen. Doch das war nicht alles. Seit dem Gespräch mit Bohming drängte sich ihm ein Gedanke auf. Er hatte von Kollegen gehört, die Firmengeschichten schrieben. Warum hat Bohming diesen Auftrag nicht selbst übernommen oder ihn mir offiziell übertragen? Warum muss ich die Arbeit machen, für die nachher der Lehrstuhl, also der Sagenhafte, die Lorbeeren kassiert? Warum habe ich mich darauf eingelassen?

Ein anderer Gedanke schloss sich an. Will Bohming mich so aus dem Institut drängen, damit der Neue freie Bahn hat? Stachelmann stellte sich vor, wie er Tag für Tag im Keller – wo sonst sollte das Werftarchiv sein? – saß, während Griesbach um die Bohming-Nachfolge buhlte. Er hörte Bohming reden: Hausberufung, kein Problem, das kriegen wir hin. Ich kenne da ein paar Kollegen in Bochum, da parken wir Sie zwei Semester, dann rufen wir Sie zurück. Welchen Favoriten mochte Bohming gehabt haben, bevor er Stachelmann überredet hatte, von Heidelberg nach Hamburg zu wechseln?

Er nahm die U-Bahn zum Hauptbahnhof und stieg dort in die S-Bahn zum Dammtor um. Auf dem Weg vom Dammtor zur Universität nässte feiner Regen sein Haar. Als er sich durchs Haar wischte, tropfte es ihm kalt in den Rücken. Hochnebel drückte auf die Stadt. Die Reifen der Autos zischten. Er hörte eine Stimme: »Hallo, Herr Stachelmann!« Er ging weiter, ohne sich umzusehen.

Auf dem Schreibtisch in seinem Dienstzimmer lag ein Zettel mit einer Nummer. »Bittet um Rückruf«, hatte Renate Breuer darunter geschrieben.

Er überlegte, was es bedeutete. Dann wählte er die Nummer. Nach dem zweiten Klingelton wurde abgehoben. »Griesbach.«

»Du hast angerufen«, sagte Stachelmann.

»Ja, du musst vorbeikommen.«

Stachelmann lachte. »Gerne.« Er spürte Aufregung.

»Nein, nein, es ist was passiert. Ich brauche deine Hilfe.«

»Was ist los?«

»Wolf ist nicht zurückgekommen.«

»Wann wollte er wieder zu Hause sein?«

»Gestern Abend.«

»Vielleicht hat er wirklich eine neue Freundin in Berlin?«

»Er hätte sich gemeldet, auf jeden Fall.«

»Aber wie kann ich dir helfen?«

»Bist du ein Freund?« Sie klang verzweifelt.

»Gut, ich komme.« Bist du ein Freund? Komische Frage. Sie hatten miteinander geschlafen, ist man da schon befreundet?

Er ging schnellen Schritts und brauchte nur zehn Minuten in den Böhmersweg 19. Sie öffnete gleich, umarmte ihn flüchtig und ging vor. Er fühlte sich schwitzig. Die Arthritis griff nach den Knien. Im Tageslicht erschien ihm die Wohnung noch kahler. Erst jetzt fiel ihm auf, dass kein Bild an der Wand hing. Im Flur standen Umzugskisten gestapelt. Im Wohnzimmer setzte er sich auf einen Sessel und streckte die Beine. Sie setzte sich ihm gegenüber aufs Sofa. Sie war blass und hatte gerötete Augen.

Er schaute sie an und wartete, sie sah zerbrechlich aus und schön. Sie zündete sich eine Zigarette an. »Ich hatte gerade aufgehört«, sagte sie gehetzt. Sie zog hastig und stieß den Rauch heftig aus, dann hustete sie. Stachelmann begriff nicht, Wolf Griesbach war gerade einen Tag überfällig, es würde sich aufklären, ein Missverständnis. Oder er hatte sich eine Krise genommen in Berlin. Eine Freundin oder eine Recherche, was auch immer.

»Was soll ich tun?«, fragte sie.

»Warten«, sagte Stachelmann. »Ich glaube, die Polizei würde jetzt nicht mal eine Vermisstenmeldung annehmen. Dafür ist es zu früh. So was klärt sich fast immer harmlos auf. Außerdem, er hat ja keine Lehrverpflichtungen in diesem Semester.«

»Aber er hatte heute früh einen Termin bei der Bank und ist nicht erschienen. Ich kann mich nicht erinnern, dass er jemals einen Termin verpasst hat. Der ist geradezu neurotisch pünktlich, kommt immer zu früh, damit er sich ja nicht verspätet.«

Stachelmann wusste nicht, was er erwidern sollte. Ihre Aufregung erschien ihm übertrieben, fast hysterisch. »Wenn er morgen noch nicht da ist, dann gehen wir zu einem Spezi von mir, der ist Polizist.« Er sagte es, um sie zu beruhigen und in der Gewissheit, Griesbach würde vorher auftauchen. Er hatte keine Lust, Ossi zu treffen. »Ich bin ab morgen Vormittag im Seminar, wenn dein Mann bis dann nicht da ist, ruf mich an.« Er stand auf und strich ihr über den Kopf. Sie schaute nicht auf, saß elend auf dem Sessel, und Stachelmann wusste, sie würde bald wieder weinen. »Soll ich bleiben?«

»Nein, geh. Morgen rufe ich an, auf jeden Fall. Hoffe, du hast Recht.«

Auf dem Weg zurück zum Philosophenturm überlegte Stachelmann, warum Ines sich so sehr ängstigte. Vielleicht gab es etwas, das sie für sich behielt. Da fiel Stachelmann ein, Griesbach hatte seine neue Stelle nach Beginn des Semesters angetreten. Er erinnerte sich der Sprüche von Ostermann und Lehmann, der Neue habe wohl keinen Bock auf Seminar und wolle sich für die hehre Forschung aufsparen. Bohming hatte so getan, als höre er es nicht. Ließ sich im späten Antritt ein Geheimnis vermuten, eines, das Ines' Angst erklärte? Stachelmann konnte sich keines vorstellen. Er überlegte, ob er einen Kollegen am Friedrich-Meinecke-Institut der FU anrufen sollte, er hatte ihn auf einer Fachtagung kennen gelernt. Aber der Name fiel ihm nicht ein, und bevor er weiter darüber nachdachte, entschied er, dass die Sache ihn nichts anging. Und Ines? Sie war schön und verführerisch, aber ihre Aufregung ernüchterte ihn. Er fürchtete, in eine Beziehungskrise hineingezogen zu werden, so was endete immer hässlich, und es gab nur Verlierer. Er musste grinsen, die Rolle passte zu ihm. Seine Laune besserte sich, während er langsam zur Uni zurückging, als würde der kalte Wind die Trübsal wegblasen. Konnte es ihm nicht gleichgültig sein, wie lange sich Kollege Griesbach in Berlin amüsierte? Oder vielleicht war er in einer Recherche versunken, sodass er die Zeit vergaß? Morgen oder übermorgen tauchte er wieder auf, und Stachelmann hätte sich lächerlich gemacht, wenn er etwas unternommen hätte. Der Mann war volljährig und litt nicht unter Alzheimer.

Er holte sich einen Kaffee aus der Küche und nahm eine Hausarbeit vom Stapel. Er las zügig, korrigierte Kleinigkeiten und gab eine Zwei. Er schaffte noch zwei weitere Arbeiten, die er beide mit einer Drei benotete. Wäre er schlecht gelaunt gewesen, hätte es bei einer nur für eine

Vier gereicht. Dann machte er sich auf den Weg nach Hause, im Gang winkte er Renate Breuer zu, die mit einem Studenten sprach. Er erwischte gerade noch die S-Bahn im Dammtorbahnhof und kam rechtzeitig zum Regionalexpress nach Lübeck, der im Hauptbahnhof wartete und um 19 Uhr 02 von Gleis 7b abfuhr. Er setzte sich in das Großraumabteil der Ersten Klasse auf seinen Lieblingsplatz am Tisch, Fensterseite, in Fahrtrichtung. Stachelmann war zufrieden und beobachtete amüsiert den Mann gegenüber, der sich ein Leberwurstbrot mehr ins Gesicht schmierte, als dass er es aß. Er überlegte sich, ob er ein Forschungssemester beantragen sollte bei Bohming. Griesbach konnte ja seine Lehrveranstaltungen übernehmen. Dann hatte Stachelmann Zeit für die Werftgeschichte und für die Habilitation. Natürlich, Bohming nutzte ihn aus. Aber der Sagenhafte würde Stachelmann dankbar sein, wenn er die Werftgeschichte ordentlich hinkriegte. Und er würde ihn für ein Halbjahr beurlauben.

Der Zug erreichte Lübecks Hauptbahnhof pünktlich. Bald, so hatte Stachelmann gelesen, solle der Bahnhof erneuert werden, für fünfzig Millionen Euro. Das hatte die Bahn den Lübeckern schon ein paarmal versprochen. Stachelmann stieß die Schwingtüren des Ausgangs auf, vor dem Hauptbahnhof ragten Betonkolosse, wo früher das Postamt gestanden hatte, Garagen, Büros, Läden. Monatelang war der Verkehr zum Bahnhof kurz vor dem Holstentorteller umgeleitet worden.

Stachelmann lief gemächlich über die Puppenbrücke und bog rechts ab entlang der Obertrave. Als er seine Wohnung in der Lichten Querstraße betrat, sah er den Anrufbeantworter blinken. Er zeigte zwei Anrufe an. Stachelmann hängte seinen Mantel auf und drückte auf den Wiedergabeknopf. Der erste Anruf war von seiner Mutter, die mit brüchiger Stimme um Rückruf bat. Der zweite Anrufer hatte keine Nachricht hinterlassen, Stachelmann glaubte, jemanden atmen zu hören, bevor es klickte. Das Telefon hatte keine Nummer gespeichert. Er dachte an Ines, aber er würde sie nicht erkennen an ihrem Atmen.

Er wählte die Nummer seiner Mutter. Sie klang traurig und wollte nur reden. Sie war einsam.

Nach dem Gespräch durchsuchte er den Kühlschrank und fand ein Stück Käse. Das Brot war etwas trocken, aber zusammen schmeckte es nicht schlecht. Während er aß, überlegte er, ob er den Computer einschalten und nach Mails schauen sollte. Die meisten waren sowieso Werbung für Anrüchiges, also ließ er den PC aus. Nach dem Essen setzte er sich ins Wohnzimmer. Er hätte jetzt gern einen Krimi gesehen, aber da er sich immer noch nicht entschlossen hatte, ein Fernsehgerät zu kaufen, griff er blind in die CD-Sammlung und erwischte ein Vivaldi-Konzert. Er steckte es zurück, wollte nicht erinnert werden an die Beerdigung, und entschied sich für Händels Feuerwerksmusik. Dann setzte er sich aufs Sofa und las weiter im ersten Band von Foresters Hornblower-Romanen. Das Buch kannte er fast auswendig. Wenn ihn einer gefragt hätte, was er gerade lese, hätte er es nicht zugegeben.

* * *

Als der Gefangene wieder in der Betonhöhle saß, überlegte er, was der Vernehmer wusste. Er konnte kaum denken, die Müdigkeit raubte ihm den Verstand. Helga saß auch. Oder war es eine Finte, um ihn weich zu kochen? Was änderte es für ihn? Er musste dabei bleiben, er war nur spazieren gegangen. Sie konnten ihm nichts beweisen. Und der Brief? War er der einzige, den sie abgefangen hatten? Hatte er andere geschrieben, die ihm schaden konnten? Er wusste es nicht mehr. Er versuchte sich zu erinnern. Nein, er hatte nur diesen Brief in den Westen geschickt. Das erleichterte ihn für kurze Zeit. Aber dann bedrängten ihn neue Fragen. Wie mochte Helga sich fühlen? Hatte sie Angst? Der Gefangene überlegte, ob er Angst hatte. Nein, er konnte nicht glauben, was ihm geschah. Er staunte. Und er war müde, hundemüde. Dann knallte es an der Tür. »Aufstehen!« Er schrak hoch. Jetzt verstand er es, die Wächter schlichen durch den Gang und schlugen mit dem Schlüsselbund gegen die Tür, wenn sie einen beim Blick durch das Guckloch erwischten. Hinlegen durfte man sich erst zur Nachtruhe. Nachtruhe wurde befohlen. Er starrte auf die Linie an der Wand. Und wenn Helga etwas erzählte, weil sie dem Druck nicht standhielt? Er musste bei seiner Aussage bleiben. Auch in diesem Staat brauchte es Beweise, um einen zu bestrafen. Fürs Spazierengehen konnte man einen nicht belangen.

Die Klappe ging auf, jemand reichte ihm Brot mit Margarine und zwei dünnen Scheiben Wurst hinein. Dazu gab es einen Becher Tee. Er strich die Margarine mit dem Löffel aufs Brot. Als er gegessen hatte, brüllte einer auf dem Gang: »Fertig machen zur Nachtruhe!« Der Gefangene legte sich auf die Pritsche und zog die Decke über sich. Es drückte im Rücken. Er träumte etwas. Im Traum rüttelte jemand an ihm. Dann brüllte einer: »Aufstehen!« Noch einmal: »Aufstehen!« Der Gefangene linste, da stand einer vor ihm und brüllte: »17 rechts! Stehen Sie auf!« Er stand auf und fühlte sich, als müsste er ein Bleigewicht heben. »Gehense!«

5

Sie rief an, während er frühstückte. »Er ist immer noch nicht da«, sagte Ines. »Er lässt mich hier einfach sitzen. Ich habe Angst, du musst gleich zu mir kommen.«

Stachelmann überlegte, ob etwas Wichtiges auf ihn wartete am Seminar, und versprach ihr vorbeizuschauen. Er legte auf und blätterte in den Lübecker Nachrichten. Er musste warten, wegen Ines würde sein Zug nicht früher fahren. Dann packte er seine Sachen. Sein Notizbuch mit dem Adressenteil fand er nicht. Es war nicht in der Aktentasche, auch nicht im Jackett. Habe ich es wohl im Dienstzimmer liegen gelassen, dachte er.

Er ging ein paar Minuten früher los als sonst. Auf der Puppenbrücke erwischte ihn eine nasse Bö von der Seite. Die Kälte fasste unter die Kleidung. Er hätte einen Schal umlegen sollen. Der Zug auf Gleis 9 wartete schon, um 9 Uhr 07 würde er losfahren. Stachelmann setzte sich an den Tisch im Großraumabteil der ersten Klasse. Die Klimaanlage heizte auf höchster Stufe, er stand auf und drehte sie auf Mittelstellung. Gleich fing er sich den strafenden Blick einer Frau ein, die in der Ecke saß, mit Mantel, Schal und Hut, als verfolgte sie die Kälte in den Zug.

Stachelmann nahm ein Referat aus der Aktentasche und legte es auf den Tisch. Als er es aufgeschlagen hatte, schloss er die Augen. Was, verdammt, hatte er mit Wolf Griesbach zu tun? Oder mit dessen Verschwinden? Es konnte ihm gleichgültig sein, wo der sich herumtrieb. Ines war hysterisch. Er erinnerte sich an die Nacht, die sie zusammen verbracht hatten, er hatte sie als beherrscht empfunden bei aller Leidenschaft.

Der Türsummer erklang gleich nach dem Klingeln, als hätte sie gewartet mit dem Daumen auf dem Knopf. Sie öffnete die Tür und ging voraus ins Wohnzimmer, ohne ihn zu begrüßen. »Was machen wir jetzt?«

Mehr um sie zu beruhigen, sagte er: »Ich ruf jetzt meinen Spezi an.«

Er sah ein schnurloses Telefon auf dem Wohnzimmertisch und wählte die Nummer des Polizeipräsidiums, er hatte sie nicht vergessen. Als abgenommen wurde, bat er, mit Kommissar Winter verbunden zu werden. »Oberkommissar Winter«, sagte der Mann am Telefon.

»Winter.«

Stachelmann spürte den Widerwillen. »Hier Josef ...«

»Jossi! Ist ja toll, dass du dich meldest. Ich habe schon ein paarmal daran gedacht. Aber du weißt ja, wie das ist.«

Stachelmann wusste es nicht. »Ich habe hier eine komische Sache. Kannst du helfen?«

»Dir immer«, sagte Ossi. »Was soll ich tun?«

»Komm mal vorbei, bald, wenn es geht.« Er nannte Ines' Namen und Adresse.

»Bin schon unterwegs.« Er legte auf.

»Danke«, sagte Ines.

Sie schaute Stachelmann in die Augen. »Ich möchte nicht, dass irgendjemand etwas erfährt über uns. Ja?«

Stachelmann nickte. Er brauchte nicht ermahnt zu werden.

Sie warteten schweigend. Ines rauchte und lief im Zimmer auf und ab. Stachelmann machte es nervös, aber er sagte nichts. Dann klingelte es. Ines drückte den Summer und öffnete die Wohnungstür. Stachelmann hörte die schweren Schritte sich nähern. Ossi hatte zugenommen, vor allem an der Hüfte, auch das Gesicht war breiter. Er trug immer noch den roten Backenbart. Er breitete die Arme aus, nachdem er Ines begrüßt hatte. »Na, altes Haus, so sieht man sich wieder.«

Stachelmann streckte ihm die Hand entgegen, entkam aber nicht der Umarmung. Ossi schlug ihm ein paarmal auf den Rücken. Stachelmann roch den Pfefferminz und die Fahne. »Ines, Frau Griesbach möchte dir etwas berichten«, sagte Stachelmann, um die Begrüßung zu beenden.

Ossi grinste kaum sichtbar und setzte sich auf die Lehne des Sofas, als wollte er zeigen, er sei auf dem Sprung, um aufzuklären, was aufzuklären war.

»Mein Mann ist verschwunden.«

Jetzt stand eine Frage in Ossis Gesicht. Er sagte nichts.

»Er ist nach Berlin gefahren«, sagte Stachelmann.

»Ach so«, sagte Ossi. Er klang enttäuscht. »Was glauben Sie, wie viele Leute mal für ein paar Tage verschwinden und dann wieder auftauchen? War er denn schon mal länger weg?«

»Nein, nie«, sagte Ines. »Deswegen bin ich ja so ängstlich. Er ist immer pünktlich, aber er hat einen Banktermin verpasst.«

»War der wichtig?«

»Es ging um die Finanzierung dieser Wohnung, wir überlegten, ob wir sie kaufen sollen. Der Besitzer hat sie uns angeboten.«

»Da kommt es ja nicht auf einen Tag an«, sagte Ossi. »Haben Sie denn in Berlin die Leute angerufen, bei denen er sein könnte?«

Sie nickte heftig. »Die haben auch versprochen, sie würden sich gleich bei mir melden, wenn er irgendwo auftaucht.«

»Also, wenn ich jetzt zum Kollegen von der Vermisstenstelle im LKA gehe mit dieser Sache, dann tippt der sich an die Stirn. Entschuldigung, aber es ist so. Ein erwachsener Mann, er ist doch gesund?«

Ines nickte.

»Hat er Papiere dabei, Ausweis, Führerschein?«

Ines nickte. »Bestimmt. Warum?«

»Sehen Sie, wenn ihm etwas passiert ist, ein Unfall oder so, dann würde die Polizei oder das Krankenhaus ihn anhand der Papiere identifizieren und Sie sofort benachrichtigen. Sie sind doch gemeldet in Hamburg?«

Sie nickte. Sie hatte große Augen.

»Haben Sie ein Bild von Ihrem Mann?«

Ines überlegte einen Augenblick, dann kramte sie in einer Umzugskiste, fand ein Fotoalbum, blätterte und zog ein Foto von einer Seite ab. Sie gab es Ossi, der warf einen kurzen Blick darauf und steckte es ein. »Ich lass mal meine Beziehungen spielen. Haben Sie eine Karte?«

Ines gab ihm eine Visitenkarte.

»Ich melde mich nachher. Und wir gehen heute Abend einen trinken, oder?«, fragte er Stachelmann. »Kommen Sie mit?«

»Ich will am Telefon bleiben«, sagte sie. »Aber kommen Sie beide doch zu mir. Es würde mir helfen.«

»Gut, ich sehe mal, was ich machen kann. Dann melde ich mich.« Ossi hob kurz die Hand und ging. Er erweckte den Eindruck, es gebe nichts Wichtigeres, als den Mann zu finden, der sich wahrscheinlich nur ein paar schöne Tage gönnte in Berlin.

Stachelmann erhob sich. »Ich komme wieder«, sagte er. »Wenn Ossi sich gemeldet hat, ruf mich bitte an. Ich bin in meinem Dienstzimmer. Hausarbeiten.« Er sagte ihr nicht, dass er jetzt nicht zusammen sein wollte mit ihr.

Er sah, wie sie etwas erwidern wollte, es aber dann unterließ. »Ja, ich melde mich.« Sie drehte sich weg, als er ging.

In seinem Dienstzimmer suchte er nach seinem Notizbuch, fand es aber nicht. Vielleicht hatte er es im Auto vergessen. Er nahm sich vor, noch am Abend nachzusehen.

Er blätterte in der Zeitschrift für Geschichtswissenschaft, als es klingelte. »Nichts«, sagte Ines. Sie klang erschöpft, fast außer Atem.

»Also keine Spur von Wolf.« Er wunderte sich, dass er ihn Wolf nannte.

Sie beachtete es nicht. »Keine. Kommst du? Dein Polizistenfreund hat sich schon angemeldet.«

»Soll ich was einkaufen?«

»Nein, ich habe genug Vorräte.«

Als er aufgelegt hatte, klopfte es an die Tür. Sie öffnete sich ein Stück und Anne schaute durch den Spalt. »Stör ich?« Sie klang fröhlich.

»Ich muss weg. Verabredung«, sagte er.

Er wartete auf eine Bemerkung. Aber Anne sagte nur: »Wegen Meyerbeck, Bohming hat mir was geflüstert. Wann hast du Zeit?«

»Montag«, sagte Stachelmann. »Wann du willst.«

Sie lächelte ihm zu und ging. Dann kamen die Schmerzen zurück, sie hatten dumpf gelauert und wurden jetzt scharf. In Wellen zogen sie die Beine hoch, griffen nach der Wirbelsäule und kniffen schließlich im Nacken. Er nahm zwei Tabletten und wartete. Wenn er Glück hatte, würde es etwa eine halbe Stunde dauern, bis sie wirkten, der Schmerz würde nicht verschwinden, aber schwächer werden. Als er ein Bein bewegte, schrie er auf, es war, als würde ihm jemand ein Messer ins Knie stoßen.

Er saß starr und dachte an den Abend. Ossi würde eine Show abziehen, wie er es immer getan hatte, wenn eine Frau dabei war. Er hatte das Imponiergehabe eines Pfaus, und es ließ ihn kalt, wenn man es ihm sagte. Stachelmann ruckelte auf dem Stuhl, um die Hüftgelenke zu entlasten, und biss die Zähne zusammen, weil die Knie immer noch höllisch schmerzten. Er überlegte nicht zum ersten Mal, ob er sich eine Liege ins Zimmer stellen sollte, die blöden Blicke am Anfang musste er aushalten. Er malte sich aus, was die Männer sagen würden: »Ist das Ding da für die Sprechstunde mit der netten Blonden aus deinem Hauptseminar?« Das wäre etwa Ostermanns Preislage. Und

Lehmann würde vielleicht bemerken: »In der Waagerechten wird der Kopf besser durchblutet, du solltest die Liege als Büromaterial angeben, dann kriegst du die Anschaffungskosten erstattet.« Der Sagenhafte würde kein Wort verlieren, aber einen vielsagenden Blick zum Himmel schicken. Allein Anne würde ihn verstehen. Er hatte es vor Jahren schon aufgegeben, Leuten zu erklären, was eine Arthritis ist.

Vorsichtig versuchte er das Knie zu bewegen. Es war wie blockiert, er überwand den Widerstand im Gelenk. Das Gleiche tat er mit dem anderen Bein. Es wurde besser.

Auf dem Weg zu Ines fiel ihm das Gehen noch schwer. Ossi war schon da. Stachelmann hörte seine laute Stimme, als er vor der Wohnungstür wartete. Ines hatte eine Jeans und einen Pulli an, sie war bleich, dunkle Ränder begannen sich unter ihren Augen zu zeigen.

Auf dem Tisch im Wohnzimmer standen Flaschen und Gläser. Zu essen gab es Pizzastücke.

»Und nun?« Er setzte sich auf einen Sessel.

»Ich habe herumtelefoniert, niemand hat ihn gesehen. Als wäre er gar nicht in Berlin gewesen«, sagte Ines. Sie klang erschöpft.

»Und ich habe mit Kollegen in Berlin telefoniert, ob irgendeine Meldung reingekommen ist über einen Unfall oder sonst was.« Stachelmann begriff gleich, was Ossi mit »sonst was« meinte. »Es ist nichts dabei, was mit dem Professor zu tun haben könnte. Anders gesagt, wenn man spurlos verschwinden wollte, müsste man es so machen wie Herr Griesbach.«

»Er verschwindet nicht einfach«, sagte Ines.

»Offenbar ist er es aber«, sagte Stachelmann. »Und du hast wirklich alle Freunde, Bekannten und Verwandten angerufen?«

Ines dachte nach. »Ja.«

»Auch welche von früher?«, fragte Ossi. Er nahm einen großen Schluck aus seinem Weinglas.

»Was heißt früher?« Ines sprach matt.

»Früher heißt Leute, mit denen man heute keinen Kontakt mehr hat, die man aber mal gekannt hat. So wie ich Jossi erst nach vielen Jahren mehr zufällig in Hamburg getroffen habe, weil das Abendblatt über einen Vortrag von ihm berichtet hatte.«

»Ach so«, sagte Ines.

»Wenn man einen Menschen finden will, muss man dessen Biografie betrachten. Vor allem muss man herausbekommen, wen er gekannt hat.«

»Ich verstehe«, sagte Ines. »Aber im Fall von Wolf kommt es mir absurd vor.«

»Warum?«

Stachelmann verfolgte den Dialog genau. Irgendwie kam es ihm vor, als belauerten sich die beiden. Ines schien auszuweichen. Nicht so, dass es hätte bewiesen werden können. Aber ihr behagten Ossis Fragen nicht. Sie wurde vielleicht an Dinge erinnert, die sie verdrängt hatte. Du spinnst, widersprach er sich gleich, die Frau ist fertig mit den Nerven und hält Ossis Fragerei für sinnlos. Sie musste wissen, ob es Zeitverschwendung war, in der Vergangenheit zu graben.

Als ahnte Ossi Stachelmanns Gedanken, sagte er: »Manchmal ist es die schwächste Spur, die zum Ziel führt. Irgendwas, das einem geradezu widersinnig vorkommt.« Er schniefte. »Oft verstehen die Leute nicht, warum wir diese oder jene Frage stellen.«

Ines schloss die Augen, beugte sich nach vorne und strich sich durchs Haar. Als sie die Augen öffnete, sagte sie: »Doch, Sie haben Recht. Mir ist da noch was eingefallen. Wolf hat vor vielen Jahren einen Freundeskreis gehabt. Der ist inzwischen zerstreut. Das waren Fluchthelfer. Wolf hat sich da sehr engagiert.«

»Also Leute, die andere Leute aus der DDR rausgeholt haben«, sagte Ossi.

»Ja, aber der Kontakt ist dann mit der Zeit abgebrochen.«

»Die Fluchthelfer hatten mit dem Fall der Mauer ausgedient«, sagte Stachelmann.

»Ja, und dann verlor sich der Zusammenhalt in der Gruppe. Es gab keinen Streit oder so, nur die Einsicht, dass diese Leute nicht viel mehr zusammengehalten hat als ihre Aktionen.«

»Und warum könnte Ihr Mann dann doch wieder Kontakt aufgenommen haben mit diesen Leuten?« Ossi goss sich sein Glas voll. Dabei kleckerte er auf den Tisch, Ines schien es nicht zu bemerken. Ossi nahm ein Taschentuch und wischte die Weintropfen weg. Dann lehnte er sich zurück. Er sah zufrieden aus, genoss seine Rolle.

»Er hat mir vor ein paar Monaten erzählt, einer von denen habe ihn angerufen.«

»Und was hat er gewollt?«

»Das weiß ich nicht. Mein Mann wusste, dass ich den nicht mochte. Warten Sie, gleich fällt mir der Name ein. Ein widerlicher Typ, entschuldigen Sie.«

»Was ist widerlich an ihm?«

»Ein paar von diesen Treffen haben damals bei uns stattgefunden. Und dieser, jetzt hab ich den Namen, Karsten Pawelczyk, also, dieser Pawelczyk hat mich, wie soll ich es sagen, ziemlich bedrängt. Hat mir aufgelauert, mir seine Visitenkarte zugeschoben, wenn er einen Augenblick allein war mit mir. Und er hatte einen Hang zu schmutzigen Witzen. Wenn er einen erzählte, hat er immer mich angeguckt. Ich hatte das alles schon vergessen. Mein Gott, was war dieser Typ abstoßend.«

»Haben Sie das Ihrem Mann erzählt?«

»Natürlich. Aber der hat nur gelacht. Pawelczyk sei eben einer, der überall Bestätigung suche. Dieser Drang habe ihn auch zum Fluchthelfer gemacht. Nach dem Mauerfall hat der rumgetönt und war beleidigt, dass man ihn nicht jeden Tag vierundzwanzig Stunden lang feierte.« Stachelmann hörte den Hass in ihrer Stimme.

»Kein Wunder, dass Sie diesen Kerl schnell vergessen wollten«, sagte Ossi. »Aber wie es scheint, sollten Sie ihn mal fragen. Er hatte immerhin vor kurzem Kontakt mit Ihrem Mann.«

Ines schüttelte leicht den Kopf.

»Soll ich ihn anrufen?«, fragte Stachelmann.

»Wenn du das tun würdest, wäre ich dir dankbar. Sehr dankbar.«

»Hast du die Nummer?«

»Weiß ich nicht, ich muss sie suchen.« Sie stand auf und verschwand in einem Nachbarzimmer. Ossi folgte ihr mit den Augen, bis sie die Tür geschlossen hatte. Dann pfiff er leise. »Die würde ich nicht verlassen, wenn ich der Professor wäre.«

»In einer Beziehung spielen nach ein paar Jahren auch ein paar andere Sachen eine Rolle«, sagte Stachelmann.

Ossi winkte ab. »Weiß ich doch. Trotzdem.«

Es dauerte lange, bis Ines zurückkam. In der Hand hatte sie einen Zettel. »In alten Unterlagen meines Mannes habe ich eine Telefonnummer gefunden, aber ob die noch stimmt?« Sie reichte Stachelmann den Zettel und deutete auf das Telefon im Ladegerät auf einer Kommode nahe der Tür.

Stachelmann wählte die Nummer. Das Besetztzeichen. »Ich versuch's nachher noch mal.« Er wünschte sich, dass Ossi ging. Aber der saß gemütlich auf dem Sofa und trank. Sie redeten Belangloses. Ossi berichtete von Heldentaten während des Studiums, und Ines tat so, als interessierte sie sich dafür. Je mehr Ossi trank, desto stärker übertrieb er. Nicht nur seine Rolle, sondern auch Stachelmanns. Dann sagte Stachelmann: »Nun hör auf mit den Heldensagen.«

Aber Ossi ging nicht, er goss sich sein Glas wieder voll und begann nun von der Arbeit der Mordkommission zu erzählen. Von einer Leiche ohne Kopf, von dem Vater, der seine Familie erschossen hatte und dann sich selbst, von Messerstechereien unter Albanern in Harburg. Es schien Stachelmann, als wollte Ossi mit jeder Geschichte zeigen, was für ein harter Mann er war, und immerhin, Ossi ertrug Leichen und Blut, er jagte Mörder. Alles Dinge, die Stachelmann sich nicht zutraute. Und doch stieß ihn die Angeberei ab.

Stachelmann war froh, dass er hin und wieder mit dem Telefon beschäftigt war. Wenn er wählte, dämpfte Ossi seine Stimme, und man hörte noch mehr, dass der Alkohol seine Zunge zu lähmen begann. Der Anschluss war immer besetzt.

»Vielleicht ist das Telefon von diesem Pawelczyk kaputt«, sagte Stachelmann.

»Störungsstelle«, sagte Ossi.

»Versuch es doch nachher noch mal«, sagte Ines.

Stachelmann schaute auf die Uhr. Wenn er bald losging, kriegte er den Zug um 23 Uhr 07 noch. Er stand auf. Ines schaute Stachelmann an und warf dann einen strengen Blick auf Ossi. »Vielleicht bestellst du Ossi ein Taxi«, sagte Stachelmann. Ines wählte eine Nummer und bestellte einen Wagen.

»Was, ist schon zu Ende?« Ossi stand auf, er wankte nicht. Sein Gesicht war gerötet. »Sie werden es sehen. Irgendwann klingelt's an der Tür, und dann steht da dieser Professor und sagt: Tschuldigung, war spazieren, hat ein bisschen länger gedauert.« Ossi lachte schrill. Dann hörte er schlagartig auf und schaute Stachelmann und Ines an. »Das ist in solchen Fällen fast immer so«, murmelte er.

Als es an der Wohnungstür klingelte, schob Stachelmann Ossi zur Tür. Ines begleitete sie zum Taxi. Ossi umarmte Stachelmann, Ines entzog sich ihm. Dann stieg er auf den Beifahrersitz und knallte die Tür zu. Er hob die Hand und schaute nach vorn, als das Taxi losfuhr. Ines stellte sich vor Stachelmann. Sie strich ihm über die Haare. »Immerhin ist er hilfsbereit«, sagte sie.

»Tut mir Leid.«

»Nein, nein. Das ist in Ordnung. Er trinkt zu viel, er ist enttäuscht von seinem Leben, glaube ich. Hat was furchtbar Depressives. Ich möchte nicht wissen, was er denkt, wenn er nachher einzuschlafen versucht.«

»Er wird noch ein bisschen trinken, da denkt man nicht so viel.«

Sie lächelte kurz. »Und du hilfst mir?«

Ihr Gesicht war dicht vor seinem. Er schaute ihr in die Augen, sie war ihm nah, und doch fühlte er die Entfernung. Da war etwas in ihm, das ihn hinderte, sie in den Arm zu nehmen. »Ist ja einfach. Ich rufe diesen Pawelczyk an, dann sehen wir weiter.«

Sie stellte sich auf die Zehenspitzen und küsste ihn auf den Mund. Dann drehte sie sich um und ging.

Er eilte zum Dammtorbahnhof und dachte nach über das, was Ines über Ossi gesagt hatte. Sie konnte Menschen einschätzen, erstaunlich schnell hatte sie Ossis Fassade durchschaut, sein Gehabe, das andere nervte, ihn aber anstrengen musste.

Zu Hause wählte er noch einmal die Nummer. Diesmal hörte er den Rufton. Es klickte. »Ja, bitte?« Eine Männerstimme.

»Spreche ich mit Herrn Karsten Pawelczyk?«

»Mit wem spreche ich?«

»Dr. Josef Maria Stachelmann. Ich suche Herrn Professor Wolf Griesbach.«

»Ich bin Karsten Pawelczyk.« Die Stimme klang freundlicher. »Ich wollte nicht unhöflich sein, aber es rufen nachts manchmal komische Leute an.«

»Tut mir Leid, wenn ich …«

»Nein, nein. Ich gehe spät ins Bett. Sie stören gar nicht.«

»Ich will Sie nicht lange aufhalten. Ich vermisse meinen Kollegen Griesbach. Vielleicht wissen Sie, wo er ist.«

»Nein, das weiß ich nicht. Sie rufen wohl im Auftrag von Frau Griesbach an?«

»Ja.«

»Und sie kann nicht selbst anrufen?«

»Ich habe es übernommen, sie ist beunruhigt.«

»Das kann man verstehen.«

»Wann haben Sie Herrn Griesbach zum letzten Mal gesehen?«

»Vor ein paar Monaten, vielleicht ist es auch schon ein Jahr her.«

»Wann genau? Es ist wichtig.«

Pawelczyk schwieg einen Augenblick. »Da müsste ich mal nachdenken.«

»Sie haben ihn bestimmt nicht am Dienstagabend gesehen? Oder vorgestern?«

Pawelczyk zögerte einen Augenblick. »Nein, reicht es nicht, wenn ich es einmal sage?«

»Entschuldigung«, sagte Stachelmann. »Am späten Nachmittag habe ich ihn noch in Hamburg gesehen. Da hat er seinen Einstand gegeben. Und danach ist er nach Berlin gefahren. Ich bin auf Sie gekommen, weil Sie Wolf Griesbach angerufen haben.«

»Ach so«, sagte Pawelczyk.

»Darf ich fragen, was Sie von ihm wollten?«

»Stimmt, ich habe ihn angerufen.« Er sprach langsam, wie um Zeit zu gewinnen. »Am Telefon möchte ich Ihnen die Sache aber nicht erzählen. Eigentlich eher gar nicht.«

»Darf ich fragen, warum? Immerhin wird Herr Griesbach vermisst.«

»Sucht die Polizei ihn schon?«

»Ja, aber inoffiziell.«

»Aha.«

»Dann treffen wir uns morgen Nachmittag, so gegen sechzehn Uhr, einverstanden?«

»Einverstanden.«

Stachelmann ließ sich die Adresse geben, Wittgensteiner Weg 7 in Spandau. Als er aufgelegt hatte, staunte er über sich selbst. Er hatte seine Mutter besuchen wollen an diesem Wochenende, jetzt fuhr er nach Berlin, um mit einem Mann zu reden, der ihm wohl nur berichten konnte, dass Griesbach ihn besuchen wollte. Warum ließ er sich darauf ein? Warum hatte er nicht darauf bestanden, dass Ines mit Pawelczyk telefonierte? Er vergeudete seine Zeit. Was ging ihn die Geschichte an? War es das schlechte Gewissen, das ihn trieb, Griesbach zu suchen? Er fand keine Antwort. Er war müde und schaltete gleich das Licht aus, Hornblower musste warten. Kurz bevor Stachelmann einschlief, kam ihm der Gedanke, dass er einen Fehler machte.

* * *

Die Augen brannten. Er saß im Zimmer des Vernehmers, der Läufer bewachte ihn. Der sprach kein Wort, nachdem er befohlen hatte: »Hinsetzen!«

Dann hörte der Gefangene die Tür in seinem Rücken. Ein Mann, dessen Stimme der Gefangene nicht kannte, befahl den Wächter hinaus. Der Vernehmer setzte sich hinter den Schreibtisch, der zweite Mann stellte sich hinter den Gefangenen.

»Sie sind überführt«, sagte der Vernehmer selbstsicher. »Staatsfeindliche Verbindungsaufnahme mit einer feindlich-negativen Organisation im Westen mit dem Ziel, die Arbeiter-und-Bauern-Macht zu untergraben und zu beseitigen. Dazu kommt Republikflucht in einem besonders schweren Fall, bewaffnet, mit technischen Hilfsmitteln und organisiert zusammen mit staatsfeindlichen Menschenhändlern. Ihre Komplizin Helga Naujocks hat alles gestanden.« Er zog eine Mappe aus der Aktentasche. Er schlug die Mappe auf. »Hier ist das Protokoll.« Er deutete auf eine Stelle. »Und das ist die Unterschrift von Helga Naujocks. Ihre Freundin ist klüger als Sie.«

»Das ist doch alles Unsinn«, sagte der Gefangene. »Sie fantasieren. Wenn Helga Naujocks so etwas gestanden hat, dann lügt sie. Aber ich glaube nicht, dass sie das ausgesagt hat.«

»Wollen Sie behaupten, wir lügen?«, brüllte der zweite Mann.

Der Gefangene erschrak. »Ich behaupte nichts. Ich weiß nur, es ist die Unwahrheit.« Der Gefangene klammerte sich mit den Händen an die Sitzfläche des Hockers. Er wusste, was die beiden Männer trieben. Einer spielte den Bösen, damit er Vertrauen fasste zu seinem Vernehmer, der freundlich tat. Er wünschte sich, der Böse würde verschwinden, er bemerkte, er hatte sich an seinen Vernehmer gewöhnt. Er spürte die Gefahr, die aus der Gewöhnung erwuchs. Da lauerte schon die Idee, es seinem Vernehmer nicht zu schwer zu machen.

Der Böse sagte: »Dann gesteht er eben nicht. Gibt ein paar Jahre mehr auf Staatskosten. Hat schon eine Menge schmarotzt. Ist auf den Geschmack gekommen.«

Der Gefangene schwieg.

Der Böse brüllte: »Mann, sind Sie dumm. Sie versauen sich Ihr Leben. Und das Ihrer Komplizen gleich mit. So wie Sie führt sich ein Feind auf. Sind Sie ein Feind, sind es die anderen auch. Ein Geständnis, sauber und ehrlich, stimmt das Gericht milde.« Er wandte sich an den Vernehmer: »Ich kenne diese Typen, die verrennen sich. Nachher die große Reue, aber dann ist es zu spät. Die Wahrheit hat ihre Zeit.«

Er stand auf und ging.

»Tut mir Leid«, sagte der Vernehmer. »Ich konnte es nicht verhindern.«

Der Gefangene spürte, wie die Müdigkeit an seinen Nerven zerrte. Hatte es einen Sinn, sich zu wehren? Sie würden in die Anklageschrift schreiben, was sie wollten. Der Unterschied war nur, ob er gestand oder nicht. Ein paar Jahre mehr oder ein paar Jahre weniger. Und Helga?

Ihm fiel ein, wie er sie kennen gelernt hatte. Sie hatte im Seminar neben ihm gesessen, zufällig. In der Pause hatten sie begonnen zu witzeln über den Dozenten, der nicht zu übertreffen war an Langeweile. Die Geschichte ist die Geschichte von Glassengämbfen, rezitierte er, ohne jemals seine Stimme zu heben oder zu senken. Das Studium der Geschichte an der Humboldt-Universität war aber kein Glassengambf, sondern eine Strafe, vor allem das Grundstudium. »Eine marxistisch-leninistische Glibbschule«, sagte Helga, als sie sich abends in einer Kneipe trafen. Und er bedauerte es, dass sich Geschichte nicht mit K schrieb. Es war selbstverständlich, dass sie zusammenblieben. So hielten sie es besser aus. »Ob Marx gewollt hätte, dass wir ihn auswendig lernen?«, fragte Helga.

Und er fragte: »Ist das überhaupt Marx, was wir auswendig lernen?«

Sie vertrauten sich, ohne sich geprüft zu haben. Es war keine Zeit für Witze. Hätte Helga ihn verpfiffen oder er Helga, dann hätte ihnen die FDJ-Leitung wenigstens eine Rüge verpasst. Oder die Direktion hätte sie verwiesen von der Universität.

»Das gefällt mir«, sagte der Vernehmer. »Sie denken nach. Lassen Sie sich Zeit. Wir haben es nicht eilig, wir sind gründlich. Die Wahrheit braucht ihre Zeit.«

»Haben Sie studiert?«, fragte der Gefangene den Vernehmer.

»Sind wir jetzt beim gemütlichen Teil?«, fragte der Vernehmer. Er zuckte mit den Achseln, als wollte er sagen, er sei nicht so pingelig. »So was Ähnliches. Wir haben da eigene Einrichtungen.«

»Haben Sie M-L studiert?«

»Natürlich.«

»Und wie fanden Sie das?«

»Es ist doch gut, wenn man weiß, wie die Welt funktioniert.«

»Die Geschichte ist die Geschichte von Klassenkämpfen.«

»Genau.«

»Und wir sind auf der Seite der Sieger.«

»Sie nicht«, sagte der Vernehmer. Er lächelte, wie um dem Satz die Schärfe zu nehmen.

6

Er verfluchte sich dafür, dass er sich eingelassen hatte auf die Tour nach Berlin. Beim Frühstück mühte er sich, die Sache zu einem Ausflug umzudenken. Er war schon lange nicht mehr in Berlin gewesen, seit dem Fall Holler nicht. Er suchte seinen Autoatlas und fand ihn in einem Schreibtischschubfach. Kauend fuhr er mit dem Finger von Lübeck nach Spandau. Die Strecke war einfach, wenn er sich beeilte, war er am Abend wieder zu Hause. Dann hatte er seine Pflicht getan und konnte sich Meyerbecks Akten und seinen Studenten widmen, endlich auch seiner Habilitationsschrift. Dann mochte Griesbach bleiben, wo der Pfeffer wuchs. Stachelmann ärgerte sich über Griesbach. Kein Zweifel, der Herr amüsierte sich irgendwo, und es war ihm egal, ob sich jemand sorgte. Die Fahrtkostenabrechnung, werter Herr Kollege, wird nicht auf sich warten lassen. Das kostet Sie mindestens ein opulentes Essen im teuersten Fresstempel an der Elbchaussee.

Er packte ein paar Sachen ein für den Fall, dass er über Nacht bleiben musste. Dann fuhr er los. Hochnebel tauchte alles in Grau. Er stellte den Scheibenwischer auf Intervall, um die feinen kalten Regentropfen wegzuwischen. Der Geruch von Schnee lag in der Luft.

Stachelmann überlegte, ob er NDR 2 hören sollte wegen des Verkehrsfunks, aber dann verzichtete er auf die Warnung vor Staus, in denen man meist schon stand, wenn man gewarnt wurde. Auf NDR 3 fand er die Übertragung eines elegischen Mozartkonzerts, das zum Wetter so gut passte wie zu Stachelmanns Laune. Aber du bist ja selbst schuld. Macht dir eine schöne Augen und ein bisschen mehr, schon bist du Wachs in ihren Händen. Wenn er zurück war aus Berlin, dann hatte er seine Hilfsbereitschaft gezeigt, kein Grund für ein schlechtes Gewissen. Er schimpfte leise vor sich hin über ein Elefantenrennen, das sich über Kilometer hinzog, obwohl es Lastwagen hier verboten war zu überholen. Die Laster blieben das einzige Hindernis auf dem Weg nach Spandau.

Karsten Pawelczyk wohnte in einer Einfamilienhaussiedlung, sie ähnelte der Gegend, wo seine Mutter lebte. Er hätte sie längst besuchen sollen. Stachelmann fand gleich die 7. Es war ein zweistöckiges Haus aus sandfarbenem Klinker mit einem eingelassenen Balkon unter dem Spitzdach. Über dem Balkon war die Mauer holzvertäfelt. Die Fenster im Erdgeschoss waren mit Gittern versehen. Die Tür war holzverkleidet, sie sah massiv aus. Es gab nur eine Klingel, das Klingelschild war nicht beschriftet. Stachelmann drückte den Knopf, ein Glockenton erklang wie in weiter Ferne. Dann wurde die Tür einen Spalt geöffnet, eine Sicherheitskette spannte sich. Ein Gesicht schaute durch den Spalt. Es war knochig, mit kleinen Augen hinter einer schweren runden Brille aus Horn. Der Mann hatte eine Stirnglatze, die Haare fielen glatt in den Nacken. Der sieht nicht aus wie ein Casanova, dachte Stachelmann.

»Ich bin Dr. Stachelmann.«

Der Mann zog die Tür fast zu, entfernte die Kette und öffnete die Tür. Er streckte Stachelmann die Hand hin. »Ich bin Karsten Pawelczyk.« Er sprach leise und langsam.

Er führte Stachelmann durch eine mit Akten, Büchern und Möbeln fast blockierte Diele in das Wohnzimmer. Auch hier lag vieles durcheinander. Pawelczyk befreite einen Sessel und das Sofa von Ordnern und Büchern. Er warf sie auf den Boden, es staubte. Dann wies er auf den Sessel und verschwand. »Sie trinken bestimmt einen Kaffee mit.«

Stachelmann überlegte, ob es in der Küche so schmutzig war wie im Wohnzimmer, sagte aber nichts. Er sah durch die Terrassentür zum Garten hinaus, wo Gartengeräte, Reifen und Fahrradteile durcheinander lagen. Pawelczyk kam zurück mit einer Thermoskanne und zwei Tassen. Er goss ein und setzte sich aufs Sofa.

»Sie suchen also Wolle?«

»Wolf Griesbach. Wie ich Ihnen am Telefon sagte, ist er Dienstagabend nach Berlin gefahren, seitdem wird er vermisst.«

»Von Ines?«

»Ja.«

»Ist sie noch schön?«

Stachelmann zögerte. »Ich kann es nicht vergleichen. Aber sie ist eine attraktive Frau.«

»Vielleicht ein bisschen dürr«, sagte Pawelczyk. »Früher jedenfalls.«

»Vielleicht. Haben Sie Griesbach gesehen?«

Pawelczyk schüttelte den Kopf. Seine Haare wedelten mit. Stachelmann erkannte graue Strähnen. »Das habe ich doch schon gesagt. Sie dürfen mir ruhig glauben. Aber ich weiß, wo Sie ihn suchen müssen.«

»Und wo?«

»Fragen Sie mal den Henry Wittstock.«

Stachelmann spürte Zorn aufsteigen. Er hätte den Mann am liebsten angeschnauzt. Ist das ein Ratespiel? Erklären Sie mir die Regeln! Stattdessen sagte er betont sanft: »Wer ist Henry Wittfogel?«

»Stock«, sagte Pawelczyk. »Wittstock.«

Stachelmann nickte.

»Er war gewissermaßen das Gleiche wie ich und Wolle.«

»Ach ja. Und was sind Sie?«

»Das wissen Sie nicht?«

»Nein.« Er hätte gerne gefragt, warum er Pawelczyk die Antworten wie Würmer aus der Nase ziehen musste.

»Dann tappen Sie ja im Dunkeln.«

»Ja.«

»Na, dann wollen wir mal das Licht einschalten.« Pawelczyk grinste. Er genoss es, Stachelmann zappeln zu lassen.

»Ich habe immer gewusst, dass Wolle mal draufgehen würde.«

»Draufgehen?«

»Glauben Sie, der ist abgetaucht oder auf den Fidschiinseln, vergnügt sich mit Südseeschönen? Wenn Wolle verschwindet, einfach so, dann ist er tot. Da gibt es nur zwei Möglichkeiten. Unfall oder Mord.«

»Jetzt verraten Sie mir bestimmt gleich, wo ich die Leiche finde.«

Pawelczyk ließ sich nicht beunruhigen. Er grinste. »Eines nach dem anderen. Und so viel weiß ich dann doch nicht.« Er lehnte sich zurück, wischte über die Sitzfläche des Sofas, Staub stieg auf. »Aber irgendwo wird die Leiche schon sein. Haben Sie die Krankenhäuser abgeklappert?«

»Nicht ich, aber ein Bekannter.«

»Das spricht für Mord.«

»Und wer ist der Mörder?«

»Das weiß nur Henry.«

»Wo finde ich diesen Henry?«

»Eines nach dem anderen.«

»Sie haben vorhin gesagt, Griesbach sei das Gleiche gewesen wie Sie und Henry. Was waren Sie?«

»Wir haben Leute rausgeholt aus der DDR. Wir waren Fluchthelfer. Wir haben unser Leben riskiert dafür, dass andere in die Freiheit kamen.«

Stachelmann wusste es, aber er sagte nichts. Er begriff, Pawelczyk genoss dieses Gespräch. Der fühlte sich unwichtig seit dem Untergang der DDR, Heldentaten waren nicht mehr gefragt. Er hatte wohl seit Jahren keine Möglichkeit gehabt, von früher zu erzählen. Wer interessierte sich noch für Fluchthelfer? Selbst die einstigen Bürgerrechtler sind großteils in der Versenkung verschwunden, erst recht die Fluchthelfer, umgab die doch der Geruch der Geschäftemacherei. »Umsonst haben Sie es ja nicht gemacht«, sagte Stachelmann. Er bereute die Bemerkung gleich. Welchen Sinn hatte es, den Mann zu verärgern?

Der ärgerte sich nicht, jedenfalls ließ er sich nichts anmerken. »Na, die Unkosten wollten wir schon raushaben. Fluchthilfe war teuer und riskant. Es hat nicht wenige erwischt, die genossen dann den Sozialismus ganz real in Bautzen, Rummelsburg und so.« Er ließ sich Zeit für jedes Wort.

»Sie nicht.«

»Ich nicht.«

»Lassen Sie mich zurückkommen auf den Grund meines Besuchs. Sie sagten, Griesbach sei tot.«

»Wolle ist zuverlässiger als eine Schweizer Uhr. Wenn der verschwindet, ist er tot. Sonst würde er sich melden. Es sei denn, er wäre ein anderer Mensch geworden. Ohne Wolle hätte unser Laden nicht so gut funktioniert.«

»Der war also auch Fluchthelfer.«

»Sag ich doch.«

Zum ersten Mal glaubte Stachelmann Ungeduld in Pawelczyks Augen zu entdecken. »Hier in Berlin?«

»Hier in Berlin.«

»Und dieser Henry, wo wohnt der?«

»Weiß ich nicht. Ich weiß nur, dass der vor ein paar Jahren umgezogen ist. Hatte 'ne Wohnung in Kreuzberg, jetzt soll er im Osten hausen. Der hat immer mit Wolle zusammengehockt. Wenn Wolle in Berlin war, dann hat er bestimmt Henry besucht. Henry kam auch aus der DDR, ist freigekauft worden.«

»Henry Wittstock«, wiederholte Stachelmann. Er kramte in seinem Jackett, dann fiel ihm ein, er hatte seinen Notizkalender verlegt. »Haben Sie ein Blatt Papier für mich?«

»Nehmen Sie eins«, sagte Pawelczyk. Er deutete auf einen Haufen neben dem Wohnzimmertisch.

Stachelmann griff in Staub und zog ein Blatt vom Stapel, die eine Seite war beschriftet mit Schreibmaschine, die andere leer bis auf Bleistiftkritzeleien. Er notierte den Namen und bat Pawelczyk um ein Telefonbuch. Er fand einen Wittstock, Heinrich, Stachelmann schrieb die Nummer auf. Eine Adresse war nicht vermerkt. Stachelmann überlegte, ob er Pawelczyk noch ein paar Fragen stellen sollte, aber er hatte keine Lust, sich dessen Selbstdarstellungsdrang weiter auszusetzen. Er forschte nicht über Fluchthelfer, sondern wollte herausfinden, wo Griesbach sich herumtrieb. Dieser Wittstock würde ihm am Telefon gleich sagen können, ob er wusste, wo Griesbach sich aufhielt. Und dann konnte Stachelmann mit gutem Gewissen nach Hause fahren. Stachelmann faltete den Zettel und stand auf.

»Und was war das, was Sie mir am Telefon nicht sagen wollten?«

Pawelczyk winkte ab. »Nicht wichtig.«

»Wichtig genug, um mich nach Berlin fahren zu lassen.« Stachelmann spürte die Wut in sich aufsteigen.

»Das war nicht meine Idee. Und was machen Sie nun? Fahren Sie zu Henry?«

»Ich weiß nicht«, log Stachelmann. Je länger er mit Pawelczyk zu tun hatte, desto mehr widerte der ihn an. Ein Schwätzer, entschied Stachelmann, ein Wichtigtuer. Für dieses Geschwätz musste er nach Berlin reisen. Er reichte Pawelczyk widerwillig die Hand und ging. Stachelmann sah ihn im Augenwinkel an der Tür stehen, als er wegfuhr. Nach der ersten Ecke parkte er den Wagen am Straßenrand. Dann nahm er sein Handy und wählte Wittstocks Nummer. Es meldete sich ein Anrufbeantworter. Stachelmann bat um Rückruf und hinterließ seine Handynummer. Er fuhr ein Stück weiter, bis er ein Café fand.

Er saß allein im Gastraum, hin und wieder sah er in einem Wandspiegel, wie die Tür sich öffnete und Leute am Tresen Kuchen kauften. Er blätterte in den Zeitschriften, die auslagen, und staunte, worüber Journalisten schrieben und was Menschen lasen. Ein Bericht über Schönheitsoperationen brachte ihn zum Lachen. Eine alte Frau servierte ihm einen Kaffee und ein Stück Schokoladentorte, dem er ansah, was es in seinem Magen anrichten würde. Er hatte gerade den ersten Bissen hinuntergeschluckt, da klingelte sein Handy. Er war überrascht, als Ines sich meldete. Sie fragte, ob sie ihn störe.

»Nein.«

»Hast du ihn gefunden?«

»Nein.«

»Ich stör dich doch.«

»Nein. Offen gesagt, ich weiß nicht, was ich hier soll. Warum suche ich deinen Mann? Was geht es mich an?«

»Du hast Recht. Du verplemperst deine Zeit. Tut mir Leid, ich war egoistisch. Fahr nach Hause.« Sie sprach sanft.

Ihr Verständnis rührte ihn. »Ich bin genervt, dieser Pawelczyk ist schuld, dass ich nach Berlin gefahren bin. Und das nur, um mir sein Geschwätz anzuhören.«

»Der ist ein Angeber, ich weiß. War er früher auch. Und nun?«

»Jetzt warte ich auf den Rückruf eines Heinrich Wittstock.«

»Henry«, sagte sie. »Ja, den hatte ich ganz vergessen. Der könnte was wissen.«

»Warum war dein Mann Fluchthelfer?«

»Aus Überzeugung.«

»Und die anderen?«

»Angeblich auch. Aber ich würde nicht für jeden von denen meine Hand ins Feuer legen.«

»Du magst die nicht?«

»Zu meinem Freundeskreis zählten sie nicht. Die haben sich aufgeplustert, aber ich gebe zu, es waren mutige Leute. Und ein paar haben sie ja rausgeholt. Wolf hat damals mehr Zeit mit denen verbracht als mit mir. Ich war ein bisschen eifersüchtig, nimm mich also nicht zu ernst. Wann kommst du?«

Stachelmann verwirrte die Frage. Sollte er zu ihr kommen, während sie ihren Mann vermisste?

»Erst muss ich mit diesem Henry Wittstock sprechen. Dann hat dieser Trip vielleicht doch einen Sinn.« Er schaute auf die Uhr. »Kann sein, dass ich es heute nicht mehr schaffe.«

»Du Armer.« Er hörte ihre Sorge.

»Ist nicht schlimm.«

»Ich bezahle das.«

»Später.«

Als sie aufgelegt hatte, rief er bei Wittstock an, wieder der Anrufbeantworter. Er bezahlte und fragte die alte Frau nach einem Hotel in der Nähe. Sie erklärte ihm den Weg zu einer Pension »Zur Post« wenige Straßen weiter. Er fand sie gleich. In dem schäbigen Hotelflur wartete hinter einem Tresen ein junger Mann auf Gäste. Er war freundlich und flink. Als Stachelmann in seinem Zimmer saß im zweiten Stock, hörte er den Lärm der Straße. Er schalt sich, er hätte besser zuerst in den Stadtplan geschaut, dann wäre ihm das nicht passiert. Aber er hatte keine Kraft mehr, ein neues Hotel zu suchen. Die Knie schmerzten, der Rücken sowieso. Er streckte sich auf dem Bett aus, es quietschte. So, wie er da lag, erinnerte es ihn an seine Nacht in einer Absteige irgendwo in Berlin-Mitte vor zwei Jahren, als er auf der Flucht war. Das nächste Mal im Adlon, murmelte er vor sich hin. Von draußen drang das Dröhnen eines schweren Lastwagens ins Zimmer. Wahrscheinlich lag in der Nähe eine Ampelkreuzung. Das Bett war eine Qual, er spürte es schon, die

Luft war stickig und der Lärm höllisch, in dieser Nacht würde er kaum ein paar Minuten schlafen. Draußen flackerte das Licht einer kaputten Neonlaterne. Er erschrak, als das Handy klingelte. »Wittstock.«

Stachelmann redete nicht lange drum herum.

»Nein, ich weiß nicht, wo Wolle ist. Ich habe ihn seit Jahren nicht mehr gesehen.«

»Ich würde trotzdem gerne mit Ihnen reden. Passt es vielleicht heute Abend noch?«

»Unmöglich, tut mir Leid. Vielleicht morgen Vormittag, so gegen zehn?«

Stachelmann ließ sich die Adresse geben und verabschiedete sich. Dann zog er sich aus, nahm seine Tabletten und legte sich ins Bett. Er starrte an die Decke, das Licht der Laterne flackerte durch den geschlossenen Vorhang. Der Verkehrslärm ließ nach, irgendwann schlief Stachelmann ein. Er träumte von Lastwagen, die auf ihn zurasten, und einem Mann in einem Haus voller Gerümpel, der so langsam redete, dass es einen wahnsinnig machte. Er wachte auf vom Rückenschmerz und drehte sich um. Es half nicht lang. Bevor die Sonne aufging, gab er auf und ging unter die Dusche. Das Wasser tröpfelte mal kalt, mal warm.

Er schaute auf die Uhr, es war bald sechs. Stachelmann zog sich an und stieg die Treppe hinunter. Am Empfang war niemand, durch eine halb geöffnete Tür sah er den jungen Mann auf einem Sofa liegen, den Mund weit geöffnet. Stachelmann ging hinaus und lief die Straße entlang. Es war ruhig. Der kalte Wind vertrieb die Müdigkeit, die Gelenke waren noch steif, die Augen brannten. Er beugte die Knie ein paarmal, es wurde besser. Er kehrte zurück zur Pension, der Mann schlief immer noch. Stachelmann überlegte, ob er die Glocke benutzen sollte, die auf dem Tresen stand, aber dann überlegte er es sich anders. Vor der Haustür hatte er einen kleinen Stapel Zeitungen gesehen, er zog die Welt am Sonntag heraus und ging auf sein Zimmer. Er blätterte in der Zeitung und döste, bis es sieben Uhr war. Dann wählte er die Nummer der Rezeption. Es dauerte eine Weile, bis der junge Mann abhob. Ja, der Herr Dr. Stachelmann könne schon Frühstück haben.

Beim Frühstück suchte Stachelmann auf der Karte die Strecke zu Wittstock. Der wohnte in der Rüdigerstraße 15 in Lichtenberg. Stachelmann musste also durch die Innenstadt fahren. Er bezahlte und verließ das Hotel. Er legte seine Reisetasche in den Kofferraum. Erstaunlich, so müde war er gar nicht.

Berlin ist leer an einem Sonntagmorgen, er fand den Plattenbau schnell, in dem Wittstock wohnte. Stachelmann wartete im Auto, bis es zehn Uhr war. Pawelczyk hatte ihn umsonst nach Berlin fahren lassen, auch Wittstock redete nicht gern am Telefon. Warum sagten sie nicht einfach, wir wissen nichts oder wir wissen das und das, und dann mochten die Auskünfte helfen oder nicht?

Kurz vor zehn öffnete er die Haustür und suchte den Namen auf den Briefkästen im Eingangsflur. Meyer/Wittstock stand da, aber nicht, in welchem Stock. Er verließ das Haus noch einmal und entdeckte erst jetzt die Klingeln. Er fand auch hier Meyer/Wittstock und drückte. Es tat sich nichts. Er drückte noch einmal. Nichts. Er ging wieder ins Haus und schaute sich um. Er entdeckte einen Aufzug, drückte auf den Knopf, um ihn zu holen, aber es bewegte sich nichts. Er drückte mehrmals, ohne Erfolg. Dann hörte er schlurfende Schritte und ein Klopfen in seinem Rücken. Ein Mann mit Stock kam die Treppe herunter. »Der geht nicht«, sagte er.

»Und die Klingeln?«

»Schon lange nicht mehr. Die KWV tut nichts. Wie früher.« Er ging schimpfend hinaus, und Stachelmann fluchte leise, dass er den Mann nicht gefragt hatte, wo Wittstock wohnte. Stachelmann stieg die Treppe hinauf und las die Namen auf Klingelschildern und Türen. Kitschwerke an Wohnungstüren und auf Fußabtretern, goldglänzende Namensschilder, hin und wieder waren nur Zettel in die Plastikfenster der Klingel gesteckt, mit Kugelschreiber beschriftet. Im siebten oder achten Stock legte Stachelmann eine Pause ein, die Knie schmerzten böse. Er lehnte sich an die Wand. Irgendwo pfiff ein Teekessel, er hörte ein Fernsehgerät und zwei oder drei Radios. Ein Kind schrie, eine Frau übertönte es. Er schaute aus dem Fenster, feine Schneeflocken tanzten im Wind. Ein Wartburg fuhr los mit einer schwarzen Wolke aus dem Auspuff. Gedämpft drang das Geknatter des Zweitakters durch die Scheibe. Stachelmann hatte den Geruch verbrannten Öls in der Nase, obwohl er unmöglich die Auspuffgase des Autos riechen konnte. Dann wurde der eingebildete Geruch überlagert durch die Erinnerung an den Braunkohledunst, unter dem die DDR lag, wenn es kalt wurde. Eine Tür öffnete sich und fiel gleich wieder zu. Stachelmann glaubte, ein Huch gehört zu haben. Die Tür öffnete sich langsam wieder. Der Kopf einer jungen Frau erschien. »Wollen Sie zu mir?«

»Nein.« Stachelmann schüttelte den Kopf. »Ich suche Herrn Wittstock.«

»Da müssen Sie noch ein paar Treppen höher. Ich glaube, die wohnen im elften Stock oder im zwölften.«

Stachelmann stieg die Treppen weiter hoch. Dann entdeckte er die Tür mit den in Holz geritzten Namen Meyer/Wittstock. Vor der Tür ein Fußabtreter mit der Aufforderung »Haxen abkratzen«. Er klingelte. Der Türspion verdunkelte sich kurz, dann öffnete sich die Wohnungstür, eine Kette spannte sich im Spalt. Eine klein gewachsene Frau mit kräftig geschminktem Gesicht schaute ihn stumpf an. »Ja?«

»Ich bin mit Herrn Wittstock verabredet.«

Die Frau drehte sich um. »Henry! Eena für dich!« Sie hatte eine ordinäre Stimme. »Nu komm!«

Das Gesicht der Frau verschwand, das fleischige Gesicht eines Mannes erschien. »Sie sind der Herr Stachelmann?«

Als Stachelmann nickte, zog der Mann die Kette aus dem Verschluss, öffnete die Tür und trat zur Seite. »Na, dann kommense mal.« Auch er berlinerte, aber es klang gemütlich. Wittstock führte Stachelmann in die Küche. Sie glänzte vor Sauberkeit. Die Frau war in einem anderen Zimmer verschwunden. Wittstock stellte eine Tasse auf den Tisch. »Milch? Zucker?«

»Schwarz«, sagte Stachelmann.

»Auch gut.« Wittstock strich sich durch die kurzen roten Haare.

Er goss Stachelmann einen Kaffee ein. »Nehmen Sie Platz.« Er setzte sich Stachelmann gegenüber an den Küchentisch, das Fenster im Rücken. Die Schneeflocken waren dicker geworden. »Sie suchen Wolle?«

Stachelmann nickte. »Ich hoffe, Sie können mir helfen.«

»Und warum suchen Sie ihn?«

»Seine Frau vermisst ihn.«

Wittstock überlegte. »Wie hieß die noch mal, Irene?«

»Ines«, sagte Stachelmann.

»Stimmt, 'n hübscher Käfer. Nicht mein Fall, aber« – seine Hände formten zwei Hügel vor der Brust – »ein hübscher Käfer.«

Stachelmann trank einen Schluck Kaffee, er war dünn. »Wann haben Sie Herrn Griesbach zuletzt gesehen?«

Wittstock blies Luft durch die nach vorn gewölbten Lippen aus. »Vor ein paar Jahren.«

»Das heißt, Sie können mir nicht helfen.« Stachelmann mühte sich, seinen Zorn nicht zu zeigen.

»Das heißt es nicht.« Er drehte seinen Kopf zur Tür. »Hertha, wie heißt die Kleingartensiedlung, wo wir mit Wolle manchmal einen gehoben haben?«

Keine Antwort.

»Hertha!« Er brüllte.

Eine Tür klapperte. Sie erschien. »Wat is?«

Wittstock wiederholte die Frage.

»Haste Alzheimer?«, fragte Hertha gelassen. »Det weeß doch jeda.« Sie ging.

»Mensch, wie heißt das noch mal? Haben Sie einen Stadtplan?«

Stachelmann nickte und wusste, was geschehen würde.

»Holen Sie den mal«, sagte Wittstock. »Dann fällt es mir wieder ein.«

»Sie haben nicht zufällig …«

»Ick wohn in Berlin, da brauch ich keinen Plan«, sagte Wittstock ungeduldig.

Während er die Treppe hinunterging, überlegte Stachelmann, ob es sich lohnte, sie wieder hochzusteigen. Wahrscheinlich war Wittstock genauso ein Schwätzer wie Pawelczyk. Aber nun war Stachelmann hier, und vielleicht wusste Wittstock doch etwas, das dieser idiotischen Reise den Anschein eines Sinns geben könnte.

Er keuchte, als er mit dem Stadtplan zurückkehrte. In den Knien wechselten sich Schmerz und Taubheit ab. Mit dem Taschentuch wischte er sich den Schweiß von der Stirn, nachdem er sich an den Küchentisch gesetzt hatte. Wittstock blätterte im Stadtplan. Dann schlug er sich mit der Hand an den Kopf. »Sonntagsfrieden, die Laubenpieperkolonie! Da hatte er ein Häuschen. Ist in Charlottenburg, Spandauer Damm. Lassen Sie mich nachdenken. Wenn Sie durch den Haupteingang der Kolonie, also zum Spandauer Damm hin, hineingehen, ist es das dritte, nein, das vierte Haus auf der rechten Seite. Sie erkennen es an einem Gartenzwerg, der eine Knarre auf der Schulter trägt.«

»Ein bewaffneter Gartenzwerg?«

»So hat Wolle die DDR-Grenzer gesehen, Spießer mit Kalaschnikow. Wüsste gern, wo er das Ding herhatte.«

Stachelmann versuchte sich Griesbach als Kleingartenpächter vorzustellen. »Sie sind sicher?«

»Na klar. Das gehörte nicht ihm, sondern irgendeiner Tante. Wir haben da oft gesessen und unsere Aktionen geplant.«

»Fluchthelferaktionen?«

»Genau. Das war weit ab vom Schuss und eine gute Tarnung. Die Spitzel gab's ja auch im Westen. Hätte ich geahnt, wie viele für diese Firma arbeiteten, ich hätte mich nicht getraut, mich mit den Mielkes anzulegen.«

»Und Sie meinen, ich könne Wolf dort finden?«

»Na klar. Wenn er untertaucht, dann dort. Wolle ist nicht der Typ für den Süden.«

Warum fragte der Mann nicht, welchen Grund es für Griesbach geben könne zu verschwinden?

»Herr Pawelczyk glaubt, Griesbach sei tot.«

»Das ist ein Spinner. Wenn einer unsterblich ist, dann Wolle. Das ist so einer, dem nie was Schlimmes passiert. Kennen Sie so Typen?«

»Nein.«

»Ich kenne auch nur einen, das ist Wolle. Ich hab auf den Tag gewartet, an dem Wolle so einen Abhauer an die Hand nimmt, zum Bahnhof Friedrichstraße läuft, den Grenzern auf die Schulter klopft und einfach durchmarschiert unter Gesang des gesamten Personals. Leider ist die DDR zu früh zusammengekracht, sonst hätten wir das erlebt. So einer ist Wolle, verstehen Sie? So einer verreckt nicht. Der hat bestimmt was vor. Oder 'ne neue Freundin. Seine Alte ist ja etwas zickig. War sie jedenfalls damals.« Er tätschelte seinen Bauch, der über der Hose hing. »Also, wenn ich Sie wär, ich würde nach Charlottenburg fahren und mal in das Gartenhäuschen hineinschauen. Seit wann, sagten Sie, ist er weg?«

»Seit Dienstagabend.«

»Die paar Tage«, sagte Wittstock. »Und da macht Ines so einen Aufstand?«

»Sie waren Fluchthelfer, wie Pawelczyk und Griesbach?«

»Genau. Davon hab ich aber nichts mehr. Bin arbeitslos, wohne bei meiner Bekannten. Bin aus dem Westen hergezogen, ist billiger hier, wenn man noch einen alten Mietvertrag hat. Aber die KWV lässt einen dafür hängen, inzwischen heißt die zwar anders, WOGELI, Wohnungsgesellschaft Lichtenberg, klingt netter als KWV, aber das ändert auch nix. Klingeln gehen nicht, Aufzug im Eimer. Ich weiß gar nicht, wie das der Opa von gegenüber macht.«

»Pawelczyk sagte, Sie seien befreundet gewesen mit Griesbach.«

»Ach, der Pawelczyk. Wolle und ich haben gut zusammengearbeitet. Ich war der Mann für die praktischen Dinge, Technik und so, Wolle hatte die Schliche drauf. Also saßen wir oft zusammen und haben was ausbaldowert. Aber Freunde, das eher nicht. Ich habe mich auf ihn verlassen können und er sich auf mich. Bei Pawelczyk war ich mir da nicht so sicher.«

»Das verstehe ich nicht.«

»Dem hätte leichter was rausrutschen können. Erzählt ganz gerne was, um den Macker zu spielen.«

»Und wenn ich Griesbach nicht finde im Gartenhaus, wen kann ich da noch fragen?«

»Weiß ich nicht. Zu unserer Gruppe gehörten noch Horst und Zacki, Werner Zakowski. Ach ja, der Willi auch. Den hätt ich fast vergessen. Aber von denen habe ich seit neunzig nichts gehört und nichts gesehen. Wolle hatte mit denen auch nicht viel zu tun. Die haben nur den Kurier gemacht in den Osten. Ich konnte da nicht rüber, wär aufgefallen, hab drei Jahre und ein paar zerquetschte in Bautzen zwo gesessen.«

»Dem Stasi-Gefängnis?«

»Klar.«

»Warum?«

»Warum wohl! Weil ich meine Freundin rausholen wollte und die mich verpfiffen hat bei der Stasi. Darum.« Er lachte.

Stachelmann schaute zur Tür.

»Nein, nicht die. Die hieß Rosi.«

»Und sie hat Sie verraten, weil Sie sie rausholen wollten?«

»Gucken Sie nicht so. Irgendwie hatte die Stasi was spitzgekriegt und ist Rosi auf die Pelle gerückt. Ab nach Hohenschönhausen und in die Mangel genommen. Hat sie natürlich nicht lange durchgehalten. Dann hatten wir so 'ne Gegenüberstellung im Knast, und die Stasis haben sich was gelacht. Die Rosi hat gesagt, ich hab sie überredet abzuhauen, und ich wär ein Fluchthelfer. War ja nicht falsch. Ihr Lohn war 'ne kurze Strafe und ein flotter Freikauf. Sie lebt in Dortmund, hat mir mal einer erzählt. Als ich raus war, hab ich überlegt, ob ich sie erwürgen soll, aber das hätte Bautzen auch nicht weggemacht. Sollse glücklich werden.«

Je länger der Mann redete, desto sympathischer wurde er Stachelmann. Ihn beeindruckte die Gelassenheit, sie schien nicht gespielt. Der nahm sein Schicksal an. »Und als Sie entlassen waren, haben Sie weiter Leute aus der DDR geholt.«

»Das war meine Rache an diesen Schweinen. Aber drüben durfte ich mich nicht blicken lassen. Nix war es mehr mit Zigaretten und Schnaps kaufen im Bahnhof Friedrichstraße. Und in Westberlin musste ich auch aufpassen. Heute weiß ich, dass die x IMs losgeschickt haben, um Fluchthelfergruppen auffliegen zu lassen, aber damals hab ich es gerochen. Und vor allem Wolle hat es gerochen. Der witterte Spitzel sofort. Wenn Wolle sagte, mit dem und dem wollen wir nix mehr zu tun haben, dann haben wir den abgeschüttelt. Paarmal zu 'nem falschen Treff bestellt, und der verlor die Lust. Einer war hartnäckig, der ist dann zufällig an ein paar Schläger geraten. Na ja, Künstlerpech.«

Stachelmann musste lachen, Wittstock fiel kurz ein. »Hört sich heute an wie Wilder Westen«, sagte er.

»Wilder Osten«, erwiderte Stachelmann.

Wittstock grinste. »Und was sind Sie für einer?«

»Historiker, an der Uni Hamburg.«

»'nen Eierkopp verirrt sich in meine Bude.« Er lachte wieder, nicht hämisch, sondern offen, fast herzlich. »Also ein Kollege von Wolle, der ist ja auch einer. Aber irgendwie war der doch keiner. Sie sind da schon echter.«

Stachelmann grinste und berichtete kurz von seiner Arbeit. Wittstock schaute ihn aufmerksam an aus kleinen dunkelgrünen Augen. »Davon versteh ich nichts. Ich bin Schlosser und kann noch ein paar andere Sachen. Mehr so mit der Hand. Noch 'nen Kaffee?«

Stachelmann dankte und stand auf. »Ich fahr jetzt nach Charlottenburg und dann nach Hause.«

Wittstock reichte ihm die Hand. »Machen Sie sich mal nicht zu viel Sorgen. Wolle treibt sich irgendwo rum. Der taucht bald wieder auf und tut so, als wär nichts gewesen. Jede Wette.«

Die Knie fühlten sich wacklig an, als Stachelmann die Treppe hinunterstieg. Er setzte sich hinters Steuer seines Golfs und versuchte den Atem zu beruhigen. Er drehte den Rückspiegel, bis er sich selbst sah. Schweißperlen standen ihm auf der Stirn, der heiße Kaffee und die Anstrengung. Die gute Laune hatte er im Treppenhaus verloren. Er schimpfte leise vor sich hin. Ich verplempere meine Zeit auf der Suche nach einem Typen, den ich einmal gesehen habe. Da klingelte sein Handy. Es war Ines.

»Hast du ihn gefunden?«

Blöde Frage, hätte Stachelmann fast geantwortet. »Nein, und offenbar hat er sich nicht gemeldet bei dir.«

»Nein.«

»Ich war bei diesem Henry Wittstock, ein passabler Zeitgenosse, verglichen jedenfalls mit deinem Freund Pawelczyk. Er hat mir gesagt, ich soll nach Charlottenburg fahren, zu einer Kleingartenkolonie. Dort hätten sie sich früher oft getroffen. Wenn dein Mann untertauchen wolle, sei dies ein prima Ort.«

»Fährst du hin?« Sie klang kläglich.

»Liegt fast auf dem Heimweg«, sagte Stachelmann.

»Und wenn du ihn dort nicht findest, kommst du zu mir.«

»Ehrlich gesagt, ich bin hundemüde, würde mich lieber zu Hause ausschlafen.«

»Ich habe Angst.« Sie sagte es leise.

»Angst, vor was?«

»Ich weiß nicht.«

»Hast schlecht geträumt. Es gibt keinen Grund, Angst zu haben.«

»Entschuldige bitte.«

Als sie aufgelegt hatte, meldete sich das schlechte Gewissen. Nein, er ließ sich nicht weiter zum Affen machen. Es reichte ihm. War er zuständig für Ines' Angstträume?

Inzwischen war mehr los auf den Straßen. Er quälte sich durch Mitte und Tiergarten, Touristenautos bremsten den Verkehr. Die Leute aus Essen, München oder Frankfurt am Main hatten in ihrem Leben nie grüne Pfeile an Ampeln gesehen, da standen sie und warteten, bis das Rot erlosch. Von der DDR ist nichts geblieben außer dem grünen Pfeil, und nicht mal den kennen die Autisten aus dem Westen. Wenigstens ließ sich die Sonne hin und wieder blicken, das erste Mal seit langem.

Auf dem Spandauer Damm fuhr er langsam und beachtete das Gehupe hinter ihm nicht. Er fuhr an Laubenpieperkolonien vorbei, sah das Schild *Sonntagsfrieden* und bog an der nächsten Kreuzung rechts ab. Heinrich-Zille-Weg. Er stellte den Wagen ab, stieg aus und ging gemächlichen Schritts die Straße zurück bis zum Schild. Der Eingang war leicht zu finden. Er öffnete das Tor, ein Stahlrahmen mit Maschendraht, und ging zum vierten Haus auf der rechten Seite. Vor der Haustür stand im hohen Gras ein Gartenzwerg mit roter Mütze und Gewehr. Stachelmann grinste. Er rüttelte an der Tür im Holzlattenzaun, dessen einst grüner Anstrich schon fast abgeblättert war.

»Was machen Sie da?«, rief eine unfreundliche Stimme.

Stachelmann drehte sich um und sah einen kleinen Mann mit Glatze auf ihn zueilen. Er trug einen grünen Parka und schien etwas jünger als Stachelmann zu sein. Der überlegte, wie dem Mann eine Kalaschnikow über der Schulter stehen würde. Dann stand der Mann vor ihm, er atmete schnell.

»Was machen Sie da?«, wiederholte er.

»Ich suche jemanden.«

»Wen?«

»Darf ich fragen, ob Sie das was angeht?«

»Ich bin der Vorsitzende des Vereins.«

»Dann kennen Sie gewiss Herrn Professor Griesbach.«

»Den suchen Sie?«

»Ja.«

»Wenn er hier ist, dann in diesem Haus. Aber ich hab ihn schon ewig nicht mehr gesehen. Die Pächterin ist seine Tante. Oder war es, wenn ich die Schlamperei hier so sehe.«

»Macht es Ihnen was aus, wenn ich jetzt weitersuche?«

»Warum sollte es mir was ausmachen?«, erwiderte der Mann feindselig. Er übertrug offenbar seinen Zorn auf Griesbachs Tante auf Stachelmann.

Stachelmann griff über das Tor nach der Innenseite des Schlosses. Er fand den kleinen Riegel gleich, zog ihn zurück und öffnete das Tor. Der Mann blieb dicht hinter ihm, als sich Stachelmann dem Gartenhaus näherte. Die Tür war verschlossen. Er klopfte und wartete, niemand rührte sich. Stachelmann ging um das Haus herum und schaute in die Fenster, er mühte sich, das Licht mit der Hand abzuschirmen. Ein Tisch, ein Sofa, Stühle, er erkannte nicht viel. Der Glatzkopf blieb ihm auf den Fersen. Dann verschwand er plötzlich, um nach ein paar Sekunden zurückzukehren, einen Schlüssel in der Hand. Er streckte ihn Stachelmann hin. »Und da wundern sich die Gartenfreunde, dass so viel eingebrochen wird. Unter dem Zwerg mit dem Gewehr lag er.«

Stachelmann nahm den Schlüssel, er passte ins Haustürschloss. Drinnen wirbelten sie Staub auf. Es sah aus, als wäre lange niemand mehr im Haus gewesen. »So eine Unordnung«, sagte der Mann. »Noch schlimmer als draußen. Das hat Folgen.« Er schüttelte den Kopf. »So eine Sauerei.« Seine Stimme war heiser geworden vor Empörung. Er trat gegen einen Hocker, der fiel um. Eine Staubwolke stieg auf. »So kommt es, wenn man den Leuten vertraut. Das hat Folgen.« Er hechelte wie ein Hund. Sie durchsuchten alle drei Räume und fanden nichts außer Staub und Gerümpel. In einem Zimmer lag auf einem niedrigen Regal eine Ausgabe der Historischen Zeitschrift aus dem Jahr 1988. Den Einband verschmutzte ein runder brauner Fleck, er sah aus wie die Spur eines Kaffeebechers.

Sie verließen das Haus, Stachelmann gab dem Glatzkopf den Schlüssel. »Wiedersehen«, sagte er und ging. Die Suche war beendet. Soll Ines einen Privatdetektiv beauftragen, und irgendwann würde auch die Polizei eine Vermisstenanzeige ernst nehmen. Stachelmann war erleichtert, auch wenn er sich ärgerte. Sie hat mich ausgenutzt. Sie macht einen so beherrschten, ja überlegenen Eindruck, aber hinter der Fassade lauert die Hysterie.

Stachelmann lief das kurze Stück entlang des Spandauer Damms, stieg in sein Auto und fuhr Richtung Autobahn. Er fand eine Tankstelle vor der Auffahrt, füllte den Tank voll und trank einen Kaffee. Auf der Autobahn spielte er am Radio herum, hörte erst Nachrichten, dann fand er einen Klassiksender, dessen Empfang aber schon ab dem Autobahndreieck Wittstock schlecht wurde. Er amüsierte sich über die Namensgleichheit und überlegte, was Henry Wittstock mit dem Dreieck zu tun haben könnte. Nun wirst du albern. Er spürte die Erleichterung, er hatte es hinter sich. Niemand konnte mehr verlangen, als er getan hatte. Morgen würde er sich näher mit der Meyerbeck-Sache befassen. Er freute sich auf die Zusammenarbeit mit Anne, er wollte sich benehmen wie ein Erwachsener. Sei nicht albern. Bist selbst schuld, hast sie doch hängen gelassen. Er summte die Melodie des Stücks im Radio mit, es war Mozarts 23. Klavierkonzert, fast ein bisschen kitschig. Er kannte es gut, heute stimmte es ihn froh. Manche Leute sagten, man müsse erst weit weg fahren, um einen guten Blick auf zu Hause zu haben.

Als er bei Zarrentin die alte Grenze überfuhr, fiel ihm ein, wie es hier noch vor ein paar Jahren ausgesehen hatte. Schranken, Betonsperren, Türme, bewaffnete Wächter. Zuletzt waren die Grenzer bemüht, höflich aufzutreten, ideeller Zins für Strauß' Milliardenkredite. Und doch war die Grenze immer ein Monster. Heute brauste er mit 110 Stundenkilometern darüber hinweg, die Grenzstationen waren umgebaut in zwei Rasthäuser, die in wenigen Kilometern Abstand aufeinander folgten, ein wirtschaftlich unsinniges Zugeständnis an die Geschichte. An der Ausfahrt Büchen fühlte er sich schon fast zu Hause. Bald darauf verließ er die Autobahn, wechselte auf die Bundesstraße 404, berühmt wegen ihrer unzähligen Unfälle, und schlich in einer langen Kolonne zur Bundesautobahn 1. Dort fuhr er Richtung Puttgarden. Bei Lübeck-Zentrum verließ er die Autobahn, nun ging es über den Lohmühlenteller zur Fackenburger Allee, am Hauptbahnhof vorbei, aufs Holstentor zu, dann hinunter in die Obertrave. Er hatte Glück, fand gleich einen Parkplatz, streckte sich und wartete auf die Schmerzen, aber sie kamen nicht. Er stieg aus, schloss die Tür ab und ging zum Heck, um seine Reisetasche aus dem Kofferraum zu nehmen. Er öffnete die Klappe und erschrak. Da lag ein schwarzer Müllsack. Er stützte sich mit der Hand auf den Rahmen. Angst ergriff ihn. Er schaute weg und wieder hin, der Sack lag da, füllte fast den gesamten Kofferraum. Im ersten Augenblick wollte er die Klappe zuschlagen und wegrennen. Stachelmann zwang sich, stehen zu bleiben. Er konzentrierte sich. In dem Müllsack war etwas verpackt, lang, groß, sperrig. Er sah die Ausbuchtungen, dann drängte sich ein Gedanke auf, er drückte ihn weg. An einem Ende, auf der Fahrerseite, war der Sack verschnürt, eine dicke Paketschnur. Ein Stück darüber war mehrfach breites Klebeband um den Zipfel gewickelt, als hätte jemand den Sack so fest verschließen wollen wie möglich und der Schnur nicht getraut. Stachelmann zog am Zipfel. Das, was im Sack lag, war schwer. Der Gedanke kam zurück und wurde drängender. Andere Gedanken rasten durch sein Hirn. Hatte er etwa vergessen, dass er einen Müllsack ins Auto gelegt hatte? War es ein Streich, wenn ja, von wem? Hatte einer Stachelmanns Auto verwechselt? Er überlegte, ob er vergessen hatte, den Wagen abzuschließen, als er in Berlin war. Er wusste es nicht mehr, aber es wäre nicht das erste Mal gewesen. Er war nachlässig. Vielleicht wäre er es nicht, besäße er ein neues Auto oder eines mit Zentralverriegelung. Er beugte sich in den Kofferraum und drückte in der Mitte auf den Sack, dort wölbte sich etwas. An der Oberfläche war es weich, dann gleich hart. Er sah seine Hand zittern, als er an einer anderen Stelle drückte. Erst weich, dann sofort fest. Er konnte sich nicht mehr wehren gegen die Tatsache, dass in seinem Kofferraum eine Leiche lag.

* * *

Der Gefangene saß auf dem Hocker und rauchte, während der Vernehmer tippte. Der benutzte zwei, mal drei Finger und war doch schnell. Es war ein unrhythmisches Geklapper. Als er fertig war, schob der Vernehmer die Seiten zum Gefangenen hinüber. »Lassen Sie sich Zeit, studieren Sie es gründlich.«

Der Gefangene las. Nach wenigen Zeilen stutzte er. »Das stimmt nicht«, sagte er.

»Was stimmt nicht?«

»Dass Helga und ich mit feindlich-negativen Organisationen in Westberlin zusammengearbeitet haben. Außerdem sage ich noch mal, das ist nicht meine Sprache.«

»Es geht um juristische Klarheit. Wir sind ein Untersuchungsorgan und kein Gedichteseminar. Und zur Hauptsache: Ich habe Ihnen Ihren Brief gezeigt, den Sie an die Deckadresse dieses Theo Dreilich in Westberlin geschrieben haben. Dreilich ist Kreisvorsitzender der Jungen Union in Kreuzberg. Wenn die Junge Union keine feindlich-negative Organisation ist, wer dann? Die hetzen gegen unsere Republik, fordern ihre Beseitigung, kämpfen gegen die Friedenspolitik der Sowjetunion.«

»Ich habe nicht gewusst, dass Dreilich Mitglied der Jungen Union ist.«

»Das glaube ich Ihnen nicht. Aber selbst wenn Sie's nicht gewusst haben, das schützt Sie nicht vor Strafe. Hinzu kommt: Sie haben diesem Dreilich Informationen gegeben, das ist verboten. Und dieser Dreilich hat die Informationen weitergeleitet an den westdeutschen Verfassungsschutz. Sie wissen, was das heißt?«

»Was für Informationen?«

»Zum Beispiel: Sie beklagen sich in diesem Brief, dass es mal wieder keine Ersatzteile für Ihre Waschmaschine gibt, und noch ein paar Sachen mehr, die geeignet sind, ein schlechtes Licht auf die Deutsche Demokratische Republik zu werfen. Es ist verboten, auch nichtgeheime Nachrichten an feindliche Organisationen weiterzugeben. Das steht im Strafgesetzbuch, und das hat unsere Volkskammer verabschiedet. Wir arbeiten streng nach dem Gesetz. Sie haben Ihren Verrat selbst schwarz auf weiß dokumentiert. Sie haben ihm aber nicht nur das verraten, sondern viel mehr bei Ihren regelmäßigen Treffs.«

Der Gefangene erinnerte sich, er hatte Dreilich vor gut zwei Jahren kennen gelernt im Palast der Republik, in der Mokkabar. Er hatte mit Helga an einem Tisch gesessen, als ein Mann fragte, ob ein Platz frei sei. Der Mann war jung und gut gekleidet und gleich als Westdeutscher zu erkennen. Der Mann sprach die beiden an, erkundigte sich nach Arbeit und Wohnung, witzelte über Kaffeepreise und Bananen. Er kannte sich aus. Der Mann spendierte eine Runde Weinbrand, erzählte vom Studium in Westberlin, von seinem Auto, einem kleinen Alfa Romeo, von hohen Mieten und neuen Schallplatten. Wenn sie wollten, könne er Platten besorgen, Kurs eins zu vier, kein Problem, DDR-Mark brauche er sowieso immer. Helga und der Gefangene erzählten vom Studium. Gehe ihnen das nicht auf die Nerven, das Grundstudium M-L, fragte der Mann. Manchmal, antwortete der Gefangene, das hänge auch ab vom Dozenten, aber das sei im Westen gewiss ähnlich. Helga sagte, bei ihr sei das noch ein bisschen anders, sie habe es nicht so mit der Theorie, sehe aber ein, dass es ohne nicht gehe.

Der Mann stellte sich vor, Theo Dreilich. Man gab sich die Hand. Nein, sagte Dreilich, im Westen sei das nicht anders. Wenn er da an den Politikprofessor Brüderlein denke, der sei trocken wie die Sahara. Sie lachten. So gebe es auf jeder Seite Nervereien, sagte Dreilich, aber er habe die im Westen lieber, manchem könne man sich entziehen.

Dann schaute er auf die Uhr und erhob sich. Vielleicht sehe man sich ja mal wieder. Er sei kommende Woche um die gleiche Zeit wieder in der Mokkabar.

Als Dreilich gegangen war, sagte Helga: »Der ist ja ganz nett, ein bisschen exotisch.«

»Exotisch?«

»Ja, die Exotik des Westens.«

7

Stachelmann schlug den Kofferraumdeckel zu, schloss ab und rannte nach Hause. Er setzte sich auf den Sessel im Wohnzimmer und fror. Die Hände zitterten. Er ballte eine Faust und schlug sich aufs Knie. Es schmerzte, er schlug noch einmal. Das Telefon klingelte. Er stand auf und suchte das Mobilteil, er fand es in der Küche. Es war Ines.

»Ich kann jetzt nicht«, sagte Stachelmann und legte auf.

Mit dem Telefon in der Hand ging er zurück ins Wohnzimmer. Er saß auf dem Sessel und umklammerte das Gerät. Gedanken rasten durch seinen Kopf, doch fühlte er sich wie gelähmt. Wie kam der Sack in den Kofferraum? Er hatte ihn vor Augen, als stünde er davor. Stachelmann konnte sich vorstellen, in welcher Haltung die Leiche im Sack lag, auf der Seite, gekrümmt. Wer hatte ihm den Sack in den Kofferraum gelegt? Nach der Übernachtung im Hotel hatte er seine Tasche in den Kofferraum gestellt und ihn seitdem nicht mehr geöffnet. Also kam Pawelczyk nicht in Frage. Wittstock auch nicht, mit dem hatte er in der Küche gesessen und war danach gleich nach Charlottenburg gefahren. Oder hatte Pawelczyk ihn verfolgt? Wer war im Sack? Er überlegte, ob er ihn öffnen sollte. Es würde ihm niemand vorwerfen können, denn wie sollte die Polizei beweisen, dass er wusste, was in dem Sack war, bevor er ihn geöffnet hatte? Er verwarf den Gedanken, es schauderte ihn. Er stellte sich vor, wie eine Leiche aussehen mochte. Außerdem würde er der Polizei die Arbeit erschweren. Er musste sie gleich anrufen. Er wählte die 110, drückte aber nach dem ersten Rufton auf das rote Hörersymbol.

Wie war jemand gestorben, den man in einen Sack steckte? War es ein übler Scherz? Zufall? Da hatte jemand einen unverschlossenen Kofferraum gesucht und den von Stachelmanns Golf gefunden. Statt was zu klauen, hatte er was hineingetan. »Ist ja originell«, flüsterte Stachelmann. Er überlegte, ob er die Leiche verschwinden lassen sollte. Einfach in die Trave werfen, ein Stück Richtung Berlin fahren, an irgendeiner Raststätte abladen. Er wusste, er würde eine Menge Ärger haben, man konnte nicht mit einer Leiche durch die Gegend fahren, ohne dass einem Fragen gestellt würden. Er drückte die Wahlwiederholungstaste.

»Polizeiinspektion Lübeck.«

Sie brauchten keine zehn Minuten, er sah den Widerschein des Blaulichts im Fenster. Als es klingelte, schloss er die Wohnungstür hinter sich und ging hinunter. An der Tür erwartete ihn ein uniformierter Beamter mit drei Sternen auf der Schulter, einen zweiten erkannte er hinter dem Steuer des silber-grünen Passats.

»Sie haben uns gerufen«, sagte der Polizist. Er war groß und hatte graue Haare.

Stachelmann nickte.

»Steigen Sie bitte ein und führen Sie uns zu Ihrem Wagen.« Der Polizist öffnete ihm die Fondtür.

Stachelmann stieg ein und beschrieb den Weg. Der kleine Polizist hinter dem Steuer fuhr zügig und mit Blaulicht. Er trug zwei Sterne. Nach kurzer Fahrt hielt er hinter Stachelmanns Golf und ließ die Scheinwerfer brennen. Der große Polizist stieg aus, er hatte eine Taschenlampe in der Hand. Stachelmann schloss die Kofferraumklappe auf. Als der Polizist den Sack sah, stand er einen Augenblick still und überlegte. Dann leuchtete er den Kofferraum aus und ging zurück zum Wagen. »Ruf die Mordkommission«, sagte er zu seinem Kollegen. Stachelmann hörte ein Zischen und Knistern und sah, wie der kleine Polizist das Funkgerät benutzte. Der Polizist mit den drei Sternen ging zurück zu Stachelmann. »Die Kollegen kommen gleich«, sagte er. »Ich weiß ja nicht, was in dem Sack drin ist, aber es sieht nicht gut aus. Hoffen wir, es sind alte Zeitungen. Darf ich Ihre Papiere sehen?«

Stachelmann holte Führerschein, Kfz-Schein und Personalausweis aus seiner Brieftasche und gab sie dem Polizisten. Der zog einen Block hervor und schrieb etwas daraus ab. Dann gab er Stachelmann die Papiere zurück.

Stachelmann fröstelte, feiner Regen glitzerte im Scheinwerferlicht. Er überlegte, ob er den Kofferraum schließen durfte. Aber er blieb stehen und sagte nichts.

Dann kam ein Zivilauto, schwarze Farbe, zwei Männer stiegen aus. Der große Polizist legte zwei Finger an die Schirmmütze. Dann reichte er dem einen Zivilisten die Hand und berichtete ihm. Der Zivilist musterte Stachelmann kurz und wandte sich wieder dem Polizisten zu. Als der fertig war, trat der Zivilist zu Stachelmann. Der Mann trug einen Oberlippenbart, als wüsste er, dass man sein Gesicht sonst gleich vergessen würde. Er war mittelgroß und nicht dick oder dünn.

»Sie sind Herr Dr. Stachelmann, der Halter des Wagens?«, fragte er Stachelmann. Er klang heiser.

Stachelmann nickte.

»Na, dann wollen wir mal schauen.«

Er ging zum Kofferraum, sein Kollege, der sich bis dahin nicht gerührt hatte, stellte sich neben ihn. Er trug einen Hut und sah dem anderen ähnlich, allerdings fehlte ihm der Oberlippenbart. Dafür saß eine runde Brille fast schon auf der Nasenspitze.

Der mit dem Bart war offenbar der Chef. Er zog sich weiße dünne Handschuhe an und nestelte am Verschluss des Sacks herum. Bald fluchte er leise, er kriegte den Sack nicht auf, ohne ihn zu beschädigen. »Machen wir es eben auf die andere Art«, schimpfte er. Mit einem Taschenmesser schlitzte er den Sack zur Hälfte auf. Er zog den Spalt auseinander und wurde bleich. »Scheiße«, sagte er. »Gerichtsmedizin, Spurensicherung.« Sein Kollege setzte sich in das Auto und sprach ins Funkgerät.

»So eine Scheiße. Immer am Wochenende, immer nachts, immer bei so einem Scheißwetter. Ich geh jetzt mal mit dem Dr. Stachelmann in seine Wohnung. Du machst das hier.« Er wandte sich an Stachelmann. »Kommen Sie, wir gehen mal zu Ihnen.«

Als sie in der Wohnung waren, sagte der Mann: »Ich hab ganz vergessen, mich vorzustellen. Oberkommissar Burg, Mordkommission Lübeck. Ob Sie uns mal einen Kaffee kochen können?« Er kam mit in die Küche. Um seine Füße bildeten sich Pfützen, es schien ihn nicht zu stören. Er setzte sich an den Küchentisch. Als Stachelmann die Kaffeemaschine eingeschaltet hatte, setzte er sich Burg gegenüber.

»Sie müssen nachher die Leiche anschauen. Sobald wir den Sack ausgepackt haben.«

Er schaute Stachelmann streng in die Augen. »Das ist nicht angenehm.« Er nestelte in den Taschen seines Mantels, dann fand er einen Notizblock. »Die Personalien hat mein Kollege schon aufgenommen, was für ein Doktor sind Sie? Hoffentlich kein Zahnarzt.«

»Historiker«, sagte Stachelmann.

»Ach so.« Es klang enttäuscht. »Und Sie haben den Sack einfach so im Kofferraum gefunden?«

»Kann man Säcke auch anders finden als einfach?«

»Wann?«

Stachelmann schaute auf die Uhr und überlegte einen Augenblick. »Gegen halb acht.«

»Sie haben vorher nichts bemerkt?«

»Nein.«

»Hat der Wagen lange an der Obertrave gestanden, bevor Sie den Kofferraum öffneten?«

»Nein, ich kam aus Berlin und parkte. Wollte meine Reisetasche aus dem Kofferraum holen, da hab ich den Sack gefunden.«

»So eine Scheiße, was?«

Stachelmann schwieg. Er wurde nicht schlau aus dem Oberkommissar.

»Haben Sie eine Idee, wer Ihnen den Sack in den Kofferraum getan haben könnte?«

Stachelmann dachte an die Stationen seiner Reise und schüttelte den Kopf. »Keine Ahnung.«

»Erzählen Sie mal, wo und bei wem Sie waren.«

Stachelmann berichtete ausführlich und genau, der Oberkommissar schrieb mit. Er notierte sich auch die Adressen von Pawelczyk und Wittstock.

»Sie haben also diesen Professor Griesbach gesucht, Ihren Kollegen. Im Auftrag von dessen Frau.« Es klang ungläubig. »Und unterwegs hat Ihnen jemand diesen Sack untergejubelt?«

»Ja.«

»Scheiße, was?«

»Ja.«

Der Oberkommissar dachte nach, trank Kaffee und wollte sich eine Zigarette anzünden.

»Bitte nicht«, sagte Stachelmann.

»Was bitte nicht?«

»Die Zigarette.«

»Scheiße.« Er steckte die Zigarette zurück in die Schachtel und überlegte weiter. »Ihren Wagen sind Sie eine Weile los, der muss in die Kriminaltechnik. Die Reisetasche auch.« Er trank einen Schluck Kaffee. Dann zog er ein Handy aus der Manteltasche. »Seid ihr so weit? Gut, wir kommen dann mal.« Er steckte das Handy wieder ein und sagte: »Wir gehen jetzt mal dahin, Sie müssen sich die Leiche mal anschauen. Sieht nicht gut aus, ich hoffe, Sie haben starke Nerven.«

Stachelmann stand auf und ging voran. Er sah noch den Blick des Polizisten, darin lag eine Frage. Auf der Straße ging Burg neben ihm, er sagte kein Wort. Stachelmann schlug den Mantelkragen hoch, der Regen war stärker geworden, von Osten wehte ein kalter Wind. Sie passierten eine Absperrung, ein uniformierter Polizist grüßte Burg. Blaulicht ließ das nasse Pflaster kalt glänzen. Als sie am Golf waren, tropfte es aus den Haaren in Stachelmanns Gesicht. Es waren Autos dazugekommen, Stachelmann erkannte einen Leichenwagen. Vor der Ladefläche war ein offener Sarg aufgebockt, hellgrau, der Deckel lehnte gegen das Gestell. Burg ging zu dem Sarg, Stachelmann folgte ihm.

Er erkannte das Gesicht gleich, es sah aus, als bestünde es aus Wachs. Auf der Brust hatte der Mann dunkle Flecken. Neben dem Sarg stand einer in einem weißen Kittel. »Zwei Stiche in die Brust«, sagte er zu Burg. »Messer oder was Ähnliches, Rechtshänder. Mit einiger Wucht. Von oben. Leichenstarre hat sich bereits gelöst, der Mann starb vor einigen Tagen. Mehr morgen.«

»Kennen Sie den Mann?«, fragte Burg Stachelmann.

»Das ist Professor Wolf Griesbach«, sagte Stachelmann. Ihm war kalt.

»Kannten Sie ihn gut?«

»Nein, ich habe ihn einmal gesehen, bei seinem Einstand am Seminar.«

»Aber seine Frau hat Sie beauftragt, den Herrn Griesbach mal zu suchen?«

Stachelmann hörte das Misstrauen in der Frage. »Ja.«

»Kennen Sie denn Frau Griesbach näher?«

»Nein.«

»Und wie kommt sie dann auf die Idee, Sie mit der Suche nach ihrem Mann zu beauftragen?«

»Fragen Sie sie selbst.«

Burg schaute ihn erstaunt an.

»Und gleich noch Ihren Kollegen, den Oberkommissar Oskar Winter, Mordkommission Hamburg. Der war dabei, als ich diese Sache übernahm.« Stachelmann spürte Erleichterung, einen besseren Zeugen konnte es nicht geben.

Burg riss die Augenbrauen hoch. »So, so, der Kollege Winter.« Er schien Ossi zu kennen. Er schwieg eine Weile, dann sagte er: »Sie sind bestimmt erschöpft, gehen Sie mal schlafen. Morgen sehen wir weiter. Kommen Sie aufs Präsidium, dann machen wir mal ein Protokoll.« Er schaute auf die Uhr. »Um zehn?«

Stachelmann nickte und ging. Er kam am Leichenwagen vorbei, der Sarg stand auf der Ladefläche. Blinklicht warf Schatten an die Häuserwände. Zu Hause hängte er den nassen Mantel an die Garderobe und setzte sich aufs Sofa. Er fühlte sich leer. In seinem Hirn formten sich Gedanken, die er nicht verstand. Dann tauchte das Wachsgesicht auf und ließ sich nicht wegwischen. Ihm fiel ein, jemand musste Ines verständigen. Er schaute zum Telefon, es lag auf dem Tisch, aber dann lehnte er sich zurück, die Polizei würde es tun. Es war besser, er mischte sich nicht weiter ein in diese Geschichte. Er steckte schon zu tief drin.

Allmählich begriff er die Gedanken in seinem Kopf. Es waren Bilder. Das Wachsgesicht, dann dieser Oberkommissar, der so gerne »Scheiße« und »mal« sagte und nicht verriet, was er dachte. Stachelmann erinnerte sich an diesen einen Blick, darin hatte mehr gelegen als eine Frage. Es war Misstrauen. Aber musste ein Kriminalbeamter nicht misstrauisch sein? Stachelmann überlegte, was er von einem hielte, in dessen Kofferraum eine Leiche gefunden wurde. Und der von der Frau des Toten beauftragt war, ihren Mann zu suchen. Haben Sie ein Verhältnis mit der Frau des Toten? Das würde Stachelmann fragen, wenn er Kriminalbeamter wäre. Er fror. Nein, ich habe mit der Frau einmal geschlafen, dann verschwand ihr Mann, und die Frau beauftragte mich, ihn zu suchen. Würde Stachelmann es einem anderen glauben? Ines hatte ihn gebeten, nichts zu verraten. Er würde sich daran halten. Und wenn Ines sich auch daran hielt, konnte niemand es herausbekommen. Ossi wusste nichts, er hatte nur seine Machoahnungen, die ihn zu den immer gleichen Zoten verleiteten, wenn er einen Mann und eine Frau in einer Wohnung wähnte. Das hatte keine Beweiskraft.

Stachelmann starrte an die Wand. Jemand hatte Griesbach erstochen, irgendwo in Berlin, das war die einzige Möglichkeit gewesen, ihm etwas unbemerkt in den Kofferraum zu legen. Er hatte seine Reisetasche in den Kofferraum gelegt, nachdem er das Hotel verlassen hatte, um zu Wittstock zu fahren. Er hatte das Auto geparkt, als er Wittstock aufsuchte, und dann noch einmal bei den Laubenpiepern von der Kolonie »Sonntagsfrieden«. Es war am Tag, und beide Male stand der Wagen an Straßen. Er schüttelte den Kopf. Das war verrückt. Jemand ermordete Griesbach, der Mörder hatte seinen Grund, es war furchtbar, aber irgendeine Erklärung würde es geben. Aber nicht dafür, dass er Stachelmann die Leiche ins Auto gelegt hatte. Warum gerade ihm? Zufall? Nein, so einen Zufall gibt's in schlechten Filmen. Welche Absicht steckte dahinter? Jemand wollte Stachelmann den Mord in die Schuhe schieben. Aber würde er dann die Leiche in einen Plastiksack verpacken und in den Kofferraum von Stachelmanns Auto legen? Es sei denn, es sollte so aussehen, als wäre Stachelmann dabei gewesen, die Leiche zu beseitigen. Aber er hatte die Polizei gerufen. Mochte sein, dass der Mörder hoffte, Stachelmann würde in Panik verfallen, wenn er die Leiche fand, und versuchen, sie zu verstecken. Doch was für einen Sinn sollte das haben? Es schien, als wäre Griesbach schon länger tot, Stachelmann hatte die

Bemerkung des Rechtsmediziners im Ohr, Leichenstarre gelöst.

Das Telefon weckte ihn. Er warf einen Blick auf die Uhr, fast zwei.

»Ja?«

»Sie haben es mir vorhin gesagt.« Sie weinte.

»Ines, soll ich vorbeikommen?« Da fiel ihm ein, dass sein Wagen bei der Polizei war und um diese Zeit keine Züge fuhren. Also ein Taxi.

»Nein. Es ist schlimm genug, dass ich …« Sie brach ab. »Vielleicht wurde er erstochen, als wir …«

»Ich weiß es nicht«, sagte Stachelmann, um etwas zu sagen. »Es tut mir Leid.«

»Ich will nicht, dass das mit uns bekannt wird. Das soll keiner erfahren.«

»Natürlich nicht. Das wissen nur wir beide. Dabei bleibt es, selbst wenn irgendjemand was anderes behauptet.«

»Und dein Freund Ossi?«

»Der weiß nichts, er hat nur das Bedürfnis auszusprechen, was seine arme Fantasie ihm eingibt.«

»Gut«, sagte Ines. »Ich komme morgen nach Lübeck, ich soll ihn identifizieren. Vielleicht sehen wir uns.«

»Ich bin ab zehn Uhr im Präsidium.«

»Es tut mir Leid, dass dir das passiert ist.«

Stachelmann rührte es, dass sie sich Gedanken um ihn machte. »Versuch zu schlafen«, sagte er und fand sich dumm. Sie würde keine Sekunde schlafen.

»Ja. Gute Nacht.«

Stachelmann holte sich ein Glas Wasser in der Küche, trank einen Schluck und lief in der Wohnung umher. Er war zu müde, um einen klaren Gedanken zu fassen. Er zog sich aus und legte sich im Schlafanzug ins Bett. Der Schmerz traf ihn wie ein Schlag. Eine Hitzewelle, und dann umklammerte er Rücken und Brust. Der Druck wuchs, der Schmerz wurde beißend. Stachelmann atmete flach und schnell. Mit der Hand tastete er nach dem Schalter der Nachttischlampe. Endlich fand er ihn. Er beugte sich vor zur Nachttischschublade und kramte nach Tabletten. Da fiel ihm ein, er hatte den Notvorrat in seiner Reisetasche. Die Reisetasche war bei der Polizei. Er stand vorsichtig auf und spürte den Schwindel. Im Darm rumorte es. Die Knie waren wie Gummi. Er stützte sich ab auf dem Weg ins Badezimmer. Im Spiegelschrank fand er eine Packung Diclofenac, er schluckte zwei und trank Wasser aus dem Hahn. Er schaute auf die Klobrille und überlegte, ob ein Durchfall sich ankündigte. Dann tappte er zurück ins Bett. Er löschte das Licht und wartete auf den Schlaf. Aber der Schlaf kam nicht. Stattdessen pochte der Schmerz in der Brust, er drehte sich immer wieder, doch fand er keine Lage, die ihn befreite.

Er döste ein, bis der Schmerz ihn weckte. Dann drehte er sich, döste wieder ein und wurde wieder geweckt. Vor sechs Uhr stand er auf, die Glieder waren steif, er fühlte sich schwach, aber er konnte fast unbeschwert atmen. Da war nur noch ein dumpfer Block in der Brust. Er setzte Wasser auf und ging im Schlafanzug zur Haustür, um die Lübecker Nachrichten zu holen. Als er unten war, schlug er sich mit der flachen Hand an den Kopf, er hatte vergessen, die Zeitung erschien montags nicht. Wieder in der Küche, setzte er sich auf einen Stuhl und verschnaufte, das Treppensteigen kostete Kraft. Als er bei Atem war, goss er einen Darjeeling auf und zwang sich, ein Marmeladenbrot zu essen als Grundlage für die Tabletten, die er morgens schluckte. Dann nahm er sich den Spiegel der vergangenen Woche und blätterte darin. Er legte das Magazin weg und schaltete das Radio ein. Der Deutschlandfunk brachte Informationen am Morgen, aber es war nichts geschehen, das Stachelmann interessierte. Er schaltete das Radio wieder aus und legte sich im Bademantel aufs Bett.

Die Tabletten milderten den Schmerz etwas, aber die Kraft kehrte nicht zurück. Er stellte den Wecker auf neun Uhr und löschte das Licht. In der Dunkelheit kamen die Bilder zurück, Griesbachs Wachsgesicht, die beiden Flecken auf seinem Pullover. Wie mochte es Ines gehen? Er hatte Mitleid und wusste nicht, wie er ihr helfen konnte. Stachelmann fühlte sich schuldig. Vielleicht wäre das alles nicht geschehen, wenn er nicht mit Ines geschlafen hätte.

Er wachte auf, als der Wecker klingelte. Der Schmerz lauerte. Er beugte die Beine abwechselnd, erst knackte es dumpf, dann verschwand der Widerstand.

Er nahm sich ein Taxi zur Possehlstraße, es hielt vor dem Behördenhochhaus. Der Mann an der Pforte erklärte ihm den Weg zur Mordkommission im siebten Stock.

Burg saß hinter einem Schreibtisch, darauf ein Bildschirm, ein Aktenstapel und ein Aschenbecher. Es stank nach Rauch. Burg blieb sitzen, lächelte Stachelmann freundlich zu und sagte: »Mein Chef kommt gleich, nehmen Sie schon mal Platz.« Stachelmann setzte sich Burg gegenüber. Der schob ihm eine Schachtel Zigaretten zu, Stachelmann lehnte ab, und Burg sagte: »Stimmt, Sie rauchen ja nicht. Scheiße.«

Stachelmann überlegte, ob Burg Scheiße sagen würde, wenn sein Chef anwesend war. Da ging die Tür auf, Stachelmann drehte sich um und sah einen Mann mit randloser Brille vor klugen Augen. Der Mann kam auf Stachelmann zu und streckte die Hand aus. »Sie sind der Dr. Stachelmann, der Finder.« Er hatte eine ruhige Bassstimme, freundlich, gut akzentuiert, fast vornehm. Er trug seinen roten Schlips locker, der obere Hemdknopf war geöffnet.

Stachelmann stand auf und erwiderte den Händedruck. Er spürte die Kraft dieses Manns.

»Ich bin Kriminalrat Wesendorn, der Leiter der Mordkommission«, sagte der Mann. »Lassen Sie sich nicht stören.«

Stachelmann überlegte, wobei er sich nicht stören lassen sollte.

»Dann können wir ja mal anfangen«, sagte Burg. »Kaffee?«

»Später vielleicht«, sagte Stachelmann.

»Sie sehen müde aus, wenn Sie mir die Bemerkung gestatten«, sagte Wesendorn. Er setzte sich auf einen Stuhl in der Ecke, sodass er Stachelmann schräg von vorne anblickte. »Manche Leute schlafen schlecht, nachdem sie eine Leiche gefunden haben.«

Burg lachte leise.

Wesendorn nickte verständnisvoll. »Natürlich. Das ist selbst für unsereinen schrecklich.«

»Sie haben gewiss nichts dagegen, wenn wir ein Tonband mitlaufen lassen.« Burg nannte die Namen der Anwesenden sowie Datum und Uhrzeit. »Wie gut haben Sie den Professor Griesbach gekannt?«, fragte er.

»Eigentlich gar nicht. Ich habe ihn einmal gesehen. Wie ich gestern gesagt habe.«

Burg nickte. »Aber wie erklären Sie sich den Umstand, dass seine Leiche in Ihrem Auto gefunden wurde?«

»Die Leiche wurde nicht gefunden, die habe ich gefunden. Und den Umstand kann ich mir nicht erklären. Was glauben Sie, worüber ich in den letzten Stunden nachgedacht habe?«

»Kann ich mir vorstellen«, sagte Burg.

Wesendorn nickte.

Burg fragte noch einmal, was er in der Nacht gefragt hatte, und Stachelmann antwortete, was er bereits geantwortet hatte. Er begriff, Burg nahm so die Aussagen in die Akten auf.

Wesendorn schüttelte den Kopf. Stachelmann erwartete, dass der Kriminalrat sagte, die Sache sei oberfaul oder stinke oder was eine Sache sonst tun konnte. Aber Wesendorn sagte nichts.

Burg zog eine Akte von der Ecke des Schreibtisches vor sich. »Professor Griesbach wurde vermutlich letzten Dienstag, abends oder nachts, oder Mittwoch früh erstochen. Jeder der beiden Stiche wäre tödlich gewesen. Genaueres gibt's im Lauf der Woche.« Er wandte sich an Wesendorn. »Die Rechtsmedizin hat eine Nachtschicht gefahren.«

Wesendorn nickte bedächtig. »Wir müssen Sie fragen, wo Sie Dienstagnacht und Mittwochmorgen gewesen sind, sagen wir, zwischen achtzehn Uhr am Dienstag und acht Uhr am Mittwoch.«

»Zu Hause.« Er fürchtete, rot anzulaufen oder dass ihm Schweiß auf die Stirn trat. Aber nichts dergleichen geschah. Nicht einmal das schlechte Gewissen meldete sich, das ihn sonst bei Lügen quälte. Er dachte an Ines und dass er ihr versprochen hatte zu schweigen. Das wog schwerer als die Frage, wo er war, als Griesbach ermordet wurde. Er war nicht der Mörder, und eigentlich hatte er ein perfektes Alibi.

Die Tür öffnete sich. Ein junger Mann kam herein und flüsterte dem Kriminalrat etwas ins Ohr. Der hörte aufmerksam zu, warf einen Blick auf Stachelmann, nickte und stand auf. Er verließ zusammen mit dem Mann das Zimmer. Sie schienen vor der Tür weiterzureden, Stachelmann hörte sie, verstand aber nicht, was sie sagten. Dann kam Wesendorn zurück, schaute Stachelmann scharf an, setzte sich und fragte: »Sie sind sicher, Sie haben Professor Griesbach nur auf diesem Empfang gesehen?«

»Ja, natürlich.« Stachelmann war verwirrt. Warum fragte der Mann das?

»Sie haben den Professor Griesbach nicht mitgenommen in Ihrem Auto, irgendwann?«

Fast hätte Stachelmann geantwortet: Doch, als Leiche, verpackt in einem Plastiksack. Er sagte: »Nein.«

»Ich wurde gerade unterrichtet, dass die KT Fasern von Professor Griesbachs Pullover und der Hose auf dem

Beifahrersitz Ihres Wagens gefunden hat. Wie erklären Sie das?« Er schien selbst überrascht über die Entdeckung.

Stachelmann kam es vor, als wäre er weit weg. Es war unwirklich. Absurd. Fasern von Griesbachs Kleidung auf dem Beifahrersitz. Er stellte sich vor, wie Griesbach sich in sein Auto setzte. »Er hat nie in meinem Auto gesessen«, murmelte er. »Ich weiß nicht, wie die Fasern dort hinkommen.« Er streckte den Rücken, der Schmerz näherte sich. »Was heißt KT?«

»Kriminaltechnik«, sagte Burg. »Was die Kollegen herausfinden, hat Beweiskraft vor Gericht. Wenn Sie keine vernünftige Erklärung haben für die Fasern, kommen Sie in Schwulitäten.«

Stachelmann zuckte mit den Achseln. Er fühlte sich hilflos.

»Dabei gäbe es harmlose Gründe. Sie haben den Professor nach dem Empfang nach Hause gefahren, zum Beispiel.«

Stachelmann schwieg. Er suchte nach einer Erklärung, fand aber keine. Lügen drängten sich auf. Aber es schien ihm sinnlos. Eine Lüge reichte. Wenn er sonst bei der Wahrheit blieb, verwickelte er sich nicht in Widersprüche.

»Ich weiß es nicht.«

»Sie sollten sich mal einen Anwalt nehmen«, sagte Burg.

Stachelmann kannte keinen Anwalt.

Als ahnte Burg es, schlug er ein Telefonbuch auf und schob es Stachelmann zu. Zahlreiche Rechtsanwälte waren eingetragen. Wie zufällig tippte Burg auf einen Eintrag, der war nicht so fett wie andere, aber auch nicht unscheinbar wie die meisten. Burg schob einen Notizblock und einen Kugelschreiber neben das Telefonbuch. Stachelmann blickte ihn kurz an, in den Augen des Oberkommissars schien sich das Teuflische seiner Lage zu spiegeln. Stachelmann wählte die Nummer. Er hatte Glück, die Frauenstimme am Telefon sagte, er könne den Herrn Rechtsanwalt Oppum gleich sprechen, als wisse sie von Stachelmanns Not. Der Anwalt hatte eine beruhigende Stimme. »Sie sagen jetzt nichts mehr, bis ich da bin, ja?«

Stachelmann versprach es.

»Ich sage jetzt nichts mehr, bevor mein Anwalt da ist«, sagte Stachelmann.

Burg nickte. »Und wenn Sie dann wieder was sagen, denken Sie daran, alles kann gegen Sie verwendet werden.«

»Bin ich verhaftet?«

»Sie meinen vorläufig festgenommen? Nein, so weit sind wir noch nicht.« Wie um diese Aussage abzuschwächen, sagte er: »Einen Gruß vom Kollegen Winter aus Hamburg. Dem haben Sie offenbar mal mächtig aus der Patsche geholfen.«

Sie saßen in dem Zimmer und schwiegen. Stachelmann gingen wirre Gedanken durch den Kopf. Dann fiel ihm ein, Ines war in Lübeck, aber er würde sie kaum sehen. Es war besser so. Die Tür öffnete sich, ein Beamter stellte ein Tablett mit Kaffeebechern auf den Tisch.

»Möchten Sie mal was essen?«, fragte Burg.

Da fiel Stachelmann auf, Burg hat nicht einmal Scheiße gesagt. Er schüttelte den Kopf. »Aber auf die Toilette.«

»Einen Augenblick bitte.« Burg griff zum Telefon und sagte etwas. Kurz darauf öffnete sich wieder die Tür, ein Polizist in Uniform erschien und sagte zu Stachelmann: »Bitte kommen Sie.«

»Aber nicht abschließen«, sagte der Beamte, als sie die Herrentoilette betraten.

Stachelmann zog die Hose herunter und setzte sich auf die Klobrille. Er war müde, der Rücken schmerzte. Er saß länger als nötig und hoffte zu begreifen, was geschah. Er begriff es nicht.

Dann erschien der Anwalt, mit Weste unter dem Jackett, die Kleidung saß maßgeschneidert. Oppum hatte eine schmale senkrechte Narbe neben dem linken Auge. Er schaute die Anwesenden nacheinander an, dann reichte er Stachelmann die Hand und sagte: »Ich möchte mit meinem Mandanten allein sprechen.« Es klang wie ein Befehl.

Burg und der Kriminalrat verließen den Raum.

Oppum nahm sich einen Kaffeebecher vom Tablett, gab reichlich Sahne hinzu und schaute Stachelmann an. »Berichten Sie.«

Stachelmann berichtete.

Der Anwalt kniff die Augenbrauen zusammen. »Das mit den Fasern gefällt mir nicht. Mir können Sie alles sagen. Selbst wenn Sie es waren, es ist nicht meine Aufgabe, Sie zu verurteilen. Sie sind mein Mandant, Sie bestimmen, was wir versuchen. Je mehr ich weiß, desto besser für uns beide. Denn, das muss ich gleich sagen, ich hasse zwei Dinge: unliebsame Überraschungen und Niederlagen vor Gericht.« Der Mann hatte etwas Italienisches, gelackt, schnell im Kopf und mit der Zunge.

Stachelmann überlegte, ob er Oppum erzählen sollte, er sei bei Ines gewesen in der fraglichen Nacht. Aber dann würde der Anwalt darauf bestehen, Ines als Zeugin seines Alibis zu benennen. Aber taugte sie dazu? War Griesbach wirklich in dieser Nacht ermordet worden? Konnte der Rechtsmediziner den Todeszeitpunkt schon genau festlegen? Und wenn es erst Mittwochvormittag war?

»Wann wissen wir den exakten Todeszeitpunkt?«

Der Anwalt stutzte einen Augenblick, dann schien er etwas zu verstehen. »Bald. Aber es kann da Abweichungen geben. Kälte verzögert die Verwesung, zum Beispiel, Wärme beschleunigt sie. Wenn der Doktor nicht weiß, wo die Leiche gelegen hat, kann es schwierig werden.«

»Das heißt, Griesbach kann auch später erstochen worden sein.«

»Ja. Das wäre möglich. Aber ich glaube es nicht, die Gerichtsmedizin hat schon einige Unwägbarkeiten eingerechnet. Und wenn die sagen, der Befund sei vorläufig, so bedeutet das in der Regel nur, dass sie am Ende bestätigen, was sie zuvor angegeben haben aufgrund von Erfahrungswerten.«

»Ich möchte weiter aussagen.«

»Gut, dann bitte ich die Herren wieder herein.«

Wesendorn und Burg setzten sich wieder auf ihre Plätze. Der Kriminalrat hatte ein Papier in der Hand, er gab es dem Anwalt. »Ja, das hatte ich erwartet.« Er wandte sich an Stachelmann und sagte: »Ein Durchsuchungsbefehl.«

Burg sagte: »Die Fasern.« Es klang wie eine Entschuldigung. »Aber jetzt reden wir erst mal weiter.«

Oppum sagte nichts.

Wesendorn räusperte sich. »Herr Dr. Stachelmann, schildern Sie uns Ihre Beziehung zu Herrn Professor Griesbach.«

»Ich hatte keine Beziehung zu ihm.«

»Aber er war doch Ihr Kollege?«

»Ja, aber er war neu, hatte gerade seinen Einstand gegeben. Und dort habe ich zwei, drei Sätze mit ihm gewechselt. Mehr nicht.«

»Und vor oder nach dem Einstand haben Sie ihn nicht gesehen?«

»Nein. Halt, doch. Er hat mich noch kurz in meinem Dienstzimmer besucht.«

»Was wollte er?«

»Nur ein bisschen quatschen.«

»Unser Hamburger Kollege Winter sagt, er habe mit Ihnen Frau Griesbach besucht, nachdem Professor Griesbach verschwunden war.«

»Ja.«

»Kennen Sie Frau Griesbach besser als Herrn Griesbach?«

»Inzwischen ja. Auch mit ihr hatte ich auf dem Empfang gesprochen. Sie kennt wohl niemanden in Hamburg, da hat sie sich an mich erinnert, als ihr Mann nicht nach Hause kam.« Er überlegte, ob der Wirt im Tokaja Ines und ihn wiedererkennen würde. Wahrscheinlich, aber wie sollte die Polizei auf die Idee kommen, dort zu fragen? Nüchtern hielt er dennoch fest, dass seine Geschichte eine Schwachstelle hatte. Aber ich war es doch nicht, auch wenn ich was verschweige. Sollen sie mich nachher wegen dieser Kleinigkeit belangen, manchmal zwingt Anstand zu lügen. Dann stellte er sich vor, wie ihre Porträts im Hamburger Abendblatt gezeigt wurden und der Wirt zum Telefonhörer griff. Aber warum sollten ihre Bilder veröffentlicht werden? Er schaute Wesendorn an, der schien nachzudenken, Falten standen auf seiner Stirn unter einer grauen Locke.

»Das leuchtet mir nicht ein«, sagte der Kriminalrat.

»Herr Kriminalrat, die Strafprozessordnung verlangt nicht, dass Ihnen etwas einleuchtet. Sie verlangt Beweise. Die müssen Sie erbringen. Und sie verlangt auch, dass Sie alles ermitteln, das geeignet ist, meinen Mandanten zu entlasten.« Oppum war die Überlegenheit in Person.

»Natürlich, Herr Rechtsanwalt, nichts anderes haben wir vor.« Dann schwieg Wesendorn.

Burg reckte sich. »Wären die Fasern nicht, dann hätten wir Sie schon längst nach Hause geschickt. Haben Sie wirklich keine Erklärung dafür, wie die auf den Beifahrersitz kommen?«

»Da muss jemand den Eindruck erwecken wollen, ich hätte was damit zu tun.« Stachelmann dachte nach, dann sagte er: »Also, der Mörder hat Griesbach Pullover und Hose ausgezogen, damit meinen Beifahrersitz präpariert und sie dann dem Opfer wieder angezogen. Aus dem gleichen Grund, weshalb er mir die Leiche in den Kofferraum befördert hat.«

»So was ist uns zwar noch nicht untergekommen, aber warum soll es das nicht mal geben. Nur, ich glaube es nicht.« Burg ließ seine Finger auf der Schreibtischplatte tanzen.

»Herr Oberkommissar, Sie müssen etwas beweisen, nicht mein Mandant. Mein Mandant nimmt an diesem Gespräch aus freien Stücken teil. Ich an seiner Stelle würde schweigen.«

»Ja, ja«, sagte Burg. »Wer könnte ein Interesse daran haben, Ihnen einen Mord anzulasten?«

Stachelmann überlegte. Diese Frage beunruhigte ihn schon eine Weile. Wer ihm einen Mord anhängen wollte, konnte noch anderes planen. »Ich weiß es nicht, aber ich empfinde das als Bedrohung. Vielleicht« – die Idee stand plötzlich in seinem Kopf – »hängt es mit dieser alten Sache zusammen, mit den Holler-Morden.«

Wesendorn riss die Augen weit auf, nachdem es fast ausgesehen hatte, als wäre er eingeschlafen. Aber Stachelmann ahnte, dieser Mann schlief nie, er beobachtete und dachte, überließ Burg weitgehend das Reden und zog seine Folgerungen im Stillen. Von ihm erwartete Stachelmann jeden Augenblick einen Angriff. Aber jetzt schien es so, als hätte Stachelmann ihn überrascht. »Wie soll das zusammenhängen?« Er fragte nicht nach, worauf Stachelmann anspielte, offenbar hatte er schon mit Ossi geredet.

»Rache vielleicht.«

»Dafür, dass Sie die Maklermafia rangekriegt haben? Da ging es um Raub, Nötigung, Ansprüche aus Wiedergutmachungsgesetzen. Ist alles längst verjährt.«

»Aber nicht der Ansehensverlust«, sagte Stachelmann.

Oppum schaute hin und her zwischen den Sprechern und verstand nichts. Man sah es ihm an. Er war so klug zu schweigen.

Wesendorn verfiel wieder in eine Art Starre.

»Das ist eine Möglichkeit«, sagte Burg. »Aber eine weit entfernte.« Er zündete sich eine Zigarette an.

»Als ginge es hier um statistische Wahrscheinlichkeit. Es genügt, dass es möglich ist«, sagte Stachelmann.

»Ich finde, mein Mandant leistet Ihre Arbeit«, sagte Oppum. »Und Sie danken es ihm schlecht.«

Stachelmann spürte, die Stimmung wandelte sich zu seinen Gunsten. Er hatte etwas ins Spiel gebracht, das die Polizisten überraschte und das sie nicht abweisen konnten. Außerdem war es ein Hinweis auf seine Verdienste für die Hamburger Polizei, für die er den verwickeltsten Mordfall gelöst hatte. Sie wussten es, sie hatten mit Ossi gesprochen. Stachelmann konnte sich vorstellen, wie Ossi getönt hatte, er neigte nicht zur Untertreibung. »Wenn Sie keine weiteren Fragen haben, ich würde gern nach Hause gehen.«

Wesendorn und Burg wechselten einen Blick, der Kriminalrat nickte leicht. »Haben Sie in nächster Zeit die Absicht zu verreisen?«

»Sie finden mich entweder in Lübeck oder in Hamburg«, sagte Stachelmann.

»Wie sieht es aus?«, fragte er den Anwalt vor dem Ausgang an der Possehlstraße.

»Gut«, sagte Oppum. »Die haben jetzt was zu knacken. Aber Sie müssten mir erklären, was für eine Geschichte Sie da hervorgezaubert haben.«

Stachelmann unterrichtete Oppum knapp über den Holler-Fall.

Als Stachelmann im Taxi saß, kehrte die Müdigkeit zurück. Und mit ihr die Gewissheit, dass er diese Sache noch lange nicht ausgestanden hatte. Da wartete etwas auf ihn. Ihn fröstelte.

* * *

Natürlich hatten sie Dreilich wiedergetroffen. Der interessierte sich weiter für das Studium an der Humboldt-Universität und für die FDJ. Er fragte nach der Stimmung unter den Studenten und wie die dachten über die Regierung in Bonn. Entspannungspolitik, Dialog, Aussöhnung mit Polen und der Tschechoslowakei. Veränderte das etwas in der DDR? Wurde die Bundesrepublik nun nicht mehr als Feind wahrgenommen?

Helga sagte: »Die war für mich noch nie ein Feind. Nur das Getöse, das mochte ich nie.«

»Getöse?«, fragte Dreilich.

»Na ja, diese Reden zum 17. Juni zum Beispiel, deutsche Wiedervereinigung, das sind doch alles Phrasen, die Einheit kann doch keiner wollen.«

Dreilich lachte. »Als gäb's so ein Geschwätz im Osten nicht auch, wenn nicht schlimmer. Ich sage nur 7. Oktober.«

Helga entschuldigte sich, sie musste aufs Klo.

»Wenn man sich das nur einmal selbst angucken könnte, Paris, London, Rom, meinetwegen auch Bonn«, sagte er. Er sprach es zum ersten Mal aus. Weil es so kindisch war, hatte er Helga diesen Traum nicht gestanden.

Dreilich lachte. Dann erzählte er von seiner letzten Reise nach Paris. Die schönen Frauen im Moulin Rouge.

Der Gefangene erinnerte sich gut an dieses Gespräch. Er trug Bilder im Kopf von diesen Städten, es kränkte ihn, dass seine Regierung ihm verbot, dort hinzufahren.

Der Vernehmer warf einen Blick in eine schmale Akte. »Sie hatten genaue Reisepläne, London, Paris, Bonn, Rom. Dort kommt man nicht hin, ohne die Staatsgrenze der DDR zu überschreiten. Sie wollten das Moulin Rouge besuchen.«

Von Helga wusste der Vernehmer das nicht. Als sie zurückkam von der Toilette, sprachen sie gerade über die neue Platte der Rolling Stones. Dreilich versprach, sie beim nächsten Mal mitzubringen.

Der Gefangene brauchte nicht lange, um zu begreifen. Er hatte nur mit Dreilich über das Moulin Rouge gesprochen. Der Vernehmer konnte es nur von Dreilich wissen. Oder von dessen Führungsoffizier. Er schwor sich, die Rechnung zu begleichen, wenn er jemals herauskam aus der DDR. Diese Idee gab ihm Kraft.

»Was ich bei Ihnen nicht verstehe, wie konnten Sie ein Land verlassen wollen, das Ihnen alle Möglichkeiten gab? Eine gute Schulausbildung, das Studium, dann einen sicheren und interessanten Arbeitsplatz. Der Staat hat Ihnen Vertrauen geschenkt, und Sie haben ihn verraten. Denken Sie manchmal an die Leute, die hart arbeiten, damit solche wie Sie gut leben?«

Der Gefangene hörte kaum hin. Wann hatte seine Unzufriedenheit begonnen? Als er in der Bibliothek bestimmte Bücher nur mit Sondergenehmigung bestellen durfte? Als er Positionen bürgerlicher Wissenschaftler nicht im Original lesen durfte, weil die ohnehin überholt seien? Als er feststellte, dass er Kopien nur anfertigen lassen durfte, wenn er es beantragt hatte? Als er sah, wie ein Dozent zu schwitzen begann, als ein Student fragte, warum die Uniformen der Nationalen Volksarmee so aussahen wie die der Wehrmacht? Als er im Westfernsehen einen Film über Paris sah und sich vorstellte, was die Volkspolizei sagen würde, wenn er ein Visum nach Frankreich beantragte? Nur drei Wochen, dann komme ich zurück, Genossen. Zuerst hatte er gelacht, als er es sich vorstellte. Aber bald packte ihn der Zorn.

Dreilich hatte es erst angedeutet, dann kam er zur Sache. Er kenne da Leute in Westberlin, die würden ihn rausholen und Helga auch. Das koste was, so zehntausend Mark pro Kopf. Aber es würde klappen. Todsicher.

Zwanzigtausend Mark hätten sie nicht.

Das mache nichts, er würde für sie bürgen. Sie müssten das eben abstottern, wenn sie drüben seien. Aber im

Westen verdienten die Leute ja viel, da seien zehntausend Mark nicht die Welt.

Er sei schon für den Sozialismus, nur wolle er sich nicht einsperren lassen. Auch habe der Sozialismus noch viele Schwächen. Im Westen gebe es gar keinen Sozialismus, im Osten immerhin Ansätze.

Dreilich sagte, er sei ein Feind des Sozialismus. Aber im Westen tummelten sich viele sozialistische und kommunistische Gruppen, da finde er leicht Anschluss. Biermann bezeichne sich ja auch als Sozialist.

Helga sagte, die Schlange vor dem Lindenrestaurant sei erstaunlicherweise nicht lang, sie habe Lust, richtig schön essen zu gehen. Dreilich sagte, er lade sie beide ein.

Tatsächlich dauerte es nicht lange, bis ein ungewöhnlich freundlicher Kellner die drei platzierte. Der Kellner hatte einen längeren Blick auf Dreilich geworfen und in ihm den Devisenbesitzer erkannt. Ein Kellner in Ostberlin sah das sofort. Sie aßen Chateaubriand. Dreilich war zufrieden, sagte aber, im Westen kriege man diese Qualität an jeder Ecke. Dreilich erzählte wieder vom Studium. Helga wollte wissen, welche Voraussetzungen man erfüllen müsse, um Bibliotheken zu benutzen, zum Beispiel die an der Freien Universität.

Ganz einfach, sagte Dreilich. Jeder bekomme eine Benutzerkarte, mit der könne er die Bücher ausleihen, die er brauche. Ausgenommen seien alte oder besonders wertvolle Bücher, die würden in den Lesesaal geliefert. Manche Bücher gebe es nur auf Mikrofiches, das seien Filme, die man in Sichtgeräten lesen könne. Wenn ein Buch nicht in der Bibliothek stehe, dann könne man es per Fernleihe bestellen.

Helga machte große Augen.

»Über die Ostsee«, sagte Dreilich. »Das ist leichter als auf dem Landweg. Wir haben da einen Trick.« Mehr könne er nicht sagen dazu.

8

Am Morgen fühlte er sich besser. Erstaunlicherweise hatte er etwas geschlafen. Ich habe Griesbach nicht ermordet, also muss ich nichts befürchten. Ihn erleichterte die Vorstellung, dass er sich bald bei Hartmann entschuldigen werde, danach würde alles sein wie vorher, vor der Beleidigung und vor dem Mord. Womit er nicht zufrieden gewesen war, erschien ihm nun erstrebenswert. Er musste sich nur am Riemen reißen, dann würde er die Habil abschließen und konnte sich bewerben auf einen Lehrstuhl oder wenigstens eine C-3-Professur. An diesem Morgen traute er sich zu, genug Energie aufzubringen, um sein Ziel zu erreichen, als hätte der Schock, die Leiche zu finden, ihm einen Stoß versetzt. Danach konnte er Existenzsorgen aus seinem Wortschatz streichen. Er schmierte sich einen Toast mit Erdbeer-Orangen-Marmelade und trank einen Schluck Darjeeling. Durchs Küchenfenster schien die Wintersonne, weiß und hart. Mit dem Teebecher in der Hand stand er auf und schaute hinaus, blauer Himmel, keine Wolke. Es war kalt und trocken.

Nach dem Frühstück blätterte er in den Lübecker Nachrichten, dann zog er sein Jackett und den Wintermantel an. Er hatte Zeit und schlenderte zum Bahnhof. Der Zug fuhr pünktlich ab und erreichte den Hauptbahnhof zur vorgesehenen Zeit. In der S-Bahn zum Dammtor beobachtete Stachelmann die Leute, viele schienen fröhlich zu sein. Aber man sieht die Welt, wie man sich fühlt. Er grinste über sich. Wenn er schlecht gelaunt wäre, würden die Menschen wie Trauerklöße herumlaufen.

Auf dem Weg zur Uni öffnete er die beiden oberen Knöpfe des Mantels. Er genoss die kalte, klare Luft. Zwei

Studenten grüßten ihn, er winkte zurück. Warum, verdammt, konnte das Leben nicht leicht sein? Ines wohnte ein paar Meter weg von hier, er hatte kein Bedürfnis, sie zu sehen, und war froh, dass sie ihm in Lübeck nicht über den Weg gelaufen war. Stachelmann fühlte sich benutzt, er hatte ohne vernünftigen Grund Griesbach gesucht, nur damit ihm jemand dessen Leiche in den Kofferraum legte. Er dachte an die gemeinsame Nacht, die Erinnerung erregte ihn.

In seinem Dienstzimmer setzte er sich an den Schreibtisch und zog einen Papierstapel von der Seite vor sich. Kopierte Fachaufsätze, die er nicht mehr brauchte, E-Mails, die sich erledigt hatten, Rundschreiben, die er sowieso nie lesen würde. Das meiste schmiss er weg. Er nahm sich einen weiteren Stapel vor und verfuhr genauso mit ihm. Den dritten dezimierte er auf die gleiche Weise. Am Ende blieben ein paar Seiten übrig, die er in Ordnern im Regal abheftete. Die Arbeit ging ihm gut von der Hand. Als er fertig war, schaltete er den PC ein. Er wartete geduldig, bis das Gerät gestartet war, und öffnete dann die Datei seiner Habilitationsschrift. Als die Angst nach ihm griff, kämpfte er gegen sie an. Er begann zu lesen, langsam wich die Verkrampfung.

Es klopfte an der Tür, Bohming öffnete. Er grüßte und setzte sich auf eine Kante des Schreibtischs.

»Schreckliche Sache, gestern hat mich Frau Griesbach informiert, die Kollegen sind geschockt.« Er schaute Stachelmann an.

Der nickte.

»Und du hast ihn im Kofferraum gefunden?« Unglauben schwang mit in seiner Stimme.

»Ja.«

»Was sollen wir jetzt tun?«

Stachelmann erkannte, es war ein Fehler gewesen, dass er nicht gleich zu Bohming gegangen war. Aber er ärgerte sich nicht. Es war eine Kleinigkeit angesichts der Umstände. »Vielleicht solltest du eine Ansprache halten in deinem Dienstzimmer. Und natürlich gehen wir alle zur Beerdigung. Eine Traueranzeige im Abendblatt?«

»Ja, ja«, sagte Bohming. »Erstochen, zwei Stiche, dann in einen Müllsack gesteckt und dir in den Kofferraum gelegt. Das ist abartig.« Er ging ein paar Schritte und kratzte sich am Kopf. »Dann wird ja die Polizei hier auftauchen, gut ist es nicht. Und finden werden sie hier nichts.« Er blieb stehen, kratzte sich wieder am Kopf. »Uns bleibt nur weiterzuarbeiten. Heute Nachmittag, sagen wir gegen fünf, treffen wir uns in meinem Zimmer. Ich werde ein paar Worte sagen. Um die Anzeige kümmert sich dann Frau Breuer. Wegen des Textes wird sie sich an dich wenden, ja?«

Stachelmann nickte. Er wollte sagen, dass er dafür ungeeignet sei, schwieg aber.

»Du wurdest schon befragt?«

»Ja.«

Bohming schaute Stachelmann in die Augen. »Du hast doch nichts damit zu tun?«

»Natürlich nicht«, sagte Stachelmann. Die Frage ärgerte ihn.

»Entschuldigung, ist mir so rausgerutscht.« Er drehte sich um. Stachelmann schien es, als ginge Bohming gebeugt.

Jetzt hatte Stachelmann den Müllsack wieder vor Augen. Die beiden dunklen Flecken auf der Brust. Wer hatte ihm den Sack in den Kofferraum gelegt? Stachelmann war wütend. Wie hoch war die Aufklärungsquote bei Mord? Bestimmt höher als neunzig Prozent. Er würde sich den Mörder anschauen, wenn ihm der Prozess gemacht wurde. Und warum wurde ihm die Leiche untergeschoben? Wer wollte ihm schaden? Irgendeiner dieser Makler, die nach der Aufklärung des Holler-Falls in der Presse verdroschen worden waren? Die Aasgeier hatten es sich verdient, gewiss waren sie wütend auf Stachelmann. Und Holler junior, dieser Wohltäter, der sich seinen Ruf mit dem Geld kaufte, das sein Vater geraubt hatte von Juden, die er dann in den Tod schickte? Maximilian Holler hätte auch einen Grund. Aber sie alle kannten Griesbach nicht, sie wussten nichts von seiner Affäre mit Ines. »Eine abwegige Spekulation«, flüsterte er vor sich hin. Es klopfte. Anne trat ins Zimmer, sie trug ihren Bauch vor sich her. Stachelmann starrte darauf, dann schaute er Anne ins Gesicht. Sie sah gut aus.

»Die Polizei ist im Haus«, sagte Anne. »Sie fragen alle nach Griesbach. Bei mir waren sie schon.«

»Und?«, fragte Stachelmann.

»Es ging schnell, ich habe mit ihm ja nicht mehr als drei Worte gewechselt. Sie haben nach dir gefragt.«

Die Angst war wieder da. »Was?«

»Na ja, ob du Griesbach näher kanntest, ob du ihn als Konkurrenten empfunden hast.«

»So ein Quatsch«, sagte Stachelmann etwas zu laut. Er fürchtete, dass ihm die Lüge ins Gesicht geschrieben war.

»Das habe ich denen auch gesagt. Ach ja, von den Männern wollen sie Speichelproben. Wie bei Sexualmorden. Natürlich nur im Einverständnis.«

Stachelmann überlegte, wie lange sie nicht mehr gesprochen hatten miteinander. Dann fragte er sich, warum die Polizisten Speichelproben sammelten. Es hatte Massenspeicheltests gegeben, um die Proben mit DNS-Spuren des Täters zu vergleichen. Aber der Mord an Griesbach war kein Sexualverbrechen, auf welche Spuren hofften die Kriminalbeamten? Er war verwirrt, Anne schien es ihm anzusehen.

»Was ist mit dir?«

»Nichts, nichts«, sagte er.

»Das glaube ich nicht. Es ist dir nicht egal, dass du eine Leiche gefunden hast.«

Er kam sich komisch vor. Die Leiche hatte ihn am Vormittag nicht gehindert, fast gut gelaunt zu sein. Es war Erleichterung gewesen, die Angst vor der Verfolgung durch die Polizei war gewichen und seine Schuldgefühle mit ihr. Er hatte ihnen einen Brocken hingeworfen, an dem sie eine Weile zu kauen hatten. Doch wusste er, das Bild der Leiche würde er nie vergessen. Aber heute lag es in der Ferne, und er sah es durch einen Nebel, als wäre es unwirklich. »Natürlich ist es mir nicht egal. Aber zurzeit bin ich vor allem stinksauer auf den, der mir die Leiche in den Kofferraum gepackt hat. Ich könnte ihn umbringen.«

Sie lächelte. »Ein Toter reicht«, sagte sie.

Er lachte zurück.

»Bist du auch noch stinksauer auf mich?«

Er schaute auf ihren Bauch. »Oh, die Kollegin denkt assoziativ.«

Ihr Gesicht verschattete sich einen Augenblick. »Nicht so, bitte nicht so«, sagte sie.

Es klopfte an der Tür. Stachelmann schaute hin und wartete, dass sie sich öffnete. Nach einer Weile rief er: »Herein!«

Es traten ein Mann und eine Frau ein. Stachelmann kannte das Gesicht der Frau. Sie sagte: »Guten Tag, Herr Dr. Stachelmann, wir kennen uns, glaube ich.«

Stimmt, sie war Ossis Kollegin gewesen, jedenfalls damals, beim Holler-Fall. Er erinnerte sich nicht an ihren Namen.

Anne stand auf und ging.

»Sie sind …?«, fragte die Frau.

»Anne Derling.«

»Ach ja, mit Ihnen haben wir schon gesprochen.« Als Anne gegangen war, sagte sie: »Sie haben meinen Namen bestimmt vergessen. Oberkommissarin Hebel, das ist mein Kollege, Kommissar Kamm.«

Stachelmann gefiel die Frau. Sie hatte eine ruhige Stimme.

»Wir leisten Amtshilfe. Die Kollegen in Lübeck haben Sie bereits vernommen. Wir brauchen von Ihnen eigentlich nur eine Speichelprobe. Es sei denn, Ihnen wäre noch etwas eingefallen.«

Stachelmann schüttelte den Kopf.

»Na gut.«

Der Mann hielt ihm ein Wattestäbchen hin, Stachelmann steckte es in den Mund und zog es nass wieder heraus. Der Kommissar steckte es in ein Röhrchen, verschloss es, beschriftete es und stellte es in eine gelochte Halterung in einem kleinen Koffer.

»Das war es schon«, sagte die Oberkommissarin. Sie lächelte ihn freundlich an, dann verließen die beiden das Zimmer. Als sie draußen waren, ärgerte sich Stachelmann. Warum hatte er nicht gefragt nach dem Grund für die Speichelprobe?

Dann dachte er an Anne. Sie waren sich so nah gewesen damals, und es war vielleicht seine Schuld, dass nicht mehr daraus wurde. Er hatte den letzten Schritt nicht getan. Warum hatte sie es nicht gewagt? Mit einer Handbewegung wischte er den Vorwurf weg.

Es klopfte wieder, und Anne kam zurück. Sie setzte sich auf den Besucherstuhl.

»Was sie damit wohl bezwecken?«, fragte er sie.

»Warum hast du sie nicht gefragt?«

Er ärgerte sich noch mehr. »Wahrscheinlich hätten sie es nicht verraten. Sie haben wohl DNS-Spuren gefunden und gleichen sie ab.«

»Willst du gar nicht wissen, von wem das ist?« Sie deutete auf ihren Bauch, der sich ihm entgegenwölbte.

Warum fragte sie das? Warum redete sie mit ihm, nachdem sie fast zwei Jahre nur Belangloses gesagt hatte? Guten Tag, auf Wiedersehen, schönes Wochenende. War es die Erschütterung, die der Mord an einem Kollegen bewirkte?

»Also nicht«, sagte sie. »Ich sag's dir trotzdem. Der Typ hieß Herrmann, genauer gesagt, er heißt so. Ich habe ihn getroffen, als ich niedergeschlagen war, und er war gut zu mir.« Sie schaute ihn traurig an. »Das war auf einer Fete in Eppendorf, bei Renate, du warst auch eingeladen, bist aber nicht gekommen. Wie so oft. Herrmann war ein Bekannter von Renate, genauer gesagt, er ist es wohl noch. Ich habe mich ein paarmal mit ihm getroffen, und dann ist es halt passiert.«

Stachelmann überlegte, ob es eine Rechtfertigung war.

»Zuerst wollte ich es abtreiben lassen, aber dann habe ich es mir anders überlegt. Ich hatte mir früher oft gewünscht, Kinder zu haben. Wenn man arbeitet, passt das natürlich nie so richtig, also warum abtreiben? Ich weiß nicht, was es wird, ob Mädchen oder Junge, es ist mir egal.«

Stachelmann drückte sich an die Lehne. Er fühlte sich bedrängt. Was sollte er sagen? Dass er gekränkt war und nicht wusste, ob er es je überwinden konnte? Sie bekam ein Kind von einem anderen, das war nicht zu ändern.

»Wenn der Tod ins Haus kommt, sieht man doch, dass es Wichtigeres gibt als die Dummheiten, die man begangen hat«, sagte Anne.

Er fragte sich, ob sie Bohming bei seiner Trauerrede geholfen hatte.

»Du sagst ja gar nichts.«

»Tut mir Leid.«

»Dich überrascht es, du fühlst dich überrumpelt. Du bist gekränkt.«

Er schaute ihr in die Augen. Wie hatte er diese Augen geliebt. Stachelmann erinnerte sich, wie sie ihn angestrahlt hatten. Er war traurig, ein Kloß saß ihm in der Kehle, er schluckte.

»Na ja, das mit Herrmann ist vorbei. Mal sehen, was seine Gene taugen.« Sie lächelte, aber er sah, wie sie sich dazu zwang. »Vielleicht reden wir gelegentlich mal.« Sie hob den Zeigefinger. »Außerdem, der Sagenhafte hat mir vorgeschlagen, dass wir bei der Meyerbeck-Sache zusammenarbeiten. Unter deiner Federführung, selbstverständlich. Und zum Ruhme unseres Meisters.« Sie schaute ihn ein wenig länger an, etwas schien ihr auf der Zunge zu liegen. Aber sie sagte nichts, stand auf und ging. »Bis dann!«

Er drehte sich zum Computer, der Bildschirmschoner zeigte Würfel und Kugeln, deren Farbe und Position in schneller Folge wechselten. Er rüttelte leicht an der Maus, der Text seiner Habilitationsschrift stand vor seinen Augen. Die Buchstaben waren unscharf, er konnte sie nicht lesen. Er rieb sich die Augen, die Finger wurden nass. Dann stützte er die Ellbogen auf den Tisch, beugte sich vor und vergrub sein Gesicht in den Händen. Ein Weile verharrte er so, dann lehnte er sich zurück, zog ein Taschentuch hervor und trocknete die Augen.

Die Zeit bis zum Beginn seines Seminars saß er starr auf seinem Schreibtischstuhl und starrte an die Wand. Bilder rasten durch seinen Kopf. Wie er mit Anne Leopold Kohn aufsuchte, den Mörder der Holler-Kinder. Wie sie den Berg der Schande abtrugen, die Aktenstapel auf seinem Tisch. Wie sie im Ali Baba in Lübeck im Hinterhof Wein tranken. Wie sie in seinem Bett schlief. Er hatte alle Zeichen übersehen. Blind. Das war seine Schuld. Und doch blieb die Verletzung, sie bekam das Kind eines anderen. Er atmete durch, schaute auf die Uhr, nahm seine Aktentasche und eilte zum Seminar. Unterwegs spürte er den Hunger, er hatte seit dem Frühstück nichts gegessen.

Diesmal warteten die Studierenden still, sie wussten, was geschehen war. Man sieht nicht jeden Tag einen Dozenten, der im Kofferraum eine Leiche herumfährt. Und erlebt nicht jeden Tag einen, der sich bei einem Studenten entschuldigt. Gewiss hatte Hartmann seinen Kommilitonen etwas angedeutet, denn er war zurückgekehrt, saß am alten Platz, neben der Studentin, die ihn verteidigt hatte.

Bringen wir es hinter uns, dachte Stachelmann und schaute Hartmann an. »Ich habe in der letzten Sitzung einige Dinge gesagt, die ich besser nicht gesagt hätte. Ich bedaure es. Manchmal verlange ich zu viel von den Studierenden und handle mir so eine Enttäuschung ein, die ich bei besagter Seminarsitzung an dem Falschen ausließ.«

Hartmann nickte, auch die Gesichter der anderen entspannten sich. Hartmanns Nachbarin lächelte. Stachelmann staunte ein wenig, denn er fand seine Entschuldigung lau.

»Gut, kommen wir zum Thema.« Er hatte die Seminararbeit, die zu besprechen war, kaum richtig gelesen. Aber er wusste, worum es ging, das musste diesmal reichen. Der Verfasser war ein hoch aufgeschossener Student mit Bubigesicht und wirren roten Haaren. Er hieß Schmidt und hatte sich noch nie zu Wort gemeldet. Aber er trug vor, als würde er dies oft tun. Es hatte alles Hand und Fuß, und doch war es langweilig. Es ging um die Frage, ob der Judenmord von Anfang an Ziel der Nazis gewesen war oder ob sich die Endlösungspläne erst im Wettstreit von Gruppen der NS-Hierarchie bis zur Vernichtung steigerten. Auschwitz stehe gewissermaßen schon im ersten Parteiprogramm von 1920, das hatten viele Historiker geschrieben. Hitler habe von Anfang an nichts anderes vorgehabt. Dieses Argument unterstützte auch Schmidt. Stachelmann hielt sich zurück, versuchte, die anderen zum Widerspruch zu reizen. Wie sei dann die Förderung der Judenemigration vor dem Krieg zu verstehen, gerade auch die Kindertransporte? Wie der Plan, die Juden in die Tropenhölle Madagaskar zu deportieren? Wie die Überlegung, sie hinter den Ural abzudrängen?

Die Diskussion war matt, Hartmann gehörte zu den Eifrigen und widersprach Schmidt mit starken Gründen.

Während Stachelmann die Diskussion leitete, fühlte er, wie die Niedergeschlagenheit wich. Er war in seinem Element und bedauerte es, als die Klingel die Debatte nach zwei Stunden beendete. Aber dann fiel ihm ein, dass nun Bohmings Traueransprache folgen würde, was ihm wieder die Laune verhagelte.

Renate Breuer und die Männer warteten schon, Bohming war noch nicht da. Stachelmann stellte sich ans Fenster und schaute hinaus. Längst leuchteten die Laternen. Feine Nebelschwaden zogen im weißen Licht durch den Von-Melle-Park. Er spürte gleich, sie war gekommen. Sie stand neben ihm und schaute ebenfalls hinaus. »Sieht gespenstisch aus«, sagte sie.

»Passt ja«, sagte Stachelmann und erschrak.

Ein Grinsen flog über Annes Gesicht. »Darüber macht man keine Witzchen, Herr Doktor Stachelmann.«

Sie drehten sich um und schauten, wer gekommen war. Sie lehnte dicht neben ihm am Fensterbrett, berührte ihn fast. Er roch ihr Parfüm. Er erinnerte sich daran, wie sie bei ihm zu Hause gefrühstückt hatte. Könnte man doch alles zurückdrehen, aber was geschehen war, war geschehen. Die Erinnerung ließ ihn nicht los, schien manchmal zu versinken, nur um ihn bald wieder zu packen.

Bohming erschien als Letzter, er sah bedrückt aus und wusste nicht, was er mit seinen Händen anfangen sollte. Es schien, als wedelte er mit den Zetteln, auf die er Stichworte seiner Ansprache geschrieben hatte. Er stellte sich neben seinen Schreibtisch und räusperte sich. Die letzten Gespräche verstummten, es war nicht laut gewesen. Man habe den Verlust eines großartigen Kollegen zu betrauern, dem es nicht vergönnt gewesen sei, seine besonderen Qualitäten auch am Historischen Seminar der Universität Hamburg zu zeigen.

Beim zweiten Satz hörte Stachelmann schon nicht mehr richtig zu. Er überlegte sich, was Bohming über ihn sagen würde. Wir haben den Verlust eines großartigen Kollegen zu betrauern, der seine besonderen Qualitäten dem Historischen Seminar der Universität Hamburg zur Verfügung stellte. Vielleicht. Oder: Wir haben den Verlust eines großartigen Kollegen zu betrauern, der Forschung und Lehre am Historischen Seminar der Universität Hamburg vorangebracht hat. Wahr aber wäre: Wir haben den Verlust eines kauzigen Kollegen zu betrauern, der nicht zu Potte kam mit seinen Aufgaben, auch wenn wir ihm die Fähigkeit, sie zu lösen, nicht grundsätzlich absprechen wollen.

Er schielte zur Seite und sah, dass Anne ihn anschaute. Dann blickte sie zu Bohming. Ihre Ellbogen berührten sich. Er bewegte sich nicht.

Nichts tat sich, als Bohming fertig war. Dann merkte Bohming, dass er vergessen hatte, eine Schweigeminute anzuregen. »Liebe Kolleginnen und Kollegen, gedenken wir eines Historikers, der seinen Weg nicht vollenden konnte.« Sie schwiegen. Dann dankte Bohming den Anwesenden, dass sie gekommen waren. Die Mitarbeiter verließen den Raum, immer noch sagte niemand ein Wort. Bohming schaute auf seinen Schreibtisch, als suche er etwas. Dann näherte er sich Stachelmann und Anne. »Sie denken an die Firmengeschichte? Haben Sie sich schon verständigt, wie Ihre Zusammenarbeit aussehen soll?«

»Ja«, sagte Anne.

»Dann ist ja gut. Gleich im neuen Jahr legen Sie los.« Er drehte sich um und verließ das Zimmer.

»Gut geschwindelt«, sagte Stachelmann.

»Das nennt man antizipieren, Herr Kollege, Sie sollten das wissen.«

So hatten sie früher miteinander gesprochen.

»Dann wollen wir mal«, sagte Stachelmann, ohne zu wissen, was er wollte.

»Ja«, sagte Anne. Es klang unschlüssig.

Stachelmann schaute auf die Uhr. »Wenn ich mich beeile, kriege ich den Zug um 18 Uhr 33 noch.« Er sagte es, weil er glaubte, etwas sagen zu müssen.

»Dann beeil dich«, sagte sie.

Stachelmann bereute es. Warum hatte er nicht vorgeschlagen, dass sie gemeinsam essen gehen könnten? Oder wenigstens ein Glas trinken?

Er hatte sich selbst unter Druck gesetzt. »Dann geh ich jetzt mal.«

»Ja, schönen Abend. Bis morgen.«

Auf dem Weg zum Bahnhof schimpfte er leise mit sich. Aber er spürte doch Erleichterung, dass er nicht mehr so zornig war, weil Anne ein Kind kriegte. Im Dammtorbahnhof hetzte er die Treppe hoch zum Bahnsteig und sprang in die S-Bahn, als die Türen sich schlossen. Er blieb an der Tür stehen, die Knie begannen zu schmerzen. Er schaute sich um, entdeckte keinen freien Sitz. Die Leute saßen und standen müde im Wagen. Die Luft war stickig, er spürte den Hunger, ihm wurde übel. Ihn quälten die Minuten, bis der Zug endlich im Hauptbahnhof hielt. Er schaute auf die Uhr und sah, er hatte fast zehn Minuten Zeit. Die Rolltreppe war verstopft, er rannte die Treppe zur Balustrade hoch. Die Schlange vor dem Fischrestaurant war am kürzesten, er stellte sich hinter ein Pärchen, das zwei riesige schwarze Koffer neben sich stehen hatte. Sie kamen aus Asien. Es dauerte, bis die Frau dem Mann hinterm Tresen erklärt hatte, was sie bestellen wollte. Stachelmann wurde nervös, er wollte seinen Zug nicht verpassen, der nächste fuhr eine Stunde später. Ihm kam es vor, als würde der Mann hinterm Tresen sich in Zeitlupe bewegen. Umständlich packte er die Brötchen mit dem Bismarckhering in Papier. Als die Frau ihren Geldbeutel suchte und dann Münzen abzuzählen begann, verlor Stachelmann die Geduld. Er verließ den Stand, stieg die Treppe hinunter zu Gleis 7b, wo der Zug nach Lübeck wartete.

Am Tisch war kein Platz mehr frei. Er rückte auf den Fensterplatz der letzten Bank in Fahrtrichtung und sah sich um. Er hatte fast alle Leute im Großraumabteil der ersten Klasse schon gesehen und einiges aufgeschnappt von ihren Gesprächen. Die meisten arbeiteten in Verwaltungen, Versicherungen, Post, Bahn. Einer arbeitete bei einem Bauunternehmen, ein anderer im Sozialamt. Die meisten lasen Zeitung oder Illustrierte. Einer schrieb etwas in einen kleinen Block. Ein anderer lehnte seinen Kopf an die Wagenverkleidung und schnarchte leise mit offenem Mund. Stachelmann staunte, dass sich das jemand traute. Er hätte Angst, den Ausstieg zu verpassen.

Die Luft im Abteil war besser als in der S-Bahn, aber der Hunger wurde stärker. Kein Bissen seit dem Frühstück. In Lübeck war er kurz davor, eine Bratwurst zu kaufen, der Geruch zog ihn an. Als er die Würste sah im Fett, überlegte er es sich anders und lief nach Hause. Diesmal schaffte er es schneller als sonst. Er war außer Atem, als er die Wohnungstür öffnete. Er wollte gerade seinen Mantel an den Haken der Wandgarderobe hängen, da klingelte es, einmal, zweimal, dreimal. Es hörte sich schriller an als sonst. Er hängte den Mantel an den Haken und drückte die Gegensprechanlage. »Ja?«

»Herr Dr. Stachelmann?«

Er kannte die Stimme. »Ja.«

»Öffnen Sie. Hier ist die Polizei.« Es war ein Befehl.

Stachelmann drückte den Summer und hörte gleich Schritte im Treppenhaus. Sie waren laut. Er schaute durch den Türspion und erkannte Oberkommissar Burg und zwei Uniformierte. Als er öffnete, drangen sie in die Wohnung ein. Burg sagte: »Ich nehme Sie vorläufig fest wegen des Verdachts, Professor Wolf Griesbach ermordet zu haben.« Er schaute ihn streng an. »Haben Sie das begriffen?«

Stachelmann antwortete nicht.

»Packen Sie Zahnbürste und Unterwäsche ein«, sagte Burg. »Sie können mit Ihrem Anwalt telefonieren und ihn zum Haftrichter bestellen. Dem werden Sie gleich vorgeführt.«

* * *

Er hatte die Stones-Platte dabei. Helga und der Gefangene mussten nicht warten in der Mokkabar. Er könne nicht lange bleiben, sagte Dreilich. Er habe Angst, dass sie ihm irgendwann auf die Schliche kämen.

Der Gefangene hatte sich ohnehin gewundert, wie offen Dreilich über Flucht sprach. Schleuser wurden hart bestraft in der DDR, sie lasen es in der Zeitung und sahen es im Fernsehen.

Er werde so bald nicht mehr kommen, habe keine Lust, in Bautzen einzugehen, sagte Dreilich. Aber er habe eine Adresse, unter der er immer erreichbar sei. Wenn sie abhauen wollten, sollten sie an die Adresse schreiben. Das gelte auch, wenn sie beraten werden wollten. Er würde dann nicht selbst auftauchen, sondern einen Freund schicken. Dem könnten sie vertrauen wie ihm selbst. Er gab dem Gefangenen einen Zettel, darauf eine Anschrift in Westberlin. Jürgen Knoll, Joachimsthaler Straße 46a. »Meinen Namen nicht benutzen, die Staatssicherheit überwacht die Post. Schreibt dem Jürgen irgendwas. Wir benutzen keine Codewörter oder sonstigen Geheimkrimskrams. Wenn Jürgen einen Brief bekommt von euch, wird er ihn an mich weiterleiten. Sagt mir jetzt dreimal eure Adressen.«

Helga begann, Dreilich hörte zu, wiederholte die Anschriften. Zu Hause werde er sie sich aufschreiben. »Mein Gedächtnis war auch schon mal besser.«

Er legte die Platte auf den Tisch, stand auf, gab den beiden die Hand und verließ die Mokkabar ruhigen Schritts. »Bis bald!« An der Tür drehte er sich um und winkte. Niemand sah ihm an, dass er Angst hatte.

»Wir können uns die Ostseegrenze ja mal angucken«, sagte Helga. »Dann sehen wir, was uns erwartet, sollten wir uns entschließen abzuhauen.«

»Ich fahre allein«, sagte der Gefangene. »Das fällt weniger auf.« Aber er dachte: Wenn es ein Hinterhalt ist, dann erwischt es nur mich.

»Traust du ihm?«, fragte Helga, als ahnte sie seine Gedanken.

Er hob die Hände und ließ sie wieder fallen. »Es gibt keinen Grund, ihm nicht zu trauen.«

»Es ist schwierig«, sagte Helga. Sie schüttelte ihren blonden Pferdeschwanz.

»Noch schwieriger ist, ob ich das überhaupt will. Mir kommt's so vor, als wäre etwas losgerollt. Glaubst du, das Leben drüben ist ohne Nerverei?«

Sie antwortete nicht.

Er dachte, das Misstrauen des Staats beleidigt mich. Und die drüben, ob die mir trauen? Aber am Wochenende an die Ostsee, nahe der Lübecker Bucht, das kann einem niemand verbieten. In meinen Kopf können nicht mal die hineinschauen. Und ob er diesem Knoll jemals einen Brief schreiben würde, das war noch nicht ausgemacht.

9

Stachelmann wunderte sich, dass es ihn nicht überraschte. Es kam ihm vor, als hätte er nichts zu tun damit. Ein uniformierter Polizist überwachte jede Bewegung, die Stachelmann tat. Burg drängte. »Der Haftrichter wartet.«

Ein Polizist zog Handschellen hervor, Burg winkte ab. »Auf meine Kappe«, sagte er.

Stachelmann musste sich auf die Rückbank des Polizei-Passat setzen, ein Beamter neben ihm. Auf der Fahrt sprach niemand ein Wort. Im Amtsgericht mussten sie im Gang warten. Die Uniformierten setzten sich zu beiden Seiten neben Stachelmann. Burg lief im Gang hin und her. Dann erschien auch der Kriminalrat. Er gab Burg die Hand. Stachelmann sah die beiden flüstern. Ein Beamter rief sie zum Haftrichter. Das war ein spitzbärtiges Männchen hinter einem riesigen Schreibtisch, auf dem nichts lag. An der Wand die Reproduktion eines Ölschinkens holländischen Stils. Stachelmann wurde ein Platz dem Richter gegenüber zugewiesen. Die Polizisten setzten sich links neben Stachelmann. Sie warteten. Es klopfte, die Tür öffnete sich. »Guten Tag«, sagte ein unscheinbarer Mann. Er wirkte abgehetzt.

Der Richter nickte mit unbewegtem Gesicht. »Guten Tag, Herr Staatsanwalt.«

Der Staatsanwalt fragte: »Darf ich die Herren einen Moment hinausbitten?«

Der Richter nickte und winkte kaum sichtbar mit der Hand.

Die Kriminalpolizisten verschwanden.

Wieder öffnete sich die Tür. Oppum erschien. Er gab Stachelmann die Hand und fragte: »Wo ist der Staatsanwalt?«

Der Richter deutete auf die Tür.

»Kann ich mit meinem Mandanten allein sprechen? Es dauert nicht lang.«

Der Richter nickte.

Der Anwalt und Stachelmann traten auf den Gang. »Was ist los?«, fragte Oppum.

»Ich weiß es nicht.«

Oppum schaute Stachelmann eindringlich an, sagte aber nichts. Da war ein Zweifel.

Der Staatsanwalt und die beiden Kripobeamten kamen aus einem Zimmer, sie flüsterten. Oppum trat dem Staatsanwalt in den Weg. »Sie wollen einen Haftbefehl gegen meinen Mandanten erwirken? Warum?«

»Das erfahren Sie gleich«, sagte der Staatsanwalt kalt. »Seien Sie froh, dass wir vor der Inhaftierung auf einen Termin gedrängt haben. Der Herr Dr. Stachelmann hätte ja auch auf direktem Weg zum Lauerhof gebracht werden können.«

Als sie alle wieder beim Haftrichter saßen, forderte der den Staatsanwalt auf vorzutragen. Der Staatsanwalt räusperte sich, ohne die Stimme zu befreien. Er tat es wohl immer, bevor er auftrat. »Wir haben Fasern von der Kleidung des Opfers im Auto des Dr. Stachelmann gefunden, auf dem Beifahrersitz. Das bedeutet, dass Professor Griesbach und der Beschuldigte gemeinsam in dem Auto gefahren sind, in dessen Kofferraum später die Leiche gefunden wurde.«

»Das hatten wir doch schon«, sagte Oppum.

»Herr Anwalt, lassen Sie mich aussprechen«, sagte der Staatsanwalt. »Ich verweise darauf, dass Ihr Mandant erklärt hat, er kenne den Professor Griesbach so gut wie gar nicht, habe ihn nur einmal kurz gesehen, auf einem Empfang, den Professor Griesbach zum Einstand an der Hamburger Universität gab. Offenkundig sagt Dr. Stachelmann die Unwahrheit.«

»Selbst wenn es so wäre, ist das doch kein Indiz und schon gar kein Haftgrund. Es gibt tausend Gründe, die Unwahrheit zu sagen, die meisten sind vergleichsweise harmlos.«

»Warten Sie ab, Herr Anwalt.« Der Staatsanwalt sagte dies gelassen. »Wir haben nämlich noch so eine Unwahrheit, oder soll ich besser sagen Lüge ...«

»Herr Staatsanwalt, Sie halten hier kein Plädoyer«, sagte der Richter leise. »Ich wäre Ihnen dankbar, Sie kämen ohne Umwege zur Sache.«

»Selbstverständlich, Herr Vorsitzender. Die Polizei hat heute Nachmittag die Ehefrau des Professor Griesbach vernommen und deren Wohnung durchsucht. Frau Ines Griesbach hat in der Vernehmung, nach langem Leugnen, wie die Hamburger Kripo berichtet, erklärt, sie habe ein Verhältnis mit dem Beschuldigten. Die Kripo hat im Badezimmer ein Kondom gefunden, das zurzeit rechtsmedizinisch untersucht wird. Wir haben aber keinen Zweifel, dass es vom Beschuldigten stammt und dass die Speichelprobe und das Sperma im Kondom exakt zusammenpassen werden.« Er legte einen Ordner auf den Tisch des Richters. »Hier ist das Protokoll der Aussage.«

Einen Augenblick schwiegen alle, sie schienen die Bedeutung dieser Auskunft zu bewerten. Stachelmann sackte in sich zusammen. Er begriff, was die nahe liegende Interpretation der Tatsachen war. Oppum sagte: »Ich möchte kurz mit meinem Mandanten sprechen.«

Der Richter warf einen Blick zum Staatsanwalt, der nickte und lächelte. »Bitte«, sagte der Richter. »Fünf Minuten.«

Sie liefen ein paar Schritte nebeneinander auf dem Gang. Oppum sammelte sich, dann sagte er: »Das ist nicht gut. Stimmt das? Können wir das entkräften?«

»Nein«, sagte Stachelmann leise. Der Kloß im Hals saß fest. »Ein Mal.«

»Was heißt ein Mal?«

»Ich habe ein Mal mit ihr geschlafen. Das war mein Kondom.«

»Wann?«

»In der Nacht von Dienstag auf Mittwoch.«

»Ich bin Ihr Anwalt, mir müssen Sie alles sagen. War da mehr?«

»Was heißt mehr?«

»Kannten Sie Griesbach besser, als Sie gesagt haben?«

»Nein.«

»Haben Sie irgendetwas zu tun mit seinem Tod?«

»Nichts. Überhaupt nichts.«

»Gut. Wenn Sie gleich die Wahrheit gesagt hätten, wäre es jetzt einfacher.«

»Wenn ich gleich die Wahrheit gesagt hätte, hätte mir keiner geglaubt.«

»Bereiten Sie sich darauf vor, dass der Richter einen Haftbefehl erlässt. Ich versuche mein Bestes.«

»Danke«, sagte Stachelmann.

Als sie wieder beim Richter waren, sagte der Anwalt: »Mein Mandant war in der Nacht vom Dienstag auf den Mittwoch mit Frau Griesbach zusammen. Es kam zum Geschlechtsverkehr, das einzige Mal. Mein Mandant hat kein Verhältnis mit Frau Griesbach. Man nennt so etwas unter modernen Menschen einen One-Night-Stand.«

»Und wie nennen altmodische Menschen das?«, fragte der Richter.

»Beischlaf mit der Ehefrau des Opfers«, sagte der Staatsanwalt. »Wir haben es hier mit einer klassischen Konstellation zu tun. Die Ehefrau des Opfers geht ein Verhältnis mit einem anderen Mann ein, der Ehegatte wird zum Hindernis. Wir wissen nur noch nicht, welche Rolle die Ehefrau gespielt hat.«

»Ich war auch schon mal im Kino, Herr Staatsanwalt«, sagte Oppum.

»Meine Herren, beenden wir das. Es wird Untersuchungshaft angeordnet, auf Wiedersehen.«

Als Stachelmann aufstand, fühlte er sich schwach. Viel zu schwach, um etwas zu sagen. Er wankte, dann hielt er sich an der Stuhllehne fest. Die Beweise sprachen gegen ihn. Aber sie sagten nicht die Wahrheit. Doch hatte er nichts in der Hand, um die Wahrheit zu beweisen.

Oppum klopfte ihm auf die Schulter und flüsterte: »Wenn Sie es nicht waren, wird Ihnen nichts passieren.«

Nichts, dachte Stachelmann. Mir passiert gerade was.

Ein Uniformierter legte ihm Handschellen an. Dann führten sie ihn aus dem Gebäude. Auf dem Hof stand ein Polizeitransporter. Ein Polizist schob die Seitentür auf, Stachelmann kletterte hinein und setzte sich auf die Bank. Ein Beamter setzte sich neben ihn. Ein zweiter fuhr den Wagen vom Hof. Sie fuhren durch die Stadt, Stachelmann erschien sie fremd, als hätten sich die Straßen, Fassaden und Menschen hinter den Scheiben des Polizeiautos verändert. Er war weit weg, gehörte nicht dazu. Die da draußen gingen essen oder ins Kino, amüsierten sich oder plagten sich mit ihren kleinen Sorgen, er kam ins Gefängnis. Der Schrecken ließ ihn verkrampfen. »Das ist gar nicht so schlimm«, sagte der Polizist neben ihm, nachdem er Stachelmann ins Gesicht geschaut hatte.

Stachelmann wollte antworten, kriegte aber kein Wort heraus.

Am Marliring bogen sie rechts ab. Also zum Lauerhof, dachte er. Von diesem Gefängnis war die Rede, wenn die Lübecker Nachrichten über Kriminalfälle oder Ausbrecher berichteten. Für manche war es berüchtigt wegen der Sozialabteilung, wo Sexualverbrecher therapiert wurden. Sie fuhren über einen Parkplatz zu einem blaugrauen Tor. Stachelmann las »Pforte 2«. Das Tor öffnete sich, sie standen in einer Schleuse, vorne und hinten gesichert durch Stahltore, an den Seiten durch einen blaugrauen Drahtzaun mit dicken Maschen. Als das erste Tor geschlossen war, öffnete sich das zweite. Sie hielten in einem Hof vor einer Tür. Die beiden Beamten führten Stachelmann durch die Tür, daneben ein Schild mit der Aufschrift »Vollzugsgeschäftsstelle«. Darin saßen ein Mann und eine Frau. Stachelmann sah Bildschirme und Tastaturen. Der eine Polizeibeamte legte einen Aktenordner auf den Tresen. »Zugang«, sagte er. Er schloss die Handschellen auf und steckte sie in seinen Gürtel. Dann sagte er: »Tschüss!« Die beiden Polizisten verließen das Zimmer. Der Mann hinter dem Tresen fragte Stachelmann nach Namen, Alter, Beschäftigung und anderem. Dann wurde Stachelmann durch eine offene Tür in einen Nebenraum geführt. Dort saß ein weiterer Mann hinter einem Tresen an einem Computer. »Leeren Sie Ihre Taschen aus.«

Stachelmann zögerte, dann fügte er sich. Er legte seinen Geldbeutel, Schlüssel und die Tablettendose auf den Tresen. Der Mann trat zu ihm und tastete ihn ab. »Ist das alles?«, fragte er.

Stachelmann nickte. »Die Tabletten brauche ich.«

»Für was sind die?«

»Gegen Arthritis. Rheuma«, sagte Stachelmann.

Der Mann blickte ihn an und sagte: »In Ihrem Alter?«

Stachelmann nickte.

»Das entscheidet der Arzt.« Der Mann packte Stachelmanns Sachen in eine Tüte. Dann sagte er: »Setzen Sie sich bitte dorthin.« Er wies auf einen Stuhl in der Ecke gegenüber dem Tresen. Auf den Stuhl war eine Videokamera gerichtet. Stachelmann setzte sich, der Mann schaute durch den Sucher der Kamera, drehte an einem Objektivring und drückte den Auslöser.

»Was ist mit meinem Geld?«, fragte Stachelmann.

»Wir quittieren es«, sagte der Mann. »Wenn Sie Geld brauchen, können Sie einen Antrag stellen. An das Sozialamt. Das Formular gibt Ihnen ein Beamter auf Ihrer Station.« Er schaute auf seinen Bildschirm. »Station Dora I.«

»Wann?«

»Morgen.«

Der Mann hob den Telefonhörer ab, drückte auf einen Knopf und sagte: »Zugang.« Er legte auf.

Ein Justizbeamter erschien. Er trug ein hellblaues Hemd mit einem grauen Schlips. »Kommen Sie«, sagte er. Er führte Stachelmann Treppen hoch, dann stand er in einem Raum mit einem langen Schreibtisch. Von dem Zimmer zweigte ein Verbindungsgang ab, die Tür stand offen. Am Ende des Gangs ein Schild: »Ruhezone. Bitte leise!« Zwei Männer saßen am Schreibtisch, auch sie trugen hellblaue Hemden mit grauen Schlipsen. Einer stand auf und sagte: »Ziehen Sie sich aus. Hier.« Er klappte einen hölzernen Sichtschutz von der Wand weg, eine bewegliche Kiste ohne Boden, mit Scharnieren befestigt. Stachelmann stellte sich in die Kiste und zog die Kleidung aus. Die Kraft verließ ihn, ihm wurde schwindelig.

Der Justizbeamte stand vor der Kiste und streckte die Hand vor. Stachelmann gab ihm die Kleidungsstücke. Der Mann durchsuchte sie.

Als Stachelmann bis auf die Unterhose ausgezogen war, sagte der Mann: »Gehen Sie duschen.« Der Beamte führte Stachelmann zu einer Tür im Verbindungsgang. Er öffnete die Tür, Stachelmann starrte ungläubig auf eine Duschkabine. Er stand starr. »Gehen Sie bitte hinein.« Der Mann sprach energisch.

Stachelmann ging hinein, schloss die Tür, zog die Unterhose aus und stellte sich unter die Dusche. Er drehte das Wasser auf und schüttelte den Kopf. Es war absurd. Aus einem Seifenspender an der Wand nahm er Shampoo und seifte sich ein. Dann kamen die Tränen. Er lehnte sich an die Kachelwand und weinte. Er schlug mit der flachen Hand gegen die Wand, dann hielt er das Gesicht ins

Wasser. Es ist ein Traum, dachte er, ein Alptraum. Bald wache ich auf, und vom Traum bleibt nur ein schwarzer Rest, der an einem Vormittag verschwindet.

Es klopfte an der Tür. »Kommen Sie!«, rief eine Stimme. Stachelmann trocknete sich ab und zog seine Unterhose an. Draußen erwartete ihn der Justizbeamte. Der schaute Stachelmann ins Gesicht und deutete dann zur Tür. Nun war er wieder in dem Raum mit dem langen Schreibtisch. Auf dem Tisch lag ein Bündel, eine graugrüne Decke, prall gefüllt.

»Welche Größe?«, fragte der Beamte.

Stachelmann überlegte, dann sagte er »XL«.

»Schuhgröße?«

»44.«

Der Beamte ging durch den Verbindungsgang und verschwand in dem Raum, der sich daran anschloss. »XL«, sagte er zu einem, den Stachelmann nicht sah. Es dauerte eine Weile, bis er zurückkam, mit einem Stapel Kleidung. Er legte ihn auf den Tisch. Der Beamte deutete auf einen schwarzen Trainingsanzug. »Ziehen Sie den an«, sagte der Beamte. Stachelmann zog den Trainingsanzug an.

Dann fiel ihm etwas ein: »Ich bin Untersuchungsgefangener, ich möchte meine Kleidung tragen.«

»Das können Sie auf Ihrer Station beantragen.«

Als er alle Sachen empfangen hatte in der Habekammer, rief der Beamte jemanden an. »Zugang«, sagte er.

Bald kam ein anderer Justizbeamter und führte Stachelmann die Treppen hinunter, dann einige Gänge entlang. Stachelmann trug das Bündel, das man ihm ausgehändigt hatte. Wenn der Beamte Türen auf- und wieder abschloss, wartete Stachelmann. Ihn verwirrten die Gänge und Türen des großen Baus. Dann standen sie in einem Gang mit vielen blaugrauen Türen an beiden Seiten. An den Türen erkannte Stachelmann Riegel und Schlösser. Über den Türen waren Leuchten angebracht, an einigen Zellen mehrere. Der Beamte ging zu einer Tür, zog einen großen Schlüssel aus dem Lederhalfter, das er am Gürtel trug, und schlug mit dem Schlüssel ans Schloss. Dann steckte er den Schlüssel ins Schloss und öffnete die Tür. Als die Tür aufging, drehte der Beamte den Schlüssel nach rechts, die Schließzunge ragte heraus aus dem Schloss. »Gehen Sie hinein«, sagte der Beamte, als Stachelmann nicht weiterging.

Stachelmann schaute in die Zelle hinein. Als Erstes fiel ihm das Flackern des Fernsehgeräts auf, es stand auf einem Brett, das in Mannshöhe in einer Wandecke befestigt war. Es lief Werbung. Gegenüber sah Stachelmann ein Doppelstockbett, im Flackern des Fernsehers erkannte er ein Gesicht, dunkle Augen starrten ihn an. An der anderen Wand stand ein Schrank. Zwei Fenster mit Gitterstäben, durch die das Licht von Laternen in die Zelle fiel. Ein Fenster war gekippt. Eine Ecke war abgeschirmt mit einem Holzbrett. Stachelmann ging zwei Schritte, da wurde die Tür geschlossen, er hörte, wie das Schloss einrastete. Im Fernseher dröhnte Joghurt-Werbung. Der Mann kroch aus dem Bett. Er reichte Stachelmann die Hand. Der nahm sie und spürte klebrigen Schmutz. Er zog seine Hand ruckartig zurück.

»Ich fress dich nicht«, sagte der Mann. »Ich heiße Olaf.«

Stachelmann musste den Blick senken, der Mann reichte ihm bis zur Nase. Dafür war er fett, der Bauch spannte das T-Shirt. Er schaute Stachelmann an, als forderte er ihn auf, etwas zu tun. »Ich heiße Josef«, sagte Stachelmann.

»Das Bett oben gehört dir«, sagte Olaf. »Und deine Sachen kommen in den Schrank. Schieb meinen Kram zur Seite, dann passt das schon rein, nich?«

Stachelmann legte das Deckenbündel auf das obere Bett, dann öffnete er mit einer Hand den Schrank, mit der anderen legte er die Kleidungsstücke hinein. Nun dröhnte Werbung über Inkontinenzwindeln. Olaf gackerte wie ein Huhn. »Ich bin froh, wenn überhaupt was kommt«, rief er, »die Sorgen möcht ich haben, nich?« Er hatte einen norddeutschen Zungenschlag. »Warum sitzt du ein?« Er sprach laut, um das Fernsehgerät zu übertönen.

»Irrtum«, sagte Stachelmann.

Olaf gackerte. »Das ist ja mal was Neues. Und was werfen sie dir vor?«

»Mord«, sagte Stachelmann nach kurzem Zögern. Du musst mit diesem Kerl klarkommen, sonst wird das die Hölle.

»Alle Achtung!«, rief Olaf. »Respekt! Stell dir vor, ich soll eine Bank überfallen haben, in Norderstedt. Da gibt's völlig unscharfe Videos, die zeigen irgendeinen Typen, und der soll ich sein. Stell dir das vor. Und dafür schmore ich schon sechs Wochen hier, nich?« Er setzte sich auf einen der beiden Stühle.

Sechs Wochen, dachte Stachelmann. Wie lange werde ich sitzen? Wie soll ich das aushalten?

»Bist wohl das erste Mal im Knast?«

Stachelmann nickte. Er setzte sich auf den anderen Stuhl.

»Ist mal was Neues, nich? Und was machst du, wenn du gerade mal nicht mordest?«

»Ich bin Geschichtsdozent.«

»Was biste?«

»Dozent. Ich unterrichte Geschichte an der Universität.« Stachelmann brüllte fast.

»Geschichten, davon kann man also auch leben, nich?«

»Vergangenheit!«

»Warum, die ist doch vorbei, nich?«

»Eben nicht«, sagte Stachelmann.

Olaf guckte ihn an, dann schüttelte er den Kopf. »Na ja, die ham ja Psychologen hier.« Er kratzte sich am Hals, dann bohrte er sich im Ohr. Er stand auf, ging zum Schrank und holte eine Tafel Schokolade. Die hielt er Stachelmann hin. Stachelmann hatte keinen Hunger, brach aber einen Riegel ab und aß ihn langsam. »Ob wir das Fernsehen ausschalten können?«

»Nee«, sagte Olaf. Er war empört. »Da kommt gleich ein ganz scharfer Streifen. Das musste sehen. Nackte Weiber ohne Ende.«

»Vielleicht ein bisschen leiser machen?«

Olaf schaute ihn misstrauisch an. »Mit mir läuft nichts, nich? Ist klar, nich?«

Stachelmann begriff nicht, was Olaf meinte. Er nickte.

»Dann ist gut«, sagte Olaf. Er fand auf dem Tisch unter Zeitschriften die Fernbedienung und drehte den Ton nur ein wenig leiser.

Stachelmann nahm die blauweiße Bettwäsche aus dem Bündel und bezog Decke und Kopfkissen. Er strich das Laken auf der Matratze glatt. Die war weich und verschlissen. Er legte sich in das Bett. Der Sexfilm hatte begonnen, zwei Frauen mit Siliconbrüsten verführten einen Mann. Stachelmann schaute hin, dann weg. Er starrte an die Decke. Die drei im Film stöhnten laut. Stachelmann drückte mit den Händen auf die Ohren, bis sie schmerzten.

Der Tag kam ihm unendlich lang vor und immer noch unwirklich. Dann schüttelte ihn ein Schluchzen, er drehte sich zur Wand. Die drei im Film stöhnten um die Wette, Olaf stöhnte mit. Stachelmann krümmte sich zusammen, das Schluchzen hörte nicht auf. Da packte ihn eine Hand an der Schulter. »Nun hör auf, du versaust mir den Film.« Stachelmann drehte sich um. Olafs Kopf ragte über der Matratze, mit der Hand rüttelte er weiter an Stachelmanns Schulter, im Fernsehen kam Werbung für die Telekom. Stachelmann wurde ruhiger, die Hand auf der Schulter war stark. »Das ist für jeden Scheiße, nicht nur für

Geschichtenerzähler. Aber deswegen brauchste nicht so ein Theater machen. So ein bisschen Knast hat noch keinem geschadet. Wo kann man sonst dreiundzwanzig Stunden glotzen? Und fürs Essen musste auch nichts bezahlen. Schlaf, morgen ist alles gut.«

Stachelmann schob die Hand weg. Olaf schüttelte den Kopf und kroch zurück in sein Bett. Dann stellte er den Fernseher lauter. »Wenn du aufhörst mit der Jaulerei, dreh ich leiser, nich?«, brüllte er.

Es klopfte ans Schloss, Stachelmann hörte, wie der Schlüssel sich drehte. Die Tür öffnete sich. »Nachtruhe, drehen Sie das Gerät leise, und schreien Sie nicht so!«

Der Fernseher wurde leiser. »Ist ja gut«, sagte Olaf.

»Gute Nacht«, sagte der Beamte. Er schloss die Tür.

Stachelmann drehte sich auf den Rücken und versuchte sich zu konzentrieren. Was sollte er tun? Er musste bald mit Oppum sprechen. Wer hatte ihm die Leiche in den Kofferraum gelegt? Warum gerade ihm? Er hatte nichts zu tun mit Griesbach. Er kannte ihn nicht einmal. Hatte er es Ines zu verdanken, dass er eingesperrt war? Je länger er darüber nachdachte, desto klarer wurde ihm, dass Ines keinen Ausweg mehr gesehen hatte. Natürlich war es ihr wichtiger, dass der Mörder ihres Mannes gefunden wurde, auch wenn die Ehe nicht mehr taufrisch gewesen war. Es verbindet die Leute doch oft mehr, als sie es sich eingestehen. Verglichen mit dem halben Leben, bedeutet die Nacht mit einem Fremden wenig. Stachelmann fühlte sich wie eine Fliege im Spinnennetz. Er konnte zappeln, so viel er wollte, er klebte fest. Und irgendwann würde die Spinne kommen und ihn fressen. Wer war die Spinne? In wessen Netz war er geraten? War es Zufall, war es Absicht?

Er hörte es tropfen. Olafs Kopf ragte über die Holzblende in der Ecke. Er saß auf dem Klo und starrte an die gegenüberliegende Wand. Im Flimmern des Fernsehers hatte er die Augen eines Irren.

Stachelmann schaute weg und fixierte einen schwarzen Fleck an der Decke. In der Ecke ertönte ein Gurgeln und Pfeifen. Stachelmann dachte an den Holler-Fall. Vielleicht gab Maximilian Holler Stachelmann die Schuld am Tod seines Vaters. Stachelmann hatte Hermann Holler gestellt am Flughafen Fuhlsbüttel, und der hatte sich erschossen, als Polizisten sich näherten. Wenn der Sohn sich rächen wollte, würde er es vielleicht so machen, gewissermaßen um die Ecke, ein Spiel über Bande. Aber dafür gab es kein Indiz. Außerdem musste Maximilian Holler trotz aller Raffinesse damit rechnen, dass das Motiv die Polizei zu ihm führen würde.

Stachelmann suchte nach Anhaltspunkten in den vergangenen Jahren. Hatte er jemandem geschadet ohne Absicht? Es fiel ihm niemand ein. Er hatte nur sich selbst geschadet. Und Anne vielleicht.

Es stank nach Kot. Stachelmann unterdrückte den Brechreiz. Konzentriere dich. Die Wasserspülung zischte, im Fernsehen lachten Leute.

Er quälte sein Hirn, fand aber nichts, was ihm weiterhalf. Er wiederholte seine Berlinreise im Kopf. Wo wurde ihm die Leiche ins Auto gelegt? Irgendwann am Sonntag, nachdem er seine Reisetasche in den Kofferraum geworfen hatte. Hatte er den Kofferraum abgeschlossen? Gab es Spuren, die bewiesen, dass der Kofferraum aufgebrochen worden war? Fanden sich keine Spuren für einen Aufbruch, dann belastete es ihn umso mehr. Aber war es nicht so, dass man ihm eine Schuld nachweisen musste? Er musste gar nichts tun. Am Ende würden sie sich bei ihm entschuldigen. Er stellte sich vor, wie Wesendorn, Burg und dieser Staatsanwalt zerknirscht um Verzeihung baten. Es ist uns schrecklich unangenehm, Herr Dr. Stachelmann. Im Nachhinein können wir gar nicht mehr verstehen, wie wir auf die Idee kamen, Sie könnten etwas zu tun haben mit diesem Mord. Sie sind auch nur ein Opfer. Ob Sie es uns nachsehen? Nein, dazu ist Ihnen zu viel Unrecht geschehen. Wir hätten Sie nie einsperren dürfen. Ein Triumphgefühl begann ihn zu erfassen.

Ein spitzer Schrei erschreckte ihn und holte ihn zurück in seine Zelle, im Fernsehgerät lief ein Krimi.

Die Schmerzen rissen ihn aus dem Schlaf. Es war ruhig, das Gerät war ausgeschaltet. Von draußen fiel weißes Licht durch die Fenster. Olaf schnarchte leise, dann röchelte er. Er wälzte sich im Bett, dann schlief er wieder ruhig. Stachelmann setzte sich auf und ließ die Beine baumeln. Die stählerne Kloschüssel schimmerte hinter dem Verschlag. Leise hangelte er sich vom Bett auf den Boden und ging zum Fenster. Er blickte auf einen drahtumzäunten Hof. Zwischen dem Zaun und dem Fenster eine schmale Wiese, sie war übersät mit Abfall, Dosen, Plastikflaschen, Brotscheiben. Ihm wurde kalt. Er ging wieder ins Bett und überlegte, ob er einen Beamten rufen sollte, damit dieser ihm eine Schmerztablette besorgte. Stachelmann ärgerte sich. Er hätte darauf bestehen sollen, dass man ihm die Tabletten ließ, wenigstens zwei oder drei. Der Schmerz griff nach Armen und Beinen, auch Handgelenke und Finger taten weh. Taubheit kroch die Beine hoch, ohne den Schmerz zu dämpfen. Ihm wurde heiß, dann kalt, dann wieder heiß. Schweißperlen traten auf die Stirn. Was hatte er getan, dass ihm das widerfuhr? Er fluchte leise vor sich hin. Dann fiel ihm ein, dass die Universität ihn entlassen würde, mindestens suspendieren. Auch wenn er am Ende befreit würde von allem Verdacht, etwas blieb an ihm kleben. Er musste mit Anne sprechen, sie würde ihm helfen, sie hatte Einfluss auf Bohming. Ihr würde er es nicht abschlagen, wenn sie ihn bat, Stachelmann nicht fallen zu lassen. Als er an Anne dachte, wurde er ruhiger. Er sehnte sich nach ihrer Nähe. Sie würde zu ihm halten, wer sonst?

Olaf wälzte sich wieder. Stachelmann fürchtete schon, er würde aufwachen und das Fernsehgerät wieder einschalten. Aber Olaf grunzte und schlief weiter.

Im Gang rasselte es. Stachelmann hörte leise Schritte, sie gingen vorbei an der Zellentür. Er legte sich wieder hin und zog die Decke bis ans Kinn. Wann würde er herauskommen aus dem Gefängnis? Olaf furzte. Bald stieg ein beißender Gestank nach oben.

Ein metallisches Klacken riss Stachelmann aus dem Halbschlaf. Die Gelenke waren wie eingerastet. Die Tür wurde aufgeschlossen, jemand sagte: »Guten Morgen, das Frühstück!« Stachelmann kletterte vorsichtig aus dem Bett und hätte doch beinahe Olaf getreten. »Pass auf!«, sagte Olaf.

Stachelmann holte aus dem Schrank den Blechteller und den Plastiknapf, die er am Abend im Deckenbündel gefunden hatte. Zwei Männer in Trainingsanzügen, offenbar ebenfalls Gefangene, standen an einem Wagen auf Rädern, der mit Schüsseln beladen war. Olaf ließ sich sieben Scheiben Graubrot, Butter und Marmelade geben, dazu füllte ihm einer der Essensausteiler Kaffee in den Plastiknapf. Dazu vier Stück Zucker. Stachelmann schaute zu, dann kam er an die Reihe. »Bist neu hier«, sagte der Mann. Es war keine Frage.

Stachelmann ließ sich eine Scheibe Brot, Butter und Marmelade geben. Er hielt den Plastiknapf vor und sagte: »Tee.« Die schwarze Flüssigkeit roch nach Tee. Olaf schaltete das Fernsehgerät ein, setzte sich an den Tisch und begann zu schmatzen und zu schlürfen. Stachelmann nahm den freien Stuhl und versuchte, es nicht zu hören. Er hatte keinen Hunger, aber er fand es vernünftig, etwas zu essen. Es schmerzte ihn, Arme und Finger zu bewegen. Im Fernsehen lief Werbung für Sahnejoghurt.

Nach dem Frühstück wusch er sich im kleinen Becken neben dem Stahl-WC. Olaf saß am Tisch und popelte in den Zähnen. Er schaltete mit der Fernbedienung zwischen den Programmen hin und her. »Die richtig guten Sachen kommen in der Nacht«, sagte er. »Vorher gibt's nur Plörre.«

»Dann mach die Kiste doch aus«, sagte Stachelmann und wischte sich einen Zahnpastarest aus dem Mundwinkel.

Olaf starrte Stachelmann an, als wäre der ein Marsmännchen. Er schüttelte den Kopf und schaltete weiter.

Den Vormittag verbrachte Stachelmann im Bett. Er versuchte zu dösen. Hoffentlich kommt Oppum bald, dachte er. Olaf guckte die soundsovielte Folge einer amerikanischen Familienserie. Es folgte eine Talkshow mit Leuten, die kaum einen geraden Satz herausbrachten. Sie ereiferten sich dumpf über die Frage, von welchem Mann irgendein Kind stamme. Die Moderatorin wedelte mit einem Briefumschlag, in dem sich das Ergebnis eines Vaterschaftstests verbarg. Stachelmann schaute ein paar Minuten zu. Da trugen Leute ihren Streit im Fernsehen aus, machten sich zu Affen einer Fernsehanstalt, der nichts primitiv genug sein konnte. Sie passten gut zueinander, die Streitenden, die Moderatorin und das Publikum, das lautstark pfiff oder Beifall klatschte. Es waren Leute wie Olaf.

Es klackte an der Tür, der Schlüssel wurde umgedreht, ein Justizbeamter öffnete. Er hatte Muskeln wie Schwarzenegger, musste sein halbes Leben in Fitnessstudios verbracht haben. Der Kopf saß kurz auf dem Körper. »Besuch«, sagte der Beamte. »Ihr Anwalt.«

Der Beamte führte Stachelmann zu einer Tür, die den Zellentrakt trennte vom Rest des Baus. Gleich dahinter ging es links in einen schmalen Gang. Der Beamte zeigte auf eine Tür, dahinter lag ein kleines Zimmer mit einem Tisch und drei Stühlen. Auf einem saß Oppum. Er kam Stachelmann besonders schick vor in seinem italienischen Anzug.

»Wie geht's?«, fragte Oppum.

»Holen Sie mich hier raus«, sagte Stachelmann.

Oppum lächelte. »Das wird nicht einfach. Ich fürchte, bevor wir nicht das Ergebnis der DNS-Untersuchung haben, findet gar nichts statt.«

»Aber ich hab doch zugegeben, das Kondom stammt von mir. Die Untersuchung können die sich sparen.«

»Wir brauchen neue Indizien für einen Haftprüfungstermin. Irgendwas, das die Gründe der Staatsanwaltschaft in Frage stellt. Wenn ich jetzt einen Haftprüfungstermin beantrage und ich lege nichts Neues vor, dann fühlt der Richter sich veräppelt.«

Stachelmann spürte, wie Verzweiflung ihn ergriff. »Ich sitze da mit einem Idioten in einer Zelle. Den ganzen Tag läuft das Fernsehgerät, entweder Pornos oder Primitivtalkshows. Ich will eine Einzelzelle, wenigstens das.«

»Hatten Sie schon ein Aufnahmegespräch mit dem Stationsleiter?«

Stachelmann schüttelte den Kopf.

»Das wird bestimmt heute noch stattfinden. Verlangen Sie dort eine Einzelzelle. Aber ich sage Ihnen, das ist auch nicht leicht, sich immer nur mit sich selbst zu beschäftigen. Ich hatte schon Mandanten, die nach ein paar Tagen Einzelzelle gebettelt hätten um einen Zellengenossen, auch wenn sie dafür Pornos und Dumpfbackentalkshows hätten sehen müssen.«

»Wenden Sie sich an Oberkommissar Oskar Winter von der Hamburger Mordkommission. Das ist so eine Art Freund von mir. Vielleicht fällt dem was ein, um mich hier rauszuholen.«

Oppum schrieb etwas auf.

»Vielleicht sollten wir am Motiv ansetzen?«

»Darüber habe ich natürlich nachgedacht. Die Polizei macht es sich da einfach. Sie hatten eine Affäre mit Frau Griesbach …«

»Aber da war eigentlich nichts, das wird Frau Griesbach bestätigen.«

»Die ist eine schlechte Zeugin, sie wird ja selbst verdächtigt. Das Konstrukt ist klar, Sie und Frau Griesbach wollten Herrn Griesbach loswerden.«

»Selbst wenn man unterstellt, ich hätte mehr vor mit Frau Griesbach, dann gibt's heutzutage so was wie Scheidung. Man bringt den Ehemann nicht um und lässt ihn auch nicht umbringen, man geht zum Scheidungsanwalt oder zieht einfach aus. Dieses Motiv gibt es nicht mehr.«

Oppum nickte. »Aber Eifersucht?«

»Wer auf wen?«

»Sie auf Wolf Griesbach. Wolf Griesbach auf Sie, es kommt zum Streit, Sie erstechen Griesbach.«

»Sie sollten Staatsanwalt werden.«

Oppum lachte.

»Wurde die Tatwaffe gefunden?«

»Nein«, sagte Oppum. »Die Rechtsmedizin hat herausgefunden, es war ein Messer mit einer Klinge von etwa fünfzehn Zentimetern. Scharf, schmal und spitz.«

»So ein Messer habe ich nicht und kenne ich nicht.«

»Könnte ein Filetiermesser gewesen sein, auch ein Stilett.«

»So was habe ich nicht. Meine Messer sind in der Küche.«

»Ihre Wohnung wurde gestern Abend noch durchsucht«, sagte Oppum. »Ich war dabei, sie haben nichts gefunden.«

Die Vorstellung verletzte Stachelmann, fremde Hände hatten seine Sachen durchwühlt. »Und wenn wir darstellen, wie der Mord noch begangen worden sein könnte?«

»Das ist Theorie, dafür haben die keinen Sinn.« Er stand auf. »Ich werde mit Herrn Winter reden. Morgen Nachmittag komme ich wieder.«

Sie schüttelten sich die Hand, draußen wartete Schwarzenegger auf Stachelmann. »Wir gehen jetzt gleich zum

Leiter«, sagte er. »Zugangsgespräch. In seinem Büro.« Es klang, als wäre es eine Auszeichnung.

In einer Kammer mit kahlen Wänden, nicht größer als eine Zelle, saß ein Mann an einem Schreibtisch. Er trug einen roten Backenbart und erinnerte Stachelmann an Ossi. Der Mann war kleiner als der Kommissar.

»Nehmen Sie Platz.« Er wies auf einen Stuhl neben dem Schreibtisch. »Ich muss Sie ein paar Dinge fragen, und Sie können Wünsche äußern. Bedenken Sie aber, Sie sind im Gefängnis, in Untersuchungshaft, da bestimmt der Haftrichter oder der Staatsanwalt, was wir Ihnen erlauben dürfen und was nicht.« Es hörte sich an, als dürfe er wenig erlauben.

»Ich möchte eine Einzelzelle«, sagte Stachelmann.

Der Leiter nickte. »Das kann ich mir vorstellen, aber zurzeit ist keine frei.«

»Ich werde wahnsinnig«, sagte Stachelmann.

»So schnell geht das nicht«, sagte der Leiter.

»Doch«, sagte Stachelmann. »Wenn der Fernseher den ganzen Tag und fast die ganze Nacht läuft und nur Dreck gezeigt wird.«

»Reden Sie doch mit Ihrem Zellengenossen. Finden Sie einen Kompromiss.«

»Der versteht mich nicht, und außerdem gibt's dann Streit in der Zelle. Das halte ich nicht aus.«

»Also, ich kann Ihnen da kaum helfen. Wir könnten den Fernseher rausnehmen, aber das wäre keine Erleichterung. Es gäbe nur Krach. Versuchen Sie abzuschalten.«

Der Stationsleiter fragte Stachelmann alles Mögliche, vor allem Unmögliches. Ob es weitere Straftaten gebe, deren er beschuldigt werden könnte. Ob er irgendjemanden zu versorgen habe, Alimente zahlen müsse. Ob er süchtig sei und Entzugserscheinungen befürchte. »Sind Sie selbstmordgefährdet?«

»Ja«, sagte Stachelmann, »wenn ich weiter fernsehen muss.« Er war zornig.

Der Leiter überhörte die Bemerkung. »Haben Sie Verwandte, Freunde, die Sie als Kontaktpersonen angeben möchten?«

»Anne Derling.« Er nannte Adresse und Telefonnummer.

Der Leiter schrieb. »Sonst jemanden?«

Stachelmann schüttelte den Kopf.

»Sonst noch was?«

»Ja, ich brauche Tabletten.«

»Sie wurden noch nicht dem Arzt vorgestellt?« Er schien erschrocken.

»Nein.«

Der Leiter griff zum Telefon. Der UG Dr. Stachelmann solle sofort zum Arzt gebracht werden. Warum das nicht geschehen sei? Er hörte einen Augenblick zu und zog eine Grimasse. Dann sagte er: »Nein, das ist nicht in Ordnung. Außerdem widerspricht es der Vorschrift.« Er knallte den Hörer auf die Gabel und schrieb etwas auf.

»Wenn Sie Tabletten benötigen, werden Sie sie bekommen.«

»Sie wurden mir abgenommen.«

»Dann sind sie jetzt in der Habekammer. Sie bekommen neue.«

Es klopfte, die Tür öffnete sich. Schwarzenegger steckte seinen Kopf durch den Spalt.

»Moment«, sagte der Leiter. Die Tür schloss sich. »Wenn Sie Taschengeld brauchen, müssen Sie diesen Antrag ans Sozialamt richten.« Er schob Stachelmann ein Papier zu. »Das Sozialamt übernimmt auch Ihre Miete, bis zu einem halben Jahr.«

Die Schwäche packte Stachelmann schlagartig.

»Sie sind ja totenbleich«, sagte der Leiter. Er griff zum Telefon und drückte einen Knopf. »Den Arzt, sofort, in mein Büro.« Er wandte sich an Stachelmann: »Wollen Sie was trinken?« Stachelmann wehrte ab. Dann wurde ihm schwarz vor Augen.

Als er aufwachte, schaute er in die Augen einer Frau. Sie waren blau, und Stachelmann sah ein Lächeln. »Da sind wir ja wieder«, sagte die Frau. Sie nahm seinen Arm und fühlte den Puls. Als sie das Handgelenk losließ, sagte sie: »Schon besser.« Sie hatte kurze braune Haare.

Die Frau verließ das Zimmer, da erst entdeckte Stachelmann den Tropf an seinem Arm. Die Tür öffnete sich wieder, ein Mann in einem weißen Kittel erschien. »Sie wollten ja sowieso zu mir«, sagte er. Er schaute aufs Fußende des Betts. »Sie sind Kollege?«

»Nein, Historiker«, sagte Stachelmann. »Mordender Historiker.«

»War das ein Geständnis? Dafür wäre ich der falsche Adressat. Aber ich kann es ja weitergeben.«

»Ein schlechter Scherz.«

»Sie hatten eine Kreislaufschwäche. Jetzt sieht es schon besser aus. Sie sind ja auch schon wieder zu Scherzen aufgelegt, auch wenn deren Qualität noch nicht wirklich gut ist.« Der Arzt verzog keine Miene.

»Ich brauche meine Tabletten.«

»Welche?«

»Diverses gegen Spondarthritis.« Stachelmann zählte die Präparate auf und nannte den Arzt, der sie ihm verschrieb.

»Warum sagen Sie das nicht gleich? Ich ruf den Kollegen an, dann wird Ihnen ein Justizbeamter die Tabletten zu den richtigen Zeiten aushändigen. Und wenn es Ihnen dreckig geht, kommen Sie zu mir.«

Stachelmann bat um eine gute Matratze, der Arzt sagte, er wolle sich darum kümmern. »Aber versprechen kann ich nichts.«

Dann war Stachelmann allein im Krankenzimmer. Auf dem Gang Schritte, wie weit entfernt. Durchs Fenster sah er den Stacheldraht, der wie eine endlose Spiralenschlange auf der Mauer saß. Hochnebel drückte auf die Häuser jenseits der Mauer. Er schlief ein.

* * *

Ein Mann in einer Badehose an der Ostsee, wem sollte er auffallen im Sommer? Er schaute hinaus aufs Wasser. Weit hinten ahnte er Fehmarn. Links sah er Timmendorfer Strand und Scharbeutz. Er hätte hinlaufen können, wären da nicht der Stacheldraht, die Minen und die Hunde. Zwei Grenzsoldaten liefen über den Strand, die Kalaschnikow geschultert. Sie beachteten ihn nicht. Er ging ins Wasser, die Kälte biss in die Haut. Schnell schwamm er hinaus, ihm wurde wärmer. Bald waren die Badegäste am Strand nur noch Puppen.

»Träumen Sie nicht«, sagte der Vernehmer. Es klang nicht unfreundlich. »Sie haben an der Ostsee erkundet, wie Sie die Republikflucht organisieren können. Sie haben die Grenzanlagen ausgekundschaftet. Erzählen Sie mir doch nicht, dass Sie da Badegast waren.«

Als er aus dem Wasser stieg, standen plötzlich die beiden Grenzsoldaten vor ihm. »Ausweiskontrolle«, sagte der eine.

Er ging mit ihnen zu der Stelle, wo seine Kleidung lag, und gab ihnen seinen Ausweis. Der eine Grenzsoldat schrieb etwas auf. Dann gab er den Ausweis zurück.

»Warum sind Sie hier?«

»Um zu baden.«

Die Grenzsoldaten gingen weiter. Er sah noch, wie sich der eine zum anderen beugte und etwas sagte.

»Wir haben Ihren Brief an diesen Knoll, der in Wahrheit an Dreilich ist. Sie benutzen eine Deckadresse, arbeiten konspirativ gegen unseren Staat.«

»Und was steht in dem Brief?«, fragte der Gefangene zurück.

»Ich stelle hier die Fragen.« Der Vernehmer sagte es sachlich.

Der Gefangene wusste, es ging nicht um den Brief, sondern darum, dass er ihn abgeschickt hatte. Das war das Signal.

»Warum wollten Sie unsere Republik verlassen?«

Wie oft hatte er diese Frage hören müssen? Er versuchte sich klar zu werden, warum er den Brief losgeschickt hatte. Weil er fürchtete, seinen Studienplatz zu verlieren? Mehr nebenbei hatte er die Klugheit der Partei angezweifelt, weil sie Biermann rausgeschmissen hatte und so einen Exodus von Schriftstellern anzettelte. Ein Halbsatz nur, abends in einer Kneipe. Einer hatte es kolportiert, und dann waren sie hergefallen über ihn, die FDJ-Leitung zuerst, dann die ganze Gruppe. Als hätten sie darauf gewartet, einen zu finden, an dem sie ihre Wachsamkeit zeigen konnten. Ihren Jagdtrieb befriedigen. Ihre Zweifel besiegen, indem sie ihn fertig machten. Deshalb klagten sie ihn an, einer nach dem anderen. Sie redeten laut, weniger gegen ihn als gegen das, was in ihnen keimte. Helga drückte ihm unter dem Tisch kurz die Hand, aber sie sagte nichts. Widerspruch hätte die anderen nur gereizt. Alle verurteilten ihn, auch die, die in der Kneipe genickt hatten. Dann war es erst einmal zu Ende.

Die Direktion werde entscheiden, ob er an der Universität bleiben könne. Der Staat ermögliche Leuten kein Studium, die ihm in entscheidender Zeit in den Rücken fielen. Er habe geschwiegen, wo Selbstkritik notwendig gewesen wäre. Sie seien keine Unmenschen, jeder mache mal einen Fehler. Aber er müsse den Fehler einsehen. Sie gäben ihm Zeit, nachzudenken und sich dann zu äußern. Davon wollten sie ihre Entscheidung abhängig machen. Das sagten der Direktor und der Sekretär der Partei.

Am Abend schrieb er den Brief an Knoll. Als er ihn abgeschickt hatte, bereute er, geschrieben zu haben.

10

Der Arzt hatte ihn länger im Krankenzimmer liegen gelassen, als es nötig gewesen wäre. Stachelmann war ihm dankbar, offenbar ahnte der Arzt, wie es Stachelmann plagte, mit einem Menschen wie Olaf in einer Zelle zu sitzen. Am Montagvormittag aber musste er zurück. Olaf saß auf seinem Bett und blätterte in der Neuen Revue. Im Fernseher lief eine Prolotalkshow. Eine Moderatorin erregte sich, das Publikum pfiff und trampelte, eine Frau, der der Suff ins Gesicht geschrieben war, lallte. Neben ihr kreischte ein Mädchen. Bald würde der Wagen mit dem Mittagessen durch den Gang gerollt.

Vorher erschien Schwarzenegger. »Sie haben Besuch«, sagte er. Er führte Stachelmann in das Zimmer mit den drei Stühlen. Anne stand an der Wand.

Der Justizbeamte setzte sich auf einen Stuhl, jetzt fiel Stachelmann auf, dass er einen Aktenordner in der Hand hatte. Er blätterte darin. Stachelmann und Anne setzten sich. Der Beamte schaute auf und sagte: »Sie dürfen sich nicht über die Ermittlungen unterhalten.« Dann widmete er sich wieder seiner Akte.

»Wie kommst du her?«

»Oppum«, sagte sie. »Ich habe Ossi gebeten, sich an Oppum zu wenden, der hat mit dem Staatsanwalt gesprochen. Oppum hat für dich meinen Besuch beantragt. Du warst krank.«

»Nichts Wichtiges, schon vorbei.« Er fühlte sich übergangen, doch freute er sich. Warum musste er sich oft so rüde verhalten?

»Soll ich wieder gehen?«

»Tut mir Leid.« Er nahm ihre Hand, Schwarzenegger schien es nicht zu sehen. Stachelmann streichelte die Hand. »Schön, dass du da bist. Wann soll es kommen?« Er schaute auf ihren Bauch.

»In zwei Wochen, angeblich«, sagte sie. »Aber ich glaube, er oder sie wird mal Historiker und hat's nicht so mit den Daten.«

»Ganz wie die Mutter.«

»Ganz wie du.«

Sie schwiegen, er hielt weiter ihre Hand. Schwarzenegger blätterte um.

»Unser letztes Frühstück war schön«, sagte sie.

Er schaute sie fragend an.

»Weißt du nicht mehr, am Mittwoch, vor zwei Wochen fast? Ein bisschen traurig, am Abend zuvor war die Beerdigung.«

Der Beamte schaute kurz hoch, schien nachzudenken. Dann las er weiter.

Stachelmann wollte etwas erwidern, aber ihr Blick brachte ihn zum Schweigen.

»Ich habe auch dem Rechtsanwalt davon erzählt. Der ist ja richtig nett.«

Er drückte ihre Hand.

»Und Ossi sagte, so ein opulentes Frühstück sei eine feine Sache.« Sie grinste.

Schwarzenegger schwenkte einen Blick zwischen den beiden und lächelte. Dann las er weiter.

Stachelmann berichtete von seinem Aufenthalt im Krankenzimmer. Anne erzählte, Bohming habe es nicht eilig mit einer Suspendierung. Er habe sie beauftragt, ihn zu grüßen. »Der Lehrstuhl steht hinter Ihnen, Dr. Stachelmann«, sagte sie. Stachelmann ahnte, dass sie Bohming bearbeitet hatte. Der witterte gewiss längst Gefahr für seinen Ruf.

Schwarzenegger schaute auf die Uhr. »Die halbe Stunde ist vorbei«, sagte er. Anne stand auf und streichelte Stachelmanns Kopf. Er erhob sich und nahm sie in den Arm. Sie küsste ihn auf den Mund. Schwarzenegger räusperte sich. Als Stachelmann zurückgeführt wurde in die Zelle, fühlte er sich leicht. Er legte sich aufs Bett und mühte sich, das Fernsehgerät nicht zu beachten.

Sie hatte ein Alibi erschwindelt, ein halbes wenigstens. Vielleicht hatte Oppum ihr berichtet, dass Griesbach am Mittwoch gestorben war, nicht am Dienstag. Er war an diesem Mittwoch früh weggegangen von Ines, Renate Breuer hatte ihn kurz am Seminar gesehen, danach niemand mehr. Der Rest der Geschichte diente nur dazu, den mithörenden Beamten in die Irre zu führen. Gewiss wusste Anne, dass Stachelmann die Nacht davor mit Ines verbracht hatte. Aber das war unwichtig geworden, er hatte schon lange nicht mehr an Ines gedacht.

Es war kein gutes Alibi, nicht nur weil es auf Annes Falschaussage beruhte. Selbst wenn die Aussage zuträfe, gab es Lücken. Wie lange brauchte einer, einen Menschen zu ermorden? Allerdings, wenn die Staatsanwaltschaft unterstellte, Stachelmann sei der Mörder, dann musste sie erklären, warum Stachelmann die Leiche von Hamburg nach Berlin und zurück gefahren hatte. Er legte sich das Kissen aufs Gesicht und drückte die Enden auf die Ohren.

Allerdings war es möglich, dass der Staatsanwalt behauptete, Ines und Stachelmann hätten die Tat gemeinsam begangen, und Ines gebe Stachelmann ein falsches Alibi. Stachelmann musste lächeln, zwei Frauen, zwei falsche Alibis. Von einer wusste er, dass sie für ihn log. Bei der anderen war er sich nicht sicher, ob sie es tun würde.

Natürlich konnte der Staatsanwalt vortragen, Ines und Stachelmann hätten das Kondom mit Absicht im Badezimmer aufbewahrt, damit die Polizei es fand und Stachelmann und Ines einer Lüge überführte, die einen doppelten Boden hatte. Denn sie bestätigte die Aussage, dass

Ines und Stachelmann die Nacht zusammen verbracht hatten, er also nicht in Berlin gewesen war. Aber das war eine abwegige Konstruktion.

Außerdem war es nicht sicher, dass Griesbach in Berlin ermordet worden war. Warum nicht in Hamburg? Wenn es dafür Beweise gab, half Ines' Aussage nicht viel. Blieb also doch die Idee, Stachelmann habe die Leiche durch die Gegend kutschiert, um sie dann in seinem Kofferraum zu finden und die Polizei zu alarmieren. Welches Gericht sollte das glauben? Das gemeinsame Frühstück mit Anne würde eine Lücke schließen, nicht perfekt, aber Zweifel würde ihre Aussage säen. Ein perfektes Alibi würde die Kripo nur misstrauisch machen, zumal wenn es nachgeliefert wurde.

Ein Klacken, die Tür wurde geöffnet. »Sie sind ja richtig populär«, sagte Schwarzenegger. »Besuch, schon wieder. Ihr Anwalt.«

Auf dem Weg zum Besucherzimmer legte Stachelmann sich Antworten zurecht, jedenfalls auf die Fragen, die er erwartete.

»Warum haben Sie mir das nicht gleich gesagt?«, fragte Oppum nach der Begrüßung. »Da war eine Frau Derling bei mir und hat erklärt, Sie hätten gemeinsam gefrühstückt, so zwischen neun und halb elf.«

»Ich wusste nicht, dass der Mittwoch in Frage kommt. Er soll am Dienstag ermordet worden sein.« Er versuchte sich zu erinnern, wann Renate Breuer ihn am Seminar gesehen hatte an diesem Tag. Er konnte sich nicht erinnern. Hier lauerte eine Gefahr, wenn Annes Zeitangabe nicht zur Aussage Renate Breuers passte.

»Das ist nicht sicher. Für die Nacht von Dienstag auf Mittwoch haben Sie ein Alibi, wenn es auch nicht ohne Tücke ist. Nun haben Sie auch eines für Mittwochvormittag. Das schließt natürlich zeitlich nicht aus, dass Sie der Täter waren, entschuldigen Sie bitte diese nüchternen Erwägungen, aber die Polizei kennt ja nicht einmal den Tatort, und die Tatwaffe hat sie bislang auch nicht gefunden. Die Durchsuchung Ihrer Wohnung war ein Fehlschlag. Ich werde einen Haftprüfungstermin beantragen. Die müssen was beweisen, nicht wir. Und außerdem ist eine Verdunklungsgefahr nicht mehr gegeben, eine Fluchtgefahr sowieso nicht. Ich schätze, der Staatsanwalt wird das anders sehen. Aber schließlich kommt es auf den Haftrichter an.«

Nach einer Nacht mit Werbung, Billigkrimis und Sexfilmen verzichtete Stachelmann aufs Frühstück. Er war angespannt. Vielleicht war er am Nachmittag schon zu Hause. Er dachte oft an Anne und schämte sich der Grobheiten, die er ihr zugemutet hatte. Als er sich gewaschen hatte, erschien Schwarzenegger und brachte ihn zum Ausgang, wo der Wagen auf ihn wartete.

Der Haftrichter sah sie kaum an, als sie sein Dienstzimmer betraten. Oppum saß bereits vor dem Schreibtisch des Richters, Wesendorn spielte mit seiner Brille, Burg war nicht erschienen. Dann kam der Staatsanwalt, er atmete heftig.

»Schön, dass es Ihnen möglich war, sich zu uns zu gesellen, Herr Staatsanwalt«, sagte der Richter. Er schob eine Akte zur Seite. »Herr Rechtsanwalt, Sie hatten um diesen Termin gebeten. Bitte.«

Oppum trug die neuen Fakten vor. Er griff den Staatsanwalt an, ohne seine Stimme zu erheben. Alles, was er sagte, schien unabweisbar logisch. Die Ermittlungsbehörden hatten keine Beweise, nur Vermutungen und Verdächtigungen. Das sei nicht ausreichend in einem Rechtsstaat, um einen Bürger einzusperren, schon gar nicht einen unbescholtenen Mann, der überdies vor zwei Jahren einen Kriminalfall gelöst habe, nachdem die Polizei jahrelang im Dunkeln getappt sei.

Der Richter hob müde seine Hand. »Keine Polemik, Herr Anwalt. Bitte, Herr Staatsanwalt.«

Der beantragte eine Pause. Er wolle sich mit dem Kriminalrat Wesendorn beraten.

Nach fünf Minuten wurde die Verhandlung fortgesetzt.

Der Staatsanwalt räusperte sich. »Ich stimme einer Entlassung aus der Untersuchungshaft unter Auflagen zu. Der Beschuldigte darf Lübeck nicht verlassen und muss sich täglich bei der Polizei melden. Außerdem darf er keinen Kontakt mit Frau Griesbach aufnehmen. Sie ist möglicherweise seine Komplizin.«

»Das ist eine unbegründete Behauptung. Und es ist schikanös«, erwiderte Oppum. »Sie haben nicht den geringsten Beweis gegen meinen Mandanten. Er selbst hat die Polizei verständigt. Außerdem arbeitet mein Mandant in Hamburg, er hat dort berufliche Verpflichtungen, denen er sich nicht entziehen kann.«

Alle schauten auf den Richter. Der wackelte kaum sichtbar mit dem Kopf. Dann sagte er: »Es ergeht folgender Beschluss: Der Haftbefehl wird ausgesetzt. Dr. Stachelmann, Sie dürfen Lübeck bis auf Weiteres nicht verlassen, mit einer Einschränkung. Ich genehmige beruflich notwendige Fahrten nach Hamburg. Sie dürfen mit Frau Griesbach nicht in Kontakt treten. Sie sollten nicht gegen diese Auflagen verstoßen, ich müsste sonst den Haftbefehl wieder in Kraft setzen. Haben Sie das verstanden?«

Bald leite ich wieder mein Hauptseminar, dachte Stachelmann und nickte. Dann gehe ich mit Anne essen. Das ist dann natürlich eine Dienstbesprechung. Sie verließen das Richterzimmer, auf dem Gang sagte Stachelmann: »Danke.«

»Keine Ursache«, sagte Oppum. »Ich rate Ihnen dringend, sich an die Auflagen zu halten. Die Polizei wird Sie beobachten. Möglicherweise sind die Herren nachtragend.«

Wesendorn näherte sich. »Sie können Ihr Auto abholen. Es steht auf dem Parkplatz der Polizeiinspektion in der Possehlstraße. Sagen Sie nur an der Pforte Bescheid.«

Sie brachten ihn zurück ins Gefängnis. In der Zelle lief das Fernsehgerät, Olaf bohrte in der Nase, als Stachelmann eingeschlossen wurde. Stachelmann packte seine Sachen, dann drückte er auf den Knopf neben der Tür, der das Licht draußen einschaltete. Olaf schaute schweigend zu. Dann stand er plötzlich auf und sagte: »Warst ein prima Kumpel. Hätte gar nicht gedacht, dass Leute wie du auch so gerne glotzen.« Er bewegte die rechte Faust auf und ab um den linken Zeigefinger. Dann streckte er Stachelmann die Hand hin. »Vielleicht sehen wir uns mal wieder.«

Auf der Habekammer quittierte Stachelmann, dass er seine Sachen zurückerhalten hatte, und händigte aus, was dem Gefängnis gehörte.

Der Anwalt hatte vor der Haftanstalt gewartet und fuhr Stachelmann in die Possehlstraße. An der Pforte der Polizeiinspektion fragte Stachelmann nach seinem Auto. Ein Polizist führte ihn auf einen Parkplatz hinter dem Gebäude. Stachelmann sah den Golf gleich. Er setzte sich hinein und fuhr nach Hause.

Es kam ihm vor, als wäre er Jahre nicht in seiner Wohnung gewesen. Er hängte seinen Mantel an die Garderobe. Dann ging er ins Wohnzimmer. Der Anrufbeantworter blinkte. Ines hatte angerufen, sie bat um einen Rückruf, und Stachelmanns Mutter. Sie war besorgt, er habe sich nicht gemeldet und sei nie zu Hause, wenn sie anrufe. Ines' Stimme klang niedergeschlagen. Aber er wollte sie nicht anrufen, es würde nichts helfen und nur neue Schwierigkeiten bringen. Er rief seine Mutter an, er habe viel zu tun, sie solle sich keine Sorgen machen. Er erzählte ihr nichts vom Mord und vom Gefängnis.

Er lief in seiner Wohnung umher und sah geringe Spuren der Durchsuchung. Sie hatten offenbar auch die Matratze umgedreht und den Nachttisch gefilzt.

Danach ging er in die Küche und suchte eine Flasche Wein. Nach einigem Kramen fand er den italienischen Rotwein. Er trank sonst zu Hause kaum Alkohol, aber die Rückkehr aus dem Knast war ein Grund. Er setzte sich mit der Flasche und einem Glas ins Wohnzimmer. Dann stand er noch einmal auf, um eine CD einzulegen, eine Sammlung von Barockmusik verschiedener Komponisten und Interpreten. Morgen würde er an die Uni fahren. Sein Seminar heute war ausgefallen, oder vielleicht war eine Vertretung organisiert worden. Er wählte Annes Nummer, die hatte er all die Zeit nicht vergessen. Es klingelte lange, aber sie nahm nicht ab. Er war enttäuscht.

Dann bedachte er einmal mehr den Fall. Es gab nur zwei Möglichkeiten. Griesbach war zufällig in Stachelmanns Kofferraum gelegt worden, als der in Berlin war. So einen Zufall aber gab es nicht. Demnach hatte jemand Stachelmann die Leiche bewusst ins Auto befördert. Warum? Um Stachelmann verdächtig zu machen, um vom Täter abzulenken. Der Plan war gelungen, Stachelmann war Tatverdächtiger. Aber die Kripo ermittelte gewiss weiter, und dass der Staatsanwalt Stachelmann aus der Untersuchungshaft entlassen hatte, konnte bedeuten, dass es noch andere Spuren gab, vielleicht waren die wichtiger geworden. Welches Motiv war denkbar für den Mord und dafür, Stachelmann die Leiche anzuhängen? Er hatte keine Verbindung zu Griesbach gehabt, auch nicht zu jemandem, der ihn kannte.

Er suchte eine bequemere Sitzposition. Stachelmann setzte sich auf die Kante des Sofas und beugte den Rücken nach vorn. Im Kopf arbeitete es weiter. Aber wenn die Kripo den Täter nicht fand, dann würde sie sich wieder mit ihm beschäftigen. Vielleicht musste er auch wieder in Untersuchungshaft. Der Gedanke schreckte ihn, zurück zu Olaf und dem Fernsehgerät, es wäre grauenhaft.

Was für einen Grund konnte es geben, Griesbach umzubringen? Eine Beziehungsgeschichte aus früherer Zeit? Geschäfte? Schulden? Spielsucht? Rache? Hatte Griesbach jemandem Unrecht getan? Er überlegte, ob er Ines anrufen sollte. Aber vielleicht hatte die Polizei sein Telefon und das von Ines angezapft? Vielleicht hatten sie ihn nur entlassen aus dem Gefängnis, um ihn abzuhören? Womöglich hofften sie, ihn so dranzukriegen. Er wählte noch einmal Annes Nummer, aber sie hob nicht ab.

Langsam spürte er den Alkohol. Da kam ihm eine Idee. Konnte doch sein, dass der Mord zurückging auf eine Sache, die mit Griesbachs Vergangenheit als Fluchthelfer zu tun hatte. Dass er nicht früher darauf gekommen war! Er stellte sich vor, eine Flucht war gescheitert, die Stasi verhaftete die Flüchtlinge, sie wurden zu Gefängnisstrafen verurteilt. Und sie gaben Griesbach die Schuld. Weil Stachelmann Griesbach suchte, hielten sie ihn für einen Komplizen. Die Leiche im Kofferraum ließe sich so gut erklären. Woher wussten die Flüchtlinge, dass Stachelmann Griesbach suchte? Hatte Ines das gegenüber Bekannten erwähnt? Hatten Pawelczyk oder Wittstock geredet, die beiden Fluchthelferspezis, die er besucht hatte in Berlin? Er stand auf und suchte im Schreibtisch eine Weile, bis er den Zettel fand, auf dem er Pawelczyks und Wittstocks Telefonnummern notiert hatte. Pawelczyk war ihm unsympathisch, also wählte er Wittstocks Nummer.

Die Frau nahm ab. Dann krähte sie: »Henry!«

»Wittstock.«

»Dr. Stachelmann. Entschuldigen Sie meinen späten Anruf. Wissen Sie, dass Wolf Griesbach tot ist?«

Er hörte Wittstock schnaufen. »Ja. Die Polizei war hier. Wie kommt die auf mich?«

»Die Leiche lag im Kofferraum meines Autos, als ich aus Berlin zurückkam.«

Schweigen, dann sagte er: »Ach so. In Ihrem Kofferraum? Davon hat die Kripo nichts gesagt.«

Stachelmann wunderte sich. »Wie viele Fluchthilfeaktionen haben Sie gemeinsam mit Griesbach unternommen?«

Wieder eine Weile Schweigen. »Ich rede nicht gern darüber am Telefon.«

»Bitte seien Sie so freundlich. Es hört niemand zu.« Stachelmann wusste nicht, ob er die Wahrheit sagte.

Erneut schwieg Wittstock einige Sekunden. »Es waren zwölf oder dreizehn Aktionen. Ungefähr, ich müsste das mal nachschlagen, dann könnte ich es genauer sagen.«

»Und wie viele Unternehmen gingen schief?«

»Etwa die Hälfte.«

»Das heißt, die Flüchtlinge wurden gefasst?«

»Ich glaube, in einem Fall hat die Staatssicherheit einen Kurier geschnappt, die Flüchtlinge kamen trotzdem in den Westen. Aber es war ein Fehlschlag.«

»Ich verstehe.«

»Das hoffe ich.«

»Und die Leute, die erwischt wurden, wem haben die die Schuld gegeben?«

»Das weiß ich nicht. Wir hatten mit denen keinen Kontakt mehr danach. Die wurden wahrscheinlich eingesperrt und irgendwann freigekauft.«

»Können Sie sich vorstellen, dass solche Leute Ihrer Gruppe die Schuld gaben am Scheitern?«

Wittstock schien zu überlegen. »Kann sein. Weiß nicht.«

»Haben Sie Geld verlangt für Fluchthilfe?«

»Natürlich. Glauben Sie, wir hatten keine Kosten? Das war teuer.«

»Und wenn es schief ging, haben Sie das Geld zurückerstattet?«

»Nein, wie denn? Wir hatten es ja ausgegeben für die

Vorbereitungen. Aber wir haben alle Flüchtlinge auf das Risiko hingewiesen.«

»Was hat es gekostet?«

»Das kam darauf an. Einmal haben wir einen Mitarbeiter einer afrikanischen Botschaft in Ostberlin geschmiert, das ging ruckzuck und relativ risikofrei. Das kostete zehntausend Mark. In anderen Fällen mussten wir Papiere fälschen, in den Ostblock reisen, Kuriere schicken und so weiter. Das konnte zwanzigtausend Mark oder mehr kosten.«

»Könnte da nicht einer, bei dem es nicht geklappt hat, sein Geld zurückverlangt haben?«

»Die meisten haben doch erst nach der Flucht bezahlt. Manchmal gab es Teilzahlungen vorab. Von mir hat keiner Geld gefordert. Warum fragen Sie das eigentlich alles?«

»Die Kripo verdächtigt mich.«

Er sagte eine Weile nichts. »Sie haben ihn ja gesucht.«

»Ja.«

»Wolle war ein feiner Kerl.«

»Bestimmt. Ich habe ihn nicht ermordet. Der Mörder hat mir seine Leiche in den Kofferraum gelegt, als ich in Berlin war.«

Wittstock schnaufte schwer. Dann legte er auf.

Stachelmann trank noch einen Schluck Wein und überlegte. Er fand die Idee überzeugend, da hatte sich einer gerächt. Stachelmann konnte sich das gut vorstellen. Etwa so: Eine Flucht scheitert, Grenzpolizisten zwingen die Flüchtlinge mit vorgehaltener Kalaschnikow, das Versteck im umgebauten Wagen zu verlassen. Es folgen Verhöre, dann der Prozess und ein paar Jahre DDR-Knast. Dagegen war seine U-Haft ein Zuckerschlecken gewesen. Natürlich fragten sich die gefangenen Flüchtlinge, wer die Grenzpolizisten darauf gebracht hatte, gerade ihr Auto so genau zu untersuchen. Da kann man auf Racheideen kommen, wenn man im Knast sitzt und grübelt, warum die Flucht gescheitert ist. Vor allem wenn man sich verraten fühlt. Da hat man Nerven und vielleicht auch schon Geld investiert in die Freiheit und sitzt im Knast. Es wäre ein Wunder, wenn sich da einer nicht rächen wollte.

Da war es doch möglich, dass ein Flüchtling durch irgendetwas angestoßen wurde, seine Rechnung mit Griesbach erst jetzt zu begleichen, fast eineinhalb Jahrzehnte nach dem Ende der DDR. Stachelmann fand den Zeitabstand nicht abwegig; je länger er darüber nachdachte, desto wahrscheinlicher schien es ihm. Das war ein klassisches Motiv, es drängte sich auf.

Als er sich ins Bett gelegt hatte, dachte er noch lange nach. Am Morgen würde er Oppum anrufen, um ihm zu berichten von seiner Entdeckung. Sie würde die Ermittlungen in eine andere Richtung lenken, weit weg von ihm. Bis Weihnachten war der Spuk vorbei, da war er sich fast sicher.

Am Morgen frühstückte Stachelmann wenig. Dann wählte er die Nummer von Oppums Büro. Als er der Sekretärin erklärte, dass er den Anwalt sprechen wolle, musste er sich anstrengen, die Stimme war schwach. Erst jetzt spürte er die Halsschmerzen. Oppum hatte einen Gerichtstermin, er sei erst am Nachmittag zu sprechen.

Stachelmann wählte Annes Dienstnummer. Niemand hob ab. Dann rief er Renate Breuer an. »Sind Sie krank, Herr Stachelmann? Ihre Stimme.«

Er fragte nach Anne.

»Wussten Sie nicht, Herr Stachelmann, sie ist im Krankenhaus? Das Kind ist zu früh gekommen.«

»In welchem? Seit wann?«

»In Eppendorf. Seit gestern früh, das Krankenhaus hat hier angerufen.«

»Und wann wird sie entlassen?«

»Das weiß man nie bei so was.«

Er verabschiedete sich.

Dann überlegte er, wie der Vater aussehen mochte von Annes Kind. Was gab er weiter?

Er blätterte einige Minuten in der Zeitung, dann legte er sich wieder hin. Er starrte an die Decke und überlegte. Es war dunkel, als er wieder aufwachte. Stachelmann fühlte sich gut, er hatte zum ersten Mal seit langem richtig geschlafen. Er schaute auf die Uhr, es war fast sieben am Abend. Ein Grund, sich zum Essen einzuladen. Auf dem Weg zum Ali Baba blies ihm der kalte Wind den Rest des Schlafs aus dem Kopf. Er lief schnell und schnaufte, als er die Kneipe erreichte. Drinnen saßen junge Leute, die meisten Studenten oder Theatermusiker. An der Wand hinter einem Tisch lehnten Instrumentenkoffer. Auf den alten Tischen brannten Kerzen. Er fand einen Platz in der Ecke neben dem Kücheneingang. Am Tisch nebenan saßen vier junge Frauen, sie unterhielten sich angeregt und beachteten ihn nicht. Er las die Speisekarte, sie war seit Jahren unverändert, obwohl er längst wusste, was er bestellen würde. Im Schummerlicht konnte man sich fast allein fühlen, aber nicht einsam. Der junge Türke, der hier jeden Tag bediente, lächelte Stachelmann freundlich zu und nahm seine Bestellung auf, Lammfleisch mit Bulgur und einen türkischen Rotwein, den er hier immer trank. Auch als er vor langer Zeit mit Anne hier war an einem Abend, an dem er mutiger hätte sein müssen. Dann läge sie jetzt nicht im Krankenhaus, mit dem Kind eines anderen. Ein winziger Schritt hatte gefehlt, aber er hatte ihn nicht getan. Niedergeschlagenheit meldete sich, aber diesmal gelang es Stachelmann, sie gleich wegzuschieben.

Der Kellner stellte den Wein auf den Tisch. »Auf dich«, murmelte Stachelmann und dachte an Anne. Noch immer ging ein Zauber aus von ihr. Er hatte sich auch in seiner Enttäuschung gezeigt, in seiner Ablehnung und in seinem Zorn auf sich selbst. Sosehr er in den vergangenen zwei Jahren nichts mehr zu tun haben wollte mit ihr, zog sie ihn doch an. Es war fast ein physikalisches Phänomen. Er grinste. Anziehungskraft gleich Abstoßungskraft.

Das Essen war wie immer, also gut. Als er bezahlte, spendierte der Kellner einen Schnaps, Stachelmann trank ihn in einem Zug aus. Er schlenderte nach Hause. Wie schön wäre es, Anne ginge neben ihm. Sollte er sie im Krankenhaus besuchen?

Stachelmann kannte Geburten nur aus Filmen, da waren sie dramatisch. Die Frauen kriegten ihre Kinder in Taxis oder Restaurants, weil sie es nicht mehr rechtzeitig schafften in den Kreißsaal. Er pfiff leise vor sich hin. Aus der Geschichte mit Griesbach war er bald heraus. Schließlich lebte er in einem Rechtsstaat und war unschuldig. Dass er der Polizei die Nacht mit Ines erst verschwiegen hatte, war moralisch vertretbar.

Im Treppenhaus erklang leise Musik. Das war neu. Er sah oder hörte kaum einen seiner Nachbarn. Der Alte oben schien nur in seiner Wohnung zu hocken, das Pärchen im Erdgeschoss war selten zu Hause, weshalb der Postbote manchmal Sendungen für sie bei Stachelmann ablieferte. Er stieg die Treppe hoch zur Wohnung, die Musik wurde lauter. Als er vor der Tür stand, wusste er, die Musik tönte aus seiner Wohnung. Ich habe sie ausgemacht, bevor ich mich hinlegte. Und den CD-Spieler nicht eingeschaltet, als ich aufstand. Ich bin dann gleich zum Ali Baba gelaufen.

Stachelmann schloss die Tür auf. Er zögerte, sie von innen zu schließen. Es muss jemand eingedrungen sein. Er verließ die Wohnung wieder und betrachtete das Schloss. Es war kein Kratzer zu entdecken. Dann ging er wieder hinein. Im Flur packte ihn die Angst. Kein Zweifel, da war jemand in der Wohnung, und dieser Jemand war nicht die Polizei. Er ging wieder hinaus, zog die Tür leise von außen zu und schloss vorsichtig ab. Er eilte die Treppe hinunter und kramte in den Taschen nach seinem Handy. Er fand es nicht, so rannte er zur Telefonzelle am Pferdemarkt. Nach kurzem Zögern wählte er die 110.

»Polizei-Notruf.«

»Ja, hier Stachelmann. In meiner Wohnung ist ein Einbrecher.«

Er nannte die Adresse und sagte, von wo er anrief. »Aber kommen Sie ohne Sirene und Blaulicht.«

»Ja, ja«, sagte der Polizist. »Warten Sie vor der Telefonzelle.«

Nach ein paar Minuten erschien ein Streifenwagen, darin zwei Beamte, einer trug einen Vollbart. Sie baten Stachelmann, in den Wagen einzusteigen, und fuhren zur Wohnung.

»Geben Sie mir bitte den Schlüssel, und warten Sie im Wagen«, sagte der Beamte mit dem Bart. Er sprach mit plattdeutschem Akzent.

Stachelmann schüttelte den Kopf. »Ich komme mit«, sagte er. Er fühlte sich sicher in Begleitung der Polizisten.

»Bitte«, sagte der Polizist, »es ist Ihr Risiko.«

Sie stiegen die Treppe hoch, die Musik wurde lauter. Stachelmann händigte dem Polizisten den Schlüssel aus, und der bärtige Beamte öffnete die Tür. Sein Kollege zog die Pistole aus dem Halfter und ging vor. Händels Feuerwerksmusik. Der Beamte mit dem Bart zog ebenfalls seine Waffe und folgte dem Kollegen. Stachelmann betrat nach den beiden die Diele. Der Vollbart drückte die Klinke der Wohnzimmertür, dann stieß er sie auf und legte an. Die Musik füllte den Flur. Die beiden Polizisten gingen ins Wohnzimmer, der eine sicherte den anderen. Sie kamen heraus, der Vollbart schüttelte den Kopf. Sie untersuchten Küche, Bad und Schlafzimmer. Dann standen sie im Flur und schauten Stachelmann an. »Sie sind ganz sicher, dass Sie die Musik nicht selbst angemacht haben?«

»Ja.«

»Haben Sie etwas getrunken?«

»Ein Glas Wein und einen Schnaps.«

»Bei manchen reicht das«, sagte der Bärtige. »Wenn noch Stress dazukommt oder Frust oder so.«

»Bei mir reicht das nicht«, sagte Stachelmann.

»Haben Sie was Schlimmes erlebt in letzter Zeit?«

»Sind Sie Psychologe?«, fragte Stachelmann den Bärtigen.

»Komm, wir gehen«, sagte der Kollege des Bärtigen. Sie verließen die Wohnung. Der Vollbart schüttelte den Kopf. »Als gäbe es nichts Wichtigeres«, hörte Stachelmann ihn murmeln.

Stachelmann schloss die Tür ab und ging ins Schlafzimmer. Die Schranktür stand offen. Er tastete mit der Hand im Schrank, fand aber nichts. Er kniete und schaute unters Bett. Gewiss hatten die Polizisten jede Möglichkeit bedacht, wo sich einer verstecken konnte. Dennoch durchsuchte Stachelmann auch die anderen Räume. In der Küche fand er sein Handy unter einer Zeitung auf dem Tisch. Er war nicht irre, er hatte die Musik nicht aufgelegt, und sein CD-Spieler schaltete sich nicht von selbst ein. Die CD war zu Ende, nach einem Augenblick der Ruhe begann sie von vorn. Stachelmann erschrak. Es war, als hätte eine unsichtbare Hand den Start-Knopf gedrückt. Er betrachtete das Display, *Repeat* leuchtete auf. Diese Funktion hatte er noch nie benutzt. Er schaltete das Gerät aus.

Dann setzte sich Stachelmann aufs Sofa und grübelte. War er versehentlich an die Taste gekommen? Was sagte Stachelmanns Ratgeber für rätselhafte Erscheinungen dazu, Wilhelm von Ockham, der Mönch aus dem Mittelalter, der mit seinem geistigen Rasiermesser alles Nebulöse abschnitt? Wahrscheinlich ist das nahe Liegende richtig. Wenn dir ein Nashorn auf der Straße begegnet, ist es nicht aus Afrika eingewandert, sondern aus einem Zoo ausgerissen. Wenn dein CD-Spieler endlos Händel spielt, dann hast du ihn eingeschaltet und versehentlich die Repeat-Taste erwischt. Jede andere Erklärung ist schwachsinnig.

Das Telefon klingelte.

»Es ist ein Junge«, sagte Anne. »Aber glaub nicht, dass ich ihn Josef nenne. Es genügt, dass du mit dem Namen bestraft bist. Stell dir mal vor, seine Spielkameraden würden ihn Jossi nennen oder Sepp, grässlich. Und über Maria schweige ich taktvoll.« Ihre Stimme klang schwach, aber glücklich.

»Glückwunsch«, sagte Stachelmann. Er war verwirrt, wusste nicht, was er sonst sagen sollte. »Kann ich dich besuchen?«

»Das lohnt sich nicht. Ich nehm hier bald Reißaus, auch wenn die Herren und Damen Doctores den Kopf schütteln.«

»Dann besuch ich dich zu Hause.«

»Mach das, wenn du das Geschrei erträgst. Ich ruf dich an, wenn die Flucht gelungen ist.«

»Ich könnte ja die Verfolger ablenken, auf eine falsche Spur führen.«

»Du würdest es hinkriegen, dass ich über dich stolpere, wenn mir die Meute auf den Fersen ist. Bleib schön zu Hause und warte auf Mamas Anruf.«

Als sie aufgelegt hatte, war der Schreck über die Musik entrückt. Er freute sich über Annes Glück, sie hatte ihn daran beteiligt. Er genoss die Wärme, wollte sie nicht weichen lassen. Hoffentlich würde sie bald anrufen, um ihn einzuladen. Bestimmt war der Wahn bald vorbei, die Polizei würde den Mörder finden, und diesmal würde er Anne gewinnen. Er fühlte sich leicht. Alles wird gut. *Alles wird gut.*

Als er am Abend im Bett lag, stellte er sich vor, wie

Annes Baby aussehen mochte. Babys konnten so hässlich sein.

* * *

»Ich mach Ihnen einen Vorschlag«, sagte der Vernehmer. »Wenn Sie klug sind, nehmen Sie ihn an. Wenn nicht, gehen Sie für ein paar Jahre ins Gefängnis, und das Studium hat sich erledigt. Wenn Sie wieder rauskommen, werden Sie Hilfsarbeiter. Glauben Sie nicht, dass wir Sie in den Westen lassen. Sie nicht.«

Der Gefangene hob den Kopf. Er war müde, hatte längst vergessen, wie viele Verhöre er mitgemacht hatte. Wie oft war er durch die Gänge geführt worden? »Gesicht zur Wand!«

Es schien ihm, als habe der Vernehmer ewig Zeit. Ab und zu waren sie zu zweit; der, der dazukam, drohte und schimpfte. Natürlich durchschaute der Gefangene das Spiel. Aber irgendwann war es gleichgültig, ob es ein Spiel war. Er fühlte sich hingezogen zu seinem Vernehmer.

»Sie sind doch Sozialist«, sagte der Vernehmer. »Waren Mitglied der FDJ. Wissenschaftler. Da tritt man irgendwann auch der Partei bei, das war Ihnen doch klar.«

Es war ihm klar gewesen. Der Gang der Dinge. Als Gesellschaftswissenschaftler trat man der Partei bei. Als Historiker allemal. Die Gesetze der Geschichte, Basis und Überbau, Klassenkampf, der Widerspruch von Produktivkräften und Produktionsverhältnissen, der historische Materialismus begründeten den Sieg des Sozialismus. Wenn man diese Wissenschaft studiert und später lehren will, dann wird man Genosse, eher früher als später. Und dann kämpft man unter Leitung der Partei gegen die bürgerlichen und imperialistischen Historiker.

»Aber Ihr Sozialismus ist ein anderer als meiner.«

Der Vernehmer nickte. »Das verstehe ich gut. Der Sozialismus ist der Übergang zum Kommunismus. Unser Sozialismus hat Fehler, auch ich bin nicht mit allem einverstanden. Aber ich sehe ein Ziel, und für das Ziel müssen wir Opfer bringen. Vielleicht kommen erst spätere Generationen in den Genuss des Kommunismus. Unsere Aufgabe ist es, dafür zu sorgen. Wir sind an unseren geschichtlichen Platz gestellt, das kann man sich nicht aussuchen. Viele Gebrechen unseres Sozialismus wurzeln im Kampf der Systeme. Wir müssen uns verteidigen gegen eine Vielfalt von Angriffen. Davon kriegen Sie als Bürger unserer Republik nur wenig mit. Wir schützen Sie. Das Ministerium für Staatssicherheit spürt die Infiltrationen und Diversionen auf. Oft gehen Gutwillige den Feinden auf den Leim, solche Leute wie Sie zum Beispiel.«

Der Vernehmer stand auf und schaute zum Fenster hinaus. Der Gefangene sah den breiten Rücken des Manns. »Wenn ich Katholik wäre, würde ich sagen, wir kämpfen um Ihre Seele.«

»Der Vergleich gefällt mir gut. Sie sind genauso intolerant«, sagte der Gefangene.

»Wir sind genauso überzeugt von unserer Idee«, erwiderte der Vernehmer.

Der Gefangene saß auf dem Hocker und schwieg. Er dachte nach, versuchte, die Müdigkeit zu verdrängen. Es war diesmal ein anderes Verhör, mehr eine Diskussion. Sie wollten es nun abschließen. Sie wollten, dass er sich entschied. Für sie oder für Bautzen.

»Wir machen Fehler, gewiss. Später werden wir über manches den Kopf schütteln. Aber wir haben keine Zeit, über Fehler zu diskutieren. Wenn wir damit anfangen, laden wir den Feind ein. Wie viele Fehler wir auch machen, bei uns gibt es keine alten Nazis in der Justiz, im Staatsapparat, in der Regierung, in der Armee, auch nicht an den Universitäten, schon gar nicht an den Schulen. Und wir kämpfen für den Frieden, für Abrüstung. Das alles wissen Sie doch auch.«

Natürlich wusste er es. Und er wusste, dass er sich entscheiden musste. Er schaute auf das Porträt von Feliks Dserschinski an der Wand. »Morgen«, flüsterte er. »Morgen sage ich es Ihnen.«

11

Als wäre nichts geschehen. Stachelmann erschien es seltsam, dass er über die Puppenbrücke lief, dann den Zebrastreifen überquerte vor der Apotheke am Holstentorteller und vorbei an den Betonklötzen auf dem Platz des ehemaligen Postgebäudes den Bahnhof erreichte. Er schaute sich um, vielleicht beschattete ihn die Polizei, um zu prüfen, ob er sich an die Auflage hielt. Womöglich hatte der Staatsanwalt ihn aus der U-Haft entlassen, damit er die Kripo auf eine Spur führte. Er grinste, da konnten sie lange hinter ihm herlaufen.

Er hatte gut geschlafen und fand die Vorstellung lustig, dass ihm einer hinterherlief. Als er auf Gleis 9 in den Waggon stieg, drehte er sich in der Tür blitzschnell um. Er hoffte, jemanden zu erwischen, der sich wegdrehte oder duckte, um nicht als Verfolger enttarnt zu werden. Aber da war niemand, der ihm auffiel.

Der Zug fuhr durch den Regen, Tropfen wandelten sich in Rinnsale, die der Fahrtwind über die Scheibe zog. Die Umrisse seines Gesichts spiegelten sich im Glas, Felder, Wiesen und Bäume wurden weichgezeichnet. Stachelmann überlegte, was er Anne mitbringen sollte, wenn er sie besuchte. Wie würde es sein? Er spürte die Aufregung und mahnte sich, nicht zu viel zu erwarten. Babykleidung, blau? Er lachte leise, wie albern.

Ein Handy zerstörte seinen Tagtraum. Ein modisch gekleideter junger Mann ihm gegenüber am Tisch redete lautstark mit seinem Büro. Es klang wichtigtuerisch. Dem Mann war es egal, dass alle im Abteil mithörten und er sie belästigte mit seinem Gerede.

Er traf Renate Breuer im Gang des Historischen Seminars, sie sah ihn anders an als sonst. Vielleicht wollte sie schauen, ob das Gefängnis ihn verändert hatte. »Ihr Seminar ist ausgefallen«, sagte sie. »Die Frau Derling konnte sie ja nicht vertreten.«

»Ja«, sagte er und ging in sein Zimmer.

Kaum saß er, klopfte es, in der Tür stand Bohming. Er gab Stachelmann die Hand und setzte sich auf die Ecke des Schreibtischs. »Wie steht's?«

»Weiß ich nicht«, sagte Stachelmann. »Sicher ist nur, dass ich zu Unrecht in U-Haft war.«

»Gewiss«, sagte Bohming. Er öffnete den Mund, um noch etwas zu sagen, aber er schloss ihn wieder. Dann fragte er: »Und wie ist das so im Gefängnis?«

»Ungemütlich.«

»Ja, bestimmt. Also, Josef, versteh das nicht falsch, aber diese Meyerbeck-Sache ...« Er stand auf und ging ein paar Schritte. Er blieb vor dem Fenster stehen und schaute hinaus. »Also, diese Meyerbeck-Sache, die muss ich jemand anderem geben. Du verstehst das doch, nicht wahr?«

Stachelmann begriff, was Bohming meinte. Wir können dem Herrn Meyerbeck keinen zumuten, der im Gefängnis saß und weiterhin des Mordes verdächtigt wird. Am schlimmsten wäre es, Stachelmann würde verhaftet, während er im Firmenarchiv recherchierte. Das wäre nicht gut für den Ruf der Firma. »Klar«, sagte Stachelmann, »ich verstehe alles.«

Bohming drehte sich um und musterte Stachelmann scharf, als wollte er ergründen, ob sich in der Antwort etwas versteckte. »Schön, Meyerbeck hat bestimmt längst gelesen, was im Abendblatt stand.«

Stachelmann erschrak. »Was stand im Abendblatt?«

»Ach, das weißt du nicht?«

»Nein.«

»Ein Artikel über den Mord an Wolf Griesbach.«

»Und offenbar etwas über mich.«

»Ja, aber ohne Namen. Dass die Polizei einen Kollegen am Historischen Seminar verdächtigt. Ein kleiner Artikel, aber mir reicht es schon, dass überhaupt was geschrieben wurde. Wenn wir Pech haben, kommen morgen die Schreihälse von der Boulevardpresse. Mord an der Uni! Eifersuchtsdrama unter Historikern? Mein Gott, normalerweise geht mich das ja nichts an, aber warum musstest du mit der Frau des neuen Kollegen ins Bett steigen?«

»Steht das auch in dem Artikel?«

»In etwa.«

»Woher wissen die das?«

»Die werden ihre Quellen bei der Polizei haben.« Er rieb den Zeigefinger gegen den Daumen.

Das Telefon klingelte, es war Oppums Büro. Stachelmann sagte, er rufe zurück.

»Kann ich den Artikel mal lesen?«

»Frau Breuer bringt ihn dir. Tut mir Leid.«

Als Bohming gegangen war, wählte Stachelmann Oppums Nummer. Der Anwalt berichtete, der DNS-Test habe ergeben, dass Stachelmann das Kondom benutzt habe.

»Das ist keine Neuigkeit«, sagte Stachelmann.

»Richtig, aber, sagen wir mal ermittlungspsychologisch ist es ungünstig. Eine DNS-Übereinstimmung gilt als untrüglicher Beweis.«

»Mehr als zugeben, dass ich die fragliche Nacht mit Frau Griesbach verbracht habe, kann ich nicht.«

»Das ist richtig«, sagte der Anwalt, aber es lag kein Optimismus in seiner Stimme.

»Gibt's noch etwas, das Sie mir mitteilen wollen?«

»Nur ein Eindruck. Die Kripo hat anscheinend andere Motive und Möglichkeiten geprüft, aber nichts gefunden. Die haben nur gegen Sie etwas in der Hand. Wie gesagt, das sind keine Tatsachen, aber die Stimmung in der Mordkommission war schon mal besser, was Sie betrifft.«

Stachelmann berichtete von der Musik in seiner Wohnung und dass er die Polizei geholt habe.

»Darauf hätte ich Sie auch noch angesprochen. Durch einen blöden Zufall hat die Mordkommission davon erfahren. Der Kriminalrat sagte mir am Telefon, er habe den Eindruck, Sie wollten ablenken von sich oder sich zum Opfer stilisieren. Manchen mache das schlechte Gewissen fast verrückt, sodass er schließlich auch an Gespenster glaube.«

»Ich weiß, dass ich es nicht war. Und ich habe eine Spur gefunden.« Er berichtete von den Fluchthelfern und seinem Verdacht, ein gescheiterter Flüchtling könnte sich gerächt haben.

Oppum hörte zu und versprach, die Kripo auf diese Spur hinzuweisen. Er klang nicht überzeugt.

Nach dem Telefonat versuchte Stachelmann zu arbeiten. Aber die Seiten verschwammen vor seinen Augen. Er versuchte, sich zu zwingen, es half nicht. Wie ein Kreisel drehten sich die Gedanken an den Mord und die Ermittlungen in seinem Kopf. Er rief die Datei mit dem Entwurf seiner Habilschrift auf und schloss sie wieder. Er blätterte in Fachzeitschriften und Hausmitteilungen.

Dann kam Renate Breuer mit dem Abendblatt-Artikel. »Den soll ich Ihnen bringen.« Sie hielt ihn zwischen zwei Fingern und legte ihn auf den Tisch. Im Artikel wurde berichtet, der Lübecker Dozent J. M. St. habe die Leiche eines Geschichtsprofessors im Kofferraum seines Autos gefunden. Beide hätten an der Universität Hamburg gearbeitet. Die Lübecker Mordkommission habe den Geschichtsdozenten als Tatverdächtigen verhaftet, aber nach wenigen Tagen wieder auf freien Fuß gesetzt, da keine Verdunkelungsgefahr mehr gegeben sei. Der Tatverdacht bestehe allerdings fort. »Die Lübecker Kriminalpolizei hüllt sich offiziell in Schweigen. Es gilt aber als sicher, dass sie ein Beziehungsdrama als Tatmotiv annimmt.«

Wenn sich die Polizei in Schweigen hüllte, von wem

stammten die Informationen im Abendblatt? Das Wort »offiziell« schien wichtig zu sein, Burg oder Wesendorn hatten vermutlich inoffiziell geplaudert. Erst allmählich erfasste Stachelmann die Bedeutung des Artikels. Er stempelte ihn zum Mörder ab. Jedenfalls dachten die Leser, der wird es schon gewesen sein. Hat mit der Frau des Opfers im Bett gelegen, ist doch klar. Es schnürte Stachelmann die Brust ein. Schweiß brach aus, zuerst auf der Stirn, dann am ganzen Körper. Stachelmann sprang auf und öffnete das Fenster. Er steckte den Kopf hinaus, kalter Regen traf sein Gesicht. Ein Windstoß trieb feine, kalte Tropfen durch den Von-Melle-Park. Stachelmann schwitzte und fror. Die Beklemmung lähmte ihn. Er fühlte sich hilflos angesichts einer Macht, die mit ihm zu spielen schien. Er hatte Griesbach nicht getötet, er wusste nicht, wer die Leiche in seinen Kofferraum gelegt hatte. Er musste sich nicht entlasten, für die Beweise war die Polizei zuständig. Und doch fühlte er, dass er etwas tun musste. Der Wahn rückte näher, ihn packte die Angst, sie würden ihn wieder in den Knast bringen. Er malte sich die Gerichtsverhandlung aus. Irgendein Sachverständiger würde erklären, die Fasern auf dem Beifahrersitz in Stachelmanns Auto stammten von Griesbachs Kleidung. »Was sagen Sie dazu, Angeklagter?«, würde der Staatsanwalt bellen, Triumph in der Stimme. »Ach, Sie haben keine Erklärung, hätte ich mir ja denken können.« Und dann würde der Sachverständige sagen, die DNS-Spuren am Kondom seien identisch mit denen der Speichelprobe.

Der Anwalt würde einwenden, keines dieser Indizien beweise die Schuld seines Mandanten, für alles gebe es harmlose Erklärungen. Und die Nacht mit der Frau des Opfers? Nun ja, das sei nicht schön, aber menschlich. Dadurch werde man nicht zum Mörder. Sein Mandant habe in diesem Punkt nicht die Wahrheit gesagt. Aber wie viele Frauen und Männer in Deutschland würden dies tun in einer vergleichbaren Situation?

Stachelmann spielte es mehrfach durch, und jedes Mal endete das Verfahren mit lebenslänglich. Er wusste, die Umstände sprachen gegen ihn. Und sie hatten sonst keine Spur. Er hatte Oppum verstanden, rätselte, was der Anwalt dachte. Stachelmann überlegte, ob er die Zweifel in Oppums Stimme hineingehört hatte. Schluss damit, raus hier. Er schloss das Fenster und verließ den Raum. Im Gang entschied er sich, in die Cafeteria im Erdgeschoss zu gehen. Da würde er auf andere Gedanken kommen. Er fuhr im Aufzug hinunter, die Schmierereien an den Wänden sah er nicht mehr. In der Cafeteria nahm er sich einen Salat und ein Wasser, dann stellte er sich in die Schlange vor der Kasse. Nachdem er bezahlt hatte, fand er einen Platz am Fenster, am Nebentisch saßen Studenten. Stachelmann hörte, wie sie über Bohming lästerten. »Stinklangweilig«, sagte einer. »Der hält jedes Semester die gleiche Vorlesung, bestimmt seit fünfzehn Jahren.«

Stachelmann fiel das auch auf, wenn die Veranstaltungstermine besprochen wurden. Aber er hatte sich an Bohmings Faulheit gewöhnt.

»Und liest das einfach runter. Der guckt nicht einmal hoch«, sagte ein Studentin mit schriller Stimme.

»Wird Zeit, dass der abtritt«, sagte ein Dritter.

Eigentlich hat er Recht, dachte Stachelmann. Bohming lähmte den Lehrstuhl, forschte nicht mehr, motivierte seine Leute nicht, verwaltete nur noch das Ansehen, das er sich erworben hatte, wodurch auch immer. Vielleicht genügte es schon, viele Jahre Professor zu sein, ein paar Reden, die andere schrieben, zum richtigen Zeitpunkt zu halten auf Historikerkongressen. Worin bestand Bohming Beitrag zur Geschichtsschreibung? Stachelmann überlegte, fand aber nichts. Und worin besteht dein Beitrag? Da musste er nicht überlegen, um nichts zu finden.

Die Studenten am Nebentisch sprachen leiser.

Stachelmann stopfte sich Salatblätter in den Mund und

bekleckerte sein Hemd. An den Mundwinkeln klebte Soße. Er hatte vergessen, eine Serviette zu nehmen. Er stand auf und ging zur Kasse, um eine zu holen. Die Studenten am Nebentisch folgten ihm mit Blicken, er sah es im Augenwinkel. An der Kasse schaute ihn eine Studentin an, dann grinste sie. Er nahm sich zwei Papierservietten und wischte sich den Mund ab. Er betupfte den Fleck auf dem Hemd.

Als er wieder saß, flüsterten die Studenten am Nebentisch. Er glaubte, seinen Namen zu hören. Dann »Griesbach« und »Mord«. Natürlich, die hatten das Abendblatt gelesen, es fiel ihnen leicht herauszufinden, welcher Dozent unter Mordverdacht stand und mit der Frau des Opfers geschlafen hatte. Er spürte die verstohlenen Blicke. So schaute man auf jemanden, der bald als Mörder im Gefängnis sitzen würde. Er aß nicht auf und ließ Teller und Besteck stehen, als er sich erhob. Stachelmann zwang sich, nicht zu rennen. Er fuhr mit drei Studenten nach oben und fühlte sich beobachtet. Stachelmann wusste sonst schon nicht, wohin er schauen sollte im Fahrstuhl, diesmal fürchtete er, rot anzulaufen.

Zurück in seinem Zimmer versuchte er, wieder zu arbeiten. Aber der Artikel ließ ihn nicht los, einen Augenblick spielte er mit dem Gedanken, in der Abendblatt-Redaktion anzurufen und nach der Quelle des Artikels zu fragen. Aber sie würden ihm nicht verraten, woher die Auskunft stammte, und er würde sie vielleicht darauf stoßen nachzubohren.

Das Telefon klingelte. Als er abnahm, hörte er im Hintergrund Babygeschrei. »Damit du mitkriegst, in welchem akustischen Inferno ich Tage und Nächte verbringe.« Sie klang erschöpft, aber zufrieden.

»Hast du den Artikel im Abendblatt gelesen?«

»Welchen?«

»Über den mordenden Geschichtsdozenten in Hamburg?«

»Wirst du jetzt endlich berühmt? Entschuldigung, ein schlechter Scherz. Nein, Sohnemann will zurzeit nicht, dass Mama Zeitung liest.«

»Schläft der nie?«

»Der heißt übrigens Felix, und wenn er schläft, penne ich, was das Zeug hält. Aber ich werde mir das Blatt besorgen. Wenn ich dich richtig verstehe, eine üble Sache.«

»Ich stelle gerade fest, dass es nicht lustig ist, als Mörder durch die Gegend zu laufen. Die lieben Studenten zerreißen sich das Maul, die lieben Kollegen schauen einen schief an. Und die Geschichte mit Frau Griesbach« – er stockte – »Ines, ist auch schon rum. Ich möchte wissen, wie das geht.«

Sie schwieg, und Stachelmann glaubte zu wissen, dass sie es wegen Ines tat. »Schlechte Nachrichten verbreiten sich affenschnell«, sagte sie. »Aber das wäre doch so oder so rumgegangen, früher oder später. Wichtig ist, dass du es nicht warst.«

»Ich war es nicht.«

»Das weiß ich. Aber die Dinge liegen so, dass alle Welt es glaubt.«

»Die werden mich wieder einsperren.«

»Mag sein, aber sie werden dich freisprechen.«

»Da bin ich mir nicht mehr sicher. Sie haben sonst keine Spuren, und was sie haben, lässt mich uralt aussehen.«

»Hättest dir mal besser das Techtelmechtel erspart.«

»Komm jetzt nicht mit Moralpredigten. Du musst gerade anfangen damit.«

Sie lachte. »Wenn du mich besuchen willst, nur zu. Ich biete dir Dauergeschrei, verkackte Windeln, ein sabberndes Baby und eine Mutation mit sieben Händen, die im Stehen einschläft.«

»Ein schöneres Angebot ward nie gemacht. Ich melde mich, wenn ich mich stark genug fühle.«

Nach dem Gespräch fühlte er sich besser. Der Zusammenhalt mit Anne war zurück, auch wenn er nicht wusste, wie es weiterging. Diesmal wollte er es nicht vermasseln. Er entschied sich, nicht mehr zu arbeiten, es war sinnlos. Er verließ das Institut und fror auf dem Weg zum Dammtorbahnhof. Es war dunkel, die Laternen brannten, der Regen zog glitzernde Fäden im Licht der Autoscheinwerfer.

Im Hauptbahnhof verpasste er seinen Zug, es war ihm recht. Er schlenderte durch die Bahnhofshalle, im Obergeschoss der großen Bahnhofsbuchhandlung betrachtete er die Neuerscheinungen. Hier fühlte er sich sicher, niemand kannte ihn. Er fand einen Stapel mit Büchern über Nazigrößen von einem TV-Historiker, dessen Filme manche Kollegen verlachten oder verfluchten wegen ihrer Melodramatik. Vor allem stellten die TV-Serien nur dar, was bebildert sei, die Geschichte als Daumenkino. Und dann würden Szenen nachgestellt, damit der Zuschauer den Eindruck habe, dabei zu sein. Stachelmann hatte diese Filme nicht gesehen und die Bücher des Mannes nicht gelesen.

Er verließ die Buchhandlung. In einem Schreibwarenladen entdeckte er ein kleines Notizbuch mit Adressenteil und kaufte es. Dann bestellte er an einem Stand ein Brötchen und einen Saft. Als er gegessen und getrunken hatte, lief er gemächlich zum Gleis, der Zug wartete schon. Zwei Männer saßen im Großraumabteil erster Klasse, der eine döste, der andere las Zeitung. Stachelmann kannte beide Gesichter. Er stellte sich vor, wie er sich fühlen würde, wenn das Abendblatt nicht nur den Artikel, sondern auch ein Foto von ihm gedruckt hätte. Er setzte sich an den Tisch und beobachtete durchs Fenster die Menschen auf dem Bahnsteig. In seinem Kopf arbeitete es, der Verdacht gegen ihn ließ ihn nicht los. Er war sich nicht mehr sicher, dass er nichts zu fürchten hatte.

Da fiel ihm ein Mordprozess ein, der vor einigen Monaten halb Norddeutschland beschäftigt hatte. Die Besitzerin von zwei oder drei Fitnessstudios verschwand, ihr

Mann wurde verhaftet unter Mordverdacht. Die Staatsanwaltschaft führte im Prozess eine Menge Indizien an gegen den Angeklagten, aber keinen Beweis. Der Mann hatte nach Aussagen von Zeugen einen schlechten Charakter, die Frau hatte ihm das Konto gesperrt, und die Ehe war zerrüttet. Aber nichts bewies unwiderlegbar, dass er ein Mörder war, es sprach nur alles gegen ihn. Der Mann wurde verurteilt und brachte sich um in der Zelle. Seitdem gab es in der Lübecker Polizei und Justiz einige, die nachts Alpträume hatten, in denen eine Frau vorkam, die an einer Bar unter den Palmen einer Karibikinsel Cocktails schlürfte.

Bestimmt gab es weitere Fälle, in denen Zweifel blieben. Aber kam es auf einen mehr oder weniger an? Stachelmann fröstelte. Er erinnerte sich an das letzte Gespräch mit Oppum, jetzt war er sicher, der Anwalt wusste oder ahnte etwas und wollte es ihm nicht sagen, weil es schrecklich war.

Der Zug stand in Bad Oldesloe, hatte mehr als die Hälfte der Strecke zurückgelegt. Stachelmann hatte es nicht gemerkt. Der Bahnsteig lag in einem fahlen Licht, die Tropfen auf der Scheibe verzerrten die Umrisse. Die Leute strömten zum Ausgang, sie hatten es eilig, nach Hause zu kommen. Stachelmann fühlte sich einsam. Der Zug ruckelte und fuhr weiter, draußen wurde es schwarz. Das verschwommene Bild seines Gesichts in der Scheibe erschien ihm fremd. Er schaute sich um im Abteil, die Menschen waren ihm gleichgültig. Er nahm sie kaum wahr. Die Angst verlor sich, er war müde.

In Lübeck griff sie wieder nach ihm, als er sich seiner Wohnung näherte. Die Musik fiel ihm ein, die eine Geisterhand aufgelegt hatte. Du bist verrückt. Du hast die Musik aufgelegt. Es ist nicht das erste Mal, dass du etwas tust, ohne es zu wissen. Der Druck ist zu groß, man ist es nicht gewöhnt, für einen Mörder gehalten zu werden. Da werden psychische Prozesse ausgelöst, der Mensch ändert sich und tut Dinge, die seltsam sind.

Als er die Haustür von innen zugezogen hatte, blieb er eine Weile stehen und lauschte. Er hörte nichts außer einem Fernsehgerät, stark gedämpft. Er stieg einige Stufen hoch und blieb wieder stehen. Erst wollte er es nicht hören, dann konnte er sich nicht mehr dagegen wehren. Aus seiner Wohnung ertönte Musik. Er überlegte, was er tun sollte. Wieder die Polizei rufen? Die würden ihn auslachen, und wenn es die Mordkommission mitbekam, sah die sich bestätigt. Vielleicht dachten sie, er arbeite daran, sich mildernde Umstände zu beschaffen wegen geistiger Unzurechnungsfähigkeit. Er nahm zwei weitere Stufen, die Musik wurde lauter. Es waren harte Klavierläufe, sie grenzten an Disharmonie, um sich dann wieder zusammenzufügen. Er schloss die Tür auf, die Musik war laut, Hörner kamen hinzu, dann der Klangkörper eines Orchesters. Er kannte dieses Stück, aber er konnte es nicht benennen. Er ließ die Haustür offen stehen und näherte sich dem Wohnzimmer. An der Küchentür verharrte er. Wenn sich in der Küche jemand verbarg, konnte er Stachelmann den Fluchtweg verstellen. Stachelmann stieß die Küchentür auf. Er trat ein und schaute sich um. Im Spülbecken waren Geschirr und Besteck vom Frühstück, hinter der Tür stand niemand. Er atmete auf und ging wieder in den Flur. Die Tür zum Wohnzimmer war angelehnt. Er schob sie ein Stück weiter auf und schaute durch den Spalt. Das Klavier setzte wieder ein, unmelodiös, hart. Auf dem Wohnzimmertisch lag eine CD-Hülle, aufgeschlagen. Er ging hinein, schaute zuerst hinter die Tür. Dann betrachtete er den CD-Spieler, die Repeat-Taste leuchtete, die CD mochte schon stundenlang spielen. Er schaltete den CD-Spieler aus. Die Stille erschreckte ihn.

Als er sich gefangen hatte, durchsuchte er die anderen Zimmer und schloss die Wohnungstür. Er setzte sich aufs

Wohnzimmersofa. Die CD-Hülle lag vor ihm. Er nahm sie in die Hand und las. Brahms, Klavierkonzert Nr. 2, Wiener Philharmoniker, am Klavier Krystian Zimerman, Dirigent Leonard Bernstein. Es war der Digitalmitschnitt eines Konzerts von 1985. Deutsche Grammophon. Offensichtlich war es eine hochwertige CD, gewiss eine erstklassige Aufnahme nach allen Regeln der Kunst. Nur war sich Stachelmann sicher, er hatte diese CD nicht eingelegt. Er besaß sie nicht, Brahms war nicht sein Fall. Diese Musik war ihm zu schwer.

Wer hatte die CD eingelegt?

Derjenige hatte dafür gesorgt, dass Stachelmann sie hörte. Warum sollte er sie hören? Der Unbekannte hatte ihm die CD geschenkt. Dazu aber war er in die Wohnung eingedrungen. Stachelmann stand auf und ging durch alle Zimmer. Mit den Augen suchte er Boden, Wände, Tische, Stühle, Regale und Schränke ab. Er schaute sich das Wohnungstürschloss an. Nirgendwo entdeckte er eine Spur des Eindringlings. Das machte ihm umso mehr Angst.

Wieder dachte er, ruf die Polizei an. Die halten dich ohnehin für verrückt, da kommt es nicht mehr drauf an. Aber was sollte die Polizei tun? Sie mussten annehmen, er habe in einem Augenblick der Umnachtung die CD eingelegt, versehentlich die Repeat-Taste erwischt und sei dann zur Uni gefahren. Was würde Stachelmann denken, wenn ihm jemand so eine Klamotte erzählen würde? Er würde sich innerlich an die Stirn tippen. Das wird seinen Grund haben, dass die CD spielt. Wenn man schon am Morgen die Flasche ansetzte oder zu viele Tabletten schluckte, dann konnte es auch zweimal geschehen oder öfter. Und wenn man Schnaps und Tabletten zusammen nahm, dann legte man vielleicht nicht nur CDs ein, ohne es zu wissen, sondern hielt sich auch für Admiral Hornblower oder Josef Stalin.

Er schüttelte den Kopf, wie um den Wahn loszuwerden. Aber der blieb. Was soll ich tun? Denk systematisch. Er stand auf und ging im Kreis. Er schlug sich mit der Faust an die Stirn, immer wieder. Es war ein Fremder im Haus gewesen, seine Nachbarn brachen nicht in Wohnungen ein. Aber er konnte sie fragen, ob sie jemanden gesehen hatten.

Schnell stieg er die Treppen hoch und klingelte. Er hörte ein Schlurfen, dann stand ein alter Mann in der Tür, Stachelmann hatte ihn nur zwei- oder dreimal gesehen. Aus der Wohnung roch es streng. Der Mann trug ein Goldkettchen um den Hals mit einem Kreuz daran.

»Haben Sie in den letzten Tagen einen oder eine Unbekannte im Haus gesehen?«

Der Mann schüttelte den Kopf. »Nein«, sagte er. »Guten Abend!« Er schloss die Tür.

Stachelmann stand vor der Tür, einen Augenblick schoss ihm der Gedanke durch den Kopf, der Mann habe vielleicht etwas zu tun mit der geheimnisvollen Musik. Aber er verwarf die Idee, es war absurd, der Alte lebte länger in dem Haus als Stachelmann, das war nicht der Typ, der in fremde Wohnungen eindrang, um CDs abzuspielen. Stachelmann ging hinunter zur Erdgeschosswohnung. Er klingelte, niemand öffnete. Er klingelte noch einmal mehrfach und lang, aber das Pärchen schien nicht da zu sein.

Er kehrte zurück in seine Wohnung und schloss von innen ab. Dann durchsuchte er noch einmal alle Räume, auch den Schrank im Schlafzimmer. Er fand nichts. Unruhe erfasste ihn. Er setzte sich aufs Sofa und überlegte. Wer legte die CDs ein? Warum war es diesmal eine fremde CD? Welche Bedeutung hatte es?

Am leichtesten schien ihm die Erklärung, warum es eine fremde CD war. Wer sie spielen ließ, wies ihn darauf hin, dass ein Fremder in die Wohnung eingedrungen war. Er wollte ausschließen, dass Stachelmann glaubte, sie selbst eingelegt zu haben. Gleichzeitig wollte er verhindern, dass Stachelmann die Polizei überzeugen konnte, dass nicht er selbst die CD hatte spielen lassen. Die Polizei würde ihm nicht glauben, dass es nicht seine CD war. Es war einfach, aber perfide. Und es war eine Steigerung. Als der Eindringling eine von Stachelmanns CDs einlegt hatte, mochte er sich vorstellen, Stachelmann würde sich irgendwann einreden, er habe die CD doch selbst abgespielt. Diese Erklärung schloss er nun aus.

Er befragte sich, ob die CD tatsächlich nicht ihm gehörte. Er nahm sie in die Hand und betrachtete sie. Nein, das Klavierkonzert Nr. 2 von Brahms hatte er nicht gekauft oder geschenkt bekommen. Er besaß viele CDs, aber er kannte sie alle, er hatte sie ausgesucht, und er kaufte nicht, ohne zu überlegen.

Er versuchte zu verhindern, dass die Unruhe in Angst umschlug. Da spazierte einfach einer in seiner Wohnung umher und trieb Spielchen mit ihm. Was war der Zweck? Wollte ihn einer verspotten? Ein Streich? Er kannte niemanden, der ihm Streiche spielte.

Was würde der Unbekannte als Nächstes tun? Wieder eine Steigerung? Wie konnte sie aussehen? Konnte Stachelmann sie verhindern? Bisher war der Eindringling am Tag gekommen, würde er es auch in der Nacht tun?

Du denkst zu schnell, du hast Angst. Langsam. Welches Ziel verfolgt der Eindringling? Wenn es kein Streich ist, dann versucht er, dich zu verunsichern, dich fertig zu machen. Was könnte der Grund sein? Das Ermittlungsverfahren wegen des Mords an Griesbach. Vielleicht will dich jemand als unglaubwürdig hinstellen, als einer, der die Nerven verloren hat, dem alles zuzutrauen ist. Wenn dies das Ziel war, dann war der Eindringling vermutlich Griesbachs Mörder. Die Angst wurde mächtig. Ein Mörder in meiner Wohnung. Beruhige dich. Der will dich nicht umbringen. Er will, dass du als Mörder dastehst. Sonst hätte er dir die Leiche nicht in den Kofferraum getan. Wenn er dich umbringen wollte, dann wäre alle

Mühe umsonst. Er kommt, damit du durchdrehst, damit die Kripo glaubt, dir wäre einiges zuzutrauen, und weil die Indizien so liegen, auch ein Mord. Aus Verzweiflung, in einem Wahnanfall, da wird den Ermittlern schon was einfallen. Aber der Mörder, wenn er es denn ist, kann nicht glauben, dass zwei Geister-CDs genügen, um ihn ausrasten zu lassen. Also würde er weitermachen.

Einen Augenblick war Stachelmann beruhigt. Das schien fast überschaubar. Wenn man weiß, dass man in den Wahnsinn getrieben werden soll, dann kann man sich wehren. Aber wenn es was anderes war? Wenn die Sache nichts zu tun hatte mit dem Griesbach-Mord? Er ging ein paar Schritte durch die Wohnung. Oder wenn einer glaubte, Stachelmann habe Griesbach ermordet, und sich rächen wollte? Die Unruhe kehrte zurück.

Derjenige, der die CDs eingelegt hatte, wusste, Stachelmann war klar, dass jemand in seine Wohnung einbrach. Insofern spielte er mit offenen Karten. Woher hatte er den Schlüssel, oder wie kam er sonst in die Wohnung, ohne Spuren zu hinterlassen? Stachelmann ging zur Tür, nahm den Schlüssel vom Brett und betrachtete ihn. Als könnte er es dem Schlüssel ansehen, ob er kopiert worden war.

Er überlegte, ob er ins Ali Baba gehen sollte, die Wohnung war ihm unheimlich. Da gab es einen, der ging hier ein und aus, wie er es wollte. Vielleicht wollte er Stachelmann hinaustreiben? Er entschied sich, zu Hause zu bleiben. Wo immer er wäre, er würde sich unsicher fühlen.

Denk nach, verdammt, denk nach! Wer Griesbach ermordet hat, ist dir auf den Fersen. Warum? Das steht in den Sternen. War es einer von den Flüchtlingen, die die Stasi geschnappt hatte? Dann war der Kreis der möglichen Täter klein, und Wittstock oder Pawelczyk kannten ihn.

Nicht so schnell. Immer wieder erwog er die Möglichkeiten. Wenn es doch mit der Holler-Sache zusammenhing? Er bedachte diese Variante mit geschlossenen

Augen. Warum dann der Mord an Griesbach? Weil es egal war, welche Leiche Stachelmann zum Mörder machte. Das war eine plausible Erklärung. Und wenn das Opfer nichts zu tun hatte mit Holler, dann war es umso besser für den Täter, das lenkte ab. Allerdings glaubte Stachelmann nicht, dass Holler sich rächen würde. Es bedeutete ein Risiko für ihn, warum sollte er es eingehen? Vielleicht aus Verzweiflung? Stachelmann schob den Gedanken beiseite. Er musste mit einer nahe liegenden Spur anfangen. Wenn sie in die Irre führte, würde er sich um andere kümmern.

Er schaute auf die Uhr, fast Mitternacht. Die Zeit war gerast. Wittstock würde er erst morgen erreichen. Aber die Vorstellung, jetzt zu schlafen, war absurd. Da fiel ihm etwas ein, und er schlug sich an die Stirn. Warum bist du nicht früher darauf gekommen? Er nahm das Telefonbuch und blätterte. Es gab einige Schlüsselnotdienste in Lübeck. Er wählte den mit dem unauffälligsten Eintrag und rief an. Es dauerte, dann meldete sich eine schlaftrunkene Stimme. »Schlüsseldienst Walter.«

Stachelmann fragte, ob er gleich kommen könne, um das Wohnungstürschloss auszutauschen.

»Verarschen kann ich mich selbst«, sagte die Stimme. Es klickte.

Stachelmann wählte die nächste Nummer. Der Mann an der Leitung war so müde wie Herr Walter, aber anscheinend geschäftstüchtiger. »Es ist Ihr Geld«, sagte er. »In einer halben Stunde bin ich da.« Er wollte Stachelmanns Telefonnummer wissen und rief zurück, um sicherzugehen.

Es dauerte fast eine Stunde, bis es klingelte. Der Mann trug einen verwaschenen Blaumann und war unrasiert. Er sagte kaum ein Wort, nur dass er hundert Euro als Vorauszahlung bekomme. Binnen einiger Minuten hatte er das Schloss gewechselt. Dann verlangte er weitere zweihundertfünfzig Euro und erhielt sie, obwohl Stachelmann ahnte, dass die Forderung unverschämt war.

Jetzt ließ die Anspannung nach. Er schimpfte leise vor sich hin, weil er das Schloss nicht früher hatte austauschen lassen. Dann legte er sich in seiner Kleidung aufs Bett und versuchte zu schlafen. Aber seine Ohren hörten jedes Geräusch. Er dachte an Wittstock und Pawelczyk, er musste etwas tun. Er fühlte sich in die Enge getrieben wie ein Hase bei der Treibjagd. Stachelmann döste, manchmal schreckte er hoch. Einige Zeit träumte er von einer Verfolgungsjagd. Er wachte auf, es war dunkel, er sehnte den Morgen herbei. Einmal riss ihn der Gedanke hoch, der Mann vom Schlüsseldienst könnte dem Eindringling einen Schlüssel für das neue Schloss geben, aber dann erklärte er sich für verrückt.

Der Schmerz kam, spät, aber mit Wucht. Da fiel Stachelmann ein, er hatte vergessen, seine Tabletten zu schlucken. Er stand auf und suchte sie, fand sie schließlich in der Küche. Er nahm die doppelte Ration, dann schloss er die Wohnungstür auf und stieg die Treppe hinunter. Im Briefkasten fand er die Lübecker Nachrichten.

Er eilte die Treppe hoch und verschloss seine Tür von innen. In der Küche blätterte er die Zeitung durch. Natürlich, auch sie berichtete von dem Lübecker Historiker unter Mordverdacht. Im Artikel stand das Gleiche wie im Hamburger Abendblatt. Wie viele Historiker unterrichteten an der Hamburger Uni und wohnten in Lübeck? Nur einer, und der hieß Josef Maria Stachelmann. Natürlich erhöhte die Berichterstattung über den Mordfall den Druck auf die Polizei, den Täter zu ermitteln. Stachelmann stellte sich vor, wie Wesendorn und Burg mit den anderen Beamten der Mordkommission und der Staatsanwaltschaft überlegten, ob sie Stachelmann nicht wieder einsperren sollten. Gewiss hatten in anderen Fällen weniger Indizien genügt, um Anklage zu erheben.

Mehr um sich abzulenken, kochte er einen Tee. Als er fertig war, goss er einen Becher voll, trank und verbrannte sich den Mund. Er hielt sein Gesicht unter den Wasserhahn und trank in großen Schlucken. Dann ging er ins Wohnzimmer und setzte sich an seinen Schreibtisch. Er schaltete den Computer ein und beobachtete, wie der hochfuhr. Bald erschien ein Anmeldefenster, er musste Benutzername und Passwort eingeben. Dieses Fenster hatte er noch nie gesehen. Und ein Passwort hatte er nie eingetragen. Er drückte die Enter-Taste, es erschien die Meldung, er habe einen falschen Benutzernamen oder ein falsches Passwort eingegeben.

Er saß vor dem Bildschirm und überlegte. So, wie es aussah, hatte jemand den PC gesperrt. Wer sonst als der Eindringling, der auch die Musik hatte spielen lassen? Stachelmann brach Schweiß aus, die Angst kam in Wellen, dann erfasste ihn der Hass. Er glaubte, er sei fähig, den Eindringling zu töten. Der beabsichtigte, ihn fertig zu machen, sein Leben zu zerstören. Am schlimmsten aber war die Ungewissheit. Warum das alles? Was hatte er getan, um sich diesen Fluch aufzuladen? Er schlug mit der Faust auf den Tisch und stöhnte auf.

Dann saß er bewegungslos. Wenn er den Benutzernamen und das Passwort herauskriegte, vielleicht verrieten sie etwas. Er ging ins Wohnzimmer und suchte im Telefonbuch. Bald fand er einen PC-Notdienst, »24 Stunden am Tag«. Er wählte die Nummer, sein Anruf wurde weitergeleitet. Dann eine Männerstimme. Stachelmann sagte, er habe sein Passwort vergessen, was man da machen könne.

»Windows- oder BIOS-Ebene?«, fragte der Mann.

»Weiß nicht, da kommt so ein Anmeldefenster.«

»Also Windows. Was für ein Windows haben Sie?«

»Weiß nicht.«

»Wenn der Rechner bootet, sehen Sie ein so genanntes Startlogo, eine Art Bild.«

»Gut, warten Sie.« Stachelmann drückte den Reset-Knopf und beobachtete, wie der PC startete. Dann erschien ein Bild mit weißem Hintergrund. Stachelmann las die Schrift, dann sagte er: »2000, da steht was von 2000.«

»Wird ein bisschen schwieriger, aber das kriegen wir hin.«

Stachelmann nannte Anschrift und Telefonnummer. Einen Augenblick überlegte er, ob der Mann vom PC-Notdienst etwas zu tun haben könnte mit dem Eindringling. Die Idee war absurd, ein solches Komplott gäbe es nur in einem schlechten Krimi. Aber immerhin, erst ein Schlüsseldienst, dann der PC-Notdienst, es war ein kleines Arbeitsbeschaffungsprogramm für Dienstleister. Stachelmann grinste grimmig, er war zornig.

Es klingelte. Der Mann vom PC-Notdienst sah aus wie ein Boxer, Stachelmann bereute schon, ihn gerufen zu haben. Wer so aussieht, kann nur dumm sein.

»Haben Sie Ihre Windows-CD zur Hand?«, fragte der Boxer.

Stachelmann kramte im Regal, bis er eine CD-ROM fand, die richtig beschriftet schien.

»Dann wollen wir mal«, sagte der Boxer. »Ich mach jetzt eine Parallelinstallation, ist sowieso besser. Und von der greif ich auf die gesperrte Installation zu mit einem Programm, das Passwörter knackt. Dauert eine Stunde, dann ist das gegessen.«

Die CD brummte schon im Laufwerk, die dicken Finger rasten über die Tastatur.

Stachelmann schaute auf die Uhr, es war halb neun. »Sie brauchen mich ja nicht dazu.«

»Nee«, sagte der Boxer.

Stachelmann nahm das Telefon und sein Notizbuch mit in die Küche. Er wählte die Nummer von Wittstock. Wieder nahm die Frau ab. »Henry schläft noch, rufen Sie später noch mal an.« Sie legte auf. Stachelmann blätterte im Notizbuch, bis er die Nummer von Pawelczyk fand, und wählte sie.

Pawelczyk war wach. »Wolle ist tot, die Polizei hat es gesagt. Ist das wahr?«

»Ja.«

»Ich kann es nicht glauben.«

Stachelmann entschied sich, Pawelczyk nicht zu erzählen, dass er als Mörder verdächtigt wurde.

»Herr Wittstock hat gesagt, einige Ihrer Fluchthilfeunternehmen seien fehlgeschlagen.«

»Ja.«

»Wissen Sie noch, welche?«

»Warum wollen Sie das wissen?«

»Weil darin vielleicht ein Motiv liegt für den Mord.«

»Rache?«

»Ja.«

»Und warum überlassen Sie das nicht der Polizei?«

»Weil ich glaube, dass die auf dem Holzweg ist.«

»Aha.«

»Können Sie sich noch an die Fehlschläge erinnern?«

»Natürlich.« Er sprach gedämpft.

»Können Sie mir Namen und Anschriften von den Flüchtlingen nennen, die ergriffen wurden?«

»Ich weiß nicht so recht. Und dann am Telefon.«

»Es hört niemand mit«, sagte Stachelmann.

»Woher wollen Sie das wissen?«

»Weil wir in einem Rechtsstaat leben.« Ihm kam die Antwort selbst albern vor.

»Der liebe Gott erhalte Ihnen Ihren Glauben.«

»Den Leuten kann nichts passieren, wenn Sie mir die Namen nennen.«

»Außer dass sie als Mörder verdächtigt werden.«

»Wollen Sie denn nicht, dass Wolles Mörder geschnappt wird?«

»Schon. Ich denk drüber nach. Rufen Sie heute Abend noch mal an.« Er legte auf.

»Kommen Sie mal!« Der Boxer rief.

Stachelmann ging ins Wohnzimmer.

»Sie haben ja ein komisches Passwort.«

Stachelmann hätte fast erwidert, er habe noch nie eines gehabt.

»Und dass man so ein Passwort vergisst, ist eigentlich unmöglich. Sachen gibt's.« Er zeigte auf den Bildschirm. In einem Windowsfenster stand als Benutzername *Ich _komme* und als Passwort *wieder*.

Stachelmann fröstelte.

»Ich habe es jetzt so eingestellt, dass Sie sich nicht anmelden müssen. Hier wird sich ja keiner an Ihrem Computer vergreifen.«

»Nein, nein, ich will, dass man sich anmelden muss.«

»Okay. Suchen Sie sich ein Passwort aus mit Buchstaben, Ziffern und Sonderzeichen, mindestens acht Stellen. Das ist praktisch nicht zu knacken. Es sei denn, jemand benutzt so ein Programm wie ich.«

»Ist ja tröstlich.«

Der Mann kassierte einhundertzwanzig Euro. Stachelmann gab ihm einen Scheck, er hatte nicht mehr genug Bargeld. Als der Boxer gegangen war, rief Stachelmann erneut bei Wittstock an. Der war diesmal selbst am Apparat. »Sie haben es aber eilig«, sagte er.

»Versetzen Sie sich in meine Lage«, sagte Stachelmann.

»Lieber nicht«, sagte Wittstock. »Rufen Sie in einer Stunde noch mal an, ich durchforste mal meine Unterlagen. Ob ich alle Namen hab, bezweifle ich aber.«

Stachelmann schaute auf die Uhr, Ossi musste jetzt im Präsidium sein. Er wählte die Nummer, Ossis Kollegin nahm ab und reichte den Hörer weiter. Stachelmann berichtete von dem Eindringling.

»Hol die Polizei«, sagte Ossi. »Was Originelleres fällt

mir nicht ein. Ein Amt für Gespensterjagd gibt's auch in Schleswig-Holstein nicht.«

»Die Polizei habe ich gerufen, die glauben mir kein Wort. Die halten mich für verrückt, und einem Verrückten kann man einen verrückten Mord zutrauen. Auch dass der das Opfer im Kofferraum spazieren fährt. Du musst mir helfen. Schick die Spurensicherung, irgendwas muss der Kerl hinterlassen haben.«

»Das darf ich nicht, es ist Sache der Lübecker Kripo. Soll ich die mal anrufen und sie über deinen Geisteszustand aufklären?«

»Lass es!« Stachelmann legte auf.

Ungeduldig wartete er eine Stunde. Er lief durch die Wohnung, hörte Radio, blätterte in der Zeitung, spähte aus dem Fenster, um zu sehen, ob ihn jemand beobachtete. Dann rief er Wittstock wieder an.

»Also, ich hab drei Namen gefunden. Gefunden ist vielleicht falsch, ich habe meinen Grips angestrengt, Papiere hab ich wohl nicht mehr.«

»Und wenn Sie vielleicht doch noch mal gucken, auf dem Dachboden, im Keller ...«

»Eigentlich hatte ich am Wochenende was anderes vor. Nächste Woche schau ich im Keller. Da könnt was sein.«

»Danke.«

»Vielleicht genügt ja erst mal, was ich in meinen Hirnzellen zusammengesucht habe. Also, da gab es dieses Pärchen, Kramer hießen die. Oder Krämer? Jedenfalls stammten sie aus Dresden. Die gingen in Helmstedt hoch, zusammen mit Willy.«

»Willy?«

»Wilhelm Schlösser. Das war einer von uns.«

»Und wo lebt der jetzt?« Es war möglich, dass Willy sich verraten fühlte.

»Weiß ich nicht. War jedenfalls 'ne komische Geschichte. Wir hatten einen Käfer umgebaut und waren sicher, es klappt. Aber die Stasi muss einen Tipp gekriegt haben. Die wussten es und haben den Wagen gleich rausgewinkt an der Grenze. Was sie nicht wussten, war, dass ich dem Wagen gefolgt bin, um zu sehen, wie es läuft.«

»Und wie sind die drauf gekommen?«

»Die haben wohl irgendein Telefon abgehört, in Westberlin war das für die ein Klacks. Zuletzt habe ich erfahren, das machten die sogar bei Telefonzellen.«

»Oder es gab einen Spitzel in Ihrer Organisation.«

Wittstock schnaufte. »Damit haben wir natürlich immer gerechnet und den Laden übersichtlich gehalten. Trotzdem kann man es nicht ausschließen, aber es ist unwahrscheinlich. Also, ich lege für jeden die Hand ins Feuer.«

»Auch für Pawelczyk?« Es rutschte Stachelmann heraus.

»Natürlich.«

»Und für Wolle?«

»Der hat unsere Organisation gegründet.«

»Ja und?«

»Sie glauben, ein Stasi-Spitzel gründet eine Fluchthilfeorganisation?«

»Unwahrscheinlich, nicht unmöglich. Wenn es so wäre, gäbe es noch ein Motiv, dann könnte es einer aus der Organisation gewesen sein. So einer wie Wilhelm Schlösser zum Beispiel. Der hat vielleicht bei der Birthler-Behörde seine Akten eingesehen und festgestellt, wer ihn verpfiffen hat.«

»Schöne Theorie, das wüsste ich aber. Und mich hätte man auch verpfeifen können, hat es aber nicht getan.«

»Ist ja nur eine Überlegung.«

»Ich will Sie nicht bei Ihren Spekulationen stören, aber eigentlich wollten Sie doch die Namen wissen.« Er war verunsichert, Stachelmann hörte es.

»Kramer oder Krämer hatte ich schon gesagt. Dann war da noch die Ortlep, Frau Dr. Ortlep, die kam aus

Schönberg. Die hatte sich in einen Westdeutschen verliebt, und ihr Ausreiseantrag war abgelehnt worden.«

»Aus dem Schönberg bei Lübeck?«

»Glaub schon.«

»Und die anderen?«

»Dann war da noch ein Herr Adams aus Wismar, hatte irgendwas mit Schifffahrtstechnik zu tun.«

»Wo wohnt der heute?«

»Woher soll ich das wissen?«

»Aber Sie suchen Ihre Unterlagen?«

»Hab ich doch gesagt. Melden Sie sich Ende nächster Woche. Und fragen Sie doch mal den Pawelczyk. Der hat ein Gedächtnis, das ist schau.«

»Der will am Telefon nichts sagen.«

»Ist ne alte Angewohnheit in unseren Kreisen. Wenn Sie nicht bei mir in der Küche gesessen hätten, würden Sie von mir am Telefon nicht mal die Uhrzeit erfahren. Feind hört mit.«

Kaum hatte er aufgelegt, klingelte das Telefon. Es war Ines.

»Hallo.«

»Wir dürfen nicht miteinander reden, sagt die Polizei.«

»Die hört es ja nicht.«

»Hoffentlich.«

»Du hast Angst.«

»Ja, kein Wunder. Ich werde hier von einem Irren belästigt.« Er erzählte, dass jemand in seine Wohnung eingedrungen war.

»Ruf die Polizei.«

»Hab ich, die glauben mir nicht.«

Sie schwieg einen Augenblick. »Kennst du jemanden, der für ein paar Tage bei dir einziehen würde, um aufzupassen, wenn du weg bist?«

Er kannte jemanden, aber die hatte gerade ein Baby bekommen. »Nein.«

»Dann zieh zu mir.«

»Das geht nicht, du weißt doch.«

»Und wenn du den Staatsanwalt drängst, die Auflage aufzuheben? Sie haben mich doch schon ausgequetscht und dich wohl auch. Wir können keine Aussagen mehr verabreden.«

»Das stimmt schon. Aber ich will nicht daran rühren. Nachher bringe ich die noch auf dumme Ideen.«

»Lass es doch deinen Anwalt machen, du hast doch einen?«

»Ja. Es geht nicht.«

»Gut, wenn es nicht geht.«

Er hörte die Enttäuschung. Und verstand Ines nicht, ihr Mann war gerade ein paar Tage tot.

»Weißt du etwas über gescheiterte Fluchthilfeunternehmen deines Manns?«

»Ach, damit beschäftigst du dich.«

»Ich muss, die halten mich für den Mörder.«

»Daran bin ich schuld.« Sie klang traurig. »Ich hätte nicht zulassen dürfen, dass du ihn suchst.«

»Du konntest nicht wissen, was herauskommt dabei.«

»Trotzdem, es war nicht deine Aufgabe.«

»Nun ist es passiert.«

»Was machst du nun?«

»Solange die mich frei herumlaufen lassen, schau ich mich ein bisschen um in der Szene. Du hast meine Frage nicht beantwortet, wegen der Fluchthilfepleiten.«

»Davon weiß ich nichts Genaues. Wolf hat mir natürlich erzählt, wenn was schief gegangen ist, er war dann immer furchtbar deprimiert. Einmal wollte er es hinschmeißen. Wir bringen mehr Leute in den Knast, als wir rausholen aus dieser Scheiß-DDR. Er hat ja selbst im Knast gesessen, in Untersuchungshaft.«

»Das wusste ich nicht.«

»Woher auch. Er hat mir mal was erzählt, aber gern hat er nicht darüber gesprochen.«

»Es gibt Schöneres als eine Zelle.«

»In der DDR war Knast was anderes.«

»Bestimmt. Also, du weißt keine Namen oder etwas anderes, das mir weiterhilft?«

»Nein.«

Als das Gespräch beendet war, setzte sich Stachelmann in die Küche. Er goss sich einen Becher Tee ein. Ines rührte ihn, sie hatte ihren Mann verloren, aber sorgte sich um ihn. Das war er nicht gewohnt. Die Ehe war schlecht gewesen, vielleicht hatte Griesbach schon lange eine Beziehung zu einer anderen Frau. Er stutzte. Und wenn diese Frau einen Mann oder Freund hatte? Und wenn der eifersüchtig war? Er hatte ein weiteres mögliches Motiv gefunden. Du musst es aufschreiben, langsam wird es unübersichtlich.

Er fand sein Notizbuch auf dem Schreibtisch im Wohnzimmer und nahm es mit in die Küche. Er trank einen Schluck Tee und begann zu schreiben. Er notierte alles, was geschehen war, ohne Bewertung und chronologisch. Dann eine neue Überschrift: Motive. Also, die Eifersucht, wenn Griesbach eine Freundin hatte. Rache eines Flüchtlings, der erwischt worden war. Querelen unter den Fluchthelfern. Griesbach plant eine Aktion, die Grenztruppen oder die Stasi schlagen zu, ein Fluchthelfer wird verhaftet, kommt nach Jahren aus einem DDR-Knast und glaubt, Griesbach habe ihn ans Messer geliefert. Vielleicht war es auch ein verrückt gewordener Stasi, der dem DDR-Hasser Griesbach noch eine verpassen wollte. Es gibt ja Menschen, die nur noch für ein Ziel leben und es umso fanatischer verfolgen, wenn sie lange brauchen, um es zu erreichen. Stachelmann dachte an Leopold Kohn, den Juden, dessen Eltern beraubt und ermordet worden waren, während er in England lebte. Er kam zurück, um sich zu rächen. Er brauchte sechs Jahrzehnte. Wenn die Wurzeln eines Motivs so weit zurückliegen, wird es für Außenstehende unkenntlich. Vielleicht hatte Stachelmann noch nicht einmal eine Ahnung, warum Wolf Griesbach sterben musste. Aber es blieb ihm nichts übrig, als da anzupacken, wo er eine Chance witterte weiterzukommen. Frau Dr. Ortlep also, dachte er. Die kann ich besuchen, ohne dass die Polizei mir auf die Pelle rückt. Hoffentlich. Schönberg, das liegt so nah. Das ist ja fast noch Lübeck.

Er stand auf und verließ die Wohnung. Er drehte den Schlüssel zweimal um. Draußen schien die Sonne, er hatte es nicht gemerkt in der Wohnung. Ihre Strahlen wärmten sogar ein wenig. Als er sein Auto von weitem sah, stutzte er. Es schien ihm niedriger zu sein als sonst. Aus der Nähe sah er, was geschehen war. Die Reifen waren platt.

* * *

An diesen Tag würde er sich immer erinnern. Er betrat das Gebäude, in dem sich das Friedrich-Meinecke-Institut der Freien Universität befand. Vor dem Eingang standen Flugblattverteiler, an den Wänden forderten Wandzeitungen aus Packpapier auf zum Kampf gegen den Imperialismus. Auf Büchertischen entdeckte er Broschüren und Bücher über den Kapitalismus und den Krieg, über ferne Länder, dazu Programme und Zeitungen mit Hammer und Sichel im Titel. Die Männer und wenigen Frauen hinter den Tischen trugen Lederjacken oder Pullis und Jeans. Als sich ihm eine Frau in den Weg stellte und fragte, ob er eine kommunistische Zeitung kaufen wolle, sagte er, er komme von dort, wo der Kommunismus versucht werde. Davon habe er die Nase voll.

Die Frau begriff sofort. Nein, mit der DDR und den dort herrschenden Revisionisten und Sozialimperialisten hätten sie nichts zu tun. Er winkte ab und ging weiter. Er fand den Seminarraum. Dort saßen und standen Frauen und Männer, sie beachteten ihn nicht, lasen, redeten oder dösten. Es war ein Proseminar über den englischen Bauernkrieg. Er würde Schwierigkeiten kriegen, weil sein Latein miserabel war, an der Humboldt-Universität hatte man mehr Wert auf den Klassenkampf gelegt als auf die Entschlüsselung lateinischer Quellen.

Der Seminarleiter trat ein, die Studenten störte es nicht. Wolf Griesbach fühlte sich fremd hier, so, wie er sich fast überall fremd fühlte in Westberlin. Nachdem sein Ausreiseantrag genehmigt worden war und er binnen eines Tages alle Formalitäten in Ostberlin abwickeln musste, hatten sie ihn im Westen mit bürokratischen Zumutungen geplagt, bis seine DDR-Zeugnisse anerkannt waren und er zugelassen wurde zum Studium. Der Seminarleiter war ein schmächtiger Mann, dem man ansah, wie verunsichert er war. Bevor er mit seinem Stoff beginnen konnte, erklärte ein Student, er habe eine Ansage zu machen. Dann verlas er eine Resolution, in der der Befreiungskampf in Eritrea unterstützt wurde gegen die Aggression der sowjetischen Sozialimperialisten. Als er fertig war, widersprach eine Studentin, die erklärte, die Sowjetunion und die DDR seien die natürlichen Verbündeten der Befreiungsbewegungen in der Dritten Welt. Der Student mit der Resolution schäumte, und die Frau schimpfte zurück. Der Seminarleiter saß an seinem Tisch und blätterte in Papieren. Griesbach schaute von einem zum anderen. Er stimmte gegen die Resolution, zusammen mit der Frau, die sich zu Wort gemeldet hatte. Das war Griesbach unangenehm.

Am Ende des Seminars kam sie zu ihm. Sie hatte fanatische Augen. »Willst du nicht bei uns mitmachen?«, fragte sie. »Wenigstens mal reinschnuppern?« Sie sprach einen leichten Dialekt, den Griesbach nicht kannte, sie stammte nicht aus Berlin.

»Bei wem reinschnuppern?«

»Ach so, ich dachte, es wäre klar, bei der SEW.«

Griesbach hatte in DDR-Zeitungen oft etwas gelesen über die SEW, das war die kommunistische Partei in Westberlin. »Ich habe in der DDR im Knast gesessen. Ich glaube, das beantwortet deine Frage.«

Die Frau lief rot an und drehte sich weg. Sie ging, ohne ein Wort zu sagen.

Zum Mittagessen ging er in die Mensa, auch dort Büchertische und Flugblattverteiler. Nach dem Essen setzte er sich in die Cafeteria und dachte nach über das Gespräch, das er am Nachmittag führen würde. Er war aufgeregt. Immer wieder schaute er auf die Uhr. Zu früh setzte er sich in die S-Bahn, am Rathaus Schöneberg stieg er aus. Er ging spazieren, um die Zeit totzuschlagen. Dann endlich war es so weit. An der Pforte sagte er: »Ich bin mit Herrn Dreilich verabredet, das ist der persönliche Referent des Bürgermeisters.« Als er es sagte, wusste er, dass er einen Fehler machte.

12

Am frühen Nachmittag wechselte ein Pannenhelfer die Reifen. »Da hat jemand mit einem Messer oder einem spitzen Schraubenzieher reingestochen«, sagte der Mann. »Klarer Fall von Vandalismus, das gibt's immer öfter.« Die Sache kostete Stachelmann hundertzwanzig Euro, es waren runderneuerte Reifen. Und er war jetzt Mitglied eines Automobilclubs. Jetzt finanzierst du auch noch die Leute, denen das Benzin den Verstand geraubt hat, dachte er. Es war der dritte Notdienst, den er an diesem Tag gerufen hatte. Er staunte über den Fatalismus, der sich seiner bemächtigte.

Er fuhr los, ohne sich vorher erkundigt zu haben, ob Frau Ortlep noch in Schönberg lebte. Es war auch eine Flucht, unterwegs schaute er oft in den Spiegel. Er war froh, nicht zu Hause zu sein, und überlegte, ob er zu Anne ziehen sollte, aber er würde sie damit in die Sache hineinziehen, und der Gedanke an endloses Babygeschrei schreckte ihn ab.

Auch wenn man die Grenze kurz hinter Schlutup nicht mehr erkennen konnte, er sah an den Häusern, dass er in Ostdeutschland war. Bald tauchte die erste LPG auf, die ewig gleichen flachen Riesenställe und der normierte einstöckige Verwaltungsbau. Der Schrott von Landwirtschaftsmaschinen stand auf dem Hof, Putz blätterte ab. In Selmsdorf waren die Fassaden von Plattenbauten verschönert worden. Stachelmann fragte sich, wie die Wohnungen innen aussehen mochten. Ob immer noch die Tür des Badezimmers unten gekürzt war, um Luft hineinzulassen. Dann ging es vorbei an der Zufahrt der Mülldeponie, die Schönberg bekannt gemacht hatte. Früher luden hier westdeutsche Laster westdeutschen Müll ab, damit die DDR westdeutsches Geld verdiente. Nach Schönberg brachten auch DDR-Laster Müll, und oft wurde nicht genau hingeschaut, was sie da abluden. In Schönberg zu leben, erforderte Mut. Stachelmann hoffte, Frau Ortlep hatte ihn nicht verloren.

Hinter einem Containerlaster schlich er hinein in die Stadt, bis er links ein Postamt sah. Auf dem Parkplatz davor stellte er das Auto ab. Im Postamt fand er das Telefonbuch. Er blätterte, unter O stand *Ortlep, Dr. H., praktische Ärztin*. Er wählte die Nummer auf dem Handy. Nach kurzer Zeit meldete sich ein Anrufbeantworter, eine Frauenstimme bat, man solle seine Nummer hinterlassen. Er notierte die Adresse und verließ das Postamt. Draußen fragte er einen Mann auf einer Bank nach dem Schlauentrift. »Nur ein paar Meter, können Sie nicht verfehlen, das ist die nächste Querstraße zwischen der Fritz-Reuter- und der Marienstraße.« Er zeigte mit dem Finger die Richtung. Stachelmann folgte mit dem Auto der Wegbeschreibung und fand den Schlauentrift. Er parkte den Wagen vor dem dreistöckigen Haus 3a zwischen einem Wartburg-Kombi und einem Toyota. Neben dem Eingang hing auf schmutzig braunem Putz ein Praxisschild mit Rostflecken, *Dr. H. Ortlep, praktischer Arzt*. Stachelmann erinnerte sich, es gab in der DDR nur männliche Dienst- und Berufsbezeichnungen. Frau Minister Honecker. Daran hatte sich hier also nichts geändert. Er stieg aus und betrat den Hausflur. An der Wand Briefkästen, zwei waren eingedellt und trugen kein Namensschild. An einer Tür stand *Praxis*. Er fand keine Klingel, er klopfte. Nichts rührte sich. Als er sich abwendete, hörte er ein Geräusch. Er wartete, die Tür öffnete sich. Eine Frau schaute ihn an.

»Guten Tag, Sie sind Frau Dr. Ortlep?«

Die Frau nickte, sie wirkte verschlafen. »Ich habe aber jetzt keine Sprechstunde.«

»Und ich bin kein Patient.«

Sie lächelte. »So genau weiß man das ja nicht.«

Sie war ihm sympathisch, schaute ihn offen an durch eine randlose Brille. Er schätzte, dass sie so alt war wie er, vielleicht ein, zwei Jahre älter.

»Es geht um Ihre Flucht«, sagte er.

Sie zog die Augenbrauen hoch. »Ach, darum«, sagte sie. »Ich dachte schon, Sie wollten mir eine Versicherung verkaufen. Sind Sie Journalist?«

»Nein«, sagte Stachelmann. »Ich bin Historiker.«

»Der, von dem ich in der Zeitung gelesen habe?«

»Ich fürchte, ja.«

»Und jetzt wollen Sie mich auch ermorden?« Es klang neugierig.

»Später vielleicht«, sagte Stachelmann. »Vorher hätte ich ein paar Fragen.«

»Sie sind in der Klemme.«

»Und wie.« Manchmal versteht man sich gleich mit einem Menschen. Sie hatte geschlafen, aber war hellwach im Kopf. Und sie hatte einen Witz, der auf Menschenkenntnis beruhte.

»Dann kommen Sie mal rein.« Sie trat zur Seite.

Sie führte ihn durch einen Warteraum in das Sprechzimmer. Dort setzte sie sich an ihren Schreibtisch und deutete auf zwei Stühle, die vor dem Schreibtisch standen. »Bitte«, sagte sie.

»Ich war es nicht«, sagte Stachelmann, es war ihm gleich peinlich.

»Die meisten wollen es wohl nicht gewesen sein, jedenfalls nachdem sie erwischt wurden.«

»Ich suche den, der es war«, sagte Stachelmann.

»Und das führt Sie zu mir?«

Stachelmann fasste seine Überlegungen kurz zusammen. Sie hörte aufmerksam zu, musterte ihn aus schwarzen Augen. Er bildete sich ein, dass sie manchmal leicht nickte. An anderen Stellen runzelte sie kaum sichtbar die Stirn. Das verunsicherte ihn, sie schien zu den Menschen zu gehören, die Genauigkeit verlangten.

»Kann sein, muss aber nicht«, sagte sie, als er fertig war.

»Irgendwo muss ich anfangen.«

»Irgendwo müssen Sie anfangen. Sie tun es bei mir, welche Ehre.« Er hörte ihre Ironie. Insgeheim stimmte er ihr zu, die Geschichte war abwegig, und die Spuren, die er verfolgte, sah vielleicht nur er. Aber wenn er nicht völlig danebenlag, war nicht einmal auszuschließen, dass sie die Mörderin war, sie wohnte ja nicht weit weg von Hamburg. Er schaute sie näher an, sie hatte viel gelacht in ihrem Leben, das verrieten die Falten an Augen und Mund.

»Wenn Sie glauben, dass alle Leute, deren Flucht gescheitert ist, als Täter in Frage kommen, dann gehöre ich zu den Verdächtigen. Schicken Sie mir bloß nicht die Polizei auf den Hals. Ich habe genug Ärger mit Behörden.«

»Nicht so viel wie ich.«

»Ich kann es mir vorstellen. Waren Sie's wirklich nicht?«

Warum kam sie zurück auf diese Frage? Selbst wenn, er würde es kaum zugeben. Er schüttelte den Kopf. »Sonst säße ich kaum hier.«

»Och, ein Ablenkungsmanöver.« Sie lächelte ihn an.

Das Telefon klingelte. Sie nahm ab, meldete sich und hörte zu. »Was hat sie gegessen?« Sie hörte wieder zu. »Fencheltee tut es auch.«

Dann wandte sie sich wieder ihm zu. »Sie waren es also nicht.«

»Ihre Flucht ist gescheitert, warum?«

»Ich war es auch nicht. Ich kannte diesen Griesbach nicht einmal. Aber nach dem, was Sie erzählen, gehörte er zu den Schleusern, die mich in den Westen bringen wollten. Das arme Schwein, das es versucht hat, wurde im selben Prozess wie ich zu sieben Jahren verurteilt. Ich fürchte, er hat fast die gesamte Zeit abgesessen. Jedenfalls klang der Richter rachsüchtig. Staatsfeindliche Menschenhändlerbande. Die Ware wurde etwas besser behandelt, zweieinhalb Jahre, die meiste Zeit in Hoheneck, das war ein Frauenknast, wie Sie vielleicht wissen.«

»Und wie sind Sie gefasst worden?«

»Ganz unspektakulär. Ein Kurier hat mir einen BRD-Pass mit gefälschtem DDR-Visum gebracht, mit dem wollte ich über die Friedrichstraße ausreisen. Bei der Kontrolle ging es ganz schnell. ›Kommen Sie mal mit.‹ Ich wurde in ein Zimmer gebeten und dort verhaftet. Ein paar Minuten später hat es auch den Kurier erwischt.«

»Aber der hatte doch bestimmt saubere Papiere.«

»Das nehme ich an, aber sie haben ihn gekriegt. Im Prozess hat der Staatsanwalt beschrieben, wann der Mann eingereist ist, wohin er gegangen ist, wo er in die S-Bahn gestiegen ist und wann er mich getroffen hat. Die haben den erwartet.«

»Die Stasi wusste, dass er kommen würde?«

»Offensichtlich.«

»Wer hat Ihnen die Fluchthilfeorganisation vermittelt?«

»Mein Verlobter.« Sie sagte es unfreundlich. »Mein damaliger Verlobter.«

»Der hat Ihnen den Kurier geschickt?«

Sie nickte.

»Hat er auch bezahlt?«

»Mir hat niemand eine Rechnung vorgelegt.«

»Irgendwer hat Ihre Flucht verraten. Und der wusste auch, wie sie organisiert war. Ihr Verlobter?«

Sie schüttelte den Kopf. »Ich habe mit dem Herrn nichts mehr zu tun. Man kann alles Mögliche über ihn sagen, aber nicht, dass er dumm ist. Der bezahlt nicht, ohne eine Gegenleistung zu bekommen. Der nicht.«

»Vielleicht waren Sie unvorsichtig? Ein Brief, ein Telefongespräch.«

»Was glauben Sie, wie lange ich darüber nachgedacht habe? Ich hatte ja genug Zeit. Natürlich habe ich mir die Schuld gegeben. Wenn Sie Tag und Nacht in einer Zelle sitzen, haben die Selbstzweifel alle Möglichkeiten, einen zu quälen. Ich habe mich gemartert mit Vorwürfen, aber am Ende wusste ich immer, dass ich keinen Fehler gemacht habe. Wenigstens keinen, der die Sache scheitern ließ. Wir wurden verraten.«

»Haben Sie eine Ahnung, wer Sie verraten hat?«

Sie schüttelte fast unmerklich den Kopf. »Ich habe mir natürlich alle Varianten durch den Kopf gehen lassen, immer wieder. Es kann ja sein, dass die Staatssicherheit mich belauscht hat, dass sie auch die beiden Treffen mit dem Kurier belauscht hat.«

»Zwei Treffen?«

»Ja. Er tauchte auf und brachte ein Foto von meinem Verlobten. Der hatte mir gesagt, er würde jemanden schicken. Aber so richtig geglaubt habe ich es nicht. Daher war ich doch überrascht, als da plötzlich dieser Mann bei mir zu Hause klingelte und das Foto zeigte. Er fragte, ob ich noch ausreisen wolle. Natürlich wollte ich. Dann erklärte er mir, wie es ablaufen würde. Ganz einfach, irgendeine Stelle im Westberliner Senat verlieh gewissermaßen einen bundesdeutschen Pass, der mich zu Margot Emmerlich aus Gelsenkirchen machte, ausgerechnet Margot. Der Kurier bat um ein Passbild, glücklicherweise oder unglücklicherweise hatte ich eines da, sonst hätte er noch mal kommen müssen. Vielleicht hätte sich ja alles zerschlagen, wenn ich dieses Passbild nicht gehabt hätte. Im Knast habe ich es manchmal geträumt. Ich würde also einen richtigen Pass kriegen, allerdings mit einem gefälschten DDR-Einreisevisum. Das sei nicht so schwierig, sagte der Kurier, sie machten es nicht zum ersten Mal nach.«

»Das heißt, da gab es jemanden, der Visa fälschte. Vielleicht ist da die undichte Stelle?«

»Möglich, aber unwahrscheinlich. Der Fälscher kriegte doch nur diesen Pass mit dem falschen Namen und das Foto. Mit dem Foto hätten sie lange suchen können.«

»Es war denen doch gleichgültig, welchen Aufwand sie trieben.«

»Ich glaube nicht dran. Aber vielleicht irre ich mich. Wenn Sie so nach Ihrem Mörder suchen, geraten Sie früher oder später in ein Labyrinth. Sie fragen doch alle, deren Flucht mit diesen Leuten gescheitert ist?«

»Sie sind die Erste.«

»Dann haben Sie ja noch viel vor sich.«

»Ein bisschen Systematik vereinfacht die Sache. Dass der Kurier erwischt wurde, legt den Schluss nahe, dass die Fluchtvorbereitung überwacht wurde. Oder hatten Sie eine Freundin oder sonst jemanden, den Sie eingeweiht haben? Manchmal hält man es ja schwer aus mit Geheimnissen. Oder haben Sie sich verabschiedet von jemandem, vielleicht nicht direkt, aber so, dass der es verstanden hat?«

Sie schüttelte heftig den Kopf. »Nein. Ich habe mich sogar mit Freunden verabredet für die Zeit nach der Flucht. Ich habe sie getäuscht, und ein, zwei haben es mir übel genommen. Womöglich aber vor allem, dass ich sie im Stich gelassen habe. Eine Ärztin verlässt ihre Patienten nicht.«

»Sie sind ja zurückgekehrt.«

»Ich bin nicht abgehauen. In Hoheneck hat mir ein Mitarbeiter von Rechtsanwalt Vogel kurz vor meiner Entlassung erklärt, mein Verlobter habe geheiratet. Er wollte nicht auf mich warten.«

»Sie haben sich nicht freikaufen lassen?«

»Nein. Die haben mich nach Karl-Marx-Stadt kutschiert, da gab es den tollsten Knast der DDR, mit Sonderverpflegung, duschen, wann man wollte, und die Schließer führten sich auf, als wären sie Butler. Das Tollste in diesem tollen Knast aber war das Essen. Von so einem Essen hatte ich geträumt in Hoheneck. Und dazu durften wir noch ordentlich einkaufen. Die haben geglaubt, wenn man im Westen sei, erinnere man sich nur noch an den Luxusknast in Karl-Marx-Stadt und vergesse, wie die einen vorher geschunden haben.«

»Warum sind Sie in der DDR geblieben?«

»Was sollte ich allein im Westen? Ich habe denen von der Stasi in Karl-Marx-Stadt gesagt, ich möchte wieder an meine Poliklinik, die war in Demmin. Die haben große Augen gemacht und mich gelöchert, warum ich umsonst im Knast gesessen hätte. Die wollten mich in den Westen verscherbeln, gab ja fast hunderttausend Westmark pro Kopf. Aber dann hat es ihnen geschmeichelt, dass jemand bleiben wollte. Die haben sich gesagt, das macht einen guten Eindruck auf die anderen Ärzte, so was spricht sich rum.«

»War denn Ihr Verlobter der einzige Grund abzuhauen?«

»Keineswegs, mich hat die SED genervt, diese ewigen Bekenntnisse zu irgendwas, die Selbstbeweihräucherung der Partei der Arbeiterklasse, die alles besser wusste. Diese Tattergreise, die sich preisen ließen. Die Spitzelei, und dass das Land zerfiel, die Häuser, die Fabriken wie die Eisenbahn. Die ganze DDR war eine Langsamfahrstrecke. Schlange stehen statt arbeiten. Und die Partei fand, es wurde alles immer besser. Es war ein lächerlicher Staat. Aber mein Leben war nicht lächerlich. Mich haben sie in Ruhe gelassen, ich hatte eine vernünftige Wohnung und habe einen wunderbaren Beruf. Wer weiß, was mir im Westen geblüht hätte? Mir reicht, was ich heute erlebe. Ich sage nur KV.«

Stachelmann schaute sie fragend an, er wollte sie nicht unterbrechen.

»Kassenärztliche Vereinigung.«

»Aha.«

»Das verstehen Sie nicht.« Sie lachte. »Ich übrigens auch nicht. Ich arbeite mich tot und verdiene immer weniger. Hier in Mecklenburg-Vorpommern gibt's immer mehr alte Leute und immer weniger Ärzte. Die lieben Kolleginnen und Kollegen werfen das Handtuch oder versuchen im Westen unterzukommen. Heute hauen viel mehr ab als damals.« Sie schaute ihn bitter an. »Aber was rede ich. Tut mir Leid, Sie haben andere Sorgen. Vor allem haben Sie Schmerzen. Man sieht das in den Augen.«

Stachelmann nickte. »Arthritis.«

»Sind Sie in Behandlung? Es gibt da manches Neue.«

»Ja, Behandlung schon, aber die Wunderdroge haben sie noch nicht erfunden. Jedenfalls nicht für mich.«

»Es trifft immer die Falschen. Vor allem sterben immer die Falschen. Finden Sie nicht auch, dass gute Menschen jünger sterben als schlechte?«

Stachelmann dachte an seinen Vater. »Eine Untersuchung darüber kenne ich nicht«, sagte er. »Und ich weiß nicht, wer die Falschen sind und wer die Richtigen.«

»Lassen wir das, Schicksal lässt sich statistisch wohl nicht erfassen. Ich denke nur, schlechte Menschen sind zäh. Aber Sie haben andere Sorgen.«

»Leider ja. Wenn auch der Kurier verraten wurde, dann sollte man doch annehmen, es gab einen Verräter in der Fluchthilfeorganisation. Natürlich sind andere Möglichkeiten denkbar, doch sie sind unwahrscheinlich.«

»Gewiss, aber ausschließen würde ich an Ihrer Stelle nichts und niemanden. Es waren komische Zeiten.«

»Sie auch nicht?«

»Was auch nicht?«

»Nicht ausschließen.«

Ihre Augen lachten. »Natürlich nicht. Zumal ich gerne morde, jedenfalls in Gedanken.«

»Mich haben Sie immerhin am Leben gelassen.«

Auf der Fahrt nach Hause fragte sich Stachelmann, ob er abgehauen wäre, hätte er in der DDR gelebt. Er verwarf die Gedanken daran. Wenn man nicht dort aufgewachsen war, waren solche Überlegungen abwegig. Kurz vor Lübeck bremste ihn der Verkehr. Es war Freitag, die Leute kamen von der Arbeit, andere kauften ein fürs Wochenende. Kaum hatte er das Ortsschild passiert, kehrte die Angst zurück. War er wieder eingedrungen in seine Wohnung? Stachelmann fühlte sich ohnmächtig, ausgeliefert. Es war, als beherrschte ihn eine fremde Macht, die tun und lassen konnte, was sie wollte. Was sie wollte, erschien Stachelmann eindeutig. Er sollte als Mörder dastehen. Nur Griesbachs Mörder konnte dies wollen. Was würde er tun, wenn er sein Ziel nicht erreichte? Würde er Stachelmann auch umbringen?

Er quälte sich durch den Verkehr und ertappte sich dabei, dass er immer wieder in den Rückspiegel schaute. Der Mann in dem Opel hinter ihm, der konnte es sein. Aber es schlichen Hunderte von Autos hinter ihm und vor ihm, und der Opel war ihm bisher nicht aufgefallen. Bleib ruhig, ermahnte er sich. Werd nicht wieder verrückt wie vor zwei Jahren, als du in Berlin ausgerastet bist, obwohl dir wohl niemand folgte. Die Angst packte ihn fester, als er über die Burgtorbrücke fuhr. In der Beckergrube stand er eine Weile, die Ampel zur Untertrave staute den Verkehr. Er war vor dem Wullenwever, nicht nur Lübecks bestem Restaurant, in dem er damals seine Anstellung an der Hamburger Uni gefeiert hatte, allein, im Garten, neben einem großen Rosmarinstrauch. Die Ampel schaltete auf Grün, aber er schaffte es nicht. Er überlegte, ob er woanders hinfahren sollte, seine Mutter besuchen. Aber dann sagte er sich, irgendwann musst du nach Hause. Es hat keinen Sinn auszuweichen. Die Ampel schaltete auf Grün; als sie wieder gelb leuchtete, querte er die Abzweigung und stand bald vor der nächsten Ampel, an der Kreuzung An der Untertrave/Holstenstraße. Als er diese Ampel hinter sich hatte, begann er einen Parkplatz zu suchen. Es war um diese Zeit schwer, und Falschparker erhielten oft Strafmandate. Er quetschte seinen Golf in eine Lücke in einer Seitengasse, wo nur Anwohner parken durften. Das Schild, das ihn dazu berechtigte, klebte innen an der Windschutzscheibe.

Er blieb eine Weile im Wagen sitzen und sprach sich Mut zu. Du hast ein neues Schloss, der kommt nicht rein. Aber dann fiel ihm ein, er hatte gelesen, Sicherheitsschlösser seien für gut ausgerüstete Einbrecher kein Hindernis, ein paar Sekunden, und die Tür ist auf. Das Haustürschloss war nicht ausgewechselt, ins Treppenhaus käme der Fremde wie bisher. Stachelmann betrachtete seinen Wohnungsschlüssel, der trug auf beiden Seiten des Barts Kerben und Löcher. Er sah anders aus als der Vorgänger, der Zacken im Bart gehabt hatte. Er erinnerte sich, der Mann vom Schlüsseldienst hatte das neue Schloss gelobt. Da beiße sich ein Einbrecher die Zähne aus, wenn er klug sei, versuche er es gar nicht erst. Stachelmann solle das Schloss nur doppelt schließen. Er überlegte, ob er es getan hatte, konnte sich aber nicht mehr erinnern. Bestimmt. Dann stieg er aus dem Auto. Er hatte weiche Knie, als er sich dem Haus in der Lichten Querstraße näherte. Was soll ich tun, wenn ich auf ihn treffe? Wenn er plötzlich vor mir steht? Ob er bewaffnet ist? Dann redete er sich ein, der Einbrecher wolle vermeiden, erkannt zu werden. Vielleicht beobachtete er das Haus und wartete, bis Stachelmann wegging. Da blieb ein Risiko, erwischt zu werden, aber diesmal war Stachelmann lang genug weg gewesen.

Er schloss die Haustür auf. Dann schlich er die Treppe hoch und lauschte an seiner Wohnungstür. Kein Geräusch, keine Musik. Er schloss auf und blieb in der Tür stehen. Er horchte, nichts. Stachelmann ließ die Wohnungstür offen und ging einige Schritte zur Küche. Er schaute hinein, dann betrat er sie und riss an der Klinke die Tür von der Wand. Er hoffte, einen Einbrecher zu erschrecken, sollte einer hinter der Tür stehen. In der Küche war niemand, der Wasserhahn tropfte, Stachelmann drehte den Hahn zu. Er verließ die Küche und schloss die Küchentür. Dann näherte er sich dem Wohnzimmer, das Herz pochte. Jeden Augenblick erwartete er Musik. Was hatte der Eindringling sich diesmal ausgedacht? Würde er den Terror steigern? Das wäre folgerichtig.

Die Wohnzimmertür war angelehnt. Er drückte sie vorsichtig auf, sie quietschte, er fuhr zusammen. Als sie halb offen war, schob er seinen Kopf langsam vor. Dann sah er es. Ein Papier lag auf dem Tisch. Schlagartig war er schweißnass. Er wischte mit dem Ärmel über die Stirn. Es war gewiss eine Botschaft des Eindringlings, eine Drohung, ein Ultimatum. Schritt für Schritt näherte er sich dem Tisch. Dann erkannte er das Papier, es war ein Einkaufszettel, der schon seit Tagen herumlag. Er setzte sich aufs Sofa und schnaufte. Dann stand er wieder auf und durchsuchte das Schlafzimmer. Als er fertig war, rannte er zur Wohnungstür und schloss sie ab.

Er schaltete den Computer ein. Wieder tauchte das Anmeldefenster auf. Stachelmann sah seine Hand zittern auf der Tastatur. Dann fiel ihm ein, er hatte Benutzername und Passwort noch nicht geändert. Er gab ein *Ich_komme* und in die zweite Zeile *wieder*. Als der PC hochgefahren war, klickte er sich in die Benutzerverwaltung und änderte den Benutzernamen in *Stachelmann* und das Passwort in *Anne*. Das Passwort war nicht so lang, wie der Mann vom Notdienst vorgeschlagen hatte, aber wie sollte er sich ein alphanumerisches Passwort merken mit acht Stellen und Sonderzeichen?

Nun war er überzeugt, niemand hatte seine Wohnung betreten, während er in Schönberg war. Er lachte laut und verkrampft. So weit ist es also gekommen, Josef Maria Stachelmann dreht durch. So weit soll es kommen. Du darfst nicht ausrasten, sonst bist du verloren. Wer immer dieses Spiel mit dir spielt, er will dich fertig machen. Du sollst den Mörder abgeben, und solange du es nicht tust, musst du damit rechnen, dass der wirkliche Mörder an der Schraube dreht. Vielleicht hat er gewusst, du erwartest eine Überraschung, wenn du zurückkommst. Die größte Überraschung ist dann keine Überraschung. Und wenn du glaubst, endlich deine Ruhe zu haben, dann geht es erst richtig los. Was würdest du tun, wenn du einen verrückt machen willst? Das würdest du tun. Aber womöglich will der Eindringling, dass du dich in ihn hineinversetzt oder in das, wofür du ihn hältst. Er beschäftigt deine Fantasie und deine Angst, die darauf lauert, dich zu packen. Wenn du nichts dagegen tust, landest du auf der Anklagebank. Aber wenn der Mörder will, dass ich etwas tue, und die Falle schon aufgestellt hat? Es hilft nichts, du musst dich entscheiden. Er entschied sich.

Er wollte Pawelczyks Nummer wählen, dann beschloss er, es erst bei Ossi zu versuchen. Der war gleich dran und noch beleidigt, weil Stachelmann das letzte Gespräch grußlos beendet hatte.

»Was willst du?«

»Wie werde ich die Auflage los?«

»Was meinst du?«

»Dass ich Lübeck und Hamburg nicht verlassen darf.«

»Du hast doch einen Rechtsanwalt.«

»Das hilft nichts. Du musst bei diesem Kriminalrat Wesendorn anrufen und dafür sorgen, dass die Auflage verschwindet.«

»Das kann nur der Staatsanwalt.«

»Aber wenn die Polizei zufrieden ist, dass ich immer erreichbar bin, wenigstens per Telefon?«

»Das wäre nicht legal, aber vielleicht kann ich erreichen, dass die ein Auge zudrücken, wenigstens für einige Zeit. Mit Burg war ich mal auf einem Lehrgang. Was hast du vor?«

Stachelmann antwortete nicht.

»Ach du lieber Himmel. Sag bloß, du willst wieder einen Mörder fangen. Da hast du einmal Glück gehabt, beim zweiten Mal geht's in die Hose. Wenn ich das richtig verstanden habe, handelt es sich nicht um einen Tattergreis.«

»Erspar mir die Belehrung, mir bleibt keine Wahl. Deine tolle Polizei zwingt mich dazu.«

Ossi lachte. »Nun mach nicht alle nieder. Wie willst du es anstellen? Nur damit ich später weiß, wie ich den Fall Stachelmann aufdröseln kann. Wir Polizisten haben es ja gern, wenn uns die Opfer noch ein paar Tipps geben, bevor es zu Ende geht.«

»Ich glaube, dass es einer von den Flüchtlingen oder Fluchthelfern sein könnte, die erwischt wurden. Also sammle ich Namen und sonstige Hinweise und suche die Leute einen nach dem anderen auf. So was nennt man übrigens Systematik.«

»Danke, wär ich nicht drauf gekommen. Gut, dass ich so einen schlauen Freund habe.«

»Ich habe jetzt keine Lust auf deine Witze.«

»Und ich will dir mal eines sagen: Wenn du das machst, dann stehst du eines nicht allzu fernen Tages vor deinem Mörder und merkst es nicht. Aber der muss glauben, du wärst ihm auf die Spur gekommen. Nun rate mal, was so ein Mörder in so einem Fall tut. Ich will es dir sagen: Er mordet.«

Stachelmann antwortete nicht. Ossi hatte Recht. »Und ich will dir sagen, was geschieht, wenn ich nichts tue. Entweder der Typ treibt mich in den Wahnsinn oder ich gebe einen tollen Angeklagten ab. Du hast bestimmt gehört von diesem Mord ohne Leiche. Da waren die Indizien dünner als in meinem Fall. Eine dritte Möglichkeit wäre, ich werde wahnsinnig und kriege ›lebenslänglich‹. Du siehst, ich bin umzingelt von tollen Aussichten.«

»Du bist umzingelt von der Panik. Aber gut, du bist über achtzehn, ich werde den Burg mal anrufen und mich dann wieder melden. Du bist zu Hause?«

»Ja, beeil dich. Tschüss.«

Als er aufgelegt hatte, rief er Pawelczyk an. Der klang freundlicher als am Morgen. »Ich habe mal gekramt«, sagte er. »Ob es Ihnen hilft, ist fraglich. Wo die Leute heute wohnen, weiß ich nicht. Ich weiß auch nicht, ob ich mich in jedem Fall richtig erinnere. Das ist doch alles schon eine Weile her, und Niederlagen vergisst man gern.«

»Besser als nichts.«

»Na gut, hören Sie zu. Edeltraut und Fritz beziehungsweise Friedrich Kramer …«

»Aus Dresden«, sagte Stachelmann und verfluchte sich gleich innerlich.

»Na, wenn Sie schon alles wissen.«

»Ich habe nur von dem Fall gehört, aber gedacht, die heißen Krämer. Und die Vornamen kannte ich auch nicht.«

Pawelczyk räusperte sich. »Also, die wurden zusammen mit Willy geschnappt.«

Stachelmann sagte nicht, dass er das wusste.

»Wilhelm Schlösser, das war eine witzige Type. Aber es war falsch, den rüberzuschicken. Willy wohnte schon ewig in Berlin, aber er wurde seinen schwäbischen Dialekt nicht los. Natürlich fiel er im Osten auf. Vielleicht haben sie ihn deswegen erwischt.«

Stachelmann stellte sich dumm. »Wo und wie wurde er gegriffen?«

»Das hat Ihnen doch bestimmt schon der Henry erzählt.«

»Eher angedeutet.«

»Aha. Also, wir haben einen VW umgebaut. Unter der Rückbank lag ein bleiummantelter Hohlraum oder eine Kiste, wenn Sie so wollen. Wir hatten nämlich gesteckt bekommen, dass die an der Grenze jedes Auto mit Röntgenstrahlen durchleuchten. Wenn Sie oft auf der Transitstrecke gefahren sind und Krebs kriegen, können Sie sich mit einer gewissen Wahrscheinlichkeit bei den Genossen bedanken. Bei uns steht der Mensch im Mittelpunkt, das haben die doch immer posaunt. Wahrscheinlich deswegen die Reihenröntgenuntersuchung an der Grenze, reine Fürsorge. Leider haben die vergessen, ihren Patienten die Diagnosen mitzuteilen.« Es klang bitter.

»Welcher Grenzübergang?«

»Helmstedt.«

»Und Schlösser ist in Ostberlin eingereist und dann nach Dresden gefahren?«

»Ich glaube, der kriegte ein Visum für Dresden, war ja nicht so schwierig, Verwandtenbesuch. Stimmt, deswegen hat Willy das übernommen, der hatte ne Tante in Dresden. Dann war das mit dem Dialekt doch kein Problem. Und er ist in Ostberlin eingereist, weil er in Westberlin wohnte.«

»Aha«, sagte Stachelmann, um etwas zu sagen.

»Der Nächste, den sie erwischt haben, war ein Typ mit dem komischen Namen Pintus, ich glaube, Herbert oder Hermann. Oder hieß der Manfred? Zacki, also Werner Zakowski, ist nach Bukarest, mit einem präparierten Pass, aber die Securitate, das war die rumänische Stasi, hatte den Pintus schon geschnappt, und Zacki hatte Glück, dass es ihn nicht erwischte. Ein Hotel-Heini hat ihm einen Wink gegeben.«

»Wissen Sie, wo Pintus heute lebt?«

»Keine Ahnung, ich weiß nicht mal, ob der noch lebt.«

»Was war er von Beruf?«

»Abteilungsleiter in einem Kombinat, warten Sie mal, ich glaube, bei Robotron, aber nicht in Dresden, in irgendeiner Filiale im Bezirk Erfurt, also in Thüringen. Genau, jetzt weiß ich es wieder, in Sömmerda. Pintus soll ein Ass gewesen sein, irgendwas mit Elektronik. Na ja, Robotron eben. Der hat auch mitgemacht bei dieser Chipgeschichte, auf die die Erichs so stolz waren, der eine, weil er den angeblich in der DDR entwickelten 32-Bit-Prozessor vorzeigen konnte, der andere, weil es ihm gelungen war, den Chip im Westen zu klauen. Irgendwie war der Pintus verstrickt in diese Operation. Na ja, der Name ist selten, kaufen Sie sich doch so eine Telefonnummern-CD.«

»Danke für den Tipp, mache ich.«

»Der Letzte, der mir einfällt, ist Adam oder Adams, Vorname Karl, da bin ich mir sicher. Der hat in Wismar gearbeitet, Schifffahrt, war Ingenieur. Den wollten wir in einem Diplomatenauto rüberschaffen, aber leider hat der Diplomat bei uns abkassiert und die Ware bei der Staatssicherheit abgeliefert, bestimmt nicht umsonst.«

»Wer war in dem Fall als Kurier drüben?«

Pawelczyk schwieg eine Weile. Dann sagte er: »Zacki.«

»Und Zakowski ist wieder davongekommen.«

»Ja, das ist er.« Stachelmann hörte Pawelczyk schnaufen. Dann sagte der: »Scheiße, aber ich glaub es nicht. Der hatte halt Glück.«

»Gewiss«, sagte Stachelmann. »Manche haben immer Glück.« Er dachte: Ich gehöre nicht dazu.

Er verabschiedete sich von Pawelczyk und setzte sich aufs Sofa im Wohnzimmer. Rasch schrieb er sich die wichtigsten Auskünfte auf. Morgen würde er sich eine Telefonnummern-CD kaufen und schauen, ob er wenigstens Pintus fand. So oft konnte es den Namen nicht geben. Er versuchte, sich so hinzusetzen, dass die Schmerzen in den Hüftgelenken und im Rücken nicht stärker wurden. Dann klingelte das Telefon. Ossi rief an.

»Ich habe mit dem Kollegen Burg gesprochen. Der sagte, an der Auflage sei nicht zu rütteln. Aber sie hätten nicht genug Beamte, um das zu überwachen, und sie glaubten auch nicht, du würdest abhauen, weil es ja so was wie ein Schuldeingeständnis wäre.«

»Das heißt, ich kann reisen, wohin ich will.«

»Das heißt, wenn du in eine Polizeikontrolle gerätst, bist du angeschmiert. Wenn nicht, ist es okay. Du solltest aber wenigstens auf dem Handy erreichbar sein. Falls die noch eine Frage haben.«

»Die haben meine Handy-Nummer doch gar nicht.«

»Doch, jetzt schon.«

»Wie hast du das hingekriegt?«

»Die Kurzfassung der Erklärung lautet: Ich habe meinen Kopf verpfändet.«

»Das ist ein guter Verwendungszweck.«

»Nun werd nicht frech«, sagte Ossi. »Und denk dran, ich habe nur einen Kopf. Und vor allem, da draußen wartet ein Mörder auf dich. Wer einen umgebracht hat, scheut nicht zurück vor dem zweiten Mord. Jeder von denen, die du aufstöberst, kann es sein, auch die Oma mit dem Krückstock.«

»Mit dem sie mich dann erschlägt.«

* * *

»Mensch, das ist ja schau«, sagte Dreilich, als Griesbach das Arbeitszimmer betrat.

»Ich weiß nicht, ob das schau ist«, sagte Griesbach. »Du hast mich verpfiffen, das hat mir ein paar Monate Hohenschönhausen eingebracht.«

»Du hast im Knast gesessen?«

»Ja.«

Die Tür ging auf, eine Frau mittleren Alters kam zwei Schritte ins Zimmer und fragte: »Kaffee? Wasser?«

Griesbach winkte ab.

»Bringen Sie mir einen Kaffee, wie immer«, sagte Dreilich. Als die Frau gegangen war, sagte er: »Ich habe dich nicht verpfiffen. Wenn du nicht im Knast gesessen hättest und kein Freund wärest, dann würde ich dich rausschmeißen.« Er schien nicht beunruhigt zu sein.

»Mein Vernehmer hat mir was erzählt von unserem Gespräch in der Mokkabar. Das konnte er nur von dir wissen.«

»Und was?«

»Von Paris, vom Moulin Rouge.«

»Du bist naiv. Da hat jemand das Gespräch abgehört. Tisch verwanzt. Die hatten mich die ganze Zeit schon auf dem Kieker.«

»Woher weißt du das? Haben die dir das auf die Nase gebunden?«

»Nein, aber ich wurde beim Grenzübertritt zweimal aus der Schlange herausgewinkt und durchsucht. Eklig, so was.«

Griesbach staunte. Dreilich saß ruhig hinter seinem Schreibtisch. Griesbach hatte erwartet, dass er sich aufregte, ihn beschimpfte. Es verunsicherte ihn. Er überlegte, ob er Unrecht hatte. Womöglich war Dreilich wirklich einer, der aus Überzeugung half.

»Warst du mal wieder drüben?«, fragte Griesbach.

»Ich bin doch nicht verrückt. Wenn die mich kriegen, stecken sie mich für Jahre in den Knast. Nachts träume ich manchmal, sie würden mich entführen, so, wie sie das früher gemacht haben. Was treibt eigentlich Helga?«

»Wir haben uns getrennt.« Er versuchte, seine Stimme gleichmütig klingen zu lassen.

»Das passiert. Ist sie drüben geblieben?«

Griesbach zuckte mit den Achseln. »Kann sein.« Er wollte nicht darüber sprechen.

»Schade, war nett. Und hübsch. Ich hab ja eine Schwäche für Ostfrauen.«

»Wodurch unterscheiden die sich von denen im Westen?«

»Probier es aus.« Dreilich lachte. »Wir sollten uns bald mal wieder sehen.« Er stand auf hinter seinem Schreibtisch und kam auf Griesbach zu. Dreilich streckte die Hand aus, Griesbach zögerte, dann gab er ihm seine Hand. Er hatte es sich so einfach vorgestellt.

Draußen auf der Straße wurde ihm schwindlig. Er setzte sich auf die Treppe. Der Pförtner kam, Griesbach bat darum, ihn ein paar Minuten sitzen zu lassen, er habe sich nur ein wenig überanstrengt. »Jetzt machen schon die jungen Leute schlapp«, murmelte der Pförtner und ging.

Als Griesbach in seiner Studentenbude bei einer Witwe in Dahlem saß, war der Schock abgeklungen. Es war ohnehin falsch gewesen, Dreilich aufzusuchen. Griesbach hatte sich entschieden, und das würde er durchziehen bis zum Ende. Für den Abend war ein Treff in Ostberlin angesetzt, sie würden reden und trinken, und am Morgen wäre er wieder zu Hause. Er legte sich aufs Bett, bald schlief er ein. Als er aufwachte, schaute er auf die Uhr und erschrak. Er würde zu spät kommen. Griesbach rannte die Treppe hinunter und dann zur U-Bahn. Der Zug fuhr ihm vor der Nase weg. Er fluchte und trat gegen eine Litfasssäule.

Er erschien abgehetzt in dem kleinen Haus im Wald, wo schon die letzte Begegnung stattgefunden hatte. Du musst Professor werden, hatte Heinz ihm da gesagt. Heinz war ein Kumpel, der alles verstand. Ich bin für dich da, sagte er. Er gab ihm eine Telefonnummer. Wenn du mal Sorgen hast, wir sind alle nur Menschen. Heinz lachte breit, er hatte braune Zähne, weil er stark rauchte, Karo, filterlose Zigaretten, die so trocken waren, dass der Tabak aus dem Papier rieselte.

»Wie geht es Helga?«, fragte Griesbach.

»Gut, sie studiert fleißig.«

»Wann darf ich sie sehen?«

»Sei nicht ungeduldig.« Heinz nahm einen Schluck aus der Bierflasche. »Komm, trink auch einen.« Er schob ihm eine Bierflasche hin und schenkte in die Schnapsgläser Nordhäuser Korn ein. Dann hob er das Schnapsglas. »Auf den Frieden!«

Griesbach hob sein Glas, er sagte nichts.

»Ach, da kommt gleich noch jemand. Sie wird dich führen und für dich da sein. Dann musst du nicht mehr so oft über die Grenze. Nur noch im Notfall. Denk dran, wir sind für dich da.«

»Ich habe Angst«, sagte Griesbach.

»Das ist gut, denn das macht dich wachsam. Die Schlimmsten sind die James Bonds. Die können kaum laufen vor Kraft und erledigen den Klassenfeind so nebenbei. Du darfst dich nur nicht beherrschen lassen von deiner Angst. Benutze sie wie einen Geigerzähler, wenn es laut knattert, wird's gefährlich, dann musst du dich zurückziehen. Wir sind Kundschafter, keine Krieger, wenn wir unter Beschuss geraten, gehen wir in Deckung.«

»Wann kann ich Helga sehen? Ihr habt es versprochen.«

»Geduld. Wir halten unsere Versprechen, du wirst es sehen. Lass uns jetzt mal über deine Lage reden.«

Griesbach hörte Motorgeräusche, dann quietschte eine Bremse. Eine Tür klappte, dann kam ein Mann herein, er warf Griesbach einen Blick zu und flüsterte Heinz etwas ins Ohr. Heinz nickte mehrfach. Der Mann verließ das Zimmer, und dann stand sie in der Tür. Sie sagte: »Guten Abend, Genossen.«

Griesbach wollte antworten, aber er schaute sie nur an. Er spürte einen Druck im Bauch. Ihre Augen lachten, und sie schien nicht zu merken, wie sie wirkte. Dann sagte er doch noch: »Guten Abend.« Seine Stimme war belegt. Er fühlte sich klein.

»Das ist die Genossin Margarete«, sagte Heinz. »Sie arbeitet auch in Westberlin.« Margarete umarmte Heinz.

»Westparfüm«, sagte Heinz. »Da wird meine Frau heute Abend wieder zicken.«

»Bring ihr was mit aus dem Intershop, brauchst du Westgeld?« Sie steckte ihre Hand in die Manteltasche.

Er wehrte ab. »In den Intershop darf ich nicht rein, das weißt du ganz genau. Finde ich sowieso zum Kotzen, dass es so was gibt. Wir haben nun Kinder mit Matchboxautos und Kinder ohne Matchboxautos.«

Griesbach stand auf und gab ihr die Hand. Sie lachte ihn an. »Du bist also der Neue, unser Nesthäkchen. Und ich bin deine Amme.« Sie hatte ein helles Lachen. Sie setzte sich Griesbach gegenüber. Heinz schenkte ihr das Schnapsglas randvoll. »Schon wieder dieser Fusel«, sagte sie. »Heinz, du hast beim letzten Mal versprochen, was Vernünftiges aufzutischen, grusinischen Weinbrand oder russischen Wodka.« Es klang nicht böse, sie zog ihn auf.

»Ich bekenne meine Schuld«, sagte Heinz. »Beim nächsten Mal werde ich deine maßlosen Forderungen erfüllen, das ganze Ministerium wird sich mit nichts anderem beschäftigen.«

»So ist es recht. Entschuldigung angenommen«, sagte sie. Sie schaute Griesbach in die Augen. »Auf dich!« Als sie das Glas ausgetrunken hatte, sagte sie: »Wir müssen dich noch taufen.«

»Such dir einen Namen aus«, sagte Heinz. »Konspiration ist wichtig.«

»Willibald«, sagte Griesbach.

Margarete prustete los. »Das ist nun wirklich der bekloppteste Name, der mir je untergekommen ist. Willibald! Nee, den nehme ich nicht in den Mund.«

»So hieß unser Dackel, als ich in die Schule ging.«

Sie lachte lauter, Heinz lachte mit. »Also, ich finde Willibald schau.«

»Du findest auch Dackel schau, was?«

»Ich gebe es zu.«

Margarete traten Tränen in die Augen. »Der IM Willibald kämpft an der unsichtbaren Front. Das solltet ihr im Neuen Deutschland bringen, der Klassenfeind stirbt vor Lachen. So wurde eine neue Revolutionstheorie geboren.«

Griesbach musste sie immer anschauen, er wusste nicht, ob es ihr auffiel. Wenn sich ihre Blicke trafen, war ihrer warm oder spöttisch, je nachdem.

»Willibald, wenn mein Chef den Namen hört, erschlägt er mich«, sagte Heinz. »Aber gut, der Wunsch unserer Kundschafter ist uns heilig. Willibald!« Er prustete, Margarete prustete, diesmal lachte Griesbach mit.

Dann sagte Heinz: »Du musst Professor werden, das ist deine Hauptaufgabe. Natürlich interessieren wir uns für Namen und Pläne, natürlich sollst du herausbekommen, wer gegen uns ist und wen wir gewinnen könnten. Wer ist wer? Das ist die Frage. Wichtiger aber ist: Du wirst dich sozialliberal einsortieren, und du wirst alles bekämpfen, was links ist von dir. Das erhöht deine Glaubwürdigkeit. Als ideologisch unabhängiger Wissenschaftler wirst du ganz objektiv nachweisen, dass es ein Vorteil ist, mit der DDR zusammenzuarbeiten und die Hindernisse wegzuräumen. Stichworte: Schließung dieser Zentralen Erfassungsstelle in Salzgitter, die so genannte Straftaten in unserer Republik sammelt, Anerkennung der DDR-Staatsbürgerschaft, du wirst die Aufrüstungspläne der Amerikaner kritisieren und auch ein paar nationale Töne pfeifen. Veröffentliche viel, lerne wichtige Leute kennen. Und vor allem, berichte Margarete regelmäßig. Sie wird sich bei dir melden. Nur im Notfall kommst du in die Hauptstadt und rufst die Nummer an, die ich dir gleich gebe. Lern sie auswendig, dann vernichten wir den Zettel.«

Margarete schaute Griesbach an, während Heinz ihn einwies. Da lag etwas in ihrem Blick, es machte ihn unruhig.

13

Dienstag.

Noch drei Wochen bis Weihnachten, dann hatte er ein paar Tage frei. Heute musste er sein Seminar durchstehen. Alle halten dich für einen Mörder, es stand ja in der Zeitung. Du hast mit der Frau des Opfers geschlafen, du hattest ein klassisches Motiv. Wie viele Männer mussten sterben, weil ein anderer ihre Frau begehrte? *Du sollst nicht begehren deines Nächsten Weib*. Das wussten sie schon in biblischer Vorzeit.

Er saß in seinem Zimmer und hing wirren Gedanken nach. Wir leben nicht in Moses Zeit, sondern im 21. Jahrhundert. Heutzutage mordet man nicht, man lässt sich scheiden und streitet sich um die Kinder und das Eigentum. Wenn du weiter so einen Unsinn denkst, glaubst du am Ende, du hättest Griesbach getötet. Habe ich beigetragen zu seinem Tod, da ich mit seiner Frau schlief? Wie könnte der Beitrag aussehen? Er quälte sich, aber er fand keine Antwort.

Er schob die Telefonnummern-CD ins Laufwerk, die er in dem großen Elektronikmarkt am Hauptbahnhof gekauft hatte. Es dauerte eine Weile, bis er das Programm bedienen konnte. Er spielte herum, es lenkte ihn ab. Dann wusste er, wie es ging. Er tippte den Namen *Pintus* ein und staunte, wie schnell Einträge angezeigt wurden. Es waren dreizehn. Er druckte das Ergebnis aus und legte die Liste auf den Schreibtisch. Dann markierte er alle Einträge mit Frauennamen. Um die würde er sich kümmern, wenn er bei den anderen nicht weiterkam. Es blieben sieben Personen übrig. Die meisten wohnten weit weg, in Bayern, Nordrhein-Westfalen, Baden-Württemberg, auch in Schleswig-Holstein. Pintus hatte früher irgendwo in Thüringen gewohnt und bei Robotron in Sömmerda gearbeitet. Da gab es einen Edgar Pintus in Gotha. Stachelmann wählte die Nummer. Er ließ es lange klingeln, aber niemand hob ab.

Ein Blick auf die Armbanduhr verriet ihm, es war Zeit, ins Seminar zu gehen. Nicht zu spät kommen, sie würden glauben, er kniffe. Die Unruhe im Bauch wurde stärker. Er nahm seine Aktentasche und ging. Er begegnete nur wenigen Menschen auf dem Weg und bildete sich ein, sie blickten ihn anders an als sonst. Du darfst den Blicken nicht ausweichen. Du bist unschuldig, es ist falsch, was die Zeitungen schreiben.

Im Seminarraum schienen alle Blicke zu fragen, wie lange er noch lehren würde. Fiel das Seminar am kommenden Dienstag aus? Natürlich würde ihn keiner fragen. Er sah seine Studenten wie durch einen Nebel. Hartmann saß neben der Blonden, er wusste bestimmt längst, dass Bohming Stachelmann die Firmengeschichte entzogen hatte. Was würde er denken? Dass auch Bohming glaubte, Stachelmann sei ein Mörder? Der Sagenhafte wahrte nur die Form, aber dass er Stachelmann den Auftrag entzogen hatte, sagte genug. Zumal wenn man wusste, wie ungern Bohming sich festlegte. Die Festlegung von heute ist der Irrtum von morgen, die Blamage. Nichts fürchtete Bohming mehr. Stachelmann sah Hartmann und die Braunhaarige tuscheln. Bestimmt sprachen sie über ihn.

Das Seminar lief an ihm vorbei, als wäre es ein Film. Stachelmann wurde die Anspannung nicht los, trotzdem fühlte er sich wie unbeteiligt. Er leitete die Diskussion über ein Referat, als ginge es ihn nichts an. Das Referat war schlecht, aber er kritisierte es nicht. Er war erleichtert, als es klingelte, und beeilte sich, den Raum zu verlassen.

Zurück in seinem Dienstzimmer, spürte er die Erschöpfung. So konnte es nicht weitergehen, wie sollte er die kommenden Sitzungen überstehen? Übelkeit kroch in den Bauch. Er überlegte, ob er zur Toilette gehen sollte, aber er blieb sitzen. Da fiel ihm ein, er hatte noch nichts gegessen seit dem Frühstück. Ich sollte etwas essen, aber wenn ich in die Cafeteria komme, glotzen sie mich an. Dann ging er doch auf die Toilette, um Wasser zu trinken. Es half ein wenig.

Er packte seine Sachen und verließ das Seminar. Als er auf dem Mittelweg war, wich die Anspannung. Es zog ihn zu Ines, er folgte der Eingebung. Vielleicht war ihr noch etwas eingefallen. Und wenn die Polizei ihn nicht überwachte, würde sie Ines noch weniger beobachten. Vor ihrer Haustür blickte er sich um. Es war nichts Auffälliges zu entdecken, auch kein Auto, in dem Polizisten saßen.

»Ja?« Sie meldete sich gleich nach dem Klingeln, als hätte sie gewartet.

»Josef …«

Der Summer wurde betätigt, bevor er mehr sagen konnte.

Sie erwartete ihn in der Wohnungstür. »Schön, dass du kommst.« Sie nahm ihn in den Arm und küsste ihn auf die Wange. Sie roch gut. Die Erinnerung an die Nacht mit ihr kehrte zurück.

Er hängte seinen Mantel an die Garderobe. Sie führte ihn ins Wohnzimmer, es hing immer noch kein Bild an der Wand. Er setzte sich auf den Sessel, sie aufs Sofa. Sie bot ihm etwas zu trinken an, er lehnte ab. »Aber wenn du einen Bissen zu essen hättest.«

»Komm mit!« Sie gingen in die Küche. »Bedien dich.« Er aß ein Käsebrot, danach ging es ihm besser.

»Du siehst blass aus.«

»Dann sehe ich aus, wie ich mich fühle.« Sie gingen zurück ins Wohnzimmer, er erzählte vom Gefängnis und von dem Verdacht, unter dem er immer noch stand.

»Aber seit deiner Entlassung bist du nicht mehr vernommen worden.«

»Sie haben mich in Ruhe gelassen. Ich fürchte, was sie haben, reicht ihnen. Vielleicht suchen sie noch was, um das Gericht zu beeindrucken, und wie ich die kenne, finden sie etwas, das ihnen in den Kram passt. Du kannst dir nicht vorstellen, wie flott die ein Puzzle aus Indizien so zusammenbauen, dass du dich am Ende fast selbst als Mörder siehst.«

»Eigentlich dürfen wir nicht miteinander reden.«

»Das haben die doch längst vergessen.«

Ines schüttelte den Kopf, ihre Haare glitzerten im Lampenlicht. »Nein, die vergessen nichts. Die führen dich an der langen Leine und hoffen, dass du ihnen noch was lieferst. Willst du einen Tee? Ich hätte Lust drauf.« Sie verschwand in der Küche.

Er ging auf die Toilette.

Als er zurückkam, hörte er sie summen, die Melodie kannte er nicht. Sie klang schwermütig. Nach einer Weile kam sie mit einem Tablett, darauf Tassen und eine Kanne. Sie stellte das Tablett auf den Tisch und reichte Stachelmann Tee.

»Und dann gibt es da noch etwas.« Stachelmann berichtete von dem Eindringling.

Sie schüttelte wieder den Kopf. »So etwas habe ich noch nie gehört. Ich würde beim nächsten Mal gleich die Kriminalpolizei rufen.«

Stachelmann schauderte es. »Ich hoffe, ein nächstes Mal gibt es nicht. Ein neues Schloss, fast einbruchsicher, und niemand außer mir hat den Schlüssel. Da müsste er die Tür aufbrechen und Spuren hinterlassen. Das will er nicht, so viel hab ich kapiert.«

»Pass auf dich auf, wer einen umbringt …«

»Ich weiß, ich habe auch Angst. Mich plagt die Vorstellung, ich sei hilflos einem ausgeliefert, der weiß, wo ich wohne und was ich tue. Ich komme mir vor wie eine Ameise, die ein unsichtbarer Insektenforscher unter der Lupe betrachtet. Schon um dieses Gefühl loszuwerden, muss ich was tun. Du weißt wirklich nicht mehr über Wolfs Fluchthelferspezis oder gescheiterte Fluchten?«

»Nein. Es tut mir Leid, dass ich dir nicht helfen kann. Ich weiß wenig über die Fluchthelfer, noch weniger über gescheiterte Aktionen. Aber ich finde deine Idee gut, in diesem Umfeld zu suchen. Ich muss heute Abend nach Berlin, übermorgen ist die Beerdigung ...«

»Entschuldigung, ich hab nicht dran gedacht.«

»Ist schon gut. Auch für mich ist das fern. Es ist seltsam, ich verliere meinen Mann, und ich habe es noch gar nicht richtig bemerkt. Ich suche die Trauer, aber ich finde sie nicht. Ich hab mal gehört, das komme später. Ich bilde mir ein, als mein Vater beerdigt wurde, war es genauso. Aber so genau weiß ich das nicht mehr.«

Stachelmann überlegte, wie es bei seinem Vater gewesen war. Er hatte keine Zeit gehabt zu trauern. Oder er hatte sich schon zuvor verabschiedet, damals, als sie sich gestritten hatten. Es war ihm noch nicht klar.

»Und jetzt reist du durch die Gegend und befragst Leute, von denen jeder glauben könnte, er habe einen Grund gehabt, Wolf zu töten. Pass auf dich auf, Josef.« Sie schaute ihn lange an aus traurigen Augen. »Wenn das alles vorbei ist, reden wir miteinander. Was meinst du?«

Er zögerte, dann nickte er. »Natürlich.« Sie war schön, aber der Zauber war verflogen. Stachelmann dachte an Anne. Dann fand er sich unfair. »Natürlich reden wir miteinander. Wenn wir beide mit dem fertig sind, was wir nun tun müssen.«

An der Tür nahm sie ihn in den Arm. »Du bist bei mir, Josef. Das ist ein bisschen komisch, ich weiß. Ich fahre allein nach Berlin, was sollten denn die Leute denken? Aber hier drin nehme ich dich mit.« Sie nahm seine Hand und legte sie auf ihre linke Brust. »Ganz schön kitschig, was?« Sie lachte leise. »Aber so bin ich. Manchmal jedenfalls.«

Er fühlte ihre Brust und zog seine Hand weg.

»Ja«, sagte sie. »Du musst auf dich aufpassen, versprich es.«

»Ich habe mir vorgenommen, mich nicht umbringen zu lassen.«

»Dann geh jetzt.«

Er sah die Träne in ihrem Auge. Es verwirrte ihn, warum weinte sie? Langsam ging er die Treppe hinunter. Er spürte, dass sie ihm nachschaute. Er drehte sich nicht um.

Im Zug nach Lübeck dachte er nach über Ines und das, was sie gesagt hatte. Über was wollte sie mit ihm reden? Warum die Andeutungen? Dann lachte er, die Frau ihm gegenüber schaute ihn irritiert an. Natürlich, dachte er, auch wenn du es nicht glaubst, sie denkt daran, wie es mit uns weitergehen soll. Dich erstaunt, dass sie überhaupt mit dir redet. Und vielleicht weint sie, weil die Nerven versagen und sie Angst um dich hat. Sie … Angst … um … dich! Um den Versager, der mit einem Bein im Gefängnis steht. Wieder mischte sich Annes Bild in seine Gedanken. Ines' Interesse schmeichelte ihm, doch es schien ihm unwirklich.

Gedankenfetzen. Ich muss Oppum anrufen. Ob ich Pintus finde? Anne. Ines. Griesbachs Beerdigung. Ich habe ihn Wolf genannt, als ich mit Ines sprach. Dann kam die Angst vor dem Eindringling. Auf dem Weg vom Bahnhof nach Hause verkrampfte sich der Magen. Er ging langsamer, dann zwang er sich weiterzulaufen.

Zu Hause schlich er die Treppe hoch, hielt zweimal, um zu lauschen, ob Musik erklang aus seiner Wohnung. Als er nichts hörte, wich die Anspannung. Es hat doch etwas genutzt, das Schloss auszutauschen. Aber vielleicht wollte der Eindringling ihn in Sicherheit wiegen und hatte sich längst eine neue Überraschung einfallen lassen. Vielleicht beobachtete er Stachelmann und amüsierte sich, weil der glaubte, die Heimsuchung habe ein Ende. Stachelmann betrat leise die Wohnung. Er ließ die Tür offen stehen, um fliehen zu können. Er horchte, es regte sich nichts. Die Küche durchsuchte er zuerst. Als er hinter die Küchentür schaute, hörte er Schritte. Sie kamen aus dem Treppenhaus, eine harte Sohle klackte auf den Stein. Die Angst erzeugte einen Schweißausbruch. Er erstarrte, von hier konnte er nicht fliehen, da war jemand im Treppenhaus. Dann hörte er es klopfen, erst leise, dann laut. »Herr Dr. Stachelmann?« Eine Frauenstimme.

»Ja?« Seine Stimme war belegt. »Ja?«

»Guten Tag, der Postbote hat etwas für Sie abgegeben.«

Stachelmann ging in den Flur und stand der Nachbarin von unten gegenüber. Erstaunlich, sonst war sie nie da. Ein Verdacht meldete sich, aber es war Unsinn, das wusste er gleich. Die Leute wohnten schon ewig hier. So einen Zufall gab es nicht. Die Frau hielt ihm ein Paket hin. Endlich nahm er es. Er las den Absender, es stammte von seiner Mutter, sie hatte sich offenbar Absenderaufkleber besorgt. Die Adresse hatte sie getippt. Früher hatte sie Schreibarbeiten für einen Geschäftsmann erledigt und nun offenbar die Schreibmaschine wieder ausgepackt.

Stachelmann bedankte sich.

»Geht es Ihnen gut?«, fragte die Frau. Mitleid lag in ihren Augen.

»Ja, ja. Sagen Sie, haben Sie zuletzt einen Fremden im Haus gesehen?«

Stachelmann glaubte, ihre Augen weiteten sich kurz, so, als hätte sie etwas verstanden. Vielleicht, dass er unter Verfolgungswahn litt und gerade eine Angstattacke erlebte.

»Nein«, sagte sie. »Niemanden. Aber ich bin selten hier.«

Als sie gegangen war, trug Stachelmann das Paket ins Wohnzimmer. Das schlechte Gewissen regte sich. Er verstand das Paket als Ruf, sich zu melden bei seiner Mutter. Sie war allein, er wusste nicht, ob sie Kontakt hatte zu Freunden, seit der Vater gestorben war. Er holte aus der Küche ein Messer, um das Klebeband aufzuschneiden. Dann öffnete er den Deckel. Er sah eine Schachtel, eingewickelt in Papier. Er hob die Schachtel aus dem Karton und riss das Papier ab. Es war eine Pralinenschachtel von Niederegger, offenbar Marzipan. Er grinste, Marzipan nach Lübeck schicken, das war so, wie Eulen nach Athen tragen. Er öffnete die Pralinenschachtel, darin war ein Plastikbeutel, er war verschweißt. In dem Beutel war etwas Braunes. Stachelmann drückte mit dem Finger darauf, es war weich. Er sprang auf. Das war kein Marzipan und auch sonst nichts, was man essen konnte. Es sah aus wie Kot. Er sah einen unverdauten Strohhalm in der braunen Masse.

Er nahm das Telefon. Ruhig atmen, ganz ruhig. Es ist nur ein Scherz, ein saudummer Scherz. Er verwählte sich, merkte es rechtzeitig und wählte neu. Jemand hob ab, es war seine Mutter. Es beruhigte ihn, die Stimme zu hören.

»Entschuldige, ich melde mich später noch einmal, dann können wir reden. Jetzt nur eine Frage. Hast du mir ein Paket geschickt?«

»Nein, wie kommst du darauf?« Sie schien nachzudenken. »Ist alles in Ordnung, Josef?«

»Ja. Bis demnächst.« Er legte auf. Dann kam der Schmerz, er zwickte zuerst in den Füßen, dann raste er den Rücken hinauf. Stachelmann stand starr und wartete, ob der Schmerz blieb. Der packte sich immer mehr Gelenke, dann auch den Hals. Er fand die Tabletten im Schlafzimmer. Er nahm die doppelte Dosis und humpelte zurück ins Wohnzimmer. Er betrachtete das Paket, als könnte er nicht glauben, was ihm geschickt worden war.

Die Kripo anrufen, nun konnte er etwas zeigen, nun konnten sie ihm nicht vorwerfen, er leide an Halluzinationen. Vielleicht fanden sich Spuren im Paket? Er überlegte, ob er den Beutel öffnen sollte, um sich zu vergewissern. Nein, warum die Wohnung verstänkern? Das sah doch jeder, was das war. Er blätterte in seinem Notizbuch, bis er Burgs Durchwahl fand. Der hob gleich ab. Er hörte schweigend zu, dann sagte er: »Ich schicke einen Kollegen von der Spurensicherung. Der schaut sich das an.« Dann legte er auf.

Stachelmann wählte Oppums Nummer, er hielt es für richtig, dem Anwalt zu sagen, dass er Kontakt zur Polizei aufgenommen hatte. Oppum war in einer Verhandlung, aber die Frau am Telefon versprach, ihn zu unterrichten. Stachelmann legte sich im Schlafzimmer aufs Bett. Er schaute an die Decke. Die Gedanken kreisten um das Paket. Da hatte ihm jemand Kot geschickt, und dieser Jemand war derselbe, der in seine Wohnung eingedrungen war. So antwortete der auf den Schlosstausch. Als ob er sagte, ich bleibe auf deiner Spur. Ich beobachte dich. Wenn ich dir was tun will, dann tue ich es. Wann ich will, wo ich will, wie ich will. Stachelmann überlegte, ob er ausziehen sollte. Nicht weit, an der Untertrave, lag ein Hotel, in dessen Restaurant er schon gegessen hatte. Dort wäre er vielleicht sicher. Aber dann stellte er sich vor, wie Menschen ein- und ausgingen, ohne dass jemand sie beachtete. Nein, im Hotel wäre er nicht sicher. Sicher war einzig, dass der Eindringling ihn dort finden würde, das musste Stachelmann ihm zutrauen.

Es klingelte. Über die Sprechanlage meldete sich ein Polizist. Stachelmann wartete hinter der Wohnungstür. Er hörte an den Schritten im Treppenhaus, dass es zwei waren. Er schaute durch den Spion, Burg war doch mitgekommen. Stachelmann ließ die beiden herein und zeigte ihnen das Paket.

»Gut, wir nehmen das mal mit, ist wohl Scheiße«, sagte Burg. »Sieht jedenfalls wie Scheiße aus.« Er betrachtete den Absenderaufkleber. »Und so was schickt Ihnen Ihre Mutter oder Oma?«

»Wenn meine Mutter oder Oma so was schicken würde, hätte ich Sie nicht gerufen.«

»Aha.«

Stachelmann verstand, Burg mimte den Dummen. Er kannte den Oberkommissar zu gut.

»Haben Sie noch etwas für uns, also keine Scheiße?«

»Für Sie habe ich leider nur Scheiße«, sagte Stachelmann.

»Das ist ja mal schade.« Er zwirbelte den Oberlippenbart zwischen Zeigefinger und Daumen, dann wandte er sich an seinen Kollegen. »Dann gehen wir mal wieder.«

Der Beamte von der Spurensicherung zog sich Gummihandschuhe an. Er zog einen Plastiksack aus der Tasche und schob das Paket vorsichtig hinein. »Nachher ist die Scheiße Plastiksprengstoff oder so was«, sagte Burg.

Stachelmann erschrak.

Burg grinste. »Tschüss!«

Er hörte, wie sie die Treppe hinuntergingen, fast gemütlich. Burg wollte ihn erschrecken. Wenn der Verdacht bestand, es sei Sprengstoff, hätten alle blitzschnell die Wohnung verlassen, das Haus wäre geräumt worden, und Spezialisten hätten das Paket geprüft. Vor seinem inneren Auge explodierte das Haus.

Die Tabletten wirkten, und der Besuch der Polizisten hatte komischerweise seine Laune verbessert. Sie hatten ihn nicht weiter ausgefragt, vielleicht folgten sie doch einer anderen Spur. Und dass er dieses Paket bekommen hatte, zeigte, der Eindringling musste sich etwas anderes einfallen lassen, in die Wohnung kam er nicht mehr. Womöglich wollte er auch nicht mehr hinein.

Er nahm das Telefon mit ins Schlafzimmer, legte sich aufs Bett und rief Anne an. Als sie abnahm, hörte er Babygeschrei. »Felix ist in Spitzenform«, sagte Anne. Sie klang so müde. »Ich ruf dich nachher zurück, jetzt muss ich erst mal den Radaubruder versorgen.«

Er blieb liegen, er war erschöpft. Dann stand er auf und suchte die Telefonnummern-CD. Er fand sie in seiner Aktentasche. Er schaltete den Computer ein. Gespannt beobachtete Stachelmann, wie der PC das Betriebssystem lud. Er wartete auf eine Überraschung, aber es geschah nichts. Er rief Mails ab, in einer wurde ihm eine Penisverlängerung offeriert, eine andere unterrichtete ihn, eine Madeleine warte dringend auf seinen Rückruf, sie sei schon ganz scharf, in einer dritten baten nigerianische Geschäftsleute darum, auf seinem Konto ein paar Millionen Dollar parken zu dürfen. Die vierte Mail von einem Absender mit kryptischem Namen beförderte einen Anhang, der wahrscheinlich ein Virus verbarg. Stachelmann löschte alle Mails.

Dann nahm er sich die Namensliste vor, die er an der Universität ausgedruckt hatte. Einen Pintus, Adolf, gab es in Passau, einen Bernhard in Flensburg, einen Edgar in Thüringen, einen oder eine H. in Viersen, einen Manfred in Weinheim an der Bergstraße, einen Otto in Hamburg-Volksdorf und einen oder eine Z. bei Stuttgart. »Gut verteilt«, murmelte Stachelmann. Er druckte das Ergebnis aus. Als er die erste Nummer wählen wollte, klingelte das Telefon. Es war Anne.

»So, nun ist Ruhe«, sagte sie. »Wenn er mal schläft, dann schläft er. Ich habe ihm noch eine Geschichte von Onkel Josef erzählt, da ist er sofort eingepennt. Du weißt gar nicht, was für eine beruhigende Wirkung du auf andere Menschen hast.«

Stachelmann berichtete.

»Komm zu uns«, sagte Anne. »Dann lernt der Kleine

endlich den Onkel kennen, dem er seinen guten Schlaf verdankt.«

»Ich fühle mich jetzt wieder sicher.« Das war übertrieben. »Ich fürchte, dass der Irre mir folgen würde, wenn ich zu dir käme.«

»Dann sagen wir Buh und lassen Felix auf ihn los. Der vertreibt jeden, sogar dich.«

»Vertreiben kann man Leute nur von Orten, an denen sie sind.«

»Beckmesser. Die Einladung gilt, musst nur kurz vorher anrufen. Und vor Leuten, die Kuhkacke verschicken, hatten wir noch nie Angst. Die bewerfen wir mit Windeln, gebrauchten natürlich.«

Er bedankte sich und wusste, er hatte zu schwache Worte gefunden für die Wärme, die sie gab. Stachelmann spürte die Erschöpfung. Es war ohnehin zu spät, um zu telefonieren. Er legte sich ins Bett und versuchte zu schlafen, er war jetzt ruhiger. Kurz bevor ihm die Augen zufielen, dachte er an seine Liste. Einer von den sieben konnte es sein. Wenn er es wüsste, wäre der Wahn zu Ende. Aber wenn er es nicht herausbekam?

Als er aufwachte, schien die Sonne. Er fühlte sich gut, die Schmerzen waren fast verschwunden. Er streckte sich, dann stand er auf. Er ließ sich Zeit für das Frühstück und blätterte dabei in den Lübecker Nachrichten. Dann nahm er die Pintus-Liste und wählte die erste Nummer. Das fängt gut an, dachte er, als Adolf Pintus nicht abhob. Bei Bernhard in Flensburg war besetzt, H. in Viersen erwies sich als eine Frau, die sich gern weiter mit ihm unterhalten hätte. Nein, sie kenne leider keinen Pintus, der aus dem Osten stamme. Ihre Familie habe immer im Rheinland gelebt, auch die ihres Mannes, der bei Mannesmann in Düsseldorf Abteilungsleiter gewesen sei. Damals, als die noch Röhren in alle Welt lieferten, sogar in die Sowjetunion, aber die gebe es ja nicht mehr. Und die Röhren auch nicht, aus denen seien nun Handys geworden, und die Firma heiße längst nicht mehr Mannesmann, sondern Vodafone, komischer Name, und dafür habe sich der Herr Esser reich belohnen lassen. »Wenn das mal mit rechten Dingen zuging.« Als es ihm gelungen war, das Gespräch einigermaßen höflich zu beenden, schnaufte Stachelmann, dann wählte er die nächste Nummer. Es klingelte lange, und als Stachelmann auflegen wollte, klickte es. Es war ein Mann. Nein, Otto Pintus sei vorige Woche gestorben. Nein, sie hätten keine Verwandtschaft in Ostdeutschland. Nein, er sei nicht der Sohn, nur ein Neffe. Z., der Zacharias hieß, besaß ebenso wenig Verwandte im Osten, Manfred war nicht zu Hause. Stachelmann strich die Namen der Leute durch, mit denen er gesprochen hatte. Es ist das Sherlock-Holmes-Prinzip, man streiche alle, die nicht in Frage kommen. Wer übrig bleibt, ist der Mörder. Manfred war es vielleicht, hatte Pawelczyk nicht diesen Vornamen erwähnt, Herbert, Hermann, vielleicht auch Manfred.

Er überlegte, was er tun könne, es fiel ihm nichts ein. Stachelmann entschied sich für einen Bummel durch die Stadt. Er riss sich ein Haar aus und klemmte es in die Wohnungstür, dann schloss er sie zweifach ab. Den Trick mit dem Haar hatte er in einem Film gesehen.

Als er auf der Straße stand, packte ihn ein eisiger Wind, Schneeflocken tanzten über dem Kopfsteinpflaster. Über der Trave stritten sich Möwen. Er ging in Richtung Marktplatz und ärgerte sich einmal mehr über den grellen Anstrich des Rathauses und die kitschig vergoldeten Wappen an der Fassade. Er kaufte Lebensmittel ein. Warum hatte er nur seinen Rucksack vergessen, das Gewicht der Plastiktüte schmerzte im Rücken. Zu Hause fand er das Haar im Türspalt, es beruhigte ihn. Er räumte die Lebensmittel ein, dann versuchte er Manfred Pintus zu erreichen.

Er hatte doppelt Glück. Manfred Pintus hob ab und kam aus Thüringen. Er sei schon lange nicht mehr in Sömmerda gewesen, zweifle, ob er seine Heimat jemals wieder besuchen werde. Er war offen am Telefon, und Stachelmann fragte, ob er ihn besuchen dürfe. »Ja, gerne, Sie sind Historiker, das interessiert mich. Seien Sie gefasst, dass ich Ihnen ein Loch in den Bauch fragen werde.« Er hatte die Stimme eines freundlichen alten Herrn, der keinen Grund mehr hatte, sich über etwas aufzuregen. Die Stimme sagte Stachelmann, dass er umsonst in den Süden reisen würde, dieser Pintus komme als Mörder nicht in Frage. Aber dann dachte er an Leopold Kohn, den Mörder fast der gesamten Familie Holler, der war auch ein freundlicher alter Herr gewesen. Wenn ich den am Telefon gehört hätte, dann hätte ich ihn für einen netten Opa gehalten, nicht für einen Serienmörder. Du hast es mit einem perfiden, raffinierten, intelligenten Täter zu tun, der mit dir spielt. Wie hörte sich so einer an am Telefon? Vielleicht doch wie Manfred Pintus aus Weinheim.

»Sind Sie noch dran?«

»Entschuldigung, Herr Pintus, ich habe im Kalender geblättert. Was halten Sie von morgen?«

»Sie haben es aber eilig. Wenn Sie wollen, ich bin immer da.« Er gab Stachelmann die Adresse. Sie stimmte überein mit dem Eintrag auf der CD-Liste.

Er wählte die anderen verbliebenen Namen, aber da hatte er kein Glück. Dann rief er Ossi an.

»Ich fahre morgen nach Weinheim, wenn ich eine Fahrkarte kriege. Das wollte ich dir nur gesagt haben, damit es nicht heißt, ich sei abgehauen. Übermorgen bin ich wieder zu Hause.«

»Irgendwann kann ich dich nicht mehr schützen. Wenn meine lieben Lübecker Kollegen das mitkriegen, sitzt du im Schlamassel. Aber du machst ja sowieso, was du willst.«

»Ich mache, was ich machen muss.« Und ich stochere im Dunkeln. Wenn ich Pech habe, muss ich alle Pintus aufsuchen. Und wahrscheinlich ist die Aktion ein Schuss in den Ofen. Aber was soll ich sonst tun?

Am Nachmittag kaufte er sich im Bahnhof eine Fahrkarte nach Weinheim. Danach versuchte er wieder vergeblich, die anderen Pintus zu erreichen. Er packte eine Reisetasche und ging früh schlafen. Er wälzte sich im Bett, lag lange, aber schlief wenig. Er versuchte sich ein Bild zu machen, wer Pintus war. Ein alter Herr mit schlohweißen lockigen Haaren vielleicht, hinten ein bisschen länger, auf der Nase eine Brille mit dicken, runden Gläsern.

Aber dann schalt er sich einen Dummkopf. Dieser Pintus in Weinheim an der Bergstraße konnte ein Mörder sein. Sein Mörder.

* * *

Er fieberte dem ersten Treff mit Margarete entgegen. Es sollte in seiner Bude stattfinden, hier waren sie ungestört. Das Verfahren sei ein bisschen unüblich, hatte Heinz gesagt. Aber manchmal bringe es nur der kurze Dienstweg.

Griesbach hatte eine Mappe von Unterlagen gesammelt, jedes einzelne Papier war läppisch, aber zusammen ergaben sie ein Bild. Heinz wollte das Historische Seminar an der FU kennen lernen. »Wer ist wer?«, hatte Heinz gesagt. »Präg dir das ein: Wer ist wer?«

Der IM Willibald lieferte zum ersten Mal Informationen. Er hatte über jede Lehrkraft aufgeschrieben, was er herausbekommen hatte. Er fragte Kommilitonen, das war ja normal, man wollte wissen, ob man bei dem oder der ein Seminar oder eine Vorlesung besuchen könne. Welchen dieser Dozenten konnte man ansprechen auf eine Mitarbeit? Griesbach hatte keinen gefunden, den er für geeignet hielt. Da gab es zwar drei, vielleicht vier

Lehrkräfte, die ihre linken Ansichten nicht verbargen, aber sie kritisierten nicht nur den Kapitalismus, sondern auch die DDR und die SEW. Einer mochte sogar Biermann. Die linken Feinde sind gefährlicher als die rechten, das hatte Heinz gesagt. Sie bekämpfen die DDR im Namen des Sozialismus, sie stiften Verwirrung. Sie glauben, der Sozialismus sei möglich ohne Diktatur. Aber der Sozialismus sei eine Übergangsphase, die dauere länger, als Marx es vorausgesagt habe. Aber habe Marx nicht auch von der Diktatur des Proletariats gesprochen? Diese Kläffer sollten lieber die Klassiker lesen, statt Büttel des Kapitals zu spielen.

Und dann hatte Griesbach Zeitungen der Fachschaft gesammelt, Flugblätter und sonstiges Papier. Er hatte sich Notizen gemacht über ein paar Studenten, vielleicht hatte Heinz mit denen Glück.

Er war aufgeregt, dachte an Margarete, die gleich kommen würde. Bestimmt war sie pünktlich, auf Kundschafter konnte man sich verlassen. Griesbach war ein bisschen stolz, er würde Margarete beeindrucken durch seinen Fleiß und, viel mehr noch, weil er begriffen hatte, worauf es ankam. Dann dachte er an Helga und fühlte sich mies. Was sollte er ihr sagen, wenn sie sich trafen? Ich wurde Spion, weil sie dich als Geisel hatten? Das stimmte. Aber es war nicht mehr alles. Ich wurde Agent, weil ich gerne mit Margarete zusammen bin? Zusammen wäre. Der romantische Spion. Oder vielleicht diese Variante: Sie haben mich gedrückt, ich wollte nicht nach Bautzen zwo, und ich wollte nicht, dass du im Knast versauerst oder sonst wie schikaniert wirst. Und dann habe ich Margarete getroffen, seitdem spüre ich den Zwang nicht mehr so arg. Um die Erpressung auszuhalten, finde ich Argumente, die es mir leichter machen. Immerhin, ich bin für den Sozialismus, auch wenn der in der DDR hässlich aussieht. Der Sozialismus ist eine

Übergangsphase, genau. Das hatte auch Margarete gesagt. Dabei hatte sie ihn angeschaut aus ihren tiefen braunen Augen, und ihm war es den Rücken hinuntergelaufen.

Es klingelte. Er sprang auf und hetzte die Treppen hinunter. Margarete lachte ihn an und folgte ihm hinauf. Im zweiten Stock öffnete sich eine Wohnungstür, die Vermieterin schaute hinaus. Frau Patzeck hatte das Haus von ihrem Mann geerbt. Sie betrachtete Margarete von oben bis unten, verzog das Gesicht und schloss die Tür. Margarete kicherte. »Doller Drachen«, flüsterte sie. »Wie aus dem Bilderbuch.«

Griesbach lachte mit. Die Beschreibung passte, die Patzeck konnte bestimmt Feuer speien.

In seiner Bude kochte er einen Kaffee und zeigte Margarete, was er gesammelt und herausgefunden hatte. Margarete lobte ihn, er habe eine Nase für die wichtigen Dinge. Andere würden alles sammeln, aber zu viele Informationen, vor allem zu viele unwichtige, erschwerten die Auswertung. Man komme vom Hölzchen aufs Stöckchen, um schließlich gar nichts mehr zu kapieren. Ein guter Kundschafter wisse gute Informationen einzuschätzen. Er sei auf dem besten Weg, ein guter Kundschafter zu werden.

Sie saß auf dem Stuhl, er auf dem Bett ihr gegenüber. Sie trank viel Kaffee, war gut gelaunt und hatte diese strahlenden Augen. In der Nacht hatte Griesbach von ihnen geträumt. Er überlegte, ob er sich ihr nähern sollte. Er hätte Margarete gerne gestreichelt. Aber er sah in ihren Augen keine Aufforderung. Sie sprach vom unaufhaltsamen Voranschreiten des Sozialismus unter Führung der Sowjetunion, und er hörte zu. Man müsse auf der richtigen Seite stehen, auch wenn die noch viele Fehler habe. Manchmal verdeckten die Fehler sogar den Kern, aus dem die neue Gesellschaft wachse.

Griesbach kannte die Wörter und die Sätze, aber aus ihrem Mund hörten sie sich anders an. Sie waren plötzlich lebendig.

Ihr Vorbild sei Richard Sorge, sagte sie dann, der Meisterspion, der Stalin 1941 vor dem Angriff der Deutschen gewarnt habe. Stalin habe ihm nicht geglaubt und ihn später sogar verraten. Trotzdem habe Sorge nicht geschwankt in seiner Treue. »Wir werden das schon hinkriegen. Vor allem müssen wir dich zum Professor aufbauen, dann musst du viele Aufsätze schreiben, öffentlich auftreten und ein bekannter Historiker werden. Ein rechtssozialdemokratischer, der aber realistisch ist. Das heißt, er erkennt an, dass es die DDR gibt, und er will, dass sein Land gute Beziehungen zu ihr pflegt. Dass das richtig ist, zeigt die Geschichte. Außerdem greift dieser Professor die Leute an, die aufrüsten wollen und die gegen gute Beziehungen mit der DDR sind. Dieser Professor hält den Sozialismus der DDR nicht für seine Gesellschaftsordnung, aber er respektiert, dass sie eine interessante Alternative ist. Gleichzeitig verhaut er alle Linken in Westberlin und der Bundesrepublik. Er tritt der SPD bei und macht Karriere.«

»Jawohl, Genossin!« Griesbach lachte, sie stimmte ein. »Das ist ja alles auf lange Sicht geplant.«

»Ja, Wolf. Wir haben viel mit dir vor. Wir brauchen eine Einflussposition. Für dich heißt das, du kannst deinem Hobby unbegrenzt frönen.« Sie zwinkerte ihm zu. »Ein Gruß von Helga. Wir haben ihr gesagt, du willst sie sehen. Aber sie will nicht, jedenfalls nicht im Augenblick.«

Es traf ihn nicht, er staunte. »Weißt du, warum?«

Sie beobachtete ihn. »Nein, aber Frauen sind manchmal komisch. Ich weiß, was ich da sage.« Sie lachte.

»Wie geht es ihr?«

»Gut, kommt voran im Studium, wird dich noch überholen.«

Als sich Margarete an der Tür verabschiedete, legte Griesbach einen Arm um sie. Sie ließ es zu und drückte ihre Wange flüchtig an seine. Dann stieg sie die Treppe hinunter. Kurz bevor sie aus der Sicht verschwand, winkte sie, ohne sich umzusehen.

14

Es schneite dicke Flocken, die Bürgersteige waren glatt, auf die Straßen hatten Autoreifen eine harte weiße Schicht gewalzt. Schon bevor er den Bahnhof erreicht hatte, wusste Stachelmann, sein Zug würde mal wieder verspätet sein. In letzter Zeit hatte es oft Verspätungen gegeben auf der Strecke zwischen Lübeck und Hamburg. Ein paar Blätter auf den Gleisen genügten, um den Fahrplan umzuwerfen. Es waren nur zehn Minuten, dennoch fürchtete Stachelmann, den ICE von Hamburg nach Frankfurt am Main zu verpassen. Dort wollte er in eine Regionalbahn nach Weinheim umsteigen. Er hatte Pintus am Morgen noch einmal angerufen und sich für neunzehn Uhr mit ihm verabredet. Pintus war freundlich gewesen und hatte so getan, als wären sie alte Bekannte.

Auch der ICE hatte Verspätung, obwohl er in Altona in Dienst gestellt worden war. Stachelmann setzte sich auf den reservierten Platz am Gang in einem Nichtraucherabteil der ersten Klasse. Er war nur kurz allein, dann öffnete sich die Abteiltür, und eine junge Frau trat ein mit einem Mädchen, vielleicht sechs oder sieben Jahre alt. Die Frau hob einen kleinen Koffer auf die Gepäckablage über den Plätzen und setzte sich Stachelmann schräg gegenüber ans Fenster, das Kind daneben auf den Mittelplatz. Es strampelte mit den Beinen und quengelte um Schokolade.

»Nicht jetzt!«

»Aber, Mama, du hast doch gesagt …«

»Sei jetzt mal ein bisschen ruhig, wir sind hier nicht allein.«

Die Ermahnung beeindruckte das Mädchen nicht. »Du hast gesagt, wenn wir im Zug sind, kriege ich Schokolade!«, kreischte es.

Die Mutter warf Stachelmann einen Blick zu, der um Verzeihung bat. Stachelmann lächelte sie an.

Der Zug fuhr los. Die Mutter stand auf und holte den Koffer herunter. Sie war nicht kräftig, wusste aber, wie man Gepäckstücke bewegte. Sie nestelte an der Außentasche und zog schließlich einen Plastikbeutel hervor, es knisterte. Sie hielt ihn Stachelmann hin. »Es sind Schokoladestückchen.« Er dankte und lehnte ab.

Die Kleine griff sich den Beutel und knisterte. Sie nahm ein Stück, wickelte es aus und steckte es in den Mund. Während sie kaute, spielte sie mit dem Beutel. Ihre Mutter blätterte in einer Frauenzeitschrift. Draußen schneite es weiter.

Stachelmann schloss die Augen und lehnte sich zurück. Er versuchte das Knistern zu überhören, aber es gelang ihm nicht.

Schließlich stand er auf und verließ das Abteil. Er folgte dem Pfeil zum Speisewagen. Dort fand er einen freien Stuhl an einem Zweiertisch, ihm gegenüber saß ein alter Mann und polkte in den Zähnen. Der Teller seiner Mahlzeit stand leer vor ihm. Der Kellner kam. »Hat es geschmeckt?« Er wartete die Antwort nicht ab, der Alte zog den Zahnstocher nicht aus dem Mund. Stachelmann schaute in den Schnee, hier lag mehr als in Lübeck. Die weiße Last drückte Äste nieder und krümmte Bäume. Der Kellner kam wieder, Stachelmann bestellte ein kleines Frühstück mit Kaffee, der Tee in der Bahn schmeckte ihm nicht. Während er wartete, war der Alte weiter mit seinen Zähnen beschäftigt. Hin und wieder trank er Wasser und drückte es im Mund hin und her, bevor er es schluckte. Stachelmann schaute hinaus, um es nicht zu sehen.

Er war niedergeschlagen und zweifelte an seinem Unternehmen. Er stocherte auf gut Glück in einer Geschichte herum, die er kaum kannte. Oder auf gut Pech, wenn er auf den Mörder stieß. Der würde nicht sagen: Ich bin es, sondern versuchen, seinen Verfolger loszuwerden. Doch dann meldete sich wieder die Angst, noch einmal ins Gefängnis zu müssen, auf der Anklagebank zu sitzen und verurteilt zu werden. Vielleicht hat die Polizei den Mörder gefasst, wenn ich zurück bin aus Weinheim? Dann war es eine Spazierfahrt. Aber er glaubte es nicht. Ihm schien der Mörder intelligent, gerissen und aggressiv zu sein, einer mit starken Nerven. Doch hatte er einen Fehler gemacht, als er das Päckchen schickte. Er muss eine Spur hinterlassen haben, ein Hautpartikel, ein Haar, womöglich sogar einen Fingerabdruck.

Der Kellner servierte das Frühstück. Der Alte gegenüber hatte die Zahnreinigung beendet und betrachtete Stachelmanns Teller.

»War auch schon mal mehr«, sagte er.

»Kann sein«, erwiderte Stachelmann und erntete einen kalten Blick.

Der Alte stand auf und ging grußlos.

Stachelmann hatte wenig Hunger, aber er aß Brötchen und Brote auf. Als er fertig war, schaute er in den Schnee und den Grauschleier, den der Hochnebel über ihn legte.

Der Zug wurde langsamer, dann quietschten die Bremsen. Er hielt auf freier Strecke. Die Lichter flackerten. Stachelmann winkte dem Kellner, der sah ihn und ließ ihn einige Minuten warten. Als er kam, bezahlte Stachelmann und fragte, warum der Zug halte. Der Kellner zuckte mit den Achseln und gab das Restgeld heraus. Dann räumte er den Tisch ab. Stachelmann blieb eine Weile unschlüssig sitzen. Dann ging er zurück ins Abteil. Die Kleine schlief, die Knistertüte in der Hand, die Mutter blätterte in der Zeitschrift. Sie sah müde aus. »Tut mir Leid«, sagte sie.

»Ist gut.« Er hob seine Reisetasche von der Gepäckablage und fand nach einigem Suchen die Historische Zeitschrift. Er blätterte mehr, als er las. Er konnte sich nicht konzentrieren. Die Kleine prustete, dann schlief sie weiter.

Der Zug stand immer noch. Endlich kam eine Durchsage. Ein Ast sei auf die Oberleitung gefallen durch die Last des Schnees, deshalb sei die Strecke gesperrt. Sie müssten zurückfahren bis kurz vor Hamburg-Harburg, dort gebe es einen Abzweig auf eine andere Strecke. Die Verspätung betrage schätzungsweise eine Dreiviertelstunde, die meisten Anschlusszüge in Hannover und später würden nicht erreicht. Dann bat der Sprecher um Entschuldigung.

Die Frau stöhnte. »Auch das noch«, sagte sie.

Stachelmann vertiefte sich in seine Fachzeitschrift, in der das Buch eines englischen Historikers über den Ersten Weltkrieg besprochen wurde. Die deutschen Kriegsziele seien erst nach dem Kriegsausbruch bestimmt worden, sie könnten daher kein Kriegsgrund gewesen sein. Der deutsche Einmarsch in das neutrale Belgien sei einer britischen Invasion nur zuvorgekommen. Da auch die Briten die belgische Neutralität im Kriegsfall nicht achten wollten, könne deren Verletzung kein Grund gewesen sein für Londons Eintritt in den Krieg, sondern nur ein Vorwand. Stachelmann erfasste so etwas wie Neid, in Großbritannien fanden Historiker eher Gehör als in Deutschland, manche wurden zu Stars in den Medien. Und einige schrieben großartige Bücher mit neuen Thesen zu Themen, die die meisten Fachkollegen für beackert hielten. Was für ein trostloser Beruf, in Akten herumzuwühlen, um etwas zu veröffentlichen, das vielleicht ein paar hundert Leute gelangweilt überflogen.

Der Zug rollte an, es ging rückwärts. Die Kleine begann wieder zu knistern. Der Schaffner öffnete die Abteiltür. »Zwei Personen«, sagte er und verteilte zwei Gutscheine.

»Die können Sie einlösen, wenn Sie das nächste Mal eine Fahrkarte kaufen. Sind für die Verspätung.«

Stachelmann versuchte wieder zu lesen. Aber das Knistern raubte ihm die Aufmerksamkeit. Die Kleine gähnte. »Wann sind wir denn endlich da?«, fragte sie.

Die Frau strich ihr über den Kopf. »Es dauert noch ein bisschen, wegen des Schnees.«

Stachelmann legte die Zeitschrift auf den Nachbarsitz und schloss die Augen. Wieder näherte sich die Angst. Er mühte sich, sie zu vertreiben, indem er an Anne dachte. Aber irgendwie war sie weit weg. Ob sie jemals zusammenkamen? Manchmal schien es ihm, als sei nur noch ein Schritt nötig, doch dann war es wieder unvorstellbar.

Der Zug bremste, dann stand er. Draußen trieb der Wind die Schneeflocken vorbei am Fenster. Es knackte im Lautsprecher. Der Zugführer sagte, so etwas habe er noch nicht erlebt, auch auf der Ausweichstrecke sei ein Ast auf die Oberleitung gefallen, deshalb sei sie ebenfalls gesperrt. Der Zug würde warten, bis sich herausstelle, welche der beiden Strecken zuerst frei sei. Der Schaffner würde bald weitere Gutscheine verteilen, da die Verspätung angewachsen sei.

Stachelmann verließ das Abteil und wählte auf dem Gang Pintus' Nummer. Es meldete sich nur ein Anrufbeantworter. Stachelmann sagte, er müsse die Verabredung auf morgen verschieben, da sein Zug liegen geblieben sei. Dann machte er einen Spaziergang durch die Waggons.

Während er lief und die Leute in den Großraumwagen und Abteilen betrachtete, überlegte er, ob einer der Reisenden ihn verfolgte. Es wäre nur logisch, wenn der Mörder herauskriegen wollte, was Stachelmann unternahm. Ihn fröstelte. Vielleicht plante der schon einen Anschlag? Als er im letzten Waggon angekommen war, lief er langsam zurück. Er beobachtete noch genauer. Da saß allein in einem Raucherabteil ein kräftiger Mann und las eine Boulevardzeitung. Er hatte militärisch kurz geschnittene Haare und eine Narbe auf der Stirn. Stachelmann ging weiter. Mach dich nicht lächerlich, einem Menschen sieht man nicht an, dass er ein Mörder ist. Dann fühlte er Blicke im Rücken, er drehte sich schnell um, ein kleiner Mann, untersetzt, mittleres Alter, Halbglatze, wich Stachelmanns Blick aus. Vielleicht der?

Stachelmann ging ein Stück auf den Mann zu und kramte in seinen Taschen, als hätte er etwas vergessen. Er tat so, als beachte er den Mann nicht. Der hatte sich in sein Abteil gesetzt und schaute aus dem Fenster in den Schnee, als Stachelmann vorbeikam. Sein Gesicht spiegelte sich in der Scheibe. Das Herz schlug schneller. Ob der Verfolger sich verraten hatte, als er Stachelmann anstarrte?

Im letzten Wagen ging Stachelmann auf die Toilette und dachte nach. Wenn der ein Verfolger war, dann war er auch der Mörder. Wie konnte er es prüfen? Er setzte sich auf den Klodeckel und bedeckte das Gesicht mit den Händen. Es kann eine Gelegenheit sein, dem Spuk ein Ende zu machen. Denk nach! Du musst am nächsten Bahnhof so tun, als stiegest du aus. Dann wird er dir folgen oder nicht. Dann steigst du wieder ein und schaust, ob er es auch tut. Wenn er es dir nachmacht, dann ist er es. Der Gedanke beruhigte ihn ein wenig. Er fühlte sich nicht mehr wehrlos, er würde den Kerl überraschen, ihn verunsichern, ihm heimzahlen, wenn auch nur wenig, viel zu wenig. Er entdeckte Wut in sich und richtete sie gegen den kleinen Mann, der ihn angestarrt hatte. Stachelmann schlug mit der Hand auf den Waschbeckenrand, es schmerzte. Dann verließ er die Toilette und ging zurück.

Das Abteil, in dem der kleine Mann gesessen hatte, war leer. Stachelmann lief weiter, über der Tür zum nächsten Waggon leuchtete das Besetztlicht der Toilette.

Dann ruckelte der Zug und fuhr los in die ursprüngliche Richtung, nach Hannover. Stachelmann erreichte sein Abteil und sah, dass die Frau ihren Koffer von der Gepäckablage gehoben hatte. »Entschuldigung!«, sagte sie und zog den Koffer an die Seite. »Wir steigen in Hannover aus und suchen uns ein Hotel«, ergänzte sie, als müsste sie etwas erklären.

»Ist nicht leicht, mit Kindern zu verreisen«, sagte Stachelmann, um etwas zu sagen.

Er schaute hinaus. Als sie an dem Kleinbahnhof vorbeifuhren, an dem sie beim letzten Mal halten mussten, trat Stachelmann auf den Gang und schaute in beide Richtungen, ob er den kleinen Mann entdecken konnte. Er war nicht zu sehen. Stachelmann überlegte, wie der Mann ihn überwachen sollte, wenn er ihn nicht im Auge hatte. Der muss immer nur an Bahnhöfen aus der Tür schauen, ob ich aussteige, ganz einfach.

Er ging zurück ins Abteil und hob seine Reisetasche von der Gepäckablage, dann zog er seinen Mantel an. Die Frau saß auf ihrem Platz und schaute ihm zu.

»Steigen Sie auch in Hannover aus?«

»Vielleicht«, sagte Stachelmann.

Sie zog kurz die Augenbrauen hoch, dann wandte sie sich ab. Das Kind war eingeschlafen. Es kam die Durchsage, der Zug halte in Kürze in Hannover-Hauptbahnhof. Die Frau weckte das Mädchen, es machte ein weinerliches Gesicht. Die Mutter redete leise auf das Kind ein. Stachelmann steckte seinen Kopf in den Gang und nahm ihn gleich wieder zurück, um nicht von einem Mann gestoßen zu werden, der eilig einen schweren Koffer hinter sich her zog. Es wollten viele Leute aussteigen, sie stauten sich zurück bis zu Stachelmanns Abteil. Zwei alte Frauen starrten ins Abteil und unterhielten sich offenbar über die Mutter und ihre Tochter. Stachelmann hatte gehofft, er habe freie Sicht im Gang.

Als der Zug bremste, stand die Mutter auf. Sie öffnete die Abteiltür, die beiden Alten blieben stehen. Die Frau wartete, bis der Zug hielt und die beiden Alten sich zur Tür hinbewegt hatten. Nun ging sie am Ende der Schlange. Stachelmann trat hinter ihr in den Gang und blieb einen Augenblick stehen. Er schaute sich um, sah den kleinen Mann aber nicht. Dann ging er zur Tür. Die beiden Alten mühten sich mit ihrem Gepäck, ein Schaffner half, auch ihm waren die Koffer schwer. Dann endlich stiegen Mutter und Tochter aus, Stachelmann folgte ihnen. Die Menschen strömten zum Ausgang, Stachelmann blieb in der Nähe der Tür stehen, stellte die Reisetasche in den Schnee und vertrat sich die Beine. Er schaute möglichst unauffällig, ob der kleine Mann auch ausstieg, aber er entdeckte ihn nicht. Es waren zu viele Leute. Dichter Schnee trübte den Blick. Aber dann waren alle im Ausgang verschwunden, nur noch Stachelmann und der Schaffner standen neben dem Zug. Vorne lief ein Mann, aber er war groß. Niemand stieg in den Zug ein.

»Wann geht es weiter?«, fragte Stachelmann den Schaffner.

»Gleich, zwei Minuten.« Er schaute verwundert auf Stachelmann, der im Schnee stapfte neben seiner Reisetasche.

Als Stachelmann sah, wie der Schaffner die Pfeife in den Mund steckte, schaute er in beiden Richtungen den Zug entlang. Es war niemand zu sehen. Dann stieg er die Stufen hoch in den Wagen. Er schaute hinaus, bis die Tür sich schloss. Er setzte sich in sein Abteil. Du hast dich geirrt, dachte er. Der Mann ist entweder ausgestiegen oder nicht. In beiden Fällen ist er kein Verfolger. War er ausgestiegen, hätte er wieder einsteigen müssen. War er im Zug geblieben, verfolgte er Stachelmann nicht.

Bis kurz vor Frankfurt döste er. Im Kopfbahnhof stieg er aus und suchte im Abfahrtsplan den nächsten Zug nach Weinheim. Er kannte die Strecke, Heidelberg lag zwanzig Kilometer hinter Weinheim, dort hatte er studiert. Er hatte Glück und musste nur vierzig Minuten warten, bis die Regionalbahn fuhr. In Weinheim würde er sich ein Hotelzimmer suchen.

Er fror, die feuchte Kälte würde bald Schmerzen erzeugen. Er kaufte sich eine Zeitung und setzte sich in die DB-Lounge. Von hier hatte man einen guten Blick auf die Bahnsteigköpfe. Er beobachtete, wie ein Mann suchend umherlief. Was er suchte, war unerfindlich. Der Mann war klein. War es der aus dem Zug? Auf die Entfernung konnte Stachelmann es nicht erkennen. Außerdem trug der Mann einen Mantel, Stachelmann hatte ihn im Jackett gesehen. Er redete sich zu, niemand verfolge ihn. Er hätte es in Hannover merken müssen.

Stachelmann trank einen Tee und blätterte in der Zeitung, ohne dass sie ihn interessierte. Hin und wieder schaute er auf die Uhr an der Wand und auf den Bildschirm, der anzeigte, welche Züge demnächst fuhren. In einer Ecke lief fast lautlos ein Fernsehgerät, ein Ticker am unteren Rand lieferte Börsenkurse. Die innere Unruhe zwang ihn, oft hinauszublicken. Da lief immer noch der Mann, der etwas zu suchen schien. Vielleicht überwachte er die Gleise, damit Stachelmann nicht in einem Zug entwischen konnte. Vielleicht wusste er, wohin Stachelmann reisen würde, und brauchte deshalb in Hannover nicht auszusteigen? Vielleicht hatte der kleine Mann Stachelmanns Absicht durchschaut?

Stachelmann stellte sich vor, wie der Mann in seinem Abteil saß, einmal aus dem Fenster schaute, Stachelmann im Schnee auf dem Bahnsteig in Hannover stapfen sah, und einfach nur grinste. Nein, das war unwahrscheinlich. Aber wenn der Eindringling nicht nur Musik spielen ließ, sondern eine Wanze eingebaut hatte? Dann wusste er alles und brauchte Stachelmann erst in Weinheim wieder zu folgen. Aber den Namen Pintus kannte er dann auch. War Pintus in Gefahr? Stachelmann wurde nervös. Er trank seinen Tee nicht aus, sondern stand auf und ließ die Zeitung liegen.

Knapp zwanzig Minuten bis zur Abfahrt. Draußen wurde es rasch dunkel. Stachelmann stellte sich vor die Anzeigetafel, der Zug nach Heidelberg über Darmstadt und Weinheim war eingetragen, bisher ohne Verspätung. Da es immer noch dicht schneite, rechnete Stachelmann nicht damit, dass es dabei blieb. Vorsichtig schaute er sich um, ob er den Mann sah. Aber der war verschwunden. Kann doch sein, dass er nichts zu tun hat mit dir und einfach nur nach Heidelberg will. Dann hätte er einen harmlosen Grund, gleich im selben Zug zu sitzen.

Die Regionalbahn fuhr ein. Stachelmann fand nach einigem Suchen den Doppelstockwagen mit der ersten Klasse. Drinnen war es überheizt. Er setzte sich und beobachtete, wer einstieg. Den Mann entdeckte er nicht.

Und wenn der Eindringling ihn doch abgehört hatte? Verdammt, warum hatte er nicht das Telefon prüfen lassen? Auf einen Handwerker mehr wäre es nicht angekommen.

Der Zug wurde voller, später Berufsverkehr, Angestellte, Leitungspersonal, Mitarbeiter aus Läden und Kaufhäusern. Auch die erste Klasse füllte sich, bis kein Sitzplatz mehr frei war. Die Luft wurde stickig. Rauch aus dem Nachbarabteil drang zu Stachelmann. Ihm gegenüber saß ein Mann mit langen Beinen, er engte Stachelmann ein. Der Mann las eine Computerzeitschrift und schien nicht wahrzunehmen, was vorging um ihn herum.

Endlich ging es los. Stachelmann schaute aus dem Fenster, aber er sah vor allem sein Spiegelbild, das verblasste, wenn der Zug an Laternen vorbeifuhr. In Hemsbach packte ihn wieder die Unruhe. Er dachte an den kleinen Mann und an Pintus, dessen Namen der Mörder vielleicht kannte. Wenn Pintus etwas geschah, war Stachelmann mitschuldig. Er hätte das Telefon untersuchen lassen sollen.

Ob er Pintus anrufen sollte, um ihn zu warnen? Aber was sollte er ihm sagen? Da verfolgt mich vielleicht einer, vielleicht hat einer eine Wanze eingebaut in mein Telefon, vielleicht will der Ihnen etwas tun. Wenn dich einer anriefe und so eine wirre Geschichte erzählen würde, du würdest ihn für bescheuert halten. Und würdest du dich mit so einem treffen wollen? Was sollte er tun?

Der Zug erreichte Weinheim-Hauptbahnhof. Stachelmann stieg aus und blieb in der Nähe der Waggontür stehen. Er wollte den Bahnsteig als Letzter verlassen, er glaubte, so beobachten zu können, ob ihm einer folgte. Aber wenn dem der Namen Pintus bekannt war, dann wusste er längst, wo er ihn fand. Trotzdem, aufpassen.

Als der Bahnsteig leer war und der Zug losfuhr, ging Stachelmann zum Ausgang. Er mühte sich, dass es nicht auffiel, wie er in alle Richtungen schaute. Nirgendwo entdeckte er den kleinen Mann oder anderes Auffälliges. Er ging zum Taxistand und bat den Fahrer, ihn zu einem Hotel in der Nähe der Hauptstraße zu bringen.

»Ich wüsste da eines, ist in der Nähe vom Schlosspark. Keine zehn Minuten zur Hauptstraße und schön ruhig. Meistens haben die was frei.«

Stachelmann hatte den Badener Dialekt lange nicht mehr gehört. Es war ein vertrauter Klang und doch fremd. Das Hotel entsprach der Beschreibung des Taxifahrers. In seinem Zimmer wählte er die Nummer von Pintus und wurde ruhiger, als er dessen Stimme hörte. Es drängte ihn, Pintus zu warnen, aber stärker war die Furcht, sich lächerlich zu machen und umsonst gefahren zu sein. Werde nicht hysterisch, weil du einen Mann in der Bahn gesehen hast, der dir aus irgendeinem Grund aufgefallen ist. Lächerlich. Er erklärte Pintus noch einmal, warum er zu spät eingetroffen war, und Pintus war bereit, die Verabredung auf den kommenden Nachmittag, halb drei, zu verschieben.

Stachelmann aß eine Kleinigkeit im Restaurant des Hotels. Manchmal schaute er sich um, die Unruhe war nicht völlig verschwunden. Aber er sah nichts Außergewöhnliches im fast leeren Speisesaal und begann sich für verrückt zu erklären. Ist ja kein Wunder, warst im Knast, hattest Besuch eines Verrückten, der dir am Ende eine CD geschenkt hat, und wenn du so weitermachst, wirst du wieder im Gefängnis landen, diesmal, weil du die Auflage des Haftrichters nicht befolgt hast. Du musst Ossi und Oppum deine Anschrift sagen, damit niemand behaupten kann, du seiest abgehauen. In seinem Zimmer sprach er Oppum aufs Band, wo er zu finden war, und Ossi hinterließ er eine Nachricht im Präsidium.

Er legte sich aufs Bett und schloss die Augen. Was mochte Pintus für einer sein? Wahrscheinlich einer, der ihm nicht weiterhelfen konnte. Die Fahrt war umsonst.

In dieser Nacht schlief er schlecht. Die Matratze war ausgebeult und verschlimmerte die Rückenschmerzen. Die Tabletten halfen nicht viel. Er stand mitten in der Nacht auf, zog sich an und spazierte zum Schlosspark. Laternen spendeten funzliges Licht. Der Park lag unter einer weißen Decke, die Schneelast drückte die Bäume. Der Halbmond schickte fahles Licht durch Nebelfetzen. In der Ferne, oben, zwei Burgen auf zwei Odenwaldgipfeln, die Windeck, verfallen, aus dem Mittelalter, die Wachenburg, erbaut von Burschenschaftlern. Fehlt noch Graf Dracula, dachte Stachelmann. Er begann zu frieren, die Füße wurden kalt. Er schaute auf die Armbanduhr, es war halb fünf am Morgen. Er ging hinunter in die Stadt. Der Marktplatz fiel steil ab. Er musste vorsichtig gehen, es war glatt. Irgendwo grölte ein Mann. Aus einigen Fenstern fiel Licht, in der Stadt arbeitete eine Chemiefabrik, vielleicht die Frühschicht. Er war häufig in Weinheim gewesen, die Erinnerung kehrte zurück. Er lief die Hauptstraße entlang, vorbei an einem großen Gemüseladen, in dessen hinteren Räumen Licht brannte. Müdigkeit und Kälte ließen seine Augen brennen. Wann gab es Frühstück im Hotel?

Er ging zurück, nichts rührte sich, die Rezeption war nicht besetzt.

Stachelmann legte sich angezogen aufs Bett und schloss die Augen. Dann klingelte der Reisewecker. Er war wieder eingeschlafen. Er bewegte alle Glieder, spürte den Schmerzen nach und stand auf. Nach der Dusche fühlte er sich wacher, aber schwach.

Er frühstückte schnell und ging zurück aufs Zimmer. Er spielte mit dem Gedanken, Anne anzurufen. Aber er würde sie wahrscheinlich stören. Als er die Eifersucht spürte auf Annes Sohn, begann er sich zu verspotten. Du machst dich zum Affen. Dann versuchte er sich auf das Gespräch mit Pintus vorzubereiten. Wieder überfielen ihn die Zweifel. Die Herumstocherei im Nebel bringt nichts. Aber es ist die einzige Chance, widersprach er sich. Ja, die einzige, als Leiche zu enden. Das Bild vom Plastiksack in seinem Kofferraum erstand vor seinem inneren Auge. Die Stiche im Körper, es muss furchtbar sein, erstochen zu werden. Er stellte sich das Messer vor, lang, dünn und spitz, die Einstiche waren nicht groß gewesen.

Er stellte den Wecker auf elf Uhr und legte sich aufs Bett. Vielleicht konnte er noch schlafen? Ein Rütteln an der Tür weckte ihn. Sie öffnete sich. Durch brennende Augen sah Stachelmann eine junge Frau in einer Schürze. »Oh«, sagte die Frau. »Ich wusste nicht.« Sie schloss die Tür. Stachelmann schaute auf den Wecker, es war halb zehn. Er versuchte wieder einzuschlafen. Aber seine Ohren folgten den Geräuschen im Gang. Schlüssel klapperten, Türen wurden geöffnet und geschlossen, ein Staubsauger heulte und knallte gegen Türen und Wände.

Er stand auf, ging zum Empfangstresen und kaufte sich die Weinheimer Nachrichten. Als er zurück in sein Zimmer wollte, war die Tür offen. Drinnen heulte der Staubsauger. Er fluchte leise. Er stieg die Treppe hinunter und setzte sich an einen Tisch im Speisesaal. Eine Frau kam. »Wir decken gleich fürs Mittagessen auf.«

Stachelmann verstand und verließ den Speiseraum. Er setzte sich in die Sitzecke gegenüber dem Tresen. Die Hoteltür ging auf, ein kalter Wind blies in den Vorraum. Ein Paar schleppte drei große Koffer und zwei Taschen hinein. Sie hatte blond gefärbtes Haar, und die wachsbleiche Haut verriet, dass Schönheitschirurgen das Altern nicht verhinderten. Er war groß und fett, etwas älter als sie, vielleicht fünfundsechzig Jahre alt. Um sie herum hechelte ein kleiner Hund. Er rannte zu Stachelmann und schnüffelte an dessen Füßen. Dann knurrte er ihn an. »Komm, Schatzi«, sagte die Frau. Der Hund knurrte weiter.

Stachelmann spürte den Zorn in sich. »Können Sie bitte Ihren Hund an die Leine nehmen«, sagte er.

Die Frau musterte ihn mit einem verächtlichen Blick. »Der ist doch ganz lieb und tut niemandem was. An der Leine fühlt er sich nicht wohl.«

»Und ich fühle mich nicht wohl, wenn er mich anknurrt«, sagte Stachelmann.

Der Mann stand am Tresen und kehrte Stachelmann den Rücken zu.

Die Frau sagte: »Komm, Schatzi.« Dann drehte sie sich um zu ihrem Mann.

Der Hund knurrte weiter.

Stachelmann stand auf, das Knurren wurde lauter. Er ging zur Treppe, der Hund blieb stehen und kläffte Stachelmann hinterher.

»Aber nicht doch, Schatzi«, hörte er noch.

Das Zimmermädchen machte das Bett, als Stachelmann eintrat. »Ich bin gleich fertig«, sagte sie.

Ich auch, dachte Stachelmann.

Als sie gegangen war, wählte er Oppums Nummer. Er sorgte sich, die Polizei könnte sich nicht mehr an die vage Absprache mit Ossi halten. Aber Oppum hatte wieder eine Verhandlung, die Frau am Hörer versprach, ihm Stachelmanns Hotelanschrift zu geben. »Doppelt gemoppelt hält besser«, sagte sie.

Was für ein blöder Spruch, dachte Stachelmann.

Er las gelangweilt in den Weinheimer Nachrichten. Immerhin berichteten sie von Zugverspätungen, vor allem in Norddeutschland. Sein Horoskop riet ihm, an diesem Tag nichts zu unternehmen, alles würde schief gehen. Das hatte er sich schon gedacht. Er legte sich aufs Bett und versuchte zu schlafen. Es gelang ihm nicht.

Er verließ das Hotel, bummelte im Schnee durch die Innenstadt, die bei Tageslicht freundlicher aussah. In einem italienischen Restaurant aß er eine Kleinigkeit und trank einen doppelten Espresso, um die Müdigkeit zu vertreiben. Der verbündete sich gleich mit der Anspannung, und beide beunruhigten Magen und Darm. Die Müdigkeit aber war zäh.

Er lieh sich im Restaurant einen Stadtplan und fand gleich die Straße, in der Pintus wohnte. Erstaunlicherweise war sie in der Nähe des Hotels. Nachdem Stachelmann noch etwas Zeit vertrödelt hatte, konnte er sich endlich auf den Weg machen.

Pintus wohnte in einem Bungalow mit offenbar nachträglich aufgesetztem Spitzdach. Er öffnete bald nach dem Klingeln. Stachelmann glaubte, dass sich im Fenster neben der Tür kurz vorher ein Vorhang bewegt hatte. Pintus streckte ihm seine Hand entgegen. Er war ein Mann mit vollem weißen Haar. Er trug eine Art Hausanzug. »Sie sind gewiss Herr Dr. Stachelmann«, sagte er, bevor Stachelmann sich vorstellen konnte. Pintus führte Stachelmann ins Wohnzimmer. Was Stachelmann sah, war geschmackvoll und schien teuer gewesen zu sein. Im Wohnzimmer stand auf einem Steintisch eine Kanne mit zwei Tassen, dazu Gebäck. Pintus bot Stachelmann einen Platz an, der setzte sich in einen Ledersessel.

»Wenn ich Ihr Anliegen richtig verstanden habe, wollen Sie etwas über meine misslungene Flucht erfahren.«

Stachelmann nickte.

Pintus goss Tee ein und bot Zucker, Milch und Kekse an.

Stachelmann nahm einen Keks. »Warum wollten Sie fliehen?«

»Ach du meine Güte«, sagte Pintus. »Da könnte ich Ihnen einen Vortrag halten. Deswegen sind Sie gewiss nicht gekommen.«

Stachelmann überlegte, ob so jemand wie Pintus ein Mörder sein konnte. Wie sieht ein Mörder aus?

»Ich besuche Menschen, die sich an eine bestimmte Westberliner Fluchthilfeorganisation gewandt haben.«

Pintus nickte. »Sie werden einen Grund dafür haben.«

»Ich bin Historiker«, sagte Stachelmann.

»Ich hatte bisher gedacht, die Historiker seien eher ein gemütliches Völkchen, aber Sie haben es eilig.«

»Ich gestehe, meine Interesse ist eher außerwissenschaftlich.«

»Außerwissenschaftlich, ein interessantes Wort.«

Das Telefon klingelte. »Entschuldigen Sie mich einen Augenblick.« Pintus verließ das Wohnzimmer.

Stachelmann schaute sich um. An den Wänden unzählige Bücher, manche Buchrücken konnte er lesen, viel klassische Literatur, aber auch manches Moderne. Er entdeckte kein Fernsehgerät, aber eine Stereoanlage und viele CDs. Das machte ihm Pintus noch sympathischer. Gibt es sympathische Mörder?

Die Tür öffnete sich, Pintus kehrte zurück. »Ich muss mich entschuldigen.«

Stachelmann winkte ab. »Ich will Ihnen kurz erläutern, worin dieses außerwissenschaftliche Interesse besteht. Ein Kollege von mir an der Hamburger Universität wurde ermordet.« Er beobachtete Pintus' Reaktion, der zog die Augenbrauen hoch, wenig nur. »Und dieser Kollege, Professor Wolf Griesbach, gehörte zu der Fluchthelfergruppe, an die Sie sich gewandt haben.«

»Das heißt, Sie suchen einen Mörder.«

Stachelmann nickte.

»Ist das nicht Aufgabe der Polizei?«

»Schon, aber die verdächtigt den Falschen.«

Pintus schaute ihn lange an. »Sie sprechen von sich.«

»Ja.«

Pintus schien zu überlegen. Vielleicht dachte er, wenn dieser Stachelmann der Mörder ist, warum sollte er dann suchen? »Gut. Fragen Sie.«

»Wie kamen Sie in Kontakt mit dieser Gruppe?«

»Mehr zufällig, wie ja das Leben zuerst aus Zufällen besteht. Es war bei einem Kongress in Mainz. Sie wissen, dass ich Informatiker bin?«

Stachelmann nickte.

»Robotron schickte mich nach Mainz. Sie wissen, was Robotron war?« Ohne Stachelmanns Antwort abzuwarten, sagte er: »Das war das führende Elektronikkombinat der DDR. Wir hatten damals diesen großen Coup mit dem Zweiunddreißig-Bit-Chip gelandet, und da musste die DDR nun auch auf internationalem Parkett glänzen, vor allem in der Bundesrepublik. Ich muss Ihnen gewiss nicht erzählen, dass dieser Chip weniger auf die Forschungsanstrengungen von Wissenschaftlern zurückging als auf das Talent von Dieben. Anders gesagt, die haben einen West-Chip abgekupfert und sich nicht geschämt, das als Pioniertat der DDR-Informatiker zu preisen.«

»Davon habe ich gelesen.«

»Gut.«

»Aber das erklärt nicht, warum Sie fliehen wollten.«

»Doch, das wäre schon eine Erklärung, wenigstens eine halbe. Was die da gefeiert haben, war eine Beleidigung für uns, die Informatiker der DDR. Weil ihr diesen Chip nicht entwickelt habt, mussten wir ihn besorgen. Aber wir loben euch dafür, weil wir glauben, die Informatiker unserer Republik müssten längst auf diesem Stand sein. Das ging ja noch weiter. Die waren dem Automatisierungswahn aufgesessen. Überall wurden Roboter gezählt und Weltvergleiche bemüht. Aber wir merkten natürlich, dass die Wirtschaftslenker falsch zählten. Einer sagte, die halten auch Flaschenöffner für Roboter. Du musst nur drücken, die Flasche kriegen sie von allein auf. Wir lebten in einem Land der Lügen. Das Schlimmste war, es wussten alle. Offenbar außer dem Politbüro. Irgendwo las ich, Honecker habe den Unsinn geglaubt, den er sich selbst einredete oder sich einreden ließ. Kaum fassbar, aber vielleicht war es wirklich so. Mich widerte das Lügen an. Verstehen Sie bitte, das ist unerträglich.«

Stachelmann fand den Mann erstaunlich offen. »Aber ich verstehe auch, es war nicht Ihr einziger Grund.«

»Ich hatte einen Anlass, dieser Kongress in Mainz. Da habe ich einem westdeutschen Kollegen, Dr. Siebert, ich kannte ihn länger, mein Leid geklagt. Natürlich habe ich ihm nicht erzählt, dass wir diesen Chip gestohlen hatten, und das hat mich noch wütender gemacht. Ich log ja auch, die hatten mich zum Lügner gemacht. Ich schweife wieder ab. Siebert, er kam aus München, der hat mir gesagt, ich solle doch im Westen bleiben. Ich bin dummerweise nicht geblieben, dabei war meine Frau lange tot, und Kinder hatten wir keine. Es war eine Frage des Stolzes, nicht einfach alles hinzuwerfen. Aber als ich wieder zu Hause war, begriff ich, der Stolz war falsch, er machte mich zum Betrüger. Doch dann war es zu spät. Sie glauben nicht, wie oft ich nachts wach lag und mich verfluchte. Denn, als hätten die etwas erfahren von meinem Gespräch mit dem Münchener Kollegen, plötzlich war ich nicht mehr Reisekader. Nun fuhren andere, solche mit Familie, die natürlich in der DDR bleiben musste.«

»Sie wissen nicht, wer dafür verantwortlich war, dass Ihnen der Status eines Reisekaders entzogen wurde?«

Pintus schüttelte den Kopf. Es schien so, als wäre er immer noch verletzt. »Solange ich ins NSW…«

»NSW?«

»Ins nichtsozialistische Wirtschaftsgebiet. Solange ich da hinreisen durfte, bildete ich mir ein, jederzeit im Westen bleiben zu können. Herr Siebert hatte mir versprochen, bei der Suche nach einer Anstellung zu helfen. Aber als ich nicht mehr reisen durfte, packte mich die Verzweiflung. Erst überlegte ich mir, eine Straftat zu begehen, um aus dem Gefängnis freigekauft zu werden. Aber dann besuchte mich Dr. Siebert und erzählte von Fluchthelfern. Um die Kosten solle ich mir keine Sorgen machen, wenn ich erst mal drüben sei, hätte ich die schnell bezahlt. Informatiker seien gesuchte Leute und verdienten eine Menge Geld.« Es war, als redete er sich etwas von der Seele. Pintus schaute aus dem Fenster und erinnerte sich.

»Und Dr. Siebert hat Ihnen den Tipp mit diesen Fluchthelfern gegeben?«

»Ja, der kannte einen, und dieser kannte einen anderen und so weiter. Ich habe nicht lange nachgedacht, ich war verzweifelt. Herr Siebert hat mir ein Kennwort genannt, Südsee. Eines Tages erschien ein Herr bei mir und nannte das Kennwort. Er fragte, ob ich immer noch ausreisen wolle. Ich wollte. Daraufhin sagte er mir, ich solle schauen, dass ich einen Ferienplatz in Bulgarien bekäme.«

»Nicht in Rumänien?«

Pintus schaute ihn verwundert an. »Wie kommen Sie darauf?«

»Derjenige, der mir Ihren Namen nannte, sprach von Bukarest.«

»Da hat er sich geirrt. Vielleicht haben die einen anderen über Rumänien rausgeschmuggelt. Wirklich, es war Bulgarien. Von Bulgarien aus würde ich mit einem falschen Pass in den Westen ausreisen. Sobald feststehe, dass ich diesen Ferienplatz hätte, solle ich Dr. Siebert einen Brief schreiben, in dem das Kennwort vorkomme. Dann würde der Kurier mich wieder besuchen und alles absprechen.«

»Wissen Sie, wie der Kurier hieß?«

»Nein. Ich weiß nicht mehr, welchen Namen er genannt hat. Es dürfte ein falscher gewesen sein.«

»Wie sah er aus?«

»Das war so ein kleiner, drahtiger Mann, kaum Haare auf dem Kopf. Er berlinerte stark.«

Stachelmann ärgerte sich, er hatte Frau Ortlep nicht um eine Beschreibung des Kuriers gebeten. Er würde es nachholen. Wenn sich herausstellte, dass in allen gescheiterten Fluchtunternehmen derselbe Kurier mitwirkte, war das womöglich die erste Spur.

»Erinnern Sie sich an einen Zakowski, auch Zacki genannt?«

Pintus überlegte. »Nein, wenn Sie den Kurier meinen, der nannte sich anders. Sie haben offensichtlich einen Verdacht.«

Stachelmann überlegte, ob es ein Fehler wäre, Pintus von seinem Verdacht zu berichten. Sei nicht zu vertrauensselig, ermahnte er sich. Aber dann sagte er: »Wenn ein Fluchthelfer bei allen gescheiterten Unternehmen dabei war, aber nie eingesperrt wurde, dann muss man darüber nachdenken.«

»Sie glauben, dieser Zakowski könnte der sein.«

»Das weiß ich nicht. Er hat bei einer Sache mitgemacht, die ging schief, aber er blieb unbehelligt.«

»Ich weiß nicht«, sagte Pintus. »Wenn Sie diesen Zakowski für einen Spitzel halten, weil er nicht erwischt wurde, dann kann das auf die falsche Fährte führen. Denn dumm war die Staatssicherheit nicht.«

»Darüber habe ich auch schon nachgedacht. Wahrscheinlich ist es eine Phantomspur. Aber ich habe keine Wahl.«

»Wenn Sie alle aufsuchen, die mit diesen Geschichten zu tun hatten, dann stehen Sie eines Tages vor dem Mörder. Es sei denn, Griesbach wurde aus ganz anderen Gründen umgebracht. Aber das schließen Sie ja anscheinend aus.«

»Keineswegs.« Das Gespräch begann ihn zu verwirren. Was Pintus sagte, stieß Stachelmann auf seine Ratlosigkeit. Ich beneide alle, die im Dunkeln tappen, die wissen wenigstens, wo sie sind. Aber was hilft's, du musst weiterfragen. »Wo hat man Sie erwischt?«

»In Varna, im Hotel. Am Empfang hatte mir ein Hotelbediensteter einen Umschlag ausgehändigt. Damit bin ich auf mein Zimmer gegangen, ich wusste, was im Umschlag war. Bevor ich es auspacken konnte, klopfte es an der Tür. Da standen drei Männer, zwei zeigten mir Ausweise, mit denen ich nichts anfangen konnte, der dritte stellte sich vor als Mitarbeiter der Stasi. Sie verhafteten mich. Später stellte sich heraus, die beiden anderen waren vom bulgarischen Geheimdienst. Die brachten mich in ein Gefängnis, und bei der ersten Vernehmung zeigten sie mir, was im Umschlag gewesen war. Ein bundesdeutscher Pass mit bulgarischem Einreisevisum, ein Flugschein nach Frankfurt am Main und fünfhundert Westmark.«

»Das können die doch in den Umschlag getan haben.«

Pintus lachte. »Nein, das war, was mir dieser Kurier versprochen hatte.«

»Und wer hat die Geheimpolizei geholt?«

»Es kommt jeder in Frage, der von der Sache wusste.«

»Und das Hotelpersonal. Ich glaube, in diesen Touristenhotels war das Personal von Spitzeln durchsetzt. Die haben wohl alles untersucht, was ihnen in die Finger kam.«

»Gewiss, aber finden Sie nicht, dass eine Fluchthilfeorganisation das wissen muss? Wenn die diese Dokumente einfach einem Hotelbediensteten in die Hand drücken, dann ist es doch fast so, als würden sie die Papiere der Geheimpolizei schicken. Was glauben Sie, ich habe das alles tausendmal bedacht. Ich war so dicht davor. Ich bin sicher, die Papiere waren so gut, dass ich als Bundesbürger abgeflogen wäre. Niemand wüsste lieber als ich, warum es schief gegangen ist.«

»Haben Sie den Kurier später noch einmal gesehen?«

»Nein, warum?«

»Hatten Sie nicht Rachegedanken?«

Pintus lächelte. »Natürlich hatte ich die. Aber nie die Absicht, sie zu verwirklichen. Und wenn ich es gewollt hätte, wen hätte ich umbringen sollen? Diesen Wolf Griesbach? Den kannte ich doch gar nicht.«

»Aber er war vielleicht so etwas wie der Kopf der Fluchthelfer?«

»Mag sein, aber woher soll ich das wissen? Ich verstehe, worauf Sie hinauswollen, aber ich fürchte, da sind Sie auf dem Holzweg.«

Sie unterhielten sich noch über Pintus' Karriere bei einem Elektronikriesen in München und warum es ihn an die Bergstraße verschlagen hatte. »Die Familie meiner Frau stammt von hier. So habe ich an diesem Fleck so etwas wie eine Heimat.«

Es war schon dunkel, als Stachelmann sich verabschiedete. Auf dem Weg zum Hotel überlegte er, ob er alle Fragen gestellt und ob er nicht etwas Wichtiges überhört hatte. Vielleicht hast du dich einlullen lassen von der Freundlichkeit dieses Herrn Pintus. Er unterdrückte die

Sympathie für den Mann und bedachte, was dafür sprechen konnte, dass der ein Mörder war. Aber er fand nichts. Es sei denn, Pintus hätte zum Beispiel nach seinem Freikauf Zakowski gefunden, und der hätte gesagt, Griesbach sei der Verräter, woraufhin Pintus Griesbach umgebracht hätte. Eine wilde Konstruktion. Natürlich, es gab Konstruktionen, die sich als Wahrheit entpuppten, aber das waren Ausnahmen. Und wenn es sich im Fall Pintus um eine Ausnahme handelte? Warum sollte Pintus nicht trotzdem Zakowski für einen Verräter halten? Griesbach kannte er nicht. Und es liegt auf der Hand, dass Zakowski lieber log, als sich umbringen zu lassen. Er bewegte die Gedanken in seinem Kopf und fand kein Ergebnis. Es hatte keinen Sinn, Kombinationen anzustellen, wenn einem nur ein Bruchteil der Tatsachen bekannt war. Es blieb der Eindruck, den Stachelmann gewonnen hatte von Pintus. Stachelmann wusste, Kriminalisten durften sich nicht auf einen Eindruck verlassen. Aber er war kein Kriminalist, und seine Möglichkeiten, den Mörder zu finden, waren lächerlich gering ohne einen Apparat, wie ihn die Polizei besaß.

Der Schnee knirschte unter seinen Füßen. Ich mach es wie Sherlock Holmes. Stachelmann lachte leise. Und Herr Pintus wird hiermit gestrichen von der Liste der Tatverdächtigen.

Die Hoteltür war nicht abgeschlossen. Drinnen schlug ihm Wärme entgegen. Die Rezeption schien unbesetzt. Stachelmann stieg die Treppe hoch und schloss die Tür seines Zimmers auf. Er roch es sofort. Es war Zigarettenrauch. In seinem Zimmer war jemand gewesen, einer, der rauchte. Er schaute sich um. Das Bett war aufgeschlagen. Stachelmann war sich sicher, dass es zugedeckt war, als er das Zimmer verließ. Das Zimmermädchen hatte nicht geraucht. Er rannte die Treppe hinunter zum Empfang. Der war immer noch nicht besetzt. Auf dem Tresen stand eine Glocke, Stachelmann schlug darauf, zweimal, dreimal. Während er dies tat, verstand er, dass es wohl sinnlos war. Dann erschien aus einem Hinterzimmer ein Mann mit verschlafenem Gesicht. »Ja bitte?«

»War irgendjemand in meinem Zimmer?«

»Ja, das Zimmermädchen heute Vormittag.«

»Sonst jemand, am Nachmittag bis jetzt?«

»Nicht dass ich wüsste.« Der Mann schaute ihn verwundert an.

»Sie stehen in der Regel nicht hinterm Tresen.«

»Nein, ich versuche zu schlafen. Mein Kollege von der Nachtschicht ist krank, ich schiebe Dienst rund um die Uhr.«

Stachelmann dankte und stieg die Treppe hoch. In seinem Zimmer legte er sich aufs Bett und grübelte. Es war wahrscheinlich, dass der Eindringling im Hotel und zu Hause dieselbe Person war. Er wurde also verfolgt. Er staunte, diese Einsicht überraschte ihn nicht. Aber was will der Verfolger? Aufpassen, dass Stachelmann nicht zu viel aufklärte? Bisher hatte er nichts herausgefunden, und es sprach wenig dafür, dass sich das änderte. Er erinnerte sich an die Musik. Auch das aufgeschlagene Bett war ein Signal. Es bedeutete, ich habe dich in der Hand. Ich mache, was ich will. Und wenn es an der Zeit ist, bringe ich dich um. Stachelmann wusste, dass er die Zeichen so verstehen sollte. Aber dieses Wissen verkleinerte seine Angst nicht.

* * *

Im Wintersemester 1983/84 belegte er sieben Veranstaltungen. »Du bist verrückt«, sagte ein Kommilitone, als Griesbach es erzählte. Aber Griesbach war nicht verrückt, er wollte Margarete nicht enttäuschen. Er fieberte ihren Treffs entgegen. Margarete mochte ihn, das zeigte sie.

Beim letzten Abschied hatte sie ihm die Wange gestreichelt, das zählte mehr als die flüchtigen Umarmungen, sie hatte auch Heinz umarmt. Doch sie achtete auf Abstand. Er berichtete ihr über Studenten und Lehrkräfte, bei denen Heinz und Margarete es versuchen sollten. »Du machst es schon ganz gut. Aber du musst noch genauer hinschauen«, sagte Margarete. »Menschenkenntnis ist die halbe Miete. Menschenkenntnis kann man lernen.« So versuchte er Menschenkenntnis zu lernen. Er beobachtete genauer, wartete, bis er Schlüsse zog. Beachtete seine Zweifel.

Bei einem Tutor am Institut war Griesbach sich sicher. Dieser Schmidtbauer hatte offen Sympathien für die DDR bekannt. Dort profitiere niemand von der Aufrüstung. Und hatte Honecker Atomraketen nicht Teufelszeug genannt, auch die sowjetischen? Und alte Nazis gab es dort auch nicht. Mit der Demokratie, die dieser Staat im Namen trage, sei es aber nicht weit her. Margarete hatte gesagt, Kommunisten brauchten sie nicht, die kämen nicht weit. Der Tutor war kein Kommunist. Nach einigen Seminarsitzungen, an denen Schmidtbauer teilgenommen hatte, gab Griesbach Margarete einen Tipp. Sie hörte zu, stellte wenige Fragen, und er merkte, sie war zufrieden. Diesmal hatte er gut gearbeitet.

»Die Sache ist jetzt für dich erledigt. Frag nicht nach«, sagte Margarete.

Sie sahen sich etwa alle vier Wochen. Margarete rief kurz vorher an, um festzustellen, ob er da war, dann kam sie. Sie blieb nie lange. Einmal fasste er den Mut, sie zum Essen einzuladen. Sie strahlte ihn an und sagte, das dürfe sie nicht annehmen. Beim Abschied hielt sie ihn etwas länger im Arm.

Er nahm sich vor, die Zwischenprüfung schon im Anschluss an das dritte Semester abzulegen. Bis dahin hatte er mehr Scheine gesammelt, als er brauchte. Vielleicht würde es ihm gelingen, Tutor zu werden wie dieser Schmidtbauer, den er nun genauer beobachtete. Vielleicht sah er ihm etwas an, das zeigte, ob die Anwerbung gelungen war. Aber Schmidtbauer ließ sich nichts anmerken. Vielleicht hatte es nicht geklappt. Einmal hätte er aus Neugier fast Margarete gefragt, aber er riss sich zusammen, wollte er doch nicht als Amateur dastehen.

Er dachte oft an sie. Umso mehr verblasste die Erinnerung an Helga. Sie sprachen selten über sie. Ihr gehe es gut, sie studiere fleißig, sie lasse ihn grüßen, immer das Gleiche. An die Stelle der Erinnerung trat Margarete. Sie hatte ihn bezaubert. Er war vorsichtig bei seiner Annäherung, doch sie ließ Risse nicht zu in der gläsernen Wand, die sie umgab.

15

Auf der Rückfahrt war Stachelmann mehrmals durch den Zug gelaufen und hatte geschaut, ob er jemanden sah, der auch bei der Hinfahrt im Zug gesessen hatte. Aber er erkannte niemanden, auch nicht den kleinen Mann, den er verdächtigt hatte. Es beruhigte ihn nicht. Wohin er ging und fuhr, die Angst kam mit. Wenn er nichts tat, wäre sie am größten.

Er stieg in Lübeck aus und merkte nach einer Weile, dass seine Schritte langsamer geworden waren. Er fürchtete sich vor seiner Wohnung. Er versuchte sich zu beruhigen. Wenn der Eindringling ihn verfolgte, dann hatte er im Zug gesessen. In diesem Fall konnte er nicht in der Wohnung sein. Stachelmann hatte darauf geachtet, ob ihm einer der Reisenden, die in Lübeck ausstiegen, auffiel. Da war keiner losgerannt.

Als er die Treppe im Haus hochstieg, wollte er es erst überhören. Mozarts 23. Klavierkonzert erklang aus seiner Wohnung. Er hörte es oft. Pollini am Klavier, Böhm dirigiert. Er sah seine Hand zittern, als er die Wohnungstür öffnete. Das Schloss zeigte keine Spuren von Gewalt. Er trat in den Flur, eine Flügelpassage perlte. Bedächtig, mit einem unerreichbaren Gefühl für Zeit schlug Pollini die Saiten an. Stachelmann überlegte, ob er fliehen sollte. Doch dann zwang er sich, ruhig zu bleiben. Der Eindringling war immer verschwunden, bisher. Und was, wenn er diesmal auf Stachelmann wartete? Er durchsuchte die Küche, dann Wohnzimmer und Schlafzimmer. Niemand. Er ließ die Musik laufen. Die CD-Hülle lag aufgeschlagen neben dem Abspielgerät. Sonst hatte sich nichts geändert in der Wohnung.

Ob sie zu zweit waren? Einer verfolgte ihn, ein anderer veranstaltete den Psychoterror in seiner Wohnung? Stachelmann war schweißgebadet. Er nahm das Telefon. Aber wie sollte er herauskriegen, ob darin eine Wanze versteckt war? Tragbare Telefone hatten keine Muschel, die man abschrauben konnte. Er schaltete die Musik aus und rief Oppum an, der war wieder nicht erreichbar, aber Stachelmann sprach auf den Anrufbeantworter, er warte auf einen Rückruf.

Dann nahm er das Branchentelefonbuch und suchte. Wer fand Wanzen? Er rief eine Elektronikfirma an, die Sicherheitstechnik anbot. Aber dort lief nur ein Anrufbeantworter. Stachelmann fluchte, es war Samstag, er würde warten müssen bis Montag.

Er schlief wieder schlecht, die Schmerzen hielten ihn wach. Und immer wieder kamen die Angst und die Fragen. Wie konnte der Eindringling das neue Schloss öffnen? Er grübelte, fand aber keine Antwort. Vielleicht gibt es längst Werkzeuge, mit denen man auch die ausgeklügeltsten Schlösser spurlos knacken konnte. Oder kam der Eindringling gar nicht durch die Tür? Mitten in der Nacht stand Stachelmann auf, schaltete überall Licht ein und untersuchte die Fenster. Nichts zu entdecken, was auf einen Einbrecher schließen ließ. Zurück im Bett, ermahnte er sich, ruhig zu bleiben. Immerhin, er hatte so etwas wie eine Spur. Pintus' Beschreibung des Kuriers. Das würde er gleich am Morgen telefonisch klären. Ich wette, das ist Zakowski.

Was hatte Pintus gesagt?»Das war so ein kleiner, drahtiger Mann, kaum Haare auf dem Kopf. Er berlinerte stark.« Aber was hatte er gewonnen, wenn es Zakowski war? Er fand nur Motive dafür, dass jemand sich an Zakowski rächen würde, wenn der ein Spitzel war, oder wenn einer glaubte, dass er einer sei. Es kommt nicht darauf an, was einer ist, sondern wofür andere ihn halten. Und doch schien es Stachelmann sinnvoll zu sein, sich mit Zakowski zu befassen. Der war immer davongekommen, im Gegensatz zu den Flüchtlingen, die er betreute. Wenn er Zakowski fand, konnte Stachelmann vielleicht aufklären, warum diese Fluchtversuche gescheitert waren. Daraus ergab sich womöglich ein neuer Anhaltspunkt. Das war verwickelt, aber das Leben ist verwickelt. Meistens kommt man auf dem Umweg am schnellsten zum Ziel. Zakowski konnte ihm gewiss erklären, welche Fluchthelfer noch an diesen Unternehmen beteiligt waren. Mochte doch sein, dass es noch einen gab, der an den misslungenen Fluchten mitwirkte. Und wenn es Griesbach war?

Kurz bevor Stachelmann zum letzten Mal in dieser Nacht einschlief, hatte er das Gefühl, dass in ihm eine Idee keimte, was geschehen sein konnte. Die Erklärung für den Mord lag in dessen Vorgeschichte. Die würde er erforschen, das war sein Beruf. Dann siegte die Müdigkeit über die Angst.

Am Morgen war er zerschlagen. Er frühstückte eilig, dann steckte er sein Notizbuch ein und ging zu den Telefonzellen am Pferdemarkt, sie waren billiger als das Handy. Er ärgerte sich, dass er am Abend zuvor nicht auch schon außerhalb seiner Wohnung telefoniert hatte. Zuerst rief er Wittstock an. Diesmal hatte er Glück, Wittstock hob ab. »Ja, Zacki berlinerte. Aber das tun doch viele. Ja, eher klein und reichlich zäh. Warum wollen Sie das alles wissen? Zacki ist sauber, glauben Sie mir.«

»Ich muss ihn nur was fragen. Wissen Sie, wo er wohnt?«

»Der ist aus Berlin weg, irgendwo auf die Dörfer, so Richtung Frankfurt.«

»Frankfurt/Oder?«

»Klar.«

»Kennen Sie jemanden, der es genauer weiß?«

»Nee.«

»Pawelczyk?«

»Bestimmt nicht. Die waren nicht so dicke, der Zacki und der Pawelczyk.«

»Waren sie Feinde?«

»Nee, so würde ich das nicht sagen. Aber Busenfreunde waren sie auch nicht.«

»Wissen Sie inzwischen den Nachnamen von Ihrem Kollegen Horst?«

»Ja, ist mir eingefallen. Drehmel. Den brauchen Sie aber nicht zu besuchen. Und wenn, dann nehmen Sie sich einen Spaten mit. Der ist vor ein paar Wochen gestorben. Sie haben mich durch Ihren Besuch drauf gebracht, den mal wieder anzurufen, aber es war nur seine Frau dran, die heulte gleich los. Große Scheiße.«

Als er das Gespräch beendet hatte, rief er seine Mutter an.

»Was ist das für ein Krach?«

»Ich stehe in einer Telefonzelle.«

»Ist dein Telefon kaputt? Wo bist du?«

»Ich besorge Kuchen und besuche dich heute Nachmittag. Was hältst du davon?«

»Das ist wunderbar.«

Zu Hause suchte er noch einmal die Wohnung ab. Besonders gründlich nahm er sich die Fenster vor. War ein Fenster gekippt, als er in Weinheim war? Wahrscheinlich das im Bad. Oder nicht? Er ließ doch im Winter ein Fenster nicht tagelang offen stehen. Hatte er es vergessen? Er wusste es nicht. Aber auch im Bad nicht die geringste Spur des Eindringlings. Dann fiel ihm ein, was er tun könnte. Am Montag würde er sich eine Überwachungskamera installieren lassen. Er hatte davon gelesen. Einfach an den Computer anschließen und mit einem Bewegungsmelder verbinden. Wahrscheinlich kriegte man sogar Kameras mit eingebautem Bewegungsmelder. Der sorgte dafür, dass die Kamera sich einschaltete, sobald jemand in der

Wohnung war. Diese Idee besserte seine Laune. Er malte sich aus, wie der Eindringling gefilmt wurde, ohne dass der es merkte. Stachelmann könnte mit der Aufnahme zur Polizei gehen. Dann mussten sie ihm glauben, und der Spuk hatte ein Ende.

Er legte sich aufs Bett, es gelang ihm, fast zwei Stunden zu schlafen. Als er aufwachte, hatte er die Idee mit der Kamera gleich wieder im Kopf. Das war es. Er verließ die Wohnung und ging in die Breite Straße zu Niederegger. Dort stellte er sich in die Schlange und wartete, bis er endlich drankam. Er kaufte reichlich Torte und trug sie zum Auto. Dann fuhr er los. Es herrschte wenig Verkehr, und er war bald in Reinbek. Beim letzten Mal, als er hier war, wurde sein Vater beerdigt. Ein Kloß wanderte ihm in die Kehle, als er an der Abzweigung zum Waldfriedhof vorbeifuhr.

Seine Mutter wirkte noch zerbrechlicher als beim letzten Mal. Sie war blass und sah müde aus. Die Trauer zehrte an ihr. Aber sie wollte tapfer sein und es sich nicht anmerken lassen. Stachelmann spürte die Anstrengung, die sie aufbrachte.

Sie setzten sich ins Wohnzimmer. Der Sessel, auf dem der Vater immer gesessen hatte, stand an seinem Platz. Es war ein seltsames Gefühl, zum ersten Mal war der Vater nicht da, wenn Stachelmann zu Besuch kam.

»Schade, dass ihr euch nicht mehr aussöhnen konntet. Vater war bereit dazu.«

»Ja, schade«, sagte Stachelmann. Er log, er wollte nicht vom Tisch wischen, was seinen Vater und ihn entzweit hatte. Der Vater hatte erklärt, er habe damals keine Wahl gehabt. Aber das bestritt Stachelmann. Der Vater wollte wissen, wie Stachelmann sich verhalten hätte. Diese Frage konnte Stachelmann nicht beantworten. Aber das änderte nichts daran, dass der Vater einer der kleinen Helfer war, ohne die große Verbrechen nicht möglich sind. Mit dem

Tod war der Streit beendet, und warum sollte er seine Mutter nicht in der Illusion leben lassen, eine Versöhnung wäre möglich gewesen, wenn der Vater nicht gestorben wäre?

»Warst du schon am Grab?«, fragte die Mutter. Und Stachelmann wusste, sie würde ihn immer wieder fragen.

»Nein.«

Sie schaute ihn traurig an, wollte einen Grund hören.

»Beim nächsten Mal«, log Stachelmann.

Sie nickte.

Sie aßen den Kuchen und tranken Tee.

»Ich weiß, dass du nicht völlig Unrecht hattest, und Vater hat es wohl geahnt. Aber was du nicht berücksichtigst, er hat auch viel Gutes getan. Das zählt doch auch.«

Sollte Stachelmann erwidern, das Gute sei selbstverständlich und das Schlechte kein Verrechnungsposten?

»Gewiss«, sagte er. »Ich habe nie behauptet, er sei ein schlechter Mensch. Er war ein Mensch wie Millionen andere. Es gibt Zeiten, da genügt das nicht.«

Die Mutter schwieg.

Stachelmann fragte sich, was sie damals gedacht hatte. War sie in der Partei oder in einer ihrer Organisationen? Hat sie mitgemacht bei der Winterhilfe? Hat sie bei Führerreden Heil geschrien? Hat sie gedacht, es werde schon seinen Grund haben, dass man die Juden fortbrachte? Hat sie den Krieg für richtig gehalten? Er fragte sie nicht.

Aber die Fragen ließen ihn nicht los. Er dachte noch darüber nach, als er nach Hause fuhr. Es gab nur wenige, die anständig geblieben waren damals, warum sollte gerade seine Mutter dazugehören? Vielleicht glaubte sie wie andere, das Unrecht werde Recht, wenn viele mitmachten. Was hatte der Vater gesagt? Es seien andere Zeiten gewesen, das verstehe Stachelmann nicht.

Die Autobahn glänzte vor Nässe. Es war längst dunkel. Die Wischer zogen Schlieren über die Windschutzscheibe, er hätte sie längst erneuern sollen. Ein Wagen raste an ihm vorbei und fuhr dicht vor ihm auf die rechte Spur. Ein paar Sekunden sah Stachelmann fast nichts mehr. Er schimpfte.

Als er an der Ausfahrt Reinfeld vorbeikam, fragte er sich, was ihn zu Hause erwartete. Wieder Musik? Am Montag würde er jemanden holen, der Wanzen suchte und eine Videokamera installierte. Der Druck auf dem Magen wuchs mit jedem Kilometer, den er sich Lübeck näherte. Er verließ die Autobahn in Lübeck-Mitte und fuhr über den Lohmühlenteller zur Fackenburger Allee. Sein Hemd war schwitzig, auf der Stirn stand Schweiß. Er drehte die Heizung niedriger und öffnete das Seitenfenster einen Spalt. Er ist wieder da gewesen, bestimmt. Dann packte ihn der Zorn auf den Unbekannten, der ihm das Leben zur Hölle machte. Er hätte den Kerl umbringen können. Die Vernunft mahnte ihn, ruhig zu bleiben. Der will, dass du die Nerven verlierst. Einen anderen Zweck kann die Heimsuchung nicht haben. Also tu ihm nicht den Gefallen, bleib ruhig. Denk dir was aus, um dem Mann zu zeigen, du lässt dich nicht kleinkriegen. Er quetschte den Golf in einen Parkplatz an der Obertrave und blieb einen Augenblick sitzen, um die Nerven zu beruhigen. Er bereitete sich vor auf die Szene, die ihn erwartete. Musik, schon im Treppenhaus zu hören. Welches Stück darf es diesmal sein? Vielleicht Wagner, zur Abwechslung und weil es zum Wetter passt? Oder was Modernes? Oscar Peterson am Klavier?

Mit schnellen Schritten ging er zur Lichten Querstraße. Er öffnete die Haustür und stieg die Treppe hoch. Kurz vor dem ersten Stock blieb er stehen und lauschte. Er hörte nichts. Er schloss die Wohnungstür auf, keine Musik. Dann durchsuchte er die Räume. Als er im Wohnzimmer stand, bemerkte er einen Geruch, der war fremd. Es war nur ein Hauch, Stachelmann kannte den Geruch.

Was war es? Er überlegte. Zigarettenrauch. Es hatte niemand geraucht, aber es war ein Raucher in der Wohnung gewesen. Daran gab es keinen Zweifel. Es war derselbe Geruch, den Pakete mit sich trugen, die von Rauchern gepackt worden waren. Es war jemand in seiner Wohnung gewesen. Stachelmann schaltete den Computer ein, der startete normal. Er durchsuchte noch einmal die Wohnung. Es hatte sich nichts verändert. Doch er war sicher, wieder war jemand eingedrungen. Aber diesmal wollte er unbemerkt bleiben. Welchen Zweck konnte der Besuch haben? Wenn er erst jetzt eine Wanze eingebaut hatte, dann würde sie nicht lange verborgen bleiben. Morgen früh gleich würde Stachelmann einen Spezialisten rufen. Vielleicht hatte er die Wanze schon beim ersten Besuch eingebaut und sie war kaputtgegangen. Wartungsarbeiten gewissermaßen. Oder der Eindringling hatte etwas anderes hinterlassen. Stachelmann ging in der Wohnung umher und ließ die Augen schweifen. Nichts zu finden.

Er startete sein Mailprogramm, neben dem üblichen Schmutz fand er eine Mail von Anne. Sie berichtete von durchwachten Nächten und Tagen, an denen sie nur zur Ruhe kam, wenn Felix einschlief. »Trotzdem würde ich mein schönstes Gesicht aufsetzen, wenn du uns mal besuchen kämst.«

Er rief sie an. Stachelmann war auf Babygeschrei gefasst, aber er hörte nichts. Sie klang müde. »Habe ich dich geweckt?«

»Ist schon gut.«

»Am Dienstag, nach dem Seminar, schaue ich vorbei, wenn es recht ist.«

»Gibt's Neues vom Einbrecher?«

»Ich erzähle es dir dann.«

»Bring was zu trinken mit.«

»Was?«

»Rotwein. Macht aber nichts, wenn du es vergisst. Der Kleine kriegt Naturkost, und ich esse, was auf den Tisch kommt. So, wie sich das gehört.«

Stachelmann musste lachen. »Braves Mädchen.«

»Bin ich schon immer gewesen. Nur merkt es keiner. Nicht mal du. Bis Dienstag.«

Das Gespräch besserte seine Laune. Aber die Angst lauerte weiter. Sie raubte ihm den Schlaf in dieser Nacht. Das ärgerte ihn umso mehr, als die Schmerzen sich zurückhielten.

Nach dem Frühstück und einer ausgiebigen Dusche ging er zu den Telefonzellen am Pferdemarkt. Diesmal war nicht der Anrufbeantworter der Firma dran, sondern eine Frau. Nein, Aufträge von Privatpersonen nehme man nicht an, sie hätten auch kein Personal dafür. Aber sie kenne eine Hamburger Detektei, die von der Firma Geräte bezogen habe, mit denen man Wanzen finden könne. Ja, soweit sie wisse, würden die auch Überwachungskameras anbieten. Sie gab Stachelmann die Nummer der Detektei. Sie trug den Namen Ewers Sicherheit.

In der Detektei nahm ein Mann den Hörer ab, er hatte die schmalzige Stimme eines auf Anbiederung geeichten Radiomoderators. Natürlich übernähmen sie auch außerhalb Hamburgs Aufträge, das koste aber extra. Stachelmann war es egal. Sie vereinbarten einen Termin für den Nachmittag.

Stachelmann ging nach Hause und schob die Telefonnummern-CD ins Laufwerk seines Computers. Er fand zahlreiche Zakowskis, aber nur wenige trugen den Vornamen Werner. In der Umgebung von Frankfurt/Oder gab es drei. Wenn er ein bisschen Glück hatte, war der Gesuchte darunter. Und dann? Worüber sollte er mit Zakowski sprechen? Dass der immer davongekommen war, wenn die Flüchtlinge gefasst wurden, die er betreuen sollte? Was bedeutete das? Dass Zakowski ein Stasi-Spitzel war? Hätte das nicht längst herauskommen müssen? Er druckte die Nummern aus und vergewisserte sich, dass er eine Telefonkarte als Reserve mitnahm zur Telefonzelle. Im Notfall würde er das Handy benutzen, auch wenn es teurer war. Er schaute auf die Uhr, er konnte die Telefonate führen, bevor der Mann von der Detektei kam. Beim ersten Zakowski nahm niemand ab. Beim zweiten war ein Kind am Telefon, der Papa sei verreist, sie solle es aber niemandem sagen. Stachelmann versprach, es nicht weiterzuerzählen. Die dritte Nummer war besetzt. Es war ein Reinfall, er musste es am Abend noch einmal versuchen.

Eine halbe Stunde später klingelte schon der Mann von der Detektei. Er stellte sich als Arthur Ewers vor, er sei ein Sohn des Inhabers. Seine Stimme war nicht schmalzig. Er hatte einen Koffer dabei. Stachelmann erzählte von seinem Verdacht, jemand habe eine Wanze in seiner Wohnung versteckt. »Das haben wir gleich«, sagte Ewers. Er holte ein Gerät aus seinem Koffer, schaltete es ein und drehte an einem Knopf, während er in den Zimmern umherlief. Er führte das Gerät an den Wänden entlang, hielt es an die Lampen und die leere Vase im Wohnzimmer. »Es piept, wenn da was ist«, sagte er. Es piepte auch nicht, als er es ans Telefon hielt.

Nach einer halben Stunde schüttelte Ewers den Kopf. »Nein, hier gibt es keine Wanzen. Jedenfalls keine, die funken. Und ein verkabeltes Mikrofon, wo sollte das Kabel hinführen?«

Einen Augenblick dachte Stachelmann an die Nachbarn im Erdgeschoss. Die waren oft weg, und da konnte sich einer einnisten und ein Mikrofonkabel durch die Decke nach oben verlegen. Aber zuletzt war die Nachbarin bei ihm gewesen. Das schloss aus, dass unten der Eindringling wohnte.

»Ich hätte darauf wetten können«, sagte Stachelmann.

»Schade, dass Sie es nicht getan haben«, sagte Ewers. »Dann hätte ich nämlich gewonnen.«

»Haben Sie die Kamera dabei?«

Ewers nickte. Er holte eine Schachtel aus seinem Koffer. Er packte die Schachtel aus und hatte ein winziges Gerät in der Hand, vorn glänzte die Linse. »Das muss man an den PC anschließen, und der muss immer laufen. Vorne ist ein Sensor eingebaut, der alle Bewegungen registriert. Wenn er eine Bewegung feststellt, schaltet er sich ein und zeichnet eine Weile auf. Wie lange, können Sie im Steuerprogramm am PC einstellen. Der Film wird auf der Festplatte gespeichert.« Ewers schaute sich um, dann ging er zum Bücherregal. »Hier wäre ein guter Platz. Die Tür im Sichtfeld, und die Kamera ist nicht zu erkennen.«

Als Ewers das Steuerprogramm für die Kamera installiert hatte und gegangen war, fühlte Stachelmann sich besser. Es war wieder teuer gewesen, aber er wusste jetzt, dass seine Wohnung nicht verwanzt war. Oder nicht mehr? Hatte der Eindringling mitbekommen, dass er einen Wanzenjäger gerufen hatte? Er überlegte, was der gehört haben konnte. Auf jeden Fall, dass Stachelmann die Sicherheitsfirma angerufen hatte. Wusste der Eindringling, dass Stachelmann zur Telefonzelle ging, um zu telefonieren? Wenn er das wusste, konnte er sich den Rest denken und die Wanze schnell entfernen, um sie beim nächsten Besuch wieder zu verstecken. Aber davor schützte Stachelmann nun die Kamera. Der Eindringling rechnete gewiss nicht damit, dass das Wohnzimmer überwacht wurde.

Stachelmann setzte sich an den Computer und startete das Kameraprogramm. Es war einfach zu verstehen. Er legte fest, dass sich die Kamera fünf Minuten, nachdem der Sensor sie gestartet hatte, ausschaltete. Dann testete er, ob die Kamera funktionierte. Er verließ das Wohnzimmer. Dann schlich er zurück ins Zimmer. Es war nichts zu hören, nicht einmal die Aufzeichnung auf die Computerfestplatte. Er ließ die Kamera laufen, bis sie sich lautlos ausgeschaltet haben musste. Dann setzte er sich wieder an den PC und ließ den Film laufen. Stachelmann war gut erkennbar, auch wenn ein Grauschleier die Güte der Aufnahme trübte. Aber es würde reichen, um den Eindringling zu identifizieren. Er malte sich seinen Triumph aus, wenn er mit der Aufnahme zur Polizei gehen würde. Hier, bitte schön, Sie suchen einen Mörder? Versuchen Sie es mal mit dem. Das Hochgefühl versickerte bald in seinen Zweifeln. Du darfst nicht warten, tu was. Umso früher bist du den Spuk los.

Er wählte die erste Nummer auf seiner Liste. Diesmal hatte er Glück, es hob jemand ab.

»Ja?«

Stachelmann hasste es, wenn die Leute sich nicht mit ihrem Namen meldeten.

»Hier Dr. Stachelmann, spreche ich mit Werner Zakowski?«

»Was wollen Sie von ihm?« Der Mann berlinerte stark.

»Ich bin Historiker, beschäftige mich mit Fluchthilfeorganisationen in Berlin bis 1989.«

»Und wie kommen Sie da auf mich?«

»Herr Wittstock hat mir empfohlen …«

»Wenn der mal das Wasser halten könnte.«

»Vielleicht darf ich Ihnen ein paar Fragen stellen?«

»Nicht am Telefon.«

Das kannte Stachelmann, die Angst, abgehört zu werden, blieb an einem kleben. Er fürchtete, ihm werde es ähnlich ergehen. »Gut, darf ich Sie besuchen, sagen wir, am Mittwoch?«

»Übermorgen? Ja, gut, hab ja sonst nicht viel zu tun.«

Zakowski gab Stachelmann seine Anschrift, er wohnte in Beeskow. Stachelmann versprach, am frühen Nachmittag zu kommen.

Nach dem Telefonat kochte er sich einen Tee und dachte über Zakowski nach. Fluchten, an denen er beteiligt war, scheiterten, aber Zakowski kam davon. Das war unglaubwürdig, die Stasi arbeitete gründlich. Blieb als Erklärung, Zakowski war ein Spitzel. Aber Wittstock hatte diesen Verdacht zurückgewiesen. Wenn Zakowski doch ein Inoffizieller Mitarbeiter war, dann war sein Verrat ein Motiv, ihn umzubringen, nicht aber Wolf Griesbach. Vielleicht war Wolf Griesbach ein Verräter. Aber Griesbach arbeitete nicht als Kurier, er ging nicht in den Osten, weil die ihn kannten. Sie hatten ihn ins Gefängnis gesperrt, er war nicht versessen darauf, es ein zweites Mal auszukosten. Trotzdem konnte er ein Verräter sein. Aber woher sollten die Flüchtlinge, die verhaftet worden waren, Griesbach kennen? Die Gruppe arbeitete konspirativ, auch die Kuriere nannten keine Klarnamen. Konnte sein, dass einer der Flüchtlinge recherchiert hatte und aus irgendeinem Grund glaubte, in Griesbach den gefunden zu haben, der ihn verpfiffen hatte. Das hatte Stachelmann bisher nicht bedacht. Das würde bedeuten, derjenige, der Griesbach ermordet hatte, musste so recherchiert haben wie Stachelmann. Das würde er gleich herausbekommen. Der Mörder musste Pawelczyk, Wittstock, Drehmel, Zakowski oder Schlösser gefragt haben. Oder Griesbach, und der musste sich verraten haben. Aber das war unwahrscheinlich. Drehmel war tot, den konnte er nicht mehr fragen. Schlösser hatte er noch nicht gefunden, vielleicht wusste Zakowski, wo der wohnte.

Stachelmann trank einen Schluck Tee, der war nur noch lauwarm. Für den Mord an Griesbach gab es drei gleich plausible Motive. Erstens ein Fluchthelfer, der Griesbach verdächtigte, ein Spitzel gewesen zu sein und ihn ins Gefängnis gebracht zu haben. Zweitens ein Spitzel unter den Fluchthelfern, Griesbach entlarvt ihn, der Spitzel tötet Griesbach. Drittens, ein Flüchtling, der verhaftet worden war, hält Griesbach für den Verräter und rächt sich. Aber es konnte alles anders sein, Motive waren denkbar, die nichts zu tun hatten mit Fluchthelfern. Dazu müsste er Ines fragen. Aber Ines wollte er nicht noch einmal besuchen. Er würde unnötig die Auflage verletzen. Doch wenn die Recherche in der Fluchthelferszene nichts ergab, würde er es tun müssen.

Am Abend versuchte er sich auf sein Seminar vorzubereiten. Es fiel ihm schwer, die Seminararbeit zu lesen, über die diskutiert werden sollte. Er konnte sich nicht an das Gesicht der Studentin erinnern, die die Arbeit abgegeben hatte. Sie war schlecht formuliert und aus Sekundärliteratur zusammengeklittert. Stachelmann mühte sich, das Geschreibsel zu Ende zu lesen, und fragte sich, warum manche Leute Geschichte studierten, wenn sie sich nicht dafür interessierten. Sie saßen in Seminaren oder Vorlesungen und langweilten sich. Stachelmann nahm sich vor, sich im Seminar zurückzuhalten, der Streit mit Hartmann reichte.

Er packte das Referat in seine Aktentasche und rief Oppum an. Diesmal war niemand da, also sprach er auf den Anrufbeantworter, er fahre am Mittwoch nach Beeskow in Brandenburg, sei am Abend aber wieder zu Hause. »Falls die Polizei mich verhaften will.« Er legte auf und entschied sich für einen Bummel. Als er in die Nähe des Ali Baba kam, bemerkte er seinen Hunger. Er ging in die Kneipe und setzte sich an den Tisch neben der Küchentür. Er hörte es klappern und zischen. Die meisten Tische waren besetzt. Er war der Einzige, der allein an einem Tisch saß. Er musste wieder daran denken, wie er mit Anne hier gewesen war. Er versuchte sich klar zu machen, wie es nun stand mit ihrer Beziehung. Den Tiefpunkt hatten sie hinter sich gebracht, aber was nun? Sie zog ihn an, aber alles blieb unverbindlich. Das liegt an dir, vielleicht auch daran, dass es so richtig ist. Aber er wollte nicht, dass es unverbindlich blieb. Er bildete sich ein, dass sie ihm Signale schickte, Aufforderungen, aber er war sich nicht sicher. Ein Missverständnis konnte alles zunichte machen. Er wollte sich nicht aufdrängen. Er war gespannt, wie es morgen sein würde.

Als der Kellner an seinem Tisch stand, bestellte er ein Reisgericht und einen Rotwein. Der Kellner ging, und Stachelmann betrachtete die jungen Leute an den anderen Tischen. Sie schienen ihm unbeschwert zu sein, er fragte sich, warum er zum zweiten Mal in einen Kriminalfall verstrickt wurde, obwohl er doch nur seine Habilitation abschließen wollte, um das letzte große Hindernis wegzuräumen auf dem Weg zur Professur. Du bist schon zu alt, dachte er. Denk an Griesbach, der hatte es viel früher geschafft. Wäre er nicht ermordet worden, dann hätte er dich verdrängt. Du bist der Gewinner in diesem Mordfall, wenn sie dich nicht auf die Anklagebank setzen und verurteilen. Aber nur bis Bohming einen neuen Favoriten fand und ihn überredete, nach Hamburg zu wechseln. Nichts verstand der Sagenhafte besser, als andere zu überzeugen, etwas zu tun, was zuerst Bohming nutzte.

Der Kellner brachte den Wein. Stachelmann trank einen Schluck. Am Nachbartisch wurde getuschelt, dann trafen ihn verstohlene Blicke. Ob die wussten, dass er des Mordes verdächtigt wurde? Er wunderte sich, dass es ihn kalt ließ. Sollen sie glotzen.

Der Kellner brachte das Essen. Stachelmann aß hastig. Das Tuscheln am Nebentisch hatte aufgehört, niemand schien ihn mehr zu beachten. Wieder begann er das Wirrwarr in seinem Kopf zu ordnen. Er ging die Personen und ihre Beziehungen zueinander durch, aber es war am Ende so unklar wie am Anfang. Er winkte dem Kellner und legte seine Geldbörse auf den Tisch. Aber der Kellner kam nicht. Da fiel ihm ein, es war besser, zur Kasse am Tresen zu gehen. Er stand auf und stellte sich an den Tresen. Eine junge Frau saß dort, sie rührte mit einem Holzstab in einem Glas mit einem roten Getränk. Sie schaute zu ihm, ihre Augen begegneten sich. Sie war hübsch und traurig.

Zurück in seiner Wohnung, prüfte er, ob die Kamera gelaufen war. Niemand hatte den Bewegungsmelder ausgelöst. Er ging schlafen und hoffte, der Rotwein werde ihm helfen. Aber er lag lange wach und erwog die Möglichkeiten des Falls Griesbach. Sein Hirn arbeitete unentwegt, obwohl er es für sinnlos hielt. Er wusste zu wenig, um das Rätsel zu lösen. Vielleicht brachte der Besuch bei Zakowski etwas. Er wollte sich zwingen, an sein Seminar zu denken und an den Besuch bei Anne, aber die Gedanken schweiften zu der Leiche im Sack und ihrem Mörder, der ihn fertig machen wollte und dem es gelingen konnte, obwohl Stachelmann dessen Ziel zu kennen glaubte.

Die Erschöpfung ließ ihn dann doch einige Stunden schlafen. Im Traum rannte er mit Bleifüßen vor einem Mann weg. Der kam näher und zog ein Messer. Schließlich war er nah genug und stieß zu. Der Schreck weckte ihn auf, er brauchte einige Sekunden, um sich zu vergegenwärtigen, wo er war. Er schaute auf den Wecker, es war sechs Uhr dreißig. Draußen war es dunkel.

Nach dem Frühstück blätterte er in der Seminararbeit, die am Nachmittag zu besprechen war. Wieder packte ihn Niedergeschlagenheit. Es war sinnlos, Geschichte zu lehren, wenn sich nicht einmal Geschichtsstudenten für ihr Fach begeisterten. Dabei ergründete es die Ursachen und Folgen menschlichen Handelns, was konnte es Spannenderes geben? Aber wahrscheinlich gab es Leute, die sich für nichts interessierten außer dafür, unterhalten zu werden. Das Leben als Party.

Die dunklen Gedanken beschäftigten ihn noch auf dem Weg zum Bahnhof. Der Wind trieb ihm Regentropfen ins Gesicht. In den beiden Betonklötzen vor dem

Bahnhof brannte viel Licht. Als Stachelmann im Dammtorbahnhof ausstieg, hatte es aufgehört zu regnen. In einem kleinen Laden kaufte er zwei Flaschen italienischen Rotwein und packte sie in seine Aktentasche. Sie wurde schwer, er wusste, der Rücken würde ihm wehtun. Als er den Bahnhof verließ, blies der Wind kräftiger. Stachelmann fror. Die Niedergeschlagenheit wich, je weiter er sich entfernte von zu Hause. Als er die Eingangstür des Philosophenturms aufdrückte, dachte er, er müsse trotz der widrigen Umstände endlich beginnen, seine Habilschrift zu überarbeiten. Er fürchtete, nicht mehr zufrieden zu sein mit der Arbeit. Aber eine andere hast du nicht geschrieben, und es ist ausgeschlossen, dass eine zweite Arbeit besser würde. Die Wirklichkeit ist immer mäßig, verglichen mit deinen Träumen. Was du schreibst, ist schlechter als das, was du schreiben willst. Schon deshalb, weil es dich nicht mehr überraschen kann. Aber es überrascht vielleicht die Leser.

In seinem Dienstzimmer schaltete er den PC ein. Er konnte ein paar Seiten überarbeiten bis zum Seminar. Er würde sich Mittwoch wieder mit dem Mord befassen oder vielleicht schon am Abend bei Anne. Aber jetzt würde er sich beweisen, dass man ihn nicht fertig machen konnte. So nicht. Er öffnete das Mailprogramm und rief die E-Mails ab. Es war viel Schrott, eine Rundmail des Sekretariats von Bohming mit dem Betreff *Neue Prüfungsordnung*, und da war eine Mail, die er sich offenbar selbst geschickt hatte, jedenfalls war seine private Mailadresse eingetragen als Absender. Die Mail beförderte einen Anhang. Er öffnete sie. *Gruß von zu Hause* stand da, sonst nichts. Der Anhang war eine AVI-Datei. Also ein Film, dachte Stachelmann. Wer schickt mir einen Film? Da überkam ihn eine Ahnung. Er klickte die Datei doppelt an, klickte die Warnmeldung weg, und der Mediaplayer lud den Film. In dem kleinen Ausschnitt erkannte er sofort, was für ein Film es war. Er hatte ihn aufgenommen, als er die Kamera geprüft hatte. Er war schon schweißnass, als er begriff, was geschehen war. Der Film zeigte ihn, wie er in seinem Wohnzimmer umherlief, nachdem der Bewegungssensor die Kamera eingeschaltet hatte.

Stachelmann starrte auf das Bild. Dann holte er die Mail in den Vordergrund. Sie war vor zehn Minuten abgeschickt worden. Jetzt, in diesem Augenblick, war der Eindringling wahrscheinlich noch in seiner Wohnung. Stachelmann musste sich beeilen. Er tastete in der Aktentasche nach seinem Notizbuch. Seine Hände zitterten, als er die Nummer suchte. Dann fand er sie und wählte. Zuerst verwählte er sich und fluchte. Bleib ruhig, bleib ganz ruhig. Burg meldete sich.

»Herr Burg, da ist jemand in meiner Wohnung, ich kann es beweisen. Er hat mir einen Film geschickt, den ich aufgenommen und in meinem PC gespeichert habe.«

»Sie sind also nicht zu Hause?«

»Ich bin an der Universität. Das sollten Sie mir schon glauben.«

»Und Ihnen hat jemand eine Mail geschickt von Ihrem Computer zu Hause?«

»Ja.«

»Scheiße. Ich schicke mal eine Streife.«

»Die sollen die Tür öffnen und die Wohnung durchsuchen.«

»Wenn Sie das wünschen.«

»Rufen Sie mich sofort an, wenn die Streife bei mir war.«

Nach dem Telefonat wischte er sich den Schweiß von der Stirn. Sein Fuß schlug einen Rhythmus, den er nicht kannte. Nach einer halben Stunde konnte er sich kaum beherrschen, Burg nicht wieder anzurufen. Die Polizisten mussten längst in der Wohnung sein. Er dachte an das neue Schloss, vielleicht hatten sie Mühe, es zu öffnen.

Wie, verdammt, kam der Eindringling in die Wohnung? Es schien kein Schloss zu geben, das er nicht spurlos öffnen konnte. Und warum schickte der Eindringling ihm den Film? Damit Stachelmann wusste, die Überwachung nutzt nichts. Der Fremde hatte es erkannt, er war mit allen Wassern gewaschen. Er war Stachelmann immer einen Schritt voraus. Stachelmann fühlte sich hilflos. Er war diesem Eindringling ausgeliefert. Der machte mit ihm, was er wollte. Und er zeigte Stachelmann, dass er wehrlos war. Aber jetzt hatte Stachelmann den Beweis. Er lachte grimmig. Nun habe ich dich, nun hast du eine Spur hinterlassen. Er druckte die Mail aus und kopierte die Videodatei in ein anderes Verzeichnis. Sicher ist sicher.

Nach einer weiteren halben Stunde hielt er die Ungewissheit nicht mehr aus. Burg nahm ab. »Die haben gerade einen Computerexperten hinzugezogen, der sich Ihren PC anschaut. Sie müssen sich noch etwas gedulden. Ich rufe Sie an, bestimmt.«

Stachelmann lief in seinem Zimmer umher. Er schaute zum Fenster hinaus. Blattlose Bäume im Regen. Er spürte die nasse Kälte in seinen Gelenken. Endlich klingelte das Telefon, es war Burg.

»Also, ich werde nicht so recht schlau aus der Sache. Der Experte sagt, Ihr Mailprogramm sei so eingestellt, dass es jede Stunde eine Verbindung aufbaue zum Mailserver und automatisch Mails versende und empfange. Die Mail mit der Videodatei sei im Order *Gesendete Objekte* abgelegt. Das bedeutet, wenn ich es richtig verstanden habe, dass Ihr Mailprogramm automatisch auch diese Mail mit der Videodatei versendet hat. Da wir nicht die geringste Spur eines Einbruchs gefunden haben, gehen wir davon aus, dass nur Sie sich diese Mail geschickt haben können. Sie haben sich mit dieser Kamera, die war übrigens ausgeschaltet, selbst aufgenommen und sich die Mail eben mal selbst geschickt.«

Stachelmann wollte etwas erwidern, aber er kriegte kein Wort heraus.

»Sind Sie noch dran?«, fragte Burg.

»Sie behaupten, ich hätte die Videoaufnahme gemacht und mir die Mail geschickt. Das glauben Sie doch selbst nicht«, sagte Stachelmann.

»Mit dem Glauben, werter Herr Dr. Stachelmann, kommen wir bei dieser Scheiße nicht weiter. Was meinen Sie, was mir Staatsanwalt und Richter erzählen, wenn ich denen mit Glaubensbekenntnissen komme? Die erklären mich für geisteskrank. Ab nach Neustadt, Frühpension. Wenn ich Sie mal darüber aufklären darf, bei uns zählen nur Tatsachen. Tatsache Nummer eins, wir haben keine Einbruchsspuren gefunden. Ihre Haustür war abgeschlossen. Wenn das Schloss jetzt Spuren zeigt, stammen die von uns. Tatsache Nummer zwei, die Videoaufnahme zeigt Sie, und Sie sagen selbst, Sie hätten den Film aufgenommen. Tatsache Nummer drei, Ihr Computer, genauer, Ihr Mailprogramm hat die E-Mail und die anhängende Datei verschickt. Tatsache Nummer vier, Ihr Mailprogramm war so eingestellt, dass es jede Stunde automatisch Mails verschickt und empfängt. Wer soll das eingestellt haben, wenn nicht Sie?«

Stachelmann packte der Zorn. »Tatsache Nummer fünf, ich schicke mir selbst eine Mail mit einem Film, den ich selbst aufgenommen habe, und rufe dann die Polizei, weil ich die Mail gekriegt habe. Wie war das mit Neustadt?«

»Genau«, sagte Burg. »Sie schicken sich die Mail selbst und rufen uns an, um Ihren großen Unbekannten mal wieder zum Leben zu erwecken. Sie sollten uns nicht für dumm halten.«

Stachelmann knallte den Hörer auf die Gabel. Es konnte geschehen, was wollte, immer hatte er am Ende den schwarzen Peter in der Hand.

Es klopfte, Lehmann steckte seinen Kopf durch den Türspalt. »Wir gehen was essen, kommst du mit?«

»Nein, danke.«

»Geht es dir gut?« Lehmann schaute skeptisch.

»Ja, ja.«

Lehmann schaute ihn an, dann schloss er die Tür.

Der hat es gut, dachte Stachelmann. Dann überlegte er, was er wusste von seinen Kollegen. Es war wenig, fast nichts. Er war Lehmann dankbar, der schnitt ihn nicht. Bohming dagegen ließ nichts von sich hören. Renate Breuer auch nicht, wo sie doch sonst immer mal reinschaute, auch wenn es keinen Grund dazu gab. Mit einem Mörder tratscht es sich nicht gut. Aber noch ließ Bohming ihn arbeiten. Stachelmann ahnte, wie der Sagenhafte sich den Kopf zerbrach, um sich gegen alle Gefahren abzusichern. Wenn er ihn rausschmiss, würde es heißen, Bohming habe die Unschuldsvermutung missachtet und kalte Füße bekommen. Wenn er ihn nicht rausschmiss und Stachelmann verurteilt wurde, würde es heißen, er habe einen Mörder beschäftigt. Das Schlimmste für Bohming war, es blieb etwas hängen am Historischen Seminar und damit an ihm. Ein Historiker ermordet, ein anderer unter Mordverdacht, das ist das Gegenteil von Imagepflege und schlecht für Bohmings Bestreben, Geldgeber zu finden.

Stachelmann schlug die Zeit tot, bis sein Seminar begann. Nach dem Seminar wunderte er sich, wie er es bewältigt hatte. Er bildete sich ein, die Studenten hätten nicht gemerkt, dass er mit den Nerven am Ende war. Wenn du im Seminar ausflippst, wird Bohming dich suspendieren. Das wäre ein halber Schuldspruch. Du musst durchhalten. Er hielt durch, wenn auch mit weichen Knien. Schon kurz danach, als er wieder in seinem Zimmer saß, wusste er nicht mehr, was referiert und was diskutiert worden war. Es war ihm gleichgültig. Er dachte an Anne. Bald würde er bei ihr sein.

* * *

Frau Patzeck hatte den Klingelklöppel im Flur mit einem Lappen blockiert. Nun musste jeder, der Wolf Griesbach besuchen wollte, bei ihr klingeln. Sie begleitete den Besuch dann nach oben. Griesbachs Briefkasten hatte sie mit Klebeband verschlossen und dem Postboten gesagt, er möge alle Post in ihren Briefkasten werfen. Nachmittags stieg sie die Treppe hoch, klopfte bei Griesbach und reichte ihm seine Post. Wenn er nicht da war, fing sie ihn auf der Treppe ab. Griesbach überlegte, ob Frau Patzecks Maßnahmen damit zusammenhingen, dass er etwa alle vier Wochen Damenbesuch empfing, der aber rechtzeitig vor zweiundzwanzig Uhr das Haus verließ. Dann fragte er sie, ob es ihr nicht Mühe bereite, die Post zu verteilen und Besuch die Treppe hinaufzubegleiten.

»Das schon«, sagte Frau Patzeck. »Aber ich muss ja wissen, was in meinem Haus passiert.«

Mit dem Alter wuchs ihr Misstrauen. Sie streifte häufig im Haus umher, und die Mieter mussten jederzeit damit rechnen, dass Frau Patzeck vor einem stand, etwas murmelte und ungeniert hinter einem herlief, bis man in seinem Zimmer verschwand.

Als sie zum ersten Mal Margarete nach oben begleitete, musste Griesbach lachen, nie hatte er Margarete so entsetzt blicken sehen. Als Frau Patzeck gegangen war, erzählte Griesbach von den neuen Macken der Wirtin.

Da sagte Margarete, er müsse woanders hinziehen. Irgendwann schnüffele die Patzeck in den Studentenbuden herum, und er sei ja nicht der Ordentlichste. »Stell dir vor, du lässt was herumliegen, was uns verrät, und die Patzeck rennt damit zur Polizei.«

Er sah es ein. »Dann ziehe ich zu dir, du hast bestimmt eine schöne große Wohnung.«

Sie schaute ihm lange in die Augen. »Dann erzähl mal, was du für den Frieden und den Fortschritt der Menschheit getan hast.« Sie grinste.

»Ohne mich gäbe es keinen Frieden und schon gar keinen Fortschritt.«

»Ja, wenn das so ist, nehme ich dich ein paar Wochen als Untermieter auf. Sagen wir, zu Versuchszwecken. Heinz wird toben, aber am Ende siegen der Sozialismus und die Macht der Tatsachen. Eigentlich ist das ja dasselbe.«

16

Er hörte Felix schreien, als er vor ihrer Tür stand. Sie öffnete und sah erschöpft aus. »Komm rein, er gibt gerade eine Aufführung.« Sie führte ihn ins Wohnzimmer, aus der Küche roch es nach Knoblauch und Basilikum. Felix lag in einem Korb und schrie. Stachelmann schaute Felix ins Gesicht, der ließ sich nicht beeindrucken und schrie weiter.

»Zuerst er, dann wir. Wenn er getrunken hat, wird er schlafen.« Sie hob ihn aus dem Korb, zog ihren Pulli hoch und gab ihm die Brust. Felix hörte auf zu schreien und nuckelte. Als er satt war, legte sie ihn ins Körbchen und spielte mit ihm. Er griff nach ihren Fingern, plötzlich schlief er ein. Anne ging auf Stachelmann zu und nahm ihn in den Arm. »Endlich habe ich Zeit, dich zu begrüßen.« Sie küsste ihn auf den Mund. »Komm mit in die Küche.« Sie schaute in den Ofen. »Noch zehn Minuten«, sagte sie. »Ich hoffe, du magst Auflauf.«

»Darf ich heute Nacht hier bleiben?«

»Nicht so stürmisch, Herr Doktor. Wenn du artig bist, lasse ich mit mir reden.«

»Ich will nicht nach Hause.«

Sie schaute ihn fragend an.

»Der Wahnsinn geht weiter. Da will mich jemand fertig machen.« Er berichtete von dem Film, den der Eindringling ihm ins Büro geschickt hatte.

»Der schickt dir eine E-Mail ins Büro, und die Bullen sagen, du hättest dir die selbst geschickt?«

Er nickte.

»Und Ossi, kann der nicht helfen?«

»Nicht viel. Die Lübecker Kripo lässt sich da nicht reinreden. Die glauben, ich hätte Griesbach ermordet.

Offenbar hoffen sie auf weitere Beweise. Sie verhaften mich nicht, haben mir aber Auflagen verpasst. Vielleicht glaubt der Staatsanwalt, ich würde irgendwann einen Fehler machen, dann wäre die Sache gerichtsfest.«

»Und dieser Typ, hast du inzwischen eine Ahnung, warum der bei dir einbricht?«

»Ich weiß es nicht. Ich weiß nur, dass mich das fertig macht. Wenn das bezweckt sein soll, dann macht der Kerl alles richtig. Weißt du, ich fühle mich hilflos und allein. Alle sind gegen mich, selbst Bohming liegt auf der Lauer und wartet darauf, mich endlich zu suspendieren, ohne dass man ihm später mangelnde Solidarität nachsagen kann.« Er spürte Druck in den Augen. Er wehrte sich dagegen, aber dann begann er zu weinen.

Sie stand auf und streichelte ihm den Kopf. »Ich glaube dir.«

Er erhob sich ebenfalls und drückte sie an sich. Sie machte sich sanft los, riss ein Küchentuch von der Rolle und wischte ihm die Tränen weg.

»Tut mir Leid«, sagte er.

»Das wäre falsch. Du bleibst heute hier, und ich werde über dich wachen wie Zerberus.« Sie fletschte die Zähne und knurrte.

Er musste lachen.

»Und du hast wirklich mit dieser Ines geschlafen?«

Er nickte. »Hab' ich das nicht schon gebeichtet?«

»Du bist ein komischer Kerl.«

»Was ist daran komisch? Es ist halt passiert.«

»Dass dir so was passiert, habe ich bisher für unmöglich gehalten. Ich habe da ja so meine Erfahrungen.«

»Tut mir Leid.«

»Mein Gott, was dir so alles Leid tut heute. Nun zieh mal das Büßerhemd aus.«

Er fühlte sich besser. Sie hatte Recht, er war ein komischer Kerl. Er traute sich nicht, mit Anne zu schlafen, und landete im Bett einer Zufallsbekanntschaft. Warum war das so? Weil er Angst hatte, sich auf Anne einzulassen. Er fühlte sich ihr nicht gewachsen, fürchtete, sie mit seiner Krankheit und seinen Macken zu überfordern. Er hatte sich eingeredet, nur allein leben zu können. Wenn er ihr zu nah käme, würde er sie enttäuschen. Und doch zog es ihn zu ihr hin. Er hatte gelitten, als sie sich damals von ihm abwandte. Sie hatte nie etwas gesagt darüber, aber irgendwann hatte sie keine Zeit mehr für ihn, lud ihn auch nicht mehr zu sich ein. Und dann wurde sie schwanger. War jetzt wieder alles wie vorher? Wie war es vorher? Es war doch alles ungewiss? Wie sollte er mit ihr umgehen? Sie verhielt sich, als wäre nie etwas gewesen. Er fand es falsch. Vielleicht sollte er mit ihr darüber reden? Und wenn er etwas Falsches sagte? Wenn er es zerstörte?

Sie schaute ihn aufmerksam an, als könnte sie verfolgen, was er dachte. »Und nun, Josef, was machst du gegen den Eindringling?«

»Ich habe eine Liste von Leuten, die ich befragen werde. Irgendeiner wird mir schon den heißen Tipp geben.« Er beschrieb ihr die Leute, die er besucht hatte und die er noch besuchen wollte. Zakowski zunächst.

»Irgendeiner ist der Mörder, und er wird nicht zulassen, dass du ihn enttarnst.«

»Es bleibt mir keine Wahl. Nie hätte ich gedacht, dass man in einem Rechtsstaat in eine solche Lage kommen könnte. Das macht mir fast mehr Angst als dieses Gespenst.«

»An den Rechtsstaat glaube ich sowieso nicht. Sonst wäre Holler nicht reich und Kohn nicht tot.«

Sie erinnerte ihn an ihre Zusammenarbeit, um den Fall Holler aufzuklären. Er sah Anne und sich in seinem Dienstzimmer, wie sie den Berg der Schande zerlegten. »Manchmal kommt es mir vor wie ein Wettlauf. Ich muss Griesbachs Mörder finden, bevor die Polizei mich wieder einsperrt. Wenn sie es ein zweites Mal tut, wandere ich auf die Anklagebank. Und ich muss zugeben, die Indizien sind gut. Um das zu wissen, muss ich kein Jurist sein.«

»Aber du warst es nicht. Es ist eine Häufung von Zufällen. Und Dummheiten. Warum musstest du mit dieser Frau pennen?«

Der Zorn in ihrer Stimme tat ihm gut. »Warum musstest du …?« Er winkte ab. Warum musstest du ein Kind von einem anderen kriegen, hätte er fast gefragt.

Sie schwieg und starrte an die Wand. »Ich war böse auf dich, Josef, ich habe dich verflucht und mich auch, weil ich mich fast mit einem eingelassen hätte, der nie weiß, was er will. Der mit nichts fertig wird, nicht mit Menschen, nicht mit seiner Arbeit. Der sich das Leben so leicht machen könnte, wenn er ein bisschen mehr Selbstvertrauen hätte.«

Er schaute sie an. Sie war schön in ihrem Zorn.

»Jetzt ist der Auflauf fertig«, sagte sie. »Wir essen, dann streiten wir weiter, dann kriegen wir heraus, wer bei dir spukt, und am Ende bringen wir Herrn Doktor ins Bettchen.« Sie deckte den Küchentisch und stellte eine Flasche Rotwein und einen Korkenzieher vor Stachelmann auf den Tisch. »Mach dich nützlich.«

Er öffnete die Flasche und schenkte ein. Sie aßen, er hatte keinen Hunger.

»Vielleicht ist es dieser Zakowski«, sagte sie. »Das fällt auf, seine Flüchtlinge werden gefasst, er kommt davon.«

»Den besuche ich morgen.«

»Ich werde dich nicht daran hindern können.«

»Ich will, dass der Wahnsinn aufhört.«

»Es wäre schön, du bliebst am Leben, falls dich dieser Gesichtspunkt interessiert.«

Er lachte. »Eigentlich schon, wenn ich es mir so überlege. Der Mörder sitzt mir bereits im Genick. Aber anscheinend will er nicht morden, sondern mich fertig machen.«

»Es sei denn, du rückst ihm zu nah.«

»Aber wenn er mich umbringt, hat er niemanden mehr, dem er den Mord an Griesbach in die Schuhe schieben kann.«

»Er wird einen anderen finden.«

»Das ist nicht so leicht. Gegen andere gibt es keine Indizien. Man kann nicht beliebig Beweise präparieren. Nein, der ist auf mich angewiesen. Er muss mich sogar beschützen, mir darf nichts passieren. Wenn ich draufgehe, war seine Mühe umsonst.«

»Mag sein, aber wenn du ihm gefährlich wirst, bringt er dich um. Und wenn du weitermachst wie bisher, wirst du ihm gefährlich werden.«

Sie hatte Recht. Er schloss die Augen. »Das also ist meine Wahl. Entweder tot oder lebenslänglich im Knast.« Er trank einen großen Schluck Wein. Seine Hand zitterte. Er fühlte sich elend. Seine Augen wurden wieder feucht. So klar hatte er die Ausweglosigkeit noch nicht gesehen.

»Komm, wir gehen ins Wohnzimmer. Nimm dein Glas mit.«

Sie setzte sich aufs Sofa und schlug mit der Hand auf den Platz neben sich. Er setzte sich neben sie.

»Du bist ein dummer Junge«, sagte sie. Sie küsste ihn auf die Wange. »Und ich fall auf so einen rein.« Sie tat so, als spräche sie mit sich selbst.

Felix begann zu schreien. Sie stand auf und verschwand im Schlafzimmer. Stachelmann lehnte sich zurück und schloss die Augen. Er war erschöpft und verzweifelt. Das Schreien hörte auf, die Schlafzimmertür dämpfte Annes Stimme. Dann kam sie wieder. »Hat wohl schlecht geträumt«, sagte sie. »Ob Säuglinge träumen?« Sie setzte sich auf seinen Schoß und küsste ihn auf den Mund. Er spürte ihre Zunge und erwiderte ihr Suchen. Dann küsste sie ihn auf die Stirn und stand auf. »Als aufgeklärter Mann weißt du bestimmt, dass Mütter kurz nach der Geburt noch nicht so scharf sind auf Sex. Wir holen das aber nach. Auf die paar Wochen kommt es auch nicht mehr an.« Sie lachte. Natürlich wusste er es nicht, aber er sagte nichts. Er genoss es, in seiner Verzweiflung ein wenig Glück zu spüren.

Als sie ins Bett gingen, legte sie sich in seinen Arm. Ihr Kopf wurde ihm bald schwer, aber er ertrug den Schmerz. Er hatte sie oft weggestoßen, es zählte nicht, ob er es bewusst getan hatte oder unwissentlich. Er hielt aus, bis sie sich auf die Seite drehte. Der Schlaf ließ auf sich warten, er hörte sie tief und regelmäßig atmen. Seine Schulter schmerzte noch. Er hatte ihr gesagt, dass er früh aufstehen müsse, und sie hatte gelacht. »Das wird der junge Mann schon erledigen.« Sie zeigte auf das Kinderbett. Felix prustete leise, als wollte er bestätigen, was seine Mutter angekündigt hatte.

Es dauerte ein paar Augenblicke, bis er begriff, wo er lag und woher das Babygeschrei kam. Anne stand auf und hob Felix aus dem Bett. Sie verließ das Schlafzimmer mit dem schreienden Baby, dann verstummte das Kind. Stachelmann stand auf und duschte. Danach ging er in die Küche, das Teewasser kochte. Anne strahlte ihn an aus müden Augen.

Nach einem eiligen Frühstück hastete er zum Bahnhof. Er musste nach Hause, das Auto holen und dann nach Beeskow fahren, zu Zakowski, der vielleicht ein Mörder war. In der Bahn dachte er an Anne und die Gesten der Zärtlichkeit am Morgen. Sie konnte sich noch nicht ganz einlassen auf ihn, aber der Abend, die Nacht und der Morgen waren ein Versprechen. Er solle anrufen, wenn er bei Zakowski gewesen sei, und dann solle er wiederkommen.

Als er in Lübeck ausstieg, packte ihn die Niedergeschlagenheit. Er ahnte, was in seiner Wohnung wartete auf ihn. Der Fremde hatte ihm gewiss nicht nur eine Mail geschickt. Die Frage war nur, welche CD er diesmal ausgesucht hatte. Oder gab es eine Überraschung, etwas

Neues? Vielleicht wartete er diesmal auf Stachelmann, um die Sache zu Ende zu bringen. Aber was war das Ende, was sollte es sein nach dem Willen des Eindringlings? Er überlegte, ob er die Wohnung überhaupt betreten sollte. Warum setzte er sich nicht gleich ins Auto und fuhr los? Nein, ich fliehe nicht. Ich will wissen, was der Kerl angestellt hat. Er öffnete die Haustür und lauschte. Nichts zu hören. Dann legte er sein Ohr an die Wohnungstür. Nichts. Er betrachtete das Schloss, nichts zu sehen. Die Polizei hatte das Schloss geöffnet, ohne Spuren zu hinterlassen. Er öffnete und ging zuerst in die Küche. Er schaute sich um, es sah alles so aus, wie er es verlassen hatte. Im Wohnzimmer lief der PC, auf dem Tisch lag die Verpackung der Kamera. Er nahm sie in die Hand und öffnete sie. Die Kamera lag darin, als wäre sie nie ausgepackt worden. Es war ein Zeichen, es sollte wohl sagen: Das brauchst du gar nicht erst zu versuchen. Ich kenne alle Tricks, und du bist ein Anfänger. Sollte er die Polizei rufen? Es hatte keinen Zweck.

Er schaltete den Computer aus und warf noch einen Blick ins Schlafzimmer, keine Veränderung. Dann packte er einen kleinen Koffer, vielleicht musste er ja ein, zwei Tage bleiben im Osten. Er war froh, als er seine Wohnung verließ. Stachelmann schloss die Wohnungstür zweimal ab und wusste, es half nichts. Wenn er zurück war, würde er eine Firma kommen lassen, die ihm eine Tür mit massiver Verriegelung einbaute. Er hätte es gleich machen sollen. Aber wenn der Fremde diese Sicherung ebenfalls knackte? Es wäre eine Machtdemonstration, aber vielleicht auch ein vager Hinweis auf den Täter. Der hatte bisher alle Hürden genommen, und in die Falle war er Stachelmann auch nicht gegangen. Du bist selbst schuld, du hättest weniger erschrecken sollen und mehr tun, um den Spuk zu beenden. Es genügt nicht, ein neues Schloss einbauen zu lassen. Und der Trick mit der Kamera hilft vielleicht gegen Anfänger. Du hättest längst merken müssen, dass der Typ alles Mögliche sein mag, nur kein Anfänger. Der spielt mit dir, und du starrst auf das Phantom wie das Kaninchen auf die Schlange. Das Kaninchen wird gefressen, weil es erstarrt vor Angst, genau wie du aufgehört hast zu denken. Dass dieser Typ dich heimsucht, ist deine Chance, ihn zu kriegen. Er macht einen Fehler, wenn er versucht, dich fertig zu machen. Ich lasse mich nicht fertig machen. Ich werde den Spieß umdrehen. Er stieg die Treppe hinunter und sprach halblaut mit sich selbst. Er lachte, schöne Idee, den Spieß umzudrehen, aber vielleicht ist genau das der neue Höhepunkt im Plan des Eindringlings. Er stieg ins Auto.

Wieder fuhr er Richtung Berlin. Die Autobahn war voll, Laster blockierten die Fahrbahnen, manche trugen polnische Kennzeichen. Sie waren auf dem Weg nach Stettin oder Frankfurt/Oder. Unterwegs stürmte es, der Wind trieb Regen über die Autobahn, die Sicht war schlecht. Er machte eine Pause in der Raststätte Michendorf. Er überlegte bei einer Tasse Kaffee, was er Zakowski fragen sollte. Er wusste wenig, und Zakowski konnte ihm erzählen, was er wollte. Wie sollte er es überprüfen? Wie sollte er jemals Griesbachs Mörder finden, wenn er nur im Unterholz herumstocherte?

Er rannte zu seinem Auto und wurde trotzdem durchnässt. Als er losfuhr, beschlugen die Scheiben. Er schaltete den Lüfter auf die höchste Stufe und drehte die Heizung hoch. Zäh wich der Beschlag, er wischte die Windschutzscheibe mit der Hand frei. Es waren noch mehr Lastwagen geworden. Er fuhr den Berliner Ring in Richtung Frankfurt. Der Sturm fegte Blätter über die Straße, das Auto wollte ausbrechen, Stachelmann fuhr langsamer. Da fiel ihm ein, er hatte vergessen, Oppum zu unterrichten. Er wurde nachlässig. Wenn die Polizei einen Grund brauchte, ihn einzusperren, er lieferte ihn frei Haus. Wann werden sie dich holen? Burg hatte nichts gesagt von anderen Spuren, aber das würden sie ihm sowieso nicht verraten.

Beeskow war angezeigt. Er verließ die Autobahn und fuhr nach Beeskow hinein. Kein Mensch war auf der Straße, er hielt vor einer Gaststätte. Drinnen saßen zwei Männer am Tresen und tranken Bier. Er fragte den einen nach dem Weg. Er wusste es nicht, der andere mischte sich ein und erklärte. Es war nicht weit. Fünf Minuten später stand er vor einem zweistöckigen Haus mit schmutzigem Putz. Es waren vier Klingelschilder, auf dem unteren stand *Zakowski*. Er klingelte und hörte bald ein Schlurfen. Ein Mann öffnete die Tür, er war klein, dürr und hatte eine Halbglatze.

»Guten Tag, ich bin Dr. Stachelmann, wir hatten miteinander telefoniert.«

»Dann kommense mal rein«, sagte Zakowski. Er berlinerte. Aber es klang nicht unfreundlich. Er führte Stachelmann in eine warme Küche mit verschlissenen Möbeln. Es roch muffig, er hatte lange nicht gelüftet. Aber es war nicht schmutzig.

»Wie hat es Sie von Westberlin hierher verschlagen?«, fragte Stachelmann, um etwas zu sagen.

»Ganz einfach, hier ist alles billiger, vor allem die Miete. Mit der Stütze kommt man in Berlin nicht weit.« Er setzte sich auf einen Küchenstuhl. Stachelmann wartete, ob er ihm einen Platz anböte, dann setzte er sich auf den anderen Stuhl.

»Sie haben mich angelogen«, sagte Zakowski scharf. »Ich habe mit Henry gesprochen. Sie werden als Mörder verdächtigt. Richtig?«

Stachelmann erschrak. Aber dann sagte er sich, der hat mich reingelassen. Wittstock hat Zakowski wohl gesagt, dass der Verdacht nicht zutreffe. »Was würden Sie antworten, wenn ich Sie fragte, ob ich Sie besuchen darf, weil ich als Mörder verdächtigt werde? Sie würden mich nicht in

Ihre Wohnung lassen. Aber, wie Sie sehen, laufe ich frei rum. So weit ist es nicht her mit dem Verdacht.«

»Henry glaubt das auch«, sagte Zakowski freundlicher. »Er sagt, Sie suchen Wolles Mörder, weil die Bullen versuchen, Ihnen die Geschichte anzuhängen. Richtig?«

»Richtig.«

»Sie kommen aus Lübeck, richtig?«

Stachelmann nickte.

»Da sind Sie den weiten Weg umsonst gefahren. Aber Sie sollen wenigstens einen Kaffee kriegen.« Er sagte Kaffee, als hätte das Wort drei F und nur ein E. Er füllte Wasser und Pulver in eine Kaffeemaschine und schaltete sie ein. Dann holte er Tassen und Untertassen aus einem Hängeschrank. »Zucker?«

Stachelmann winkte ab. »Warum umsonst?«

»Weil ich mir beim besten Willen nicht vorstellen kann, wer Wolle umgebracht haben soll. Ich war es jedenfalls nicht.« Er klang unbeschwert.

»Wolle scheint nicht Ihr bester Freund gewesen zu sein.«

»Richtig. Er war ein Wichtigtuer.«

»Ein Wichtigtuer?«

»Er wusste alles besser, hat an den Kameraden rumgemeckert. Vor allem, nichts ging ohne seinen Segen.«

»Dann war er so eine Art Anführer?«

»Richtig. Niemand hat ihn aufgefordert oder gewählt. Als er zu uns kam, da hat er eine Weile die Klappe gehalten, aber dann ging es los. Er hat einen nach dem anderen auf seine Seite gezogen, nur mit mir hat es nicht geklappt. Ich war schon in diesem Geschäft, als der noch in Zonenwindeln geschissen hat.«

»Herr Wittstock sagt, Griesbach habe die Gruppe gegründet.«

»Henry bringt da was durcheinander. Ich sage Ihnen, Griesbach kam erst später dazu.«

Stachelmann schaute Zakowski ins Gesicht, ein großer Altersunterschied zwischen ihm und Griesbach ließ sich nicht erkennen. »Was war Griesbachs Aufgabe?«

»Schwer zu sagen. Die Aufgaben haben sich bei jedem Unternehmen von selbst ergeben. Da gab es die, die nicht in den Ostblock reisen konnten, Griesbach gehörte dazu. Also fiel er auch als Kurier aus. Er hat dann so was wie die Koordination gemacht. Checklisten führen, Kontakt zu Senatsstellen halten wegen der Ausweise, auch zur Druckerei …«

»Druckerei?«

Zakowski lachte. »Richtig, Druckerei. Wir nannten sie so. Das war eine kleine Lithografiewerkstatt in Zehlendorf, die haben die Visa nachgemacht. Das war so, vom Senat kriegten wir die Pässe für die Leute, Originalware, und die Typen in Zehlendorf haben die Visa reingestempelt, ungarische oder bulgarische meistens. Polnische und tschechoslowakische gab es auch, selten rumänische. Die Pässe oder Ausweise waren echt, die Stempel waren Weltklasse, eigentlich konnte nichts passieren. Aber es passierte doch immer wieder etwas.«

»Und die Behörden haben zugesehen, wie Papiere gefälscht wurden?«

»Richtig. Man brauchte politische Rückendeckung. Die kriegte man nicht von jedem, aber es fand sich immer jemand. Zuletzt hatten wir einen richtigen Gönner, ganz oben.«

»Wie hieß der?«

Zakowski überlegte. Wahrscheinlich war er unsicher, ob er den Namen nennen sollte. »Dreilich, Vorname Theo. Wurde unter Weizsäcker Ministerialdirigent im Amt des Regierenden Bürgermeisters, unter Diepgen war er dann so was wie ein persönlicher Referent oder Mädchen für alles.«

»Wie kamen Sie an diesen Dreilich?«

»Das hat Pawelczyk gedeichselt. Hat er mal was Vernünftiges hingekriegt.«

»Und wie kam Pawelczyk auf diesen Dreilich?«

»Keine Ahnung. Er tat jedenfalls so, als wäre das keine Sache, die Pässe oder Ausweise zu besorgen. Und es stimmte auch. Wenn wir Papiere brauchten, kriegten wir sie. Vor der Verbindung mit Dreilich war das oft eine Würgerei.«

»Und dieser Dreilich, was macht der heute?«

»Das Letzte, was ich hörte, das ist aber eine Weile her, war, dass der in die Wirtschaft gegangen ist. Kurz nach der Einheit.«

»Haben Sie denn auch mit Dreilich zusammengearbeitet?«

»Nie, ich habe den mal im Fernsehen gesehen, sonst nicht. Das war am Ende allein Wolles Sache.«

»Sie waren Kurier?«

»Kaffee?« Er zog die Glaskanne aus der Kaffeemaschine und schenkte nach, ohne eine Antwort abzuwarten.

Stachelmann trank einen Schluck und verbrannte sich die Lippe.

»Richtig. Ich war Kurier.«

»Sie haben die Flüchtlinge aufgesucht und ihnen die falschen Papiere ausgehändigt, die Wolle besorgt hatte.«

»Richtig. Zuerst aber habe ich geprüft, ob die Leute wirklich abhauen wollten.«

»Wie wurden Sie denn auf die Leute aufmerksam, die haben Ihnen das ja kaum schreiben oder am Telefon sagen können.«

»Richtig. Der Kontakt wurde nicht von drüben aufgenommen. Nee, da kam jemand aus Westberlin oder Westdeutschland und hat gesagt, also da ist meine Freundin oder mein Verlobter oder wer auch immer in Karl-Marx-Stadt oder Jena, der will abhauen. Was kostet das, wie lange dauert es? Und ich oder Willy …«

»Schlösser?«

»Ach, den kennen Sie auch schon?«

Stachelmann schüttelte den Kopf. »Ich habe von ihm gehört.«

»Also, ich bin dann rüber und habe die Leute besucht. Das war nicht einfach, aber man kriegte es hin, ohne dass es auffiel. Meistens jedenfalls. Den Willy hat es in Helmstedt erwischt.«

»Wurde er verraten?«

»Was denn sonst?«

»Von wem?«

Zakowski schlug mit der Hand auf den Tisch, Stachelmann erschrak. »Wenn ich den erwische, bringe ich ihn um. Wissen Sie, was das heißt, als Fluchthelfer in einem DDR-Knast zu sitzen? Nein, natürlich wissen Sie das nicht. Damit verglichen, ist so ein Westknast eine Luxusherberge. Da sind Sie eine Nummer, Schikane von morgens bis abends. Es wird geschuftet und geprügelt. Auf dem Papier gab es auch in der Zone Gefangenenrechte. Aber damit haben die sich den Hintern abgewischt, die Roten. Am Ende werden Sie verkauft wie ein Stück Vieh. Dann sind Sie in Freiheit, aber Sie sind fertig. Das bleibt an einem hängen bis zum Grab. Der Willy könnte was erzählen über Bautzen und Rummelsburg.«

»Sie haben Schlössers Adresse?«

»Natürlich, der wohnt in Ulm, ist wieder zurück nach Hause. Aber der Knast ist mitgereist, glauben Sie es mir.«

»Ich müsste mit ihm reden.«

»Vergessen Sie's, der redet mit niemandem. Schon gar nicht über die Zeit im Knast. Und auf seine Fluchthelferkameraden hat er auch einen Rochus.«

»Vielleicht geben Sie mir einfach mal Schlössers Telefonnummer. Ich rufe ihn an in Ihrem Beisein. Sie haben ja offenbar Kontakt zu ihm, Ihnen vertraut er vielleicht.«

Zakowski grinste. »Wie Sie wollen.« Er verschwand durch die Tür und kehrte zurück mit einem Zettel. Auf dem standen Schlössers Adresse und Telefonnummer. Stachelmann wählte die Nummer auf dem Handy. Nach dem zweiten Klingeln hob jemand ab. »Ja?«

»Guten Tag, Dr. Stachelmann. Ich bin gerade zu Besuch bei Herr Zakowski in Beeskow. Wir sprechen über Fluchthelfer. Ich hätte da …« Es klickte.

»Sag ich doch.« Zakowski grinste.

Stachelmann ärgerte sich. Dann fragte er: »Haben Sie keinen Verdacht, wer der Verräter sein könnte?«

»Doch, doch, nur hat sich der im Lauf der Jahre immer wieder gegen andere gerichtet. Zuerst gegen Dreilich, der kriegte ja die Bilder der Leute, damit die Pässe hergestellt werden konnten. Jedenfalls am Anfang. Aber bald haben wir das bei dem Fritzen in Zehlendorf machen lassen, und der Dreilich besorgte nur noch Blankopässe. Also kann er es nicht gewesen sein. Dann hatte ich mal diesen und jenen auf dem Kieker, und den anderen ging es wohl genauso. Unter uns gab es keinen, der nicht gerade von irgendeinem verdächtigt wurde. Es gab oft Streit, und im Hintergrund lauerte das Misstrauen. Aber niemals konnte jemand was Handfestes vorzeigen.«

»Dann haben Sie auch Griesbach verdächtigt.«

»Richtig. Den auch.«

»Wenn es einen Verräter gab, dann war es einer, der an all den Fluchtunternehmen beteiligt war, die scheiterten.«

»Richtig.«

»Und wer waren die?«

Zakowski lachte trocken. »Zuerst mal ich, ich war in fast allen diesen Fällen der Kurier. Nur nicht bei der Sache, bei der Willy hochging.«

»Das waren die Kramers, die in Helmstedt erwischt wurden.«

»Richtig.« Er musterte Stachelmann, der sah in dem Blick Anerkennung.

»Aber von der Sache konnte ich was wissen. Die hatten

nämlich erst mich gefragt, ob ich den Kurier mache. Aber ich konnte nicht, meine Frau kriegte gerade ihr erstes Kind, da hab ich gekniffen. Hätte ich es nicht getan, hätten sie mich geschnappt. Aber theoretisch, klar, hätte ich auch Willy verpfeifen können. Ich bin also der Verdächtige Nummer eins.«

»Und wer ist Nummer zwei?«

»Nummer zwo ist Kamerad Wolle. Der kannte alle Unternehmen, hat sich als der Macker aufgespielt. Und er hatte den Draht zu dem Dreilich. Wenn eine Aktion losging, dann marschierte Wolle zu Dreilich und sagte, ich brauche soundsoviele Pässe.«

»Und Kandidat Nummer drei?«

»Dreilich, wie gesagt. Und Nummer vier war Henry. Der war neben Wolle der Aktivste. Das bedeutete, er hat überall mitgemischt.«

»Pawelczyk?«

»Nee, der hatte immer mal wieder Pausen, hat sich vom Acker gemacht, war sowieso unzuverlässig. Schlampige Type.«

»Noch einen?«

»Nee.«

»Ist nach der Verhaftung von Schlösser noch jemand hochgegangen?«

Zakowski starrte Stachelmann an. »Sie meinen ...« Er dachte nach, kniff sich das Ohrläppchen. Dann pfiff er leise. »Das wäre ja Trick siebzehn.« Er stand auf und ging zum Fenster. Er drehte Stachelmann den Rücken zu. »Warum bin ich da nicht selbst drauf gekommen?« Er pfiff wieder. »Nein, nach Schlössers Verhaftung ist keine Flucht mehr gescheitert. Viele waren es dann ja ohnehin nicht mehr. Wann ist Schlösser verhaftet worden? Lass mich mal nachdenken. Im Sommer siebenundachtzig. Im Sommer neunundachtzig haben sie ihn freigekauft, kurz bevor der Spuk ein Ende hatte.« Er schniefte. »Das würde bedeuten, der hat gar nicht gesessen, sondern sich ein schönes Leben gemacht in der Zone, sofern das möglich war. Aber Wein, Weib und Gesang gab's sogar dort.«

»Also ist Schlösser Nummer fünf.«

Zakowski nickte. »Trinken Sie einen mit?« Er stand auf und holte aus einem Schrank eine Flasche. Stachelmann winkte ab. »Nein, danke, zu früh.«

Zakowski lachte und goss sich ein Wasserglas halb voll.

Ob er sich Mut antrinkt, dachte Stachelmann. Wenn ja, Mut für was?

»Und was ist mit dem Lithografen, der die Pässe gemacht hat?«

Zakowski nickte und trank das Glas aus. »An den habe ich früher auch schon mal gedacht. Schneider hieß der. Nur können wir ihn nicht mehr fragen, ist tot.«

»Damals lebte er noch, er wäre also Nummer sechs. Aber jetzt stellen Sie sich mal vor, es habe zwei Spitzel gegeben in Ihrer Gruppe. Dann käme wohl jeder in Frage.«

Zakowski goss sich das Glas wieder halb voll. »Wirklich keinen?«

Stachelmann schüttelte den Kopf.

»Es ist ein Fass ohne Boden«, sagte Zakowski.

»Vielleicht nicht ganz. Wie alt ist Schlösser heute?«

»Mitte sechzig etwa.«

»Hat er Ahnung von Computern?«

»Weiß nicht. Kann ich mir nicht recht vorstellen. Willy war geradeaus, aber ein bisschen einfältig. So einfältig, dass er nicht mal Angst hatte. Der kriegte keinen Schweißausbruch an der Grenze. Und dem hat keiner zugetraut, dass er Leute rausschleuste. Aber er war nicht einfältig genug, um nicht ein paar gute Ausreden in petto zu haben. Aber der und Computer? Eher nicht.«

»Konnte der Schlösser knacken?«

»Konnte Schlösser Schlösser knacken, klingt komisch, nicht? Natürlich nicht. Der hatte zwei linke Hände.

Warum fragen Sie das? Was hat das mit dem Mord an Wolle zu tun?«

»Ich habe mir eine Art Arbeitshypothese ausgedacht, gerade eben erst, obwohl ich deren Bestandteile schon länger kenne. Unser Gespräch hat mich weitergebracht. Ich habe die Puzzlesteine ein bisschen anders zusammengesetzt, so passt es auch. Es ist ein gemeines Spiel, bei normalen Puzzles passen die Steine ausschließlich in einer Lage, aber nicht bei dem, das wir gerade spielen.«

»Das ist ja schau. Aber wenn Sie mir jetzt noch erzählen könnten, um was es geht. Immerhin habe ich Sie ja weitergebracht.«

»Verstehen Sie was von Computern?«

»Nee. Ich habe nicht mal einen.«

»Darf ich mal Ihr Werkzeug sehen?«

Zakowski schüttelte den Kopf. »Sie sind verrückt. Erst sagen Sie mir, was das soll, dann überlege ich mir, ob ich Ihnen meine Kneifzange zeige. In dieser Reihenfolge.« Der Alkohol war ihm nicht anzumerken.

Stachelmann rasten die Gedanken durch den Kopf. »Gab es in Ihrer Gruppe einen, der, sagen wir mal, feinmechanisch begabt war?«

Zakowski bohrte sich in der Nase. Dann kratzte er sich am Kopf. »Pawelczyk. Und Wittstock war auch nicht unbegabt. Aber was soll die Fragerei?«

»Stellen Sie sich mal vor, Griesbach kriegt heraus, dass es einen Stasi-Spitzel gab in Ihrer Gruppe. Und er glaubt zu wissen, wer der IM war. Vielleicht sucht er bei der Stasiaktenbehörde, und vielleicht hat er da was bekommen. Er fährt nach Berlin, um den Spitzel zu stellen. Der wehrt sich und bringt Griesbach um. Und dann denkt er sich, bevor der Verdacht auf mich fällt, suche ich mir einen Blöden, und dieser Blöde heißt aus irgendeinem Grund Stachelmann.«

Zakowski schaute ihn ungläubig an. »Wie soll der denn auf Sie kommen?«

Stachelmann antwortete nicht. Wenn Pawelczyk oder Wittstock es war, dann musste der Täter herausbekommen haben, dass ich mit Ines geschlafen habe. Und dann hat er sich gesagt, die Chance, die sich daraus gibt, die nutze ich. Ich sorge dafür, dass dieser Stachelmann sich verdächtig macht. Ein bisschen Psychoterror reicht bei so einem Intellektuellen. Er versuchte sich diese Variante einzureden, aber je länger er darüber nachdachte, desto unwahrscheinlicher wurde sie. »Wie soll der denn auf mich kommen? Das ist die Frage. Gilt Ihr Angebot noch?« Er schob Zakowski sein Glas hin.

Zakowski lachte und schenkte reichlich ein. Er füllte auch sein Glas noch einmal.

»Es ist alles verworren. Aber in meinem Schädel bauen sich ein paar Dinge neu zusammen. Aber das heißt natürlich nicht, dass ich jetzt das Rätsel löse.«

»Erzählen Sie doch mal der Reihe nach. Meinetwegen zeige ich Ihnen auch zuerst meine Kneifzange.«

Warum soll ich es ihm nicht erzählen? Wenn er der Mörder war, dann habe ich Pech gehabt. Aber das habe ich wahrscheinlich so oder so. Wenn er es nicht war, fällt ihm vielleicht was ein, das hilft. »Gut, die Kneifzange, dann die Geschichte.«

»Dann kommen Sie mal mit.«

Stachelmann wollte aufstehen, da schoss ein beißender Schmerz in beide Knie. Er stöhnte auf und setzte sich wieder.

»Was ist?«

Stachelmann winkte ab. »Wir verzichten auf die Kneifzange«, sagte er. Die Knie schmerzten höllisch. »Darf ich Sie bitten, mir meinen Mantel zu geben?«

Zakowski schaute ihn neugierig an, dann stand er auf und holte den Mantel. Stachelmann fand in einer Innentasche die Tabletten. Er nahm zwei und schluckte sie.

»Was zum Nachspülen?«

Stachelmann nickte. »Bitte.«

Zakowski gab ihm ein Glas Wasser.

Stachelmann versuchte seine Beine so zu stellen, dass er keine Schmerzen hatte. Aber es gab keine Position, die ihm half. Zakowski guckte zu.

»Es ist mir unangenehm«, sagte Stachelmann.

»Mir nicht«, sagte Zakowski. »Sie haben es an den Knien, ein bisschen früh für Ihr Alter.«

»Finde ich auch«, sagte Stachelmann. »Waren Sie schon einmal in Weinheim?«

»Wo bitte?« Die Antwort kam spontan.

»Weinheim an der Bergstraße.«

»Wo soll das sein?«

»Heidelberg, Mannheim.«

»In der Ecke war ich noch nie. Was soll die Frage?«

»Ich habe mir gewissermaßen im Geist Ihre Kneifzange angeschaut. Wo waren Sie am Freitag, den 5. Dezember?«

»Hier.«

»Kann das jemand bestätigen?«

Zakowski dachte nach. »Nein, doch, der Briefträger, der kam am Vormittag und hat mir ein Paket gebracht, eine Warensendung.«

»Was für eine Sendung?«

Zakowski blinzelte, dann grinste er. »In einer neutralen Verpackung.«

Stachelmann überlegte, was das bedeutete. Dann wusste er es.

»Soll ich es Ihnen zeigen?«

»Danke, nein.«

»Und jetzt sagen Sie mir, warum Sie mir diese Fragen stellen.«

»Ich war am 5. Dezember in Weinheim, und es war jemand in meinem Hotelzimmer, als ich es für ein paar Stunden verlassen hatte.«

»Sie meinen, ich könnte es gewesen sein?«

»Eher nicht. Sie waren ja hier. Und Sie hätten nicht den Briefträger als Zeugen dafür benannt, wenn Sie nicht hier gewesen wären. Ich könnte ja den Briefträger fragen, und dann wären Sie angemeiert, wenn Sie gelogen hätten.«

Zakowski schaute verwirrt. »Warum schmeiße ich Sie nicht einfach raus?«

Stachelmanns Handy klingelte.

»Rechtsanwaltsbüro Oppum und Partner, ich verbinde.«

Stachelmann wartete, Zakowski schaute ihm mit schief gelegtem Kopf zu.

»Hier Oppum, Herr Dr. Stachelmann, wo sind Sie?«

»In Beeskow.«

»Wo, bitte?«

»In Beeskow, das liegt in Brandenburg, zwischen Berlin und Frankfurt/Oder.«

Schweigen.

»Was gibt es?«

»Die Polizei sucht Sie. Die Kripo hat gerade bei mir angerufen. Die wollten Sie etwas fragen, aber Sie waren weder zu Hause noch an der Universität aufzufinden. Ich habe denen gesagt, Sie seien unterwegs zwischen Hamburg und Lübeck.«

»Das bin ich offenkundig nicht.«

»Das wird kompliziert. Ich werde die Polizei anrufen und ankündigen, dass Sie morgen ins Präsidium kommen. Einverstanden?«

»Ja.«

»Hoffentlich klappt das, ich rufe Sie nachher noch einmal an. Übrigens, die Kripo hat mich unterrichtet, bei diesem Paket handelt es sich tatsächlich um Rinderkot. Die haben keine Spuren gefunden.«

Stachelmann überlegte, was die Kripo von ihm wissen wollte. Ihm fiel nichts ein. Was auch immer die Polizei wollte von ihm, jetzt wurde es eng.

Zakowski war während des Telefonats aufgestanden und lief ziellos in der Wohnung umher. »Ich weiß jetzt, warum ich Sie nicht rausschmeiße. Weil Sie eine spannende Geschichte zu erzählen haben. Hier in Beeskow ist ja nichts mehr passiert, seit sie den Museumsleiter gefeuert haben. Das Museum in der Burg kennen Sie doch, oder?«

»Habe davon gehört. Die Geschichte also. Die Polizei glaubt, ich hätte Griesbach ermordet. Es gibt leider Indizien, die das nahe legen. Seine Leiche habe ich in meinem Auto gefunden, auf dem Beifahrersitz fanden die Kriminaltechniker Fasern von Griesbachs Kleidung. Da ich es aber nicht war, versucht jemand, mir den Mord in die Schuhe zu schieben. Es kann sich nach menschlichem Ermessen nur um den Mörder handeln.«

Zakowski starrte Stachelmann an.

»Das ist aber noch nicht alles. Seit dem Mord geschehen merkwürdige Dinge. Immer wieder dringt jemand in meine Wohnung ein oder in mein Hotelzimmer, als ich in Weinheim war.«

»Jetzt schnall ich es«, sagte Zakowski.

Stachelmann schaute ihn verwirrt an, dann fuhr er fort: »Ich komme nach Hause, und es spielt Musik. Der Eindringling hat zuerst eine CD aus meinen Beständen aufgelegt, dann hat er sogar eine gekauft. Er wollte zeigen, dass ich es auf keinen Fall war, der diese CD abspielte. Außerdem hat er meinen Computer manipuliert, es reicht, wenn ich Ihnen die Kurzfassung berichte.«

»Sie wollen sagen, es verschafft sich jemand Zutritt zu Ihrer Wohnung und zu Ihrem Hotelzimmer. Er verändert ein bisschen was, aber immer genug, dass Sie es merken. Sie sollen wissen, dass da einer ein- und ausgeht, wie er will. Er knackt Schlösser nach Belieben und hinterlässt nur die Spuren, die er hinterlassen will. Wenn Sie die Bullen holen, fassen die sich an den Kopp und fragen, ob Sie ein Rad abhaben.«

»Woher wissen Sie das alles?« Stachelmann lief es kalt den Rücken hinunter.

»Och, ich weiß noch mehr, ich weiß, wer es ist.«

* * *

Es war selbstverständlich, dass sie jetzt zusammen waren. Sie liebten sich, daran konnte Heinz nichts ändern. Er hatte sie in den Osten befohlen und ihnen eine Standpauke gehalten über Konspiration und Disziplin. Aber sie hörten heraus, Heinz tat seine Pflicht gegenüber höheren Kadern, er fand sich schnell damit ab. Dann entdeckte er Vorteile. Vier Augen sehen mehr als zwei. Margarete passt auf Wolf auf und Wolf auf Margarete. Wenn einer durchhing, gab es den anderen. Sie konnten sich gegenseitig helfen, wenn es Aufträge gab. Es fiel ja nicht auf, wenn ein Ehemann oder eine Ehefrau dabei war. Heinz hatte also schon einen Plan ausgearbeitet für den Fall, dass seine Standpauke nicht verfing.

»Plan 2b«, spottete Margarete.

»Aber dann müsst ihr heiraten«, sagte Heinz. »Und ihr müsst euch eine vernünftige Wohnung suchen.«

»Spießer«, sagte Margarete.

Heinz zog an seiner Karo, Asche fiel auf den Boden. »Nenn mich, wie du willst. Wolf wird noch seine Freude an deinem losen Mundwerk haben. Aber die Genossen sind da ein bisschen konservativ. Wenn schon Kundschafterpärchen, dann bitte mit Papieren …«

»Des Klassenfeinds.« Margarete kicherte.

Sie gehorchten und heirateten auf dem Standesamt Schöneberg. Margarete trieb Trauzeugen auf, gefeiert wurde nicht. Griesbach erfuhr nun Margaretes richtigen Namen, aber er nannte sie weiter Margarete. Daran hatte er sich gewöhnt. Bald fanden sie eine neue Wohnung in

Spandau. Sie war ein bisschen zu teuer, aber das werde Heinz schon richten, sagte Margarete.

Sonst änderte sich erst einmal nichts. Margarete hielt die Verbindung zu Heinz, ab und zu fuhr sie in den Osten. Griesbach studierte eifrig und lernte, seine Umgebung zu beobachten. Wenn in einem Seminar diskutiert wurde, hielt er sich zurück. Aber hin und wieder sagte er, er kenne sich aus mit dem Sozialismus, nicht zuletzt mit dessen Gefängniswesen. Wenn man diesen Sozialismus auch im Westen einführen wolle, dann gehörten die, die das heute forderten, morgen zu den Ersten, welche die Vorzüge des realsozialistischen Strafvollzugs genießen dürften. Revolutionen fräßen ihre Kinder.

Sie verlachten ihn als Reaktionär. Der Sozialismus sei eine Übergangsgesellschaft, da seien Härten unvermeidlich. Sie seien der Preis des wahren Humanismus. Wer diese Dialektik nicht verstehe, sei gekauft vom Kapital oder wirr im Kopf oder beides.

Er trat den Jusos bei und ordnete sich auf deren rechtem Flügel ein. Aber er war fleißig, redete nicht nur, sondern verteilte auch Flugblätter und schrieb Artikel für die Studentenzeitung der Jungsozialisten. Er unterstützte den Kurs der SPD, der auf einen Dialog mit der DDR gerichtet war. Er forderte, die DDR-Staatsbürgerschaft anzuerkennen. Weil er überall mitmischte, saß er bald im Vorstand der Jusos. Er wusste, dass er nicht mehr lange warten musste, bis er es auch in den Landesvorstand schaffte.

»Du musst dich mit der Geschichte der DDR beschäftigen. Die Genossen sagen, sie brauchen später welche, die in den Instituten sitzen, die sich mit der DDR und den anderen sozialistischen Ländern befassen. Dort hole sich die Bundesregierung Rat, und aus den Fragen der Bundesregierung könne man herauslesen, welche politischen Absichten sie verfolge.« Margarete war gerade aus dem Osten zurückgekommen, sie war gut gelaunt und optimistisch. »Heinz freut sich über deinen Studienfleiß und dein politisches Engagement.«

Griesbach lag die Frage auf der Zunge, wie es Helga gehe. Aber er fragte nicht, er hatte schon lange nicht mehr gefragt. Helga war weit weg. Und er war verheiratet, er liebte Margarete und glaubte, Margarete liebe ihn auch. Seit einiger Zeit studierte sie auch an der FU Geschichte, und er war stolz, wenn er ihr helfen konnte, schließlich hatte er einige Semester Vorsprung. Doch ihr fehlte der wissenschaftliche Ehrgeiz. Sie tat, was sie tun musste, aber Begeisterung für das neue Fach zeigte sie nicht. Er spürte, sie tat es seinetwegen und auf Befehl. Manchmal grübelte er, warum die Genossen so viel Zeit, Mühe und Geld in ihn investierten. Er ahnte, er war nicht der Einzige, der aufgebaut wurde, um später an eine wichtige Stelle zu kommen.

Der Professor vom Lehrstuhl für Neuere Geschichte hatte schon angedeutet, dass er Griesbach als Tutor einstellen wolle. Dieser Professor war Mitglied der Historischen Kommission beim Parteivorstand der SPD. Er erzählte es Margarete.

»Prima«, sagte sie und setzte sich auf seinen Schoß.

17

Zakowski lachte. »Einem Kumpel ist das auch schon mal passiert, allerdings mit einigen pfiffigen Varianten. Da hat dem zum Beispiel mal jemand reichlich was aus einem Versandhauskatalog bestellt. Oder den Mietvertrag gekündigt. Das war in den Achtzigern. Da gibt es die grobe Sorte und die feinere. Ich schätze, manchmal wird es gesteigert, und manchmal gibt's die volle Ladung. Das hängt davon ab, wie die einen beurteilen. Ist man ein sensibles Kerlchen« – er schaute Stachelmann an –, »dann versucht man es mit ein paar Kleinigkeiten. Das senkt ja auch das Risiko, erwischt zu werden.«

»Ja, und wer macht so was?« Stachelmann wurde zornig vor Ungeduld.

»Das Ministerium für Staatssicherheit, wussten Sie das nicht?«

Stachelmann schaute ihn ungläubig an. In den Knien stach es, und er bekam Angst. Aber dann sagte er sich, Zakowski ist verrückt. Das Ministerium für Staatssicherheit ist vor vierzehn Jahren aufgelöst worden, Mielke ist tot. »Das ist doch Unsinn!«, brach es aus ihm heraus. »Völliger Quatsch!«

»Warum? Haben Sie nie gehört, dass die Stasi im Westen nicht nur spionierte, sondern auch zersetzte, mordete und entführte?«

»Natürlich, aber doch in den fünfziger Jahren, Otto John zum Beispiel.«

»Da irren Sie sich. Die Entführungen hörten auf, das stimmt. Aber Morde und Mordversuche hat es immer gegeben. Denken Sie an die Thallium-Geschichte.«

Stachelmann hatte davon gelesen. Es stand in den Zeitungen, ein Fluchthelfer sollte mit Thallium ermordet werden, fast wäre es gelungen. »Von der habe ich gehört.«

»Und Sie glauben, das sei ein Einzelfall? Ganz bestimmt nicht.«

»Aber auf mich hat niemand einen Mordanschlag verübt, und wohin sollte man mich entführen? Die DDR gibt es nicht mehr.«

»Auch falsch. Die DDR gibt es noch, jedenfalls Reste der Stasi. Was glauben Sie, wie viele Spione noch nicht enttarnt wurden? Verbrannte Akten, die Hauptverwaltung Aufklärung hat sich am Ende ihres tschekistischen Daseins mit nichts anderem beschäftigt, als Akten zu verbrennen, mit Billigung der Bürgerbewegungen. Auch der NVA-Geheimdienst hat gekokelt, was das Zeug hielt, mit Erlaubnis des Ministers. Deswegen werden viele nie gefasst werden, die im Westen für die DDR spitzelten.«

»Und Rosenholz?«

»Ich glaube nicht, dass die Akten, die uns die Amis gegeben haben, vollständig sind. Aber das können wir ja in Ruhe abwarten. Zurück zu Ihrer Geschichte. Es war üblich, dass die Stasi Dissidenten, Flüchtlinge, natürlich nur ausgesuchte, auch Fluchthelfer zersetzte. Das konnte bedeuten, dass sie in Wohnungen eindrang und absichtlich eine Kleinigkeit änderte, damit der Wohnungsinhaber merkte, es war jemand da gewesen. Das haben die bei bestimmten Leuten immer wieder gemacht. Oder sie haben Gerüchte in Umlauf gesetzt. Gern Sexgeschichten, um die Ehen der Leute zu zerstören. Dazu haben sie etwa Erotikartikel im Namen der Opfer bestellt, und der Postbote drückte der Ehefrau das Päckchen in die Hand. Sie glauben gar nicht, wie zäh das Misstrauen ist, wenn es einmal entstanden ist. Sie kriegen es nicht mehr tot. Andere Leute bekamen komische Anrufe. Na ja, und bei Ihnen ist offenbar ein Musikfreund im Gange.«

Zakowski stand auf und griff nach der Kaffeekanne. Er schenkte beide Tassen voll. Er setzte sich wieder und trank einen Schluck. »Das haben Sie nicht gewusst?«

»Was?«

»Dass die Stasi zu solchen Mitteln greift.«

»Ich dachte, die wilden Jahre der Entführungen und Morde seien spätestens seit dem Mauerbau vorbei.«

Zakowski lachte. »Vielleicht wollte es auch keiner sehen. Dabei kann man in den Stasiakten nachlesen, dass die bis zum Ende der DDR im Westen gespitzelt und zersetzt haben. Der Leiter der Hauptabteilung VI im MfS, der Generalmajor Heinz Fiedler, hat sogar seine Promotionsarbeit darüber geschrieben, wie man ehemalige DDR-Bürger und Fluchthelfer in der Bundesrepublik fertig macht. Doktorvater war Erich Mielke. Hätte der Fiedler nicht 1993 in der U-Haft Selbstmord begangen, er dürfte seinen ihm von Mielke verliehenen Titel heute noch tragen, weil der Einigungsvertrag das verlangt.«

Sie schwiegen. Stachelmann sah aus dem Fenster auf einen Busch. Ein Auto fuhr vorbei. Er fasste sich an die Knie, als wollte er den Schmerz wegwischen. Was will die Stasi von mir? Dann sagte er es laut: »Was will die Stasi von mir?«

»Das wissen nur Sie«, sagte Zakowski. Er zeigte auf Stachelmanns Glas, der nickte. Zakowski goss auch sich Weinbrand nach.

Stachelmann nippte am Glas und trank einen Schluck Kaffee hinterher. Er hatte etwas erfahren. Das war wichtig, er wusste es. Aber was sollte er mit dieser Information anfangen?

»Demnach haben ehemalige Stasi-Mitarbeiter Wolf Griesbach umgebracht und wollen es mir in die Schuhe schieben.« Er sagte es vor sich hin.

Zakowski nickte. »Davon sollten wir ausgehen. Vielleicht war es Rache?«

»An Rache kann man immer denken. Sie ist wohl Tatmotiv Nummer eins, statistisch gesehen. Aber so spät?« Er dachte wieder an Leopold Kohn, der für seine Rache Jahrzehnte brauchte. »Fangen wir von hinten an. Warum dringen die bei mir ein, wie viele es immer sein mögen?«

»Das ist einfach«, sagte Zakowski. »Die wollen Sie fertig machen. Es fängt an mit der Leiche im Kofferraum und setzt sich fort mit dem Psychoterror. Am Ende sollen Sie auf der Anklagebank sitzen. Werden Sie verurteilt, kommt der Mörder davon. Ich frag mich nur, warum gerade Sie.«

»Das frag ich mich auch.«

Schweigen. Zakowski trank Weinbrand.

»Fangen Sie mal von vorn an.«

»Was von vorn?«

»Wie Sie in diese Sache gerasselt sind.«

Stachelmann berichtete kurz von seiner Suche nach Griesbach und wie er in Lübeck die Leiche im Kofferraum fand.

»Das ist eine böse Ironie, Sie suchen Wolle und finden seine Leiche in Ihrem Kofferraum.«

»Dass mir jemand den Mord anhängen will, ist klar. Sonst hätte er nicht Fasern von Griesbachs Kleidung in meinem Auto verteilt. Griesbach hat nie in meinem Auto gesessen.«

»Man muss diese Geschichte ganz anders aufdröseln«, sagte Zakowski.

Sie schwiegen wieder.

Stachelmann dachte daran, wie es angefangen hatte. Ines in der Kneipe. Die Nacht zusammen. Seine Suche nach Griesbach. Ein Gedanke näherte sich. Wenn das alles kein Zufall ist?

»Gibt's hier ein Hotel?«

Zakowski grinste. »Schon, aber fahren dürfen Sie nicht mehr hin. Ich habe nebenan eine Matratze liegen, die können Sie benutzen. Wenn es Ihnen fein genug ist.«

»Danke«, sagte Stachelmann.

»Ist Ihnen was eingefallen?«

»Nein, ich bin einfach müde.« Und wenn das alles kein Zufall ist? Wie setzt sich diese Geschichte dann zusammen?

Zakowski stand auf und öffnete die Tür zum Nebenzimmer. Stachelmann folgte ihm. Es war ein kleiner, kalter Raum. An der Wand lag eine Matratze, sie sah alt aus und durchgelegen. »Eine Decke und ein Kissen besorge ich noch«, sagte Zakowski. Er verließ die Küche durch eine andere Tür und kam gleich zurück mit einer Decke und einem Kissen. Beide sahen benutzt aus. Stachelmann nahm sie, dankte Zakowski für die Einladung, bei ihm zu übernachten, und legte Kissen und Decke auf die Matratze. Zakowski wünschte eine gute Nacht und schloss die Tür. Stachelmann legte sich angekleidet auf die Matratze und zog sich die Decke über. Er spürte gleich, die Matratze würde ihm eine schmerzvolle Nacht bescheren. Er stand noch einmal auf und schluckte eine doppelte Dosis Rheumatabletten. Du stirbst nicht an der Arthritis, sondern an den Tabletten, dachte er. Aber noch ist es nicht so weit.

Ihm war schwindelig vom Alkohol, aber er versuchte seine Gedanken zu ordnen. Du musst die Geschichte neu zusammensetzen. Von Anfang an. Warum hast du das nicht gleich getan? Weil du dich ganz auf den Psychoterror konzentriert hast. Bis jetzt haben die erreicht, was sie erreichen wollten. Aber jetzt wird neu gemischt. Warum haben die dir die Leiche in den Kofferraum gelegt? Weil du zu denen gehört hast, die Griesbachs Anstellung nicht begrüßt haben? Du hast es nie gesagt und dir auch nie anmerken lassen, aber wer deine Lage am Seminar betrachtet hat, konnte von allein auf diese Idee kommen. Wer schätzt es, wenn ein Konkurrent eingestellt wird? Aber das Motiv reicht womöglich nicht für einen Mord und ist vielleicht zu wenig für die Polizei. Also befördern sie dir die Leiche in den Kofferraum und legen Spuren in deinem Auto.

Übelkeit stieg vom Magen hoch. Sie schmeckte nach Weinbrand.

Nun gibt es zwei Möglichkeiten. Nummer eins ist der Zufall. Sie, wer immer sie sind, haben mitgekriegt, dass ich in Berlin bin, wo Griesbach ermordet wurde. Sie haben ihre Chance genutzt und dem Wunschverdächtigen die Leiche in den Kofferraum gelegt. Wahrscheinlich, als ich die Schrebergartensiedlung besuchte. Es ist ein Risiko, am Tag eine Leiche zu befördern, aber sie glaubten, es eingehen zu müssen. Sie wollten den Verdacht auf mich lenken.

Nummer zwei ist die Berechnung. Wenn nichts, was geschehen ist, auf Zufall beruht, ergibt sich ein anderes Bild. Ines kam aus Berechnung ins Tokaja. Sie hat aus Berechnung mit mir geschlafen. Sie hat auf meine Hilfsbereitschaft gesetzt, als sie mir vom angeblichen Verschwinden ihres Mannes erzählte. Griesbach war in Berlin, er wurde dort ermordet, und Ines sorgte dafür, dass ich nach Berlin fuhr, um ihn zu suchen. In Berlin hat mich jemand verfolgt und den Augenblick abgepasst, in dem er mir Griesbachs Leiche in den Kofferraum legen konnte. Sie haben damit gerechnet, dass ich die Polizei rufen würde, wenn ich die Leiche fände. Und dass dann die Polizei mich verdächtigen würde. Sonst gäbe es keine Erklärung für die Fasern auf dem Beifahrersitz. Ein interessantes Szenario, aber es beantwortet einige Fragen nicht. Wer hat Griesbach umgebracht? Warum wurde er getötet? Hat das was mit den Fluchthelfern zu tun? Was wollte Griesbach in Berlin? Wer hat den Psychoterror in der Wohnung veranstaltet? Ines kann es nicht gewesen sein. Obwohl, es ist einmal nicht geschehen, als ich von ihr kam. Doch sperrte sich in ihm etwas gegen diesen Verdacht. Wenn es Ines nicht war, dann arbeitete sie mit jemandem zusammen. Das ergibt sich zwingend aus Variante zwei. Wenn sie alles aus Berechnung getan hatte, dann war sie auch am Mord am eigenen Mann beteiligt. Sonst hätte sie keinen Grund gehabt, das zu tun, was sie nach dem Mord tat. Er unterdrückte den Brechreiz, ein Geschmack von Weinbrand und Magensäure verbreitete sich im Mund. Er stand auf, öffnete das Fenster und spuckte hinaus. Es half nicht lange.

Wenn man unterstellte, alles sei aus Berechnung geschehen, dann steht am Anfang der Mord, es folgt der Psychoterror. Für beides waren dieselben Leute verantwortlich.

Nur, warum musste Griesbach sterben? Und warum sollte Ines den eigenen Mann umbringen oder umbringen lassen? Ihre Trauer schien ihm echt gewesen zu sein.

Dann fiel ihm ein, was Zakowski gesagt hatte. Der glaubte, die Stasi stecke hinter dem Psychoterror. Wenn es so sein sollte, dann waren die Mörder ehemalige Stasi-Mitarbeiter. Aber die Stasi gab es nicht mehr. Geblieben waren dubiose Gruppen wie die *Kundschafter des Friedens*, ein Zusammenschluss einstiger DDR-Spione, die die Legende herumposaunten, die Spione der SED hätten nur dem Frieden dienen wollen. Oder ISOR. Wie hieß das ausgeschrieben? Initiativgemeinschaft zum Schutz der sozialen Rechte ehemaliger Angehöriger bewaffneter Organe und der Zollverwaltung der DDR. Stachelmann war bei einem Berlinbesuch ein Blatt dieser Vereinigung unter die Augen gekommen, dort lebten die DDR und die Stasi weiter. Geblieben waren aber auch unzählige Westspione, die bisher nicht enttarnt wurden, und deren Führungsoffiziere, die nicht verfolgt wurden, weil sie DDR-Bürger waren.

War Wolf Griesbach Stasi-Agenten auf die Schliche gekommen, und hatten die ihn umgebracht? Aber wie hätten die auf die Idee kommen sollen, Stachelmann die Leiche in den Kofferraum zu legen? Was konnte die

Sache zu tun haben mit den Fluchthelfern oder mit den Leuten, denen die Flucht nicht gelungen war? Was wollte Griesbach in Berlin? Wen hat er besucht?

Möglicherweise war es falsch, den Mörder im Umfeld der Fluchthilfeorganisation zu suchen. Stachelmann wusste kaum etwas über Griesbachs Leben. Konnte doch sein, dass sich darin etwas fand, das ein Motiv hergab. Aber was konnte es mit der Stasi zu tun haben? Je länger er nachdachte, desto verwirrender wurde es.

Dann schlief er doch ein. Er träumte von Verfolgungsjagden, an deren Ende seine Füße wie festgeklebt waren auf dem Boden. Er wachte mehrfach auf, weil ihn der Rücken schmerzte, aber er konnte wieder einschlafen. Am Morgen weckten ihn Geräusche in der Küche nebenan. Dann roch er den Kaffee. Er stand auf und ging in die Küche. Zakowski schnitt Brot, die Kaffeemaschine dampfte.

Stachelmanns Handy klingelte. Er ging ran, es war Anne. »Tut mir Leid, ich bin nicht gern Überbringerin schlechter Nachrichten. Renate Breuer hat mich gerade angerufen, Bohming hat dich suspendiert.«

Es war ein Schlag. »Warum?«

»Es geht um die Auflage, die hättest du verletzt und dich dadurch noch verdächtiger gemacht.«

Stachelmann schwieg. Er hörte sein Herz schlagen.

»An deiner Stelle würde ich nicht nach Hause fahren, da wartet bestimmt die Polizei. Du kannst bei mir wohnen.«

Stachelmann saß auf dem Stuhl und spürte, wie der Schweiß ihn durchnässte.

»Warum sagst du nichts? Bist du noch dran?«

»Ja. Danke. Ich nehme an, ich komme heute Abend. Ist es nicht strafbar, einen Flüchtigen aufzunehmen?«

Zakowski warf ihm einen Blick zu.

»Die werden dich bei mir nicht suchen. Zumindest nicht gleich.«

»Ich muss mich beeilen.«

»Was meinst du?«

»Ich muss den Mörder finden, so schnell es geht. Sonst machen sie mich fertig.«

Nach dem Telefonat saß Stachelmann wie erstarrt am Tisch. In seinem Kopf jagten sich die Gedanken.

»Schlechte Nachrichten?«, fragte Zakowski.

Stachelmann sah keinen Sinn darin, Zakowski zu verschweigen, was geschehen war.

»Wenn Sie nicht mindestens eine handfeste Spur zum Mörder vorzeigen können, haben Sie schlechte Karten«, sagte Zakowski.

Stachelmann wehrte sich gegen die Niedergeschlagenheit, die nach ihm griff. Er versuchte sich an seine Gedanken in der Nacht zu erinnern. »Bevor Sie Griesbach kennen lernten, was hat er da gemacht?«

Zakowski kratzte sich am Kopf. »Er hat nicht viel erzählt. Als ich ihn traf, war er Student an der Freien Universität. Davor hat er im DDR-Knast gesessen. Er hatte in Ostberlin studiert, wahrscheinlich an der Humboldt. Mehr weiß ich nicht.«

Immerhin, dachte Stachelmann. Griesbach konnte an der Humboldt eine Spur hinterlassen haben. »Sie meinen, er wurde als DDR-Student verhaftet?«

»So wird es gewesen sein. Und dann hat er an der FU weiterstudiert.«

»Kennen Sie Freunde von ihm?«

»Ich kenne nur Ines. Das war seine Frau. Die haben früh geheiratet.«

»War Ines in Fluchthilfeaktionen verwickelt?«

»Nein. Die hat sich rausgehalten. Sie hat zwei- oder dreimal an geselligen Treffen teilgenommen und schien Wolles Einstellung zu unterstützen. Jedenfalls hat sie ziemlich geschimpft auf die DDR.«

»Vielleicht habe ich bei meinen Recherchen zu kurz gegriffen.«

»Wie meinen Sie das?«

»Vielleicht hatte Griesbach Kontakt mit der Stasi, bevor er in den Westen kam. Und vielleicht ist dieser Kontakt der Grund dafür, dass er ermordet wurde.«

Zakowski schaute ihn ungläubig an. Er rührte in seiner Kaffeetasse. »Was soll damals geschehen sein, das einen Mord mindestens vierzehn Jahre später erklärt?«

Stachelmann zuckte mit den Achseln. »Das weiß ich auch nicht. Das Einzige, was ich weiß, ist, dass ich in Griesbachs Biografie die Zeiten finden muss, in denen er Kontakt mit der Stasi gehabt haben kann.«

»Bei der Stasi war der nicht«, sagte Zakowski. »Das hätte ich gemerkt. Ich habe eine Nase für Spitzel.«

»Er war wohl eher ein Opfer, aber auch das ist ein Kontakt. Kann sein, dass er etwas erfahren hat, das heute noch ehemaligen Stasi-Leuten Angst bereitet.«

»Schon eher«, sagte Zakowski. »Vielleicht hat er rausgekriegt, wer uns bespitzelt hat. Dass die Stasi uns ausspioniert hat, war mir schon damals klar. Es ist zu viel schief gegangen.«

»Stellen Sie sich vor, er hat entdeckt, wer Sie damals bespitzelt hat. Vielleicht hat er Akten aus der Birthler-Behörde bekommen, in denen Aufschlussreiches steht. Dann ist er nach Berlin gefahren und hat den Spitzel gestellt. Der Spitzel hat sich gewehrt und Griesbach umgebracht.« Da fiel Stachelmann ein, dass eine Tatsache nicht in diese Geschichte passte. »Aber warum hat er mir die Leiche in den Kofferraum gelegt?«

»Zufall«, sagte Zakowski.

»Wie viele Autos gibt es in Berlin? Ein paar hunderttausend, vielleicht eine Million. Und da soll der Mörder sich ausgerechnet meinen Kofferraum ausgesucht haben? Das glaube ich nicht.«

»Kommt darauf an, wo Sie waren.«

Stachelmann überlegte. »Ich war bei Pawelczyk, Wittstock und zum Schluss in diesem Schrebergarten.«

»In der Kleingartenkolonie, wie hieß die noch mal?«

»Weiß ich nicht mehr, Griesbach war da früher, der hatte ein Haus. Sonntagsfrieden, jetzt fällt es mir ein.«

»Richtig«, sagte Zakowski. »Da haben wir manchmal einen drauf gemacht. Und da waren Sie?«

»Ja.«

»Überlegen Sie mal, Griesbach verabredet sich mit dem Spitzel in der Laubenpieperkolonie, der Spitzel tötet ihn, und weil Ihr Auto gerade richtig steht und ein auswärtiges Kennzeichen hat, packt er Ihnen die Leiche in den Kofferraum. Das ist schon weniger Zufall.«

Draußen knatterte ein Zweitakter vorbei.

Ich habe es falsch gemacht, dachte Stachelmann. Vielleicht liegt die Ursache des Mordes weiter zurück, irgendwo in Griesbachs Biografie? Kann doch sein, dass mich diese Fluchthelfergeschichte vom wirklichen Grund ablenkt. Ich hätte mich gleich mit Griesbachs Biografie befassen sollen. Irgendwo gibt es eine Verbindung zwischen Griesbach und seinem Mörder. Und diese Verbindung kann ich finden, wenn ich Griesbachs Biografie besser kenne. »Kann sein«, sagte er. »Ich habe aber keine Zeit, abseitige Spuren zu verfolgen. Ich habe mich mit Griesbachs Leben als Fluchthelfer beschäftigt, aber was davor war, habe ich vernachlässigt. Vielleicht liegt da die Lösung des Rätsels.«

»Aber darüber müsste Ines Bescheid wissen«, sagte Zakowski. »Ich weiß nichts. Sie haben ja noch gar nichts gegessen.«

Stachelmann holte sein Handy aus der Jacketttasche. Er wählte Ines' Nummer. Als sie abhob, hatte er ein komisches Gefühl. »Dein Mann hat doch an der Humboldt studiert, richtig?«

»Ja, Josef, wo bist du? Die Polizei sucht dich. Mich

haben sie bös in die Mangel genommen. Behaupten, du wärst geflohen, und ich hätte dich unterstützt.«

»Nein, geflohen bin ich nicht. Ich bin gerade in Zehlendorf und komme heute Abend zurück nach Lübeck.« Warum lüge ich, dachte er.

Zakowski schaute ihn mit großen Augen an.

»Was machst du denn in Zehlendorf?«

»Ist nicht so wichtig.«

»Aha«, sagte sie. Sie klang enttäuscht.

»Dein Mann war an der Humboldt?«

»Ja.«

»Wann?«

»Da muss ich überlegen. Ich glaube, '81 und '82. '82 wurde er verhaftet. Er hat also nur eineinhalb Jahre studiert. Im November 1982 kam er nach Westberlin.«

»Hat er mal was erzählt von Freunden oder einer Freundin?«

Sie schwieg.

»Bist du noch dran?«

»Lass mich nachdenken, das ist ja ewig her, und wir haben uns nicht oft über alte Zeiten unterhalten. Ja, von einer Freundin hat er mal was erzählt. Aber nicht viel. Vielleicht habe ich es auch vergessen.«

»Und nach der Einheit, hat er da versucht, alte Kontakte wiederzubeleben?«

»Nein.«

»Das ist doch seltsam.«

»Was ist daran seltsam?«

»Mich hätte es wahnsinnig interessiert zu schauen, was aus den Leuten geworden ist, die ich früher kannte oder mit denen ich sogar befreundet war.«

»Wolf hatte mit seiner DDR-Zeit abgeschlossen. Er wollte sich nur noch rächen, deshalb ist er Fluchthelfer geworden. Die piesacke ich da, wo es ihnen richtig wehtut, hat er gesagt.«

»Tut mir Leid, dass du wegen mir Ärger mit der Polizei hast. Wenn es zu doll wird, dann ruf doch Ossi an.«

»Ich werde es mir überlegen. Ruf mich doch ab und zu mal an. Ich würde so gerne wissen, wo du gerade bist. Ich habe ein bisschen Angst um dich. Ist albern, nicht?«

Sie rührte ihn. »Mir passiert schon nichts.«

»Aber du hast es mit einem Mörder zu tun.«

»Wenn ich ihn finde, aber das ist fraglich.«

»Und wenn du zur Polizei gehst, die werden dich nicht einsperren, da gibt es doch noch Ossi.«

»Der kann mir da auch nicht helfen. Danke, in den Knast komme ich früh genug. Dir fällt wirklich niemand ein, der Wolf zu seiner DDR-Zeit kannte?«

»Nein. Und wenn ich einen kennen würde, dann wäre es bestimmt nicht derjenige, der dir weiterhelfen kann. Du spielst Roulette, und ich wünsche mir, dass du verlierst. Dann bleibst du am Leben. Und alles andere stehst du durch.«

Er legte auf.

»Und jetzt fahren Sie zur Humboldt?«

»Ja.«

»Mir fällt auch nichts Besseres ein«, sagte Zakowski.

»Und Sie rufen jetzt nicht die Polizei an.«

»Wen? Kenne ich nicht. Außerdem weiß ich überhaupt nicht, was los ist. Wenn Sie mal eine Matratze brauchen, schauen Sie vorbei.«

»Warum machen Sie das?«

»Das wissen Sie nicht? Ich würde zu gerne wissen, welches Schwein Wolle auf dem Gewissen hat. Sie waren es nicht, sonst würden Sie nicht suchen. Wolle war nicht mein bester Freund, wirklich nicht, und als die Fluchtgeschichten erledigt waren, habe ich nichts mehr gehört von ihm. Aber damals war er das Herz und der Kopf unserer Gruppe. Der hatte einen solchen Hass auf die DDR, das können Sie sich nicht vorstellen. Der Hass hat ihm die

Kraft gegeben, immer weiterzumachen, auch wenn mal was schief ging. Er plante immer neue Aktionen und trieb uns an.«

Auf dem Weg nach Berlin fühlte er sich müde. Blattlose Bäume an Alleen, der Himmel lag grau auf dem Land. Auf den Äckern war niemand zu sehen. Es war, als würde es nie hell werden. Kleintropfiger Regen nieselte, die Straße war nass, an der Seite zu Matsch gewalztes Laub. Die Stimmung ergriff ihn. Er verstand, es war aussichtslos, was er versuchte. Es gab keine Rettung. Sein vorbestimmter Platz war die Anklagebank. Bedeutete das lebenslänglich? Mindestens fünfzehn Jahre. Fünfzehn Jahre zusammen mit Verbrechern. Was für einer war man, wenn man wieder rauskam?

Vor ihm kroch ein Brauereilastwagen die Straße entlang. Seine Reifen wirbelten Schlamm auf Stachelmanns Windschutzscheibe. Er ließ sich zurückfallen, überholen konnte er hier nicht. Kreuze am Straßenrand standen für Menschen, die mehr gewagt hatten.

Es war zum Verzweifeln. Jede Auskunft, die er bekam, mündete in neuen Fragen. Wenn er etwas erfuhr, wusste er weniger als zuvor. Er irrte im Nebel herum und wusste nicht einmal mehr, was er suchte. Welche Rolle spielte Ines? Wusste sie wirklich nichts? Oder verschwieg sie ihm etwas, weil sie Angst um ihn hatte? War sie verwickelt in den Mord? Du bist verrückt, und vor allem bis du Zeuge ihres Alibis. Als ihr Mann ermordet wurde, hast du mit ihr im Bett gelegen, in Wolf Griesbachs Bett. Und Ines drang auch nicht in seine Wohnung ein, um ihn zu terrorisieren. Sie machte sich Sorgen um ihn. Einen Augenblick schweiften seine Gedanken zu Anne. Noch eine Baustelle, dachte er. Dein Leben ist eine Baustelle. Anne war ihm nah und fern zugleich. Seit sie Felix hatte, nahm sie die Dinge lockerer. Sie war beneidenswert gelassen. Sie liebte ihren Sohn, und dann kam lange nichts.

Der Laster bog ab, Stachelmann gab Gas. Er schaute in den Rückspiegel, niemand folgte ihm. Bohming hatte ihn suspendiert, die Polizei suchte ihn, und die Stasi, die es nicht mehr gab, veranstaltete Spiele mit ihm. Das Historische Seminar war weit weg gerückt, weiter als China. Es war aus mit dem Historiker Josef Maria Stachelmann. Missmut ergriff ihn, dann Wut. Er hatte, verdammt, doch nichts getan. Fast war es so weit, dass er überlegte, ob er nicht doch Griesbach umgebracht hatte. Ich war es nicht. Und dieses Schwein, das mir den Mord in die Schuhe schieben will, muss ich kriegen, oder ich bin fertig. Keine Habilitation, keine Professur, keine Verbeamtung. Stattdessen Knast. Er schlug mit der Hand aufs Lenkrad. Beim zweiten Mal tat es weh. Du hast keine Chance, aber nimm sie wahr.

Auf der Autobahn war wenig Verkehr. Bei Königs Wusterhausen verließ er die A 12 und steuerte den Wagen Richtung Treptow und Friedrichshain. Dann klingelte das Handy. Er kramte in seinen Jacketttaschen, bis er es endlich fand. Das Auto schlingerte.

»Sie müssen sich der Polizei stellen«, sagte Oppum.

Stachelmann beendete das Gespräch. Auch der Anwalt konnte ihm jetzt nicht mehr helfen.

Je näher er der Stadtmitte kam, desto zäher bewegte sich der Verkehr. Er überlegte, wie er etwas erreichen könnte an der Humboldt-Universität. Aber wahrscheinlich war es wieder ein Fehlschlag. Und warum sollte irgendjemand, den Griesbach in seiner DDR-Zeit gekannt hatte, ihn jetzt noch umbringen wollen? Aber warum bin ich nicht früher darauf gekommen, das Mordmotiv in Griesbachs Biografie zu suchen? Irgendwann hatte Griesbachs Lebensweg den Lebensweg eines anderen gekreuzt. Nur konnte dies auch vor kurzem geschehen sein, warum in der DDR-Zeit? Er sprach vor sich hin. Weil sonst die Stasi-Verbindung sinnlos wäre. Jemand legt dir eine

Leiche in den Kofferraum und terrorisiert dich dann auf eigenartige Weise. Zakowski sagte, das sei die Methode der Stasi gewesen. Wenn das stimmte, war es ein Hinweis, dass Griesbach etwas mit der Stasi zu tun hatte. Entweder so oder so. Er hatte ja im Gefängnis gesessen. Also war er Opfer. Und doch musste er etwas getan haben, was seinen Mörder zur Tat trieb. War Griesbach verraten worden damals? Hatte er nun denjenigen gestellt, der ihn verraten hatte? Wie war er darauf gekommen? Hatte er erst jetzt seine Stasi-Akte gelesen? War das der Grund für ihn, nach Berlin zu fahren? Aber warum hatte er dann Ines nichts erzählt? War die Ehe schon so kaputt gewesen, dass die beiden nicht mehr miteinander redeten?

Unter den Linden ging es nur im Schritttempo voran. Er hielt Ausschau nach einem Parkplatz. In einer Seitenstraße sah er ein Auto ausparken. Er stellte den Wagen ab und steckte Münzen in die Parkuhr. Er würde aufpassen, dass die Polizei ihn nicht wegen einer Lappalie erwischte.

Immer wenn er ein Bild vom preußischen König Friedrich II. sah, dachte er, der müsse eher der Glückliche heißen als der Große. Dem Tod der Zarin Elisabeth verdankte er es, dass Preußen als Großmacht überlebte. Der Alte Fritz ritt vor der Humboldt-Universität in Richtung Palast der Republik, den es bald nicht mehr geben würde. Stachelmann ging in das Unigebäude, vorbei an Büchertischen mit DDR-Literatur. Aber dafür hatte er heute kein Auge. Im Erdgeschoss fragte er eine Studentin nach dem Sekretariat. Sie erklärte ihm den Weg. Er fand ihn gleich, klopfte an die Tür und öffnete. Da schoss ihm der Gedanke durch den Kopf, ob die schon wussten, dass nach ihm gefahndet wurde? Unmöglich. Hinter einem Tresen stand eine Frau und redete mit einem Studenten. Der Student stammte aus Asien und sprach kaum Deutsch. Es dauerte lange, bis der Student die Frau verstand. Sie zeigte keine Ungeduld. Dann ging der Student.

»Guten Tag, ich suche einen Studenten, der 1981 und/oder 1982 bei Ihnen studiert hat.«

Die Frau schaute ihn von oben bis unten an. »Es handelt sich um personenbezogene Daten, die ich Ihnen kaum geben darf.« Sie sagte es gelassen.

»Kennen Sie vielleicht eine Lehrkraft am Historischen Seminar, die vor der Wende hier unterrichtet hat?«

»Sie meinen das Institut für Geschichtswissenschaft, das gehört zur Philosophischen Fakultät I. Das Sekretariat ist hier im Haus.« Sie erklärte ihm den Weg.

Er klopfte an die Tür, hinter der sich laut Beschilderung das Sekretariat der Philosophischen Fakultät I verbarg, und öffnete sie. Ob die hier schon wussten, was ihm geschehen war? Tratsch ist oft schnell. Im Sekretariat war niemand. Er setzte sich auf einen Stuhl neben der Tür und wartete. Der Stuhl war hart. Er versuchte vergeblich, eine bequemere Sitzposition zu finden. Dann öffnete sich die Tür, eine junge Frau kam herein, einen Aktenordner unter dem Arm.

»Huch, haben Sie mich erschreckt.«

»Tut mir Leid.«

Die Frau setzte sich an den Schreibtisch. »Bitte.«

»Gibt es eine Lehrkraft oder einen sonstigen Mitarbeiter, der schon vor der Wende hier arbeitete?«

»Warum wollen Sie das wissen? Wer sind Sie?«

»Entschuldigung, ich habe vergessen, mich vorzustellen. Dr. Stachelmann. Ich komme von der Universität Hamburg und arbeite an einer Habilitationsschrift über die Geschichte des DDR-Hochschulwesens. Ich bin gerade zufällig in Berlin und dachte, na ja, wissen Sie, ich habe nur eine unbedeutende Frage. Bevor ich jetzt hundert Akten wälze und die gesamte Sekundärliteratur durchsuche, dachte ich, hier gibt es bestimmt jemanden, der auf meine Frage eine Antwort weiß.«

Sie blickte ihn lange an, als überlegte sie, ob sie ihm glauben sollte oder nicht. »Also, ich habe damals nicht hier gearbeitet.« Sie war unschlüssig, steckte den Zeigefinger zwischen die Lippen. »Also, unser Dr. Kehrer kann Ihnen da bestimmt weiterhelfen. Ich weiß aber nicht, ob er da ist. Ich rufe ihn mal an.« Sie hob den Hörer ab und tippte eine kurze Nummer ein. »Ja, Herr Dr. Kehrer, hier ist ein Herr, der sucht jemanden, der ihm eine« – sie suchte nach dem Wort – »fachliche Frage beantworten kann. Ob Sie vielleicht bereit sind, den Herrn zu empfangen?« Sie hörte zu. Dann schaute sie Stachelmann an. »Ihr Name war noch mal?«

»Dr. Stachelmann.«

»Dr. Stachelmann.« Sie hörte wieder zu. »Ich schicke ihn dann vorbei.« Sie legte auf. »Also, da müssen Sie jetzt hinausgehen, dann folgen Sie dem Gang nach links.«

Er hatte keine Mühe, das Dienstzimmer von Kehrer zu finden. Der saß an seinem Schreibtisch und schrieb etwas auf einer Tastatur.

»Bitte«, sagte er und wies auf den Stuhl vor seinem Schreibtisch. »Sie sind der Herr Dr. Stachelmann, ja?«

»Ja.«

»Kann es sein, dass ich was von Ihnen gelesen habe?«

»Kann sein, aber ich weiß es nicht.«

Kehrer grinste leicht. »Buchenwald?«

Stachelmann nickte.

»Gute Arbeit«, sagte Kehrer. »Aber darüber wollen Sie nicht mit mir sprechen.«

»Sie haben zu DDR-Zeiten hier gelehrt?«

»Ja. Ich bin übrig geblieben. Die anderen Kollegen wurden abgewickelt.« Er sagte es mit einem verächtlichen Unterton. »Als hätte es in der DDR keine Historiker gegeben, sondern nur SED-Propagandisten.« Es klang so, als wollte er sagen: Und dann kamen die lieben Kollegen aus dem Westen und haben uns erklärt, was Geschichte sei.

»Ich interessiere mich für den Lebenslauf eines bestimmten Studenten, Wolf Griesbach. Erinnern Sie sich an den? Er muss Anfang der achtziger Jahre hier studiert haben.«

Kehrer nickte. Eine auf der Glatze klebende weißgraue Haarsträhne löste sich und fiel nach vorn. »Aber das ist doch nicht Ihr Forschungsgebiet.«

»Noch nicht. Mein Interesse ist eher privat.«

»Das hörte sich aber anders an.«

Stachelmann zuckte mit den Achseln.

»Und was ist mit diesem Griesbach?«

»Der ist tot.« Stachelmann suchte fieberhaft nach einer plausiblen Erklärung. »Er war mein Kollege. Und seine Witwe hat mich beauftragt, seine Biografie zu vervollständigen. Sie weiß nichts über seine Zeit in der DDR. Das ist ein bisschen ungewöhnlich, aber einer trauernden Witwe kann man schlecht etwas abschlagen. Zumal ich ohnehin nach Berlin musste.«

»Warum sagen Sie das nicht gleich?«

»Es ist doch ein bisschen komisch.«

»Gewiss. Aber ich kenne Dinge, die sind noch komischer.« Er zog eine bittere Miene.

»Sie kannten Herrn Griesbach?«

»Gewissermaßen, wenn auch schlecht. Herr Griesbach erlangte allerdings einige Bekanntheit, weil seinetwegen die Partei- und die FDJ-Leitung an der Universität tagten. Er war verhaftet worden wegen versuchter Republikflucht. Daraufhin schloss ihn die FDJ aus, und die Universität relegierte ihn. Es waren schlimme Zeiten. Seine Freundin kam erstaunlicherweise mit einer Rüge davon. Aber ihr wurde der SED-Kandidatenstatus aberkannt. Heute klingt das exotisch, nicht wahr?«

»Es ist exotisch«, sagte Stachelmann. Wer war die Freundin? Er war aufgeregt und mühte sich, es nicht zu zeigen. »Wie hieß die Freundin?«

»Lassen Sie mich nachdenken.« Er schloss die Augen und öffnete sie wieder. »Ich weiß genau, wie sie aussah.

Es war eine kleine Blonde, recht hübsch. Sie trug einen Pferdeschwanz. Sie hieß Helga, und dann irgendwas mit N.« Er nahm den Telefonhörer und tippte eine Nummer. Nach einer Weile hob jemand ab am anderen Ende. »Sag mal ... nein ... ich hab hier einen zu sitzen ... später, ich melde mich ... sag mal, wie hieß die kleine Blonde, die damals wegen dem Griesbach so eine FDJ-Abreibung bekommen hat? ... Republikflucht ... Helga, ja. Aber der Nachname ... Naujocks, richtig, tschüssi, danke, bis bald ... ich melde mich ... bestimmt.«

»Wissen Sie, wo die wohnt?«

»Woher? Ich weiß nicht mal, ob die noch Naujocks heißt.«

»Kennen Sie jemanden, der sie kennen könnte?«

»Nun wird's aber kompliziert. Was hat die Witwe davon, wenn sie weiß, dass Griesbach eine Freundin hatte?«

»Man mag das seltsam finden, aber jeder hat seine Art, mit Trauer umzugehen. Frau Griesbach muss sich wohl intensiv mit dem Leben ihres Mannes beschäftigen, bevor sie sich verabschieden kann. Haben Sie jemanden im Auge, der mit Frau Naujocks bekannt oder befreundet sein könnte?«

Er schüttelte den Kopf. Die Haarsträhne fiel zur Seite. »Nein, wirklich nicht. Tut mir Leid.«

Stachelmann bedankte sich und verließ die Universität. Er ging ein Stück. Ein kalter Wind wirbelte Blätter über die Straße. Vor dem Operncafé entdeckte er Telefonzellen. Er betrat eine und blätterte im Telefonbuch. Es waren Seiten herausgerissen, aber N war vollständig. Es gab viele Naujocks, aber nur zwei Helgas und drei Naujocks, H. Bei der ersten Nummer nahm niemand ab. Bei der zweiten war der genervte Witwer dran. Der eine H. war ein Rentner, der keine Helga kannte. Beim anderen H. war besetzt. Die dritte H. hieß Hermine. Er versuchte die erste Nummer noch einmal, wieder hob niemand ab.

Er lief zu seinem Auto und füllte die Parkuhr auf. Dann ging er ins Operncafé, es saßen nur wenige Leute an den Tischen. Er fand einen leeren Tisch an der Wand, gegenüber der Tür. Hier war es dunkler, und niemand würde ihn erkennen vom Eingang aus. Außerdem stand er bestimmt nicht oben auf der Fahndungsliste, da gab es andere Kaliber.

Er bestellte einen Tee und holte sich eine Zeitung, von denen einige in Holzklemmern an Wandhaken hingen. Er versuchte zu lesen. Aber seine Gedanken schweiften ab zu den Fragen, die über sein Leben entschieden. Er versteckte sich mehr hinter der Zeitung, als dass er sie las. In ihm arbeitete es. Wenn er Helga Naujocks fand, käme er weiter. Das wusste er. Vielleicht erfuhr er dann alles.

* * *

»Heinz sagt, er habe eine neue Aufgabe für dich. Etwas, das du zusätzlich zum Studium erledigen musst. Es sei wichtig und spannend, und es werde deine Legende vervollkommnen. Du musst rüber.«

Sie saßen beim Tee am Nachmittag, Margarete war gerade aus Ostberlin zurückgekommen. Griesbach biss eine Ecke von einem Butterkeks ab, Margarete zündete sich eine Zigarette an.

»Um was geht es?«, fragte er.

»Heinz wird es dir sagen.«

»Scheiß Geheimnistuerei. Traut ihr mir immer noch nicht?«

»Doch, hätte ich dich sonst geheiratet? Aber das sind die Regeln.«

»Scheiß-Regeln.« Er war schlecht gelaunt, schon bevor Margarete wieder aufgetaucht war. Es hatte am Institut Diskussionen gegeben über Gorbatschows Perestroika, und er hatte nicht recht gewusst, wie er sich verhalten sollte. Am schlimmsten war es am frühen Nachmittag gewesen. Die Universität hatte ihn gerade als Tutor eingestellt, es waren die ersten Lehrveranstaltungen, an denen er nicht mehr als Student teilnahm, und schon war er ratlos. Die Genossen in der DDR wussten auch nicht so recht, was sie denken sollten. Die hatten es gut, niemand fragte sie. Aber im Seminar hatten ihn Studenten in die Mangel genommen. Und der Tutor Griesbach war ins Schwimmen gekommen. Um nicht abzusaufen, hatte er Gorbatschow gelobt und erklärt, auch die anderen Ostblockstaaten kämen nicht umhin, dem Beispiel Moskaus zu folgen. Das Seminar handelte vom Aufstand am 17. Juni 1953.

»Aber wenn die Sowjetpanzer nicht mehr zur Verfügung stehen, wird dann nicht bald die DDR zusammenkrachen?«, hatte einer gefragt. »Es ist doch eine Lehre des 17. Juni, dass die DDR ohne die Sowjetunion nicht überlebensfähig ist.«

Die Fragen hallten nach in seinem Kopf. Eigentlich waren es keine Fragen, sondern schon die Antworten. »Bald wird es die DDR nicht mehr geben, und dann werden sie uns hier zerquetschen wie Wanzen«, sagte Griesbach.

Margarete schaute ihn entsetzt an. »So ein Quatsch. Mach dir nicht die Hosen voll. Da sind mehr als zwei Millionen Mitglieder der SED, da ist die NVA, da ist die Volkspolizei, und da sind die Genossen des Ministeriums für Staatssicherheit. Glaubst du, die lassen sich einschüchtern von ein paar Krakeelern?«

»Ich hab da drüben gelebt. Du wirst dich noch umgucken.«

»Du wirst dich umgucken, du wirst dich umgucken«, äffte sie ihn nach. »Ich gucke mich immer um, vielleicht steht ja einer hinter mir.«

Griesbach trank einen Schluck Tee. Es hatte keinen Sinn, darüber zu diskutieren.

Am folgenden Abend fuhr er nach Ostberlin. Er war so wütend und so ängstlich, dass er die Regeln der Konspiration missachtete und den direkten Weg nahm. Er stieg in der Friedrichstraße in ein Taxi und ließ sich nach Köpenick in die Salvador-Allende-Straße bringen. Die letzte Strecke zur konspirativen Wohnung lief er zu Fuß. Sie lag in einer kleinen Siedlung an der Müggelspree. Heinz öffnete ihm die Tür. Sie setzten sich ins Wohnzimmer, an den Wänden ein Thälmann-Porträt, rote Wimpel mit kyrillischer Inschrift, im Buchregal Marx und Lenin und die Protokolle der Parteitage. Heinz bot Bier und Schnaps an, Griesbach nahm beides. Heinz deutete auf den Wandschmuck. »Hier wohnt eine alte Genossin. In der Zeit des Faschismus war sie in der Sowjetunion.«

»Dann gehört sie zu den wenigen Glücklichen, die das überlebt haben«, sagte Griesbach.

Heinz schaute ihn ernst an. »Margarete sagte schon, du seiest schlecht gelaunt, Bauchschmerzen, auch wegen Gorbatschow.«

»Die Schmerzen sitzen im Hirn, nicht im Bauch.«

»Prost«, sagte Heinz. »Die Genossen in der SU müssen viel verändern, wir nicht.«

»Du meinst, in der DDR ist alles in Ordnung?«

»Nein, keineswegs. Aber wir lösen die Widersprüche, während wir voranschreiten.«

»Quatsch nicht so gestelzt.«

Heinz lachte. »Es wird nichts so heiß gegessen, wie es gekocht wird. Die Freunde übertreiben ein bisschen. Auch bei uns wird es Änderungen geben. Aber wir machen hier keine Revolution. Hast du Hunger?« Er wartete die Antwort nicht ab, sondern verschwand, um mit belegten Broten zurückzukommen. Er stellte die Platte auf den Tisch. »Wir leben in einer Übergangsgesellschaft«, sagte er. »Wir haben uns von der Diktatur des Kapitals befreit, und die Nazis haben wir auch davongejagt. Wenn man kein gutes Haar an uns lässt, das bleibt immer unser Verdienst. Bei uns gibt es keine Globkes, Lübkes, Oberländers und Kiesingers. Wir glauben aber, wir müssten den Leuten sagen, diese Übergangsgesellschaft sei schon wunderbar. Wir sind zu feige. Warum stellen wir uns nicht hin und sagen, bei uns läuft viel schief? Wir sind auch nur Menschen, und leider können wir uns nirgendwo abgucken, wie der Sozialismus funktioniert. Die nach uns kommen, haben es leichter. Die können über uns lachen. Und trotzdem ist es hier besser als im Westen. Meinen Vater haben sie in Mauthausen umgebracht, das vergesse ich nie.«

Nie hatte Heinz über sich gesprochen, nie war er so aufrichtig gewesen. Es berührte Griesbach. »Auf deinen Vater!«, sagte er und hob das Glas mit dem Korn.

Sie tranken, dann lehnte Heinz sich zurück. Er überlegte, dann sagte er: »Wir haben da noch was für dich, etwas Interessantes. Du wirst Schleuser. Du wirst in einer Bande mitarbeiten, die ihr Geld mit Menschenhandel verdient.«

»Warum?«

»Weil diese Bande sehr aktiv ist. Weil wir die Kontrolle über sie verloren haben. Aber vor allem, weil es deine Legende vervollkommnet.«

Griesbach überlegte. Ja, warum eigentlich nicht. Es war ein Abenteuer, den Fluchthelfer zu spielen. »Und das Risiko?«

»Ist gering, aber größer als null.«

»Aber wenn keine Flucht klappt, wird doch jeder merken, dass da einer falsch spielt.«

»Wer sagt denn, dass keine Flucht klappt? Wir möchten uns nur gerne aussuchen, wen wir reisen lassen. Und wenn wir die eine Bande auffliegen lassen, gibt es bald andere, und wir müssten wieder versuchen, dort einzudringen.«

»Ihr habt die Kontrolle verloren?«

»Ja, eine dumme Geschichte. Ich darf dir darüber nichts erzählen. Aber eines muss ich dir sagen. Du wirst dort vermutlich einen alten Bekannten wiedertreffen. Das entspricht nicht ganz den Regeln, ist aber unvermeidlich.«

»Aha.«

»Er heißt Theo Dreilich.«

18

Diesmal nahm jemand ab.

»Guten Tag, Dr. Stachelmann. Ich suche Helga Naujocks.«

»Das bin ich.«

»Sie haben in den achtziger Jahren an der Humboldt-Universität studiert?«

»Nein«, sagte die Frau. »Das ist meine Tochter, sie heißt nicht mehr Naujocks. Was wollen Sie denn von ihr?«

»Ich habe ihr etwas Wichtiges mitzuteilen über einen ehemaligen Freund. Etwas sehr Wichtiges.«

»Ich weiß nicht, ob sie mit Ihnen sprechen will.«

»Ich gebe Ihnen meine Handynummer, vielleicht könnten Sie sie fragen. Wenn sie mit mir reden will, kann sie mich anrufen. Einverstanden? Sagen Sie ihr bitte, ich hätte ihr etwas über Wolf Griesbach zu berichten. Es sei wichtig.«

Frau Naujocks war einverstanden. Stachelmann sagte, er habe es eilig und bleibe nur heute in Berlin.

Er spazierte Unter den Linden entlang und war nervös. Als er die russische Botschaft betrachtete, klingelte sein Handy.

»Schwarz, Sie hatten meine Mutter angerufen. Was gibt es denn so Eiliges?«

»Das würde ich lieber mit Ihnen persönlich besprechen. Sie können bestimmen, wann und wo.«

Sie schwieg eine Weile. »In der Karl-Marx-Allee, ein Stück hinter dem Strausberger Platz, gibt es ein mexikanisches Restaurant, es heißt Hazienda. Dort können wir uns nachher treffen, sagen wir gegen sieben Uhr. Woran erkenne ich Sie?«

»Reservieren Sie einen Tisch auf Ihren Namen. Ich lasse mich dann zu dem Tisch führen.«

Er vertrödelte die Zeit bis zum Treffen in Mitte. Der Palast der Republik stand da wie eine gläserne Leiche. Stachelmann hatte ihn sich vor vielen Jahren angesehen bei einem Ostberlinbesuch. Er hatte sich in die Mokkabar gesetzt mit Blick auf den Betonkoloss des DDR-Außenministeriums. Damals tummelten sich viele Menschen in dem Prachtbau. Im Untergeschoss gab es eine Disko und eine Kegelbahn, auch einen Pressestand. Im ersten Stock lagen zwei Restaurants, vor denen Menschen in langen Schlangen standen, um platziert zu werden. An den Wänden Bilder des sozialistischen Realismus. Nach der Wende entdeckten die Behörden Asbest in den Wänden, das passte zur Absicht, den Symbolbau loszuwerden, darin hatte auch die Volkskammer getagt. An seiner Stelle soll das Hohenzollern-Stadtschloss wieder erstehen, Disneyland in Berlin, als könnte man Baudenkmäler neu schaffen. Die Zeitungen waren voll vom Streit darüber. Das schräg gegenüber dem Glasbau liegende Palasthotel war schon abgerissen. Warum können die Erinnerungen der Menschen nicht geachtet werden, fragte sich Stachelmann. Er schaute auf die Uhr. Wenn er langsam lief, würde er nicht zu früh kommen.

An der Weltzeituhr saßen und standen Menschen. Sie warteten auf irgendwen oder irgendwas. Ein Schnorrer stellte sich Stachelmann in den Weg, er stank aus dem Mund. Stachelmann gab ihm einen Euro und wusste, er würde in Schnaps umgesetzt. Er entzog sich der Dankbarkeit des Manns und lief die Alexanderstraße entlang bis zur Otto-Braun-Straße, wo die Karl-Marx-Allee beginnt. Geschichte, wohin man trat. Otto Braun, Preußens Ministerpräsident bis zur rechtswidrigen Absetzung durch den unsäglichen Franz von Papen, der die preußische Landesregierung im Juli 1932 davonjagte und sich selbst zum

Reichskommissar für Preußen ernannte, ein Meilenstein auf dem Weg in die Diktatur. Die Karl-Marx-Allee hieß Stalin-Allee, als in ihren Bauten der Aufstand des 17. Juni 1953 losbrach.

Dann sah er das Restaurant. Ihn empfing Gitarrenmusik, als er eintrat. Die Wände waren rot getüncht, rote Tischtücher bedeckten die Tische, die Kellner trugen rote Schürzen. »Hier ist ein Tisch reserviert auf den Namen Schwarz«, sagte er.

»Die Dame wartet schon«, sagte der Kellner. Er hatte sich einen Kugelschreiber hinters Ohr geklemmt. Er führte Stachelmann zu einem Tisch in einer Ecke. Dort saß eine Frau mit kurzen blonden Haaren. Sie schaute ihn an, und er sah die Härte in ihrem Blick. Er stellte sich vor und gab ihr die Hand.

Der Kellner blieb neben dem Tisch stehen. Dann sagte er: »Sie suchen erst aus?« Er ging.

»Fast wäre ich nicht gekommen«, sagte sie. Sie hatte Falten um die Mundwinkel, sie sah verbittert aus. »Aber ich gebe zu, ich bin neugierig. Das haben Sie immerhin erreicht.«

Stachelmann lachte kurz. »Das ist doch schon was. Sie kannten Wolf Griesbach?«

Sie nickte. »Aber ich weiß noch nicht, warum ich Ihnen dazu etwas sagen soll.«

»Er ist tot.« Es rutschte Stachelmann heraus, Müdigkeit raubte ihm die Aufmerksamkeit.

Sie schaute ihm in die Augen, sie glaubte es nicht. »Aber ich habe ihn doch gerade noch getroffen.«

»Er wurde ermordet.«

Sie schaute ihm weiter in die Augen, als könnte sie dort die Wahrheit finden.

»Wann?« Es klang wie: »Das glaube ich nicht.«

»In der Nacht vom 11. zum 12. November.«

Sie überlegte. »Aber am Abend des 11. November habe ich ihn getroffen.«

»Er war also wegen Ihnen in Berlin.«

»Weiß ich nicht. Er wollte noch jemand anderen treffen.«

»Wen?«

»Keine Ahnung.« Sie schüttelte den Kopf.

Er überlegte, wie sie ausgesehen haben mochte, als sie noch nicht verbittert war.

»Wie ist es passiert? Was haben Sie damit zu tun?« Sie war misstrauisch.

»Er wurde erstochen. Ich soll für die Witwe etwas herausfinden über Griesbachs Leben in der DDR.«

Ihr Blick wanderte über den Tisch.

Der Kellner erschien. »Später«, sagte Stachelmann. Der Kellner ging weg.

»Was ist sie für eine? Wie heißt sie?«

»Ines.«

»Und wie ist sie so?« Sie presste ihre Kiefer aneinander.

»Schwer zu sagen, ich kenne sie eher flüchtig. Ich finde sie nett.«

»Nett? Und deswegen kramen Sie in ihrem Auftrag in Wolfs Leben herum?«

»Ich bin Historiker, also berufsbedingt neugierig.«

»Dann sind Sie ja ein Kollege von Wolf.«

»Ja, sogar am selben Seminar. Er war gerade zu uns gekommen, da wurde er ermordet.«

»Von wem?«

»Weiß ich nicht. Die Polizei tappt im Dunkeln.«

»Und Sie wollen etwas wissen über Wolfs Zeit in Ostberlin?«

»Ja.«

»Warum kommt Ines nicht selbst?« Sie klang scharf.

»Die Sache nimmt sie arg mit.«

»Ein bisschen komisch ist das doch.« In ihren Augen glitzerte es, Tränen. Sie wischte sie mit einem Papiertaschentuch weg. »Er ist also tot.« Erst jetzt schien sie es zu begreifen. »Vor vier Wochen saßen wir hier, an diesem Tisch. Wir haben geredet. Dann ist er gegangen und hat seinen Mörder getroffen.«

»Hat er gesagt, wen er treffen will?«

»Nein, sag ich doch.«

»Keine Andeutung?« Er war nah dran, er spürte es. Wenn sie sich doch nur erinnern könnte.

»Nein.« Sie war verärgert.

»Bitte verstehen Sie mich, vielleicht hat er nur eine Bemerkung gemacht, so nebenbei. Das kann reichen, um den Mörder zu finden. Sie wollen doch auch, dass man ihn findet.«

Sie bedeckte ihre Augen mit der Hand.

Der Kellner erschien. Stachelmann schlug die Karte auf und bestellte zwei billige Gerichte und Mineralwasser, ohne die Karte ganz zu lesen.

»Ich möchte einen Tequila«, sagte sie. »Einen doppelten.« Sie nahm ihre Hand weg vom Gesicht und wandte sich an Stachelmann. »Nein, er hat keine Andeutung gemacht.«

»Sie waren befreundet?«

»Ja, früher.«

»Und dann?«

»Was dann?«

»Ihre Freundschaft hörte auf.«

»Das klingt bescheuert.« Sie wischte sich Tränen aus den Augen. »Er ging in den Westen, ich durfte nicht rüber. Da hörte es einfach auf.«

»Wie kam er in den Westen?«

»Das weiß ich nicht. Er wurde verhaftet, und dann hieß es, er sei drüben.«

»Und er hat sich nicht mehr bei Ihnen gemeldet?«

»Nein.«

»Haben Sie versucht, ihn zu erreichen?«

»Das haben sie mir verboten.«

»Wer?«

»Die Staatssicherheit.«

»Und wer hat Griesbach verhaftet?«

»Die Staatssicherheit.«

»Weshalb?«

»Versuchte Republikflucht.«

»Er wollte in den Westen.«

»Eigentlich nicht.«

»Jetzt verstehe ich gar nichts. Warum wurde er dann verhaftet?«

»Weil versuchte Republikflucht auch strafbar war. Er hatte einen Brief geschrieben nach Westberlin, das war ein Zeichen, dass er abhauen wollte. Aber er hatte sich nur geärgert, ich weiß schon gar nicht mehr, über was. Er wäre nicht abgehauen.«

»Aber die Staatssicherheit hat es gewusst.«

»Offensichtlich.«

»Die haben den Brief abgefangen.«

»Der Brief konnte einen nicht verraten. Es zählte nur die Tatsache, dass ein Brief an eine bestimmte Adresse geschrieben wurde. Was darin stand, war gleichgültig.«

Der Kellner erschien und servierte. Stachelmann dachte nach. Er wurde noch unruhiger. Konzentrier dich, du bist dicht dran. Mach keinen Fehler.

Sie trank ihren Tequila in einem Zug aus und biss in eine Zitronenscheibe. Sie verzog das Gesicht.

»Ohne Salz?«, fragte Stachelmann.

»Immer«, sagte sie. »Mir reicht es, wenn es sauer ist.« Es klang bitter.

»Woher wusste Griesbach, an wen er schreiben musste?«

»Von Dreilich.«

»Theo Dreilich?«

Sie schaute ihn neugierig an. »Ja.«

»Sie kannten ihn?«

»Ja.«

Er ärgerte sich, dass er ihr jedes Wort aus der Nase ziehen musste. Aber sie hätte auch schweigen können. »Sie haben ihn in Ostberlin getroffen.«

»Ja.«

»War das nicht gefährlich, einem Fremden etwas zu erzählen über Republikflucht?«

»Doch, aber Dreilich war so einer, dem man vertrauen konnte. Das dachten wir damals. Er war großzügig und in der CDU, die war doch gegen die DDR. Außerdem war es Zufall, dass wir ihn trafen.«

»Das glauben Sie«, sagte Stachelmann. »Dreilich wusste von ihren Fluchtplänen.«

»Dreilich wusste, dass wir mit dem Gedanken spielten, wenn wir uns über etwas ärgerten. Das taten wir oft. Aber wir waren Linke. Und wir haben uns mit Dreilich auch ziemlich in die Haare gekriegt. Die DDR war in vielerlei Hinsicht schrecklich, aber wir glaubten damals, sie sei besser als die BRD und dass wir sie grundsätzlich unterstützen müssten.«

»Wer wusste noch von Ihren Fluchtplänen?«

»Niemand.«

»Sie haben im Gefängnis gesessen?«

»Nur ein paar Tag U-Haft.«

»Wo?«

»In Hohenschönhausen.«

»In der zentralen Untersuchungshaftanstalt, die heute ein Museum ist?«

»Die Zelle gibt es bestimmt auch noch. Aber ich will sie nicht sehen.«

»Hatten Sie jemals die Idee, Dreilich sei ein Spitzel?«

»Ja. Aber ich konnte es nicht beweisen. Und er hatte Macht. Ich glaube, er hat uns reingelegt, damals schon, als wir ihn in der Mokkabar trafen.«

»Im Palast der Republik?«

»Ja.«

»Könnte es sein, dass die Stasi Griesbach ausgesucht hat aus irgendwelchen Gründen?«

»Weiß nicht.«

»Griesbach war so was wie ein unabhängiger Linker, kritisierte die DDR, aber noch mehr die Bundesrepublik.«

»So haben wir damals gedacht. Wir hatten die Vorstellung, der reale Sozialismus sei im Prinzip dem Kapitalismus überlegen, auch wenn er stalinistisch verformt war.«

»Und Griesbach hat Sie vor vier Wochen, kurz vor seinem Tod, besucht?«

»Das habe ich doch gesagt.«

»Haben Sie ihn gefragt, ob er für die Staatssicherheit gearbeitet hat?«

Sie schwieg.

»Er hat offenbar nur in Untersuchungshaft gesessen, ein paar Wochen oder Monate, und durfte dann ausreisen. Ist das nicht seltsam? Die DDR-Behörden haben doch Wert darauf gelegt, gerade Republikflüchtlinge nicht ohne Bestrafung davonkommen zu lassen. Schon wegen des Nachahmeffekts. Und dann arbeitet er in einer Fluchthilfegruppe, deren Aktionen immer mal wieder scheitern.«

»Davon weiß ich nichts. Aber ich habe ihn gefragt, ob er für das MfS gearbeitet hat.«

»Und was hat er geantwortet?«

»Nichts. Aber er hat mich seltsam angeschaut.«

»Hat er gesagt, warum er Sie treffen wollte?«

»Nicht direkt. Ich hatte den Eindruck, er war fertig mit den Nerven. Ich hatte ihn seit damals nicht mehr gesehen.«

»Und Sie waren nicht erstaunt, als er sich plötzlich meldete?«

»Ja und nein. Wenn er für die Stasi gearbeitet hat, wie ich glaube, lässt es sich leicht erklären, warum er sich nach der Einheit nicht gemeldet hat. Trotzdem war ich enttäuscht, schließlich waren wir lange befreundet gewesen. Ich habe ihn auch gefragt, ob die Stasi ihn mit mir erpresst habe. Aber auch diese Frage hat er nicht beantwortet.«

»Was glauben Sie?«

»Dass die Stasi das getan hat. Sie haben ihn ausgenutzt und erpresst. Ein Linker, der ein schlechtes Gewissen hat, weil er mit dem Gedanken gespielt hatte, in den Westen zu gehen, nachdem er an der Universität Krach gekriegt hat. Und die Stasi hat es ihm ermöglicht auszureisen. Mich behielten sie als Sicherheit in der Hand. Allerdings wollte ich nicht in den Westen, aber das wusste Wolf ja nicht. Als wir darüber gesprochen hatten, war ich mir unschlüssig gewesen. Ihm hat das MfS eine Chance geboten, und ich glaube, er hat sie genutzt. Er hat ja auch nicht nein gesagt, als ich ihn fragte, ob er IM war.«

»Haben Sie ihn auch nach Dreilich gefragt?«

Die Teller mit dem Essen standen unberührt auf dem Tisch. Der Kellner näherte sich, schaute auf den Tisch und ging wieder.

»Ja, natürlich haben wir über Dreilich gesprochen. Wolf sagte, über Dreilich wisse er nichts. Und ich sagte ihm, ich hielte Dreilich für einen IM. Er war der Einzige, der von unserer Flucht wusste. Außer diesem Typen, dessen Adresse er uns gegeben hatte. Aber dieser Knoll, oder wie er immer hieß, war wohl nur ein Pseudonym für Dreilich.«

»Dreilich hat die Fluchthilfeorganisation unterstützt, für die auch Wolf Griesbach arbeitete. Er hat, als er in der Senatsverwaltung saß, Pässe besorgt für Flüchtlinge. Und Wolf Griesbach hat den Kontakt mit ihm gepflegt.«

»Ich habe mir so was gedacht.« Sie sprach kraftlos. »Dreilich hat uns reingelegt, Wolf verdankte ihm den Knast, ich auch, und dann arbeitet er mit dem zusammen. Das versteht kein Mensch.«

»Da gibt es andere Fälle. Denken Sie an die deutschen Kommunisten, die in der Sowjetunion eingesperrt und misshandelt wurden. Viele hat die sowjetische Regierung sogar den Nazis ausgeliefert nach dem Hitler-Stalin-Pakt. Und nicht wenige von denen glaubten weiter an Stalin und den Kommunismus. Und sie ließen sich wieder mit denen ein, die sie verraten und gequält hatten.«

»Das ist verrückt«, sagte Helga.

»In gewisser Weise ja. Wenn man ein Prinzip anbetet, kommt die Wirklichkeit nicht dagegen an. Kann es sein, dass Wolf Griesbach sich mit Dreilich verabredet hatte und zu ihm fuhr, nachdem Sie sich getroffen hatten?«

»Ich weiß es wirklich nicht. Vielleicht war es so.«

Sie stocherte mit der Gabel auf ihrem Teller, aß aber nicht. Auch Stachelmann spürte keinen Hunger. Ich bin dicht dran, die Polizei darf mich nicht erwischen, bevor ich Dreilich gesprochen habe.

»Sie wollen rauskriegen, wer ihn ermordet hat.«

»Ja.«

»Warum sagen Sie mir dann, die Witwe schicke Sie?«

Stachelmann überlegte. »Ich muss es herauskriegen. Sonst lande ich im Knast.«

»Warum?« Sie schaute ihn streng an. »Sie werden verdächtigt.«

»Ja. Aber ich war es nicht.«

»Nein, Sie waren es nicht. Sonst würden Sie ja nicht suchen. Aber vielleicht suchen Sie, um diesen Eindruck zu erwecken. Ach, egal, er ist tot.« Sie stand auf. »Sie übernehmen die Rechnung.« Es war keine Frage.

Stachelmann sah ihr nach. Sie war klein und schlank. Er ärgerte sich, er hatte vergessen, sie um ihre Telefonnummer zu bitten. Aber wenn er sie noch einmal brauchte, würde er sie finden. Er aß ein paar Bissen von dem kalt gewordenen Gericht. Es schmeckte nach Huhn und war scharf gewürzt. Er war erschöpft und müde und überlegte, was er tun könnte. Heute Abend war es zu spät, um herauszubekommen, wo er Dreilich finden konnte.

Er ließ sich vom Kellner das Telefonbuch bringen und suchte nach einer Unterkunft. Er fand eine Pension in Tiergarten und notierte die Adresse. Dann bezahlte er und fuhr los. Es war ein heruntergekommener Bau in einer Seitenstraße. Irgendwo hier in der Gegend lag das Stundenhotel, in dem er eine Nacht verbracht hatte, als der alte Holler ihn jagte. Stachelmann hatte Glück, ein Zimmer im ersten Stock war frei. Der Nachtportier sah aus wie ein Student. Stachelmann füllte den Anmeldebogen falsch aus, niemand würde ihn nach seinem Personalausweis fragen. Das Fenster des Zimmers ging zur Straße hinaus. Auf der Straße lärmten Betrunkene, Autos hupten. Er warf sich aufs Bett, es bog sich durch.

Dann klingelte sein Handy. Anne war dran. »Die Polizei war bei mir, sie suchen dich. Ich weiß nicht, woher sie wussten, dass du bei mir warst.«

Er erschrak. »Irgendwer im Seminar wird ihnen den Tipp gegeben haben.«

»Es war furchtbar. Sie haben die Wohnung durchsucht ohne Durchsuchungsbefehl. Gefahr im Verzug oder so ähnlich. Die meinen es ernst.«

»Ja.«

»Kommst du weiter?«

»Ich bin auf einem guten Weg. Morgen suche ich einen Theo Dreilich auf, der war wohl bei der Stasi.«

»Pass auf dich auf. Und der Eindringling?«

»Bisher nichts. Aber ich traue dem Kerl zu, dass er mir folgt, ohne dass ich es merke. Die haben das bei der Stasi gelernt.«

»Du meinst, ehemalige Leute von der Stasi stecken hinter allem?«

Er hörte Felix schreien. »Davon bin ich überzeugt. Aber ich weiß noch nicht, wie sich das Puzzle zusammensetzt.

Vor allem weiß ich nicht, wer Griesbach ermordet hat. Heute habe ich zum ersten Mal das Gefühl, dass ich es rauskriegen könnte.«

Als sie das Gespräch beendet hatten, fiel ihm ein, die Polizei konnte ihn über sein Handy orten. Du Idiot, das weiß doch jeder. Er nahm seinen Koffer und verließ das Zimmer. An der Treppe blieb er stehen und überlegte. Wenn ich das Handy eingeschaltet im Zimmer lasse, werden sie glauben, ich sei hier. Er stellte das Handy auf lautlos, ging zurück ins Zimmer und legte es auf den Schrank. Er ließ den Koffer am Treppenabsatz stehen und ging hinunter. Die Rezeption war nicht besetzt. Schnell stieg er die Treppe hoch, nahm seinen Koffer und lief wieder runter. Als er vor der Tür war, atmete er auf. Er ging zu seinem Auto, warf den Koffer hinein, schaute sich um, ob ihm einer folgte, dann stieg er ein und fuhr los. Jetzt drehe ich den Spieß um. Sie werden bald in der Pension auftauchen, um mich zu verhaften. Und sie werden nichts finden außer meinem Handy. Er lachte vor sich hin, aber sein Lachen barg Verzweiflung. Als er um die Ecke bog, sah er zwei Polizeiwagen heranrasen. Die nasse Fahrbahn färbte sich zuckend im Blaulicht. Das können sie schon sein, dachte er und fuhr gemächlich weiter. Nach seinem Auto wurde gewiss auch schon gefahndet. Er musste es bald irgendwo abstellen. Er hatte Angst, und er war müde. Er fuhr umher und suchte eine Bleibe. Immer wieder schaute er in den Rückspiegel, aber er konnte die Autos nicht unterscheiden, deren Scheinwerfer ihn blendeten.

Dann sah er ein Hotel garni mit weißer Leuchtreklame. Er stellte den Wagen davor ab und ging mit dem Koffer hinein. Der Empfangsraum war plüschig, Flecken an der Rosentapete, die früher einmal rosa gewesen sein mochte. Die Holzbohlen knarrten, am Empfang war niemand. Er drückte die Klingel. Nach einer Weile hörte er Schritte, eine alte Frau mit hochgebundenen weißen Haaren begrüßte ihn knapp. Stachelmann trug wieder einen falschen Namen und eine falsche Anschrift ein in das Anmeldeformular, bekam den Zimmerschlüssel und stieg die Treppe hoch bis zur dritten Etage. Der Gang oben war eng, der rote Läufer rissig und befleckt. Nur eine funzlige Birne spendete mattes Licht. Stachelmann wäre fast über einen Anrichtewagen mit gebrauchtem Geschirr gestolpert. Er stellte seinen Koffer ins Zimmer und eilte wieder hinunter. Die Frau war verschwunden.

Als er zur Tür hinausging, stockte ihm der Atem. Zwei Polizisten standen an seinem Auto, ein Polizeiwagen parkte hinter dem Golf. Stachelmann zog sich in das Hotel zurück. Es konnte nicht lange dauern, bis sie auf die Idee kamen, im Hotel nach ihm zu suchen. Er rannte die Treppe hoch zum dritten Stock und holte seinen Koffer, dann eilte er die Treppe hinunter. Die Knie schmerzten höllisch. Er hoffte, im Hinterhaus einen Ausgang zu finden. Von vorn hörte er Stimmen, dann klingelte es am Empfang. Es waren die Polizisten, kein Zweifel. Stachelmann fand hinten eine Tür, sie führte zu den Toiletten. *Herren, Damen*, stand an zwei Türen. Eine dritte Tür war nicht beschriftet. Er drückte die Klinke, die Tür war abgeschlossen. Er zerrte daran und versuchte möglichst wenig Lärm zu machen. Die Tür ließ sich nicht öffnen. Er öffnete die Tür des Toilettenvorraums und ging hinaus. Am Empfang sprachen die Polizisten mit der alten Frau. Stachelmann verstand nicht, was sie sagten. Er schaute sich um und entdeckte eine weitere Tür. Er schlich hin, drückte die Klinke und öffnete die Tür. Er stieß gegen etwas, es klang dumpf. Er erstarrte. Langsam gewöhnten sich seine Augen an die Trübnis. Er war in der Küche. Die war nicht groß, und gegenüber der Tür, zu der er hineingekommen war, lag eine weitere Tür, das obere Drittel bestand aus Milchglas, das schwaches weißes Licht von draußen brach. In der Mitte der Küche stand ein Tisch, darauf Teller und

Töpfe. Stachelmann ging zur anderen Tür, sie war abgeschlossen, aber der Schlüssel steckte. Er drehte ihn, öffnete vorsichtig und schaute hinaus, da waren Garagen und eine Ausfahrt. Im Hotel hörte er schnelle Schritte. Sie näherten sich. Er ging hinaus und schloss die Tür. Dann rannte er über den Hof. Er war bald im Licht der Laterne. Auf der Straße ging er nach links und dann hinein in die nächste Seitenstraße. Der Koffer wurde ihm schwer, der Rücken tat weh. Viel weiter konnte er nicht laufen, schon gar nicht mit Gepäck.

Ein Auto bog ein in die Straße, es war der Polizeiwagen. Er fuhr langsam und ohne Blaulicht. Stachelmann bückte sich und rannte zu einer Haustür. Er streckte die Hand nach oben, um die Tür zu öffnen. Sie war abgeschlossen. Er duckte sich im Vorgarten hinter einer niedrigen Hecke. Es dauerte quälend lang, bis der Polizeiwagen vorbeigefahren war. Stachelmann setzte sich auf die Treppe zur Haustür, er atmete schnell. In der Ferne sah er die Rücklichter des Polizeiwagens. Die Kälte kroch ihm in die Glieder, Schüttelfrost erfasste ihn. Alle Gelenke schmerzten. Er suchte eine Tablette in den Taschen. Als er die Packung fand, schluckte er zwei. Er blieb eine Weile sitzen und zitterte. Dann stand er auf und ging weiter. Immer wieder suchten seine Augen nach Verstecken, falls die Polizei wieder auftauchte. Die Schmerzen wurden stärker. Weiter, immer weiter. Er erschrak bei jedem Auto, das in den Straßen fuhr. Oft waren es Taxis. Als er wieder eines sah mit beleuchtetem Taxischild, hielt er die Hand raus. Der Wagen bremste, der Fahrer musterte ihn durch die Seitenscheibe.

»Irgendein Hotel, nicht zu teuer, nicht hier.«

Der Taxifahrer schaute ihn an, als wollte er Stachelmanns Geisteszustand prüfen. »Wie Sie wollen.«

Auf dem Handschuhfach klebte ein Nichtraucherschild, es stank nach Rauch. Der Taxifahrer steckte sich eine Zigarette an. Er kurvte schnell durch die Straßen, bis er in eine große Straße kam, die Stachelmann kannte. Es war der Ku'damm. Der Fahrer querte ihn und hielt vor einem Hotel. »Die haben immer was frei«, sagte er.

Stachelmann zahlte und ging ins Hotel. Es war das dritte in dieser Nacht. An der Rezeption saß ein alter Mann, wohl ein Rentner, der sich etwas dazuverdiente. Stachelmann fragte, ob er ein Zimmer frei habe für eine Nacht.

Der Rentner betrachtete Stachelmann eine Weile, dann sagte er: »Na gut.«

Stachelmann trug einen anderen falschen Namen ein in das Anmeldeformular. Der Portier schaute ihm zu, sein Gesicht verriet keine Regung. Dem ist es gleichgültig, wer ich bin und was ich in das Formular schreibe, dachte Stachelmann.

Das Zimmer lag im ersten Stock auf der Rückseite des Hotels. Es war klein, aber es hatte ein gut eingerichtetes Bad. Und als Stachelmann sich aufs Bett setzte, glaubte er, es sei nicht zu schlecht. Er notierte sich auf einem Zettel, dass er seine Handynummer sperren lassen musste. Aber vor allem würde er sich um Dreilich kümmern. Kurz bevor er in einen unruhigen, immer wieder unterbrochenen Schlaf fiel, dachte er an Anne. Das musst du klären, wenn alles andere vorbei ist. Wenn es jemals vorbei ist.

* * *

»Dreilich ist ein Schwein«, sagte Griesbach.

»Kein größeres als wir«, sagte Margarete.

»Er hat mich verraten.«

»Nein, er hat eine Operation des Ministeriums für Staatssicherheit durchgeführt.«

Griesbach antwortete nicht. Er erinnerte sich, wie er Dreilich im Schöneberger Rathaus aufgesucht hatte, um ihn zu stellen. Also doch, du Drecksack, dachte er. Und dann sagte er sich, dieser Dreilich hat einen Auftrag erledigt, so, wie ich Aufträge erledige. Und doch hat er dich in den Knast gebracht. Er hat dich provoziert, auf den Gedanken gebracht abzuhauen. Gut, gut, daran habe ich vorher auch schon gedacht, aber die Idee blieb doch weit entfernt. Bis dieser Dreilich kam und den todsicheren Tipp hatte. Eiskalt hatte er Griesbach abgefertigt, als der ihn im Rathaus besuchte. Bewundernswert eiskalt.

»Heinz sagt, dieser Dreilich habe Daten der Flüchtlinge bekommen, damit er die in die Pässe eintragen lassen konnte. Aber dann hat einer in der Gruppe gesagt, Dreilich solle nur noch Blankopapiere liefern, den Rest würden sie selbst erledigen. Dreilich hat sich nur schwach dagegen gewehrt, weil die anderen sonst misstrauisch geworden wären.« Margarete stand hinter ihm in der Küche und streichelte ihm den Kopf. »Deswegen brauchen wir so einen wie dich, dem es gelingen kann, die Fäden in dieser Gruppe in die Hand zu bekommen. Das schaffst du doch? Und den Dreilich wirst du nur selten sehen.«

»Scheißauftrag«, sagte er.

»Wichtiger Auftrag«, erwiderte sie.

»Kann das nicht ein anderer machen?«

»Heinz sagt, die Genossen hätten eine Art Profil erstellt. Es passt genau auf dich.«

Griesbach schwieg eine Weile. »Was passiert mit uns, wenn es die DDR nicht mehr gibt?«

»Du spinnst.« Sie lachte. »Du kommst immer wieder damit an. Dir fehlt der historische Optimismus, Genosse.«

»Und du bist blauäugig. Die DDR kann nicht überleben ohne Sowjetunion. Aber Honecker geht auf Distanz zu Gorbatschow. Stattdessen lässt er sich immer mehr mit Kohl ein. Machen wir uns nichts vor, am 17. Juni haben die Sowjetpanzer die SED gerettet. Die rollen jetzt nicht mehr.«

»Wie kann man nur so ein Schwarzmaler sein? Nichts wird passieren. Heute brauchen wir keine Panzer mehr, schon gar keine sowjetischen.«

»Da haben sich ja die Richtigen gefunden, einer malt schwarz, eine verfällt ihren Illusionen. Wie komme ich an diese Fluchthelfergruppe ran?«

»Nun reg dich aber nicht gleich wieder auf. Da muss Dreilich helfen. Er wird dich einführen.«

Er regte sich aber auf, doch dann machte er mit. Er war jung, intelligent, abenteuerlustig und begierig, Margarete von seinen Erfolgen zu erzählen. Es fiel ihm nicht schwer, die Fäden in der Gruppe in die Hand zu nehmen. Fast schien es, als hätten sie auf einen gewartet, der das tat. Er unterrichtete Margarete, welche Aktionen anstanden, Margarete berichtete es Heinz. Es war einfach. Aber eines Tages im Herbst 1989 war es zu Ende.

19

Ein Scheppern riss ihn aus dem Schlaf. Es war dunkel, von draußen schien Licht ins Zimmer, fahl und schwach. Stachelmann stand auf und trat ans Fenster. Es war nichts zu sehen. Vielleicht hatte eine Katze etwas hinuntergeworfen, den Deckel eines Eimers oder ein Dachblech. Er schaute auf seine Armbanduhr, es war fast vier Uhr am Morgen. Er legte sich wieder hin, konnte aber nicht mehr einschlafen. Die Müdigkeit brannte in seinen Augen. Er schloss sie, die Gedanken fingen an zu kreisen. Er dachte an Dreilich, den er finden musste. Stachelmann konnte ihm nichts beweisen, aber vielleicht sollte er so tun, als wüsste er etwas. Was konnte Dreilich zu tun haben mit dem Mord? Wenn Griesbach genauso wie Dreilich für die Stasi gearbeitet hatte, was für ein Motiv konnte daraus erwachsen? Hatte Griesbach Dreilich erpresst? Das schien eine sinnlose Hypothese zu sein. Wenn Stachelmanns Vermutung stimmte, wusste Dreilich genug über Griesbach, um ihm die Karriere zu vermasseln. Sie hätten sich gegenseitig erpressen und gemeinsam untergehen können. Wusste Ines, was Griesbach getrieben hatte? Wenn ja, war sie darin verwickelt? Er war sich nicht sicher. Wenn er es genau betrachtete, hatte er einen wesentlichen Teil von Griesbachs Biografie aufgedeckt, aber vielleicht hatte die Stasi-Verbindung nichts zu tun mit dem Mord. Gab es da noch etwas anderes?

Da fiel ihm wieder Wilhelm von Ockham ein. Die Stasi-Biografie gibt genug Mordmotive her, du brauchst keine anderen Erklärungen. Beiß dich darin fest, du hast ohnehin keine Zeit mehr, Eingebungen zu folgen. Du musst die Sache jetzt abschließen. Entweder du erwischst den Mörder, oder die Polizei erwischt dich. Und was macht der Eindringling? Hatte Stachelmann ihn abgeschüttelt, oder folgte der ihm, um zu beobachten, was er tat? Rückenschmerzen zwangen ihn aus dem Bett. Er renkte sein Kreuz in allen Richtungen, es half nicht viel. Dann setzte er sich auf die Bettkante, stützte die Ellbogen auf die Knie und legte den Kopf in die Hände. Er versuchte sich zu konzentrieren. Wie sollte er Dreilich stellen?

Draußen klapperte es. Er stand auf, öffnete das Fenster und schaute hinaus. Ein Garagentor stand offen, Autoscheinwerfer beleuchteten den Hof. Dann wurde ein Diesel gestartet. Im Licht sah Stachelmann Regentropfen, wie aufgeschnürt an Bindfäden. Der Wagen rollte aus der Garage, dann stieg ein Mann aus und schloss das Tor. Das Auto entfernte sich. Kalte Luft drang ein ins Zimmer. Er legte sich aufs Bett und zog die Decke bis ans Kinn. Sobald er die Augen schloss, begannen die Gedanken zu kreisen. Dreilich, Griesbach, Ines, Anne. Zakowski, hatte er wirklich nichts zu tun mit der Sache? Wenn es doch Rache war für eine gescheiterte Flucht? Wenn der Rächer den Falschen getroffen hatte? Vielleicht hatte der Rächer vor einem ähnlichen Rätsel gestanden wie Stachelmann?

Wieder fuhr ein Wagen über den Hof. Stachelmann stand auf und schaute aus dem Fenster. Er hatte Angst vor der Polizei wie vor dem Eindringling. Aber es war nur ein anderer Garagenbesitzer, der wohl zur Arbeit fuhr. Der Regen wurde stärker, die Tropfen schwerer. Der Wipfel einer Buche, die auf dem Hof wuchs, bewegte sich, es kam Wind auf. Seit vier Wochen hatte Stachelmann kaum die Sonne gesehen. Auch an diesem Morgen verbarg sie sich hinter mächtigen grauen Wolken, aus denen es immer stärker regnete.

Stachelmann schaltete das Radio auf dem Nachttisch ein. Der Moderator eines Privatsenders gab sich fröhlich, es nervte. Er drehte am Frequenzwähler und fand einen

Sender, der klassische Musik spielte. Eine Klaviersonate, er kannte sie nicht. Das Stück war ein wenig monoton, aber es beruhigte. Stachelmann konzentrierte sich auf Dreilich. Er versuchte sich vorzustellen, wie der war. Dann schalt er sich einen Idioten. Kehr den Historiker heraus, du kämest von der Birthler-Behörde und seiest befasst mit Stasi-Akten. In einigen Akten sind auch Sie erwähnt, nicht zu selten. Sie waren keine kleine Nummer, auch nicht die größte. Aber es reicht, um Ihnen eine Menge Ärger zu machen. Was ich von Ihnen will? Sagen wir mal, Ihnen diesen Ärger ersparen. Wie? Ganz einfach, Sie sagen mir, wer Griesbach ermordet hat. Stachelmann unterbrach den Monolog. Und wenn Dreilich der Mörder war? Dann klappte die Erpressung nicht. Oder wenn er bei der Behörde anrief und fragte, ob es mich gab. Ich werde mir eine Legende zulegen, dachte Stachelmann. Agent in eigener Sache. Er grinste über das Pathos.

Er wälzte sich im Bett, döste etwas, dann kreisten wieder die Gedanken. Draußen kläffte ein Hund, ein anderer fiel ein. Das Rauschen des Verkehrs hob an, die Stadt erwachte. Es war immer noch dunkel, und der Regen ließ nicht nach. Als es fast sieben Uhr war, stellte sich Stachelmann unter die Dusche. Er ließ sie lange laufen, warm und kalt abwechselnd. Danach fühlte er sich wach. Aber dann näherten sich erneut die Zweifel. Was er vorhatte, war verrückt, aussichtslos, lächerlich. Er versuchte die Niedergeschlagenheit abzuschütteln. Nachdem er sich angezogen hatte, fuhr er mit dem Fahrstuhl ins Erdgeschoss. Er fand den Frühstücksraum. An einem Tisch saß ein Pärchen, sie unterhielten sich auf Englisch und wurden leise, als sie Stachelmann sahen. Vielleicht amerikanische Touristen. Stachelmann nahm sich Marmelade, Margarine und ein Brötchen. Er saß gerade an einem Tisch an der Wand, als eine stämmige junge Frau herbeieilte. »Tee oder Kaffee?«

Er bestellte Kaffee. An der Wand hingen Zeitungen. Er nahm sich einen Tagesspiegel und blätterte darin. Er las, während er sein Brötchen aß, das Paar unterhielt sich flüsternd. In den politischen Berichten ging es um die übliche Spiegelfechterei. Als die Bedienung vorbeikam, bat er sie um ein Telefonbuch. Sie brachte es gleich. Er suchte unter Dreilich, fand aber viele Einträge. Dann blätterte er zurück zu Behörden. Es gab eine zentrale Nummer der Senatsverwaltung. Stachelmann notierte sich die Nummer. Dann suchte er die Nummer der ehemaligen Gauck-Behörde und fand sie schließlich unter dem Eintrag *Bundesbeauftragte für die Unterlagen des Staatssicherheitsdienstes der ehemaligen Deutschen Demokratischen Republik*. Er schrieb sich auch diese Nummer auf. Dann stand er auf und hängte die Zeitung zurück an den Wandhaken. Er ging hoch in sein Zimmer und wartete, bis es acht Uhr war. Er war ungeduldig. Er wählte die Nummer der Birthler-Behörde. Eine Frau nahm ab.

»Ja, hier Professor König aus München. Ich suche einen Mitarbeiter von Ihnen mit dem Namen Hansen, Dr. Wilhelm Hansen.« Stachelmann nuschelte.

»Wen meinen Sie?«

»Dr. Hansen.« Stachelmann nuschelte wieder.

»Also einen Herr Dr. Hensen haben wir hier nicht.« Sie zögerte, dann sagte sie: »Vielleicht meinen Sie Dr. Heimes.«

»Ist der nicht auf Urlaub?«

»Nein, bestimmt nicht.«

»Aber mein Kollege soll jetzt auf Urlaub sein, und ich habe seine Urlaubsanschrift verloren und brauchte sie dringend. Es ist wirklich ein Notfall. Vielleicht verwechsle ich auch Namen, in meinem Alter passiert das ja mal. Wer ist denn auf Urlaub bei Ihnen mit diesem Namen?«

»Welchem Namen?«

»Na, Hansen, Dr. Wilhelm Hansen.« Stachelmann nuschelte.

»Ich kann Sie schlecht verstehen. Aber ich glaube, ich weiß, wen Sie meinen, den Dr. Kotzan, der ist verreist, das stimmt. Aber ob ich Ihnen die Anschrift sagen darf, also, da muss ich mich noch mal erkundigen ...«

»Dr. Wilhelm Kotzan?«

»Nein, der heißt Dr. Eberhard Kotzan.«

»Also dann ist das nicht mein Bekannter. Auf Wiederhören.« Stachelmann legte auf und notierte den Namen.

Dann wählte er die Nummer der Senatsverwaltung. Als ein Mann abhob, sagte Stachelmann: »Hier Sven Malkowski vom RBB Fernsehen. Könnten Sie mich bitte mit dem Vorzimmer des Regierenden Bürgermeisters verbinden?«

Musik ertönte, Pour Elise, elektronisch verstümmelt.

»Schneider«, sagte eine Frau.

»Guten Tag, Frau Schneider. Malkowski vom RBB Fernsehen. Wir arbeiten an einer zweiteiligen Dokumentation für die ARD über Berlin zur Wendezeit. Wir suchen Zeitzeugen, unter anderem Herrn Theo Dreilich, der war damals persönlicher Referent des Regierenden Bürgermeisters Diepgen, also vor und nach der Amtszeit von Herrn Momper. Können Sie uns da helfen?«

»Also, das war vor meiner Zeit. Ich habe wohl gehört, dass Herr Dreilich hier gearbeitet hat. Aber vielleicht kann Ihnen die Personalverwaltung weiterhelfen. Darf ich Sie mit unserem Herrn Löwe verbinden?«

»Danke«, sagte Stachelmann.

Pour Elise. Wenn Beethoven gewusst hätte, was Telefongesellschaften mit seinem Stück veranstalten würden, er hätte die Noten verbrannt, dachte Stachelmann. Endlich meldete sich Herr Löwe.

»Frau Schneider hat mich informiert. Der Herr Dreilich arbeitet schon lange nicht mehr im Senat. Er hat sich selbstständig gemacht mit einem Sicherheitsunternehmen.«

»Haben Sie eine Ahnung, wie das Unternehmen heißt?«

»Dreilich Securitas.«

Stachelmann bedankte sich und eilte die Treppe hinunter zur Rezeption. Dort bat er um das Telefonbuch und schlug nach. Er fand den Eintrag gleich und schrieb sich die Nummer und die Adresse auf. Zurück im Zimmer, konzentrierte er sich, dann wählte er.

»Dreilich Securitas.«

»Herrn Dreilich bitte.«

»Wen darf ich verbinden?«, fragte die Frau mit einem leichten Berliner Akzent.

»Dr. Eberhard Kotzan von der BStU.«

»Von wem bitte?«

»Von der Bundesbeauftragten für die Unterlagen des Staatssicherheitsdienstes der ehemaligen DDR, das, was Sie vielleicht noch als Gauck-Behörde kennen, obwohl meine Chefin mittlerweile Birthler heißt.«

Jetzt sang Tina Turner. Ein Klicken unterbrach die Wartemusik. »Sekretariat Dreilich?« Eine angenehme Stimme.

Stachelmann stellte sich noch einmal vor und bat um einen Termin.

»Da muss ich den Chef fragen, bitte warten Sie.«

Tina Turner setzte wieder ein.

»Dreilich, Sie sind Herr Dr. Kotzan von der Stasiaktenbehörde?« Diese Stimme wollte beeindrucken.

»Ja.«

»Und was wollen Sie von mir?«

»Das muss ich Ihnen persönlich sagen.«

Dreilich zögerte, dann fragte er: »Wann passt es Ihnen?« Er klang nicht mehr forsch.

»Heute Nachmittag vielleicht?«

»Gut, halb drei Uhr, passt Ihnen das?«

Stachelmann wartete einige Augenblicke. »Ja, doch, das geht. Ich komme zu Ihnen.« Er legte auf.

Der Mann war verwirrt. Er wird bis zum Treffen nachdenken, was ich wissen könnte. Er wird sich Antworten zurechtlegen. Und er wird Angst bekommen. Dreilich wird sich überlegen, ob er Pleite gehen wird. Hatte er öffentliche Auftraggeber, dürfte er sie verlieren, wenn herauskam, dass er ein Spitzel gewesen war. Noch heute taugte die Sache als Schlagzeile. Diepgen-Referent war Stasi-Spitzel! Das in roten Großbuchstaben, darunter das Porträt des Inoffiziellen Mitarbeiters Theo Dreilich. Dann ein Diepgen-Zitat: Er hat mein Vertrauen missbraucht. Keine Frage, Theo Dreilich war erpressbar.

Er legte sich aufs Bett und dachte an sein Handy auf dem Schrank im Hotelzimmer. Er stellte sich vor, wie Polizisten das Hotel durchsuchten, das Handy anwählten, aber kein Klingeln hörten, weil Stachelmann den Ton abgeschaltet hatte. Nicht schlecht, Herr Stachelmann. Aber kein Grund zum Übermut.

Und wenn Dreilich der Mörder war? Stachelmann versuchte die Angst zu verdrängen. Aber der Gedanke ließ sich nicht abweisen. Wenn Dreilich Griesbach umgebracht hatte, kam es ihm auf einen zweiten Mord nicht an. Aber Dreilich musste glauben, dass die Stasiaktenbehörde wusste, wo Stachelmann alias Kotzan sich aufhielt. Oder glaubte er jetzt schon, ein Behördenmitarbeiter arbeite auf eigene Rechnung? Vielleicht spekulierte er darauf. Wenn man einen Menschen in die Enge treibt, mag man die Wahrheit aus ihm herauskriegen. Oder man treibt ihn zur Verzweiflungstat. Das wäre gefährlich. Wie konnte er sich absichern?

Er griff zum Telefon und wählte Annes Nummer. Der Anrufbeantworter meldete sich. Er sprach darauf: »Hier Josef. Ich besuche nachher einen Theo Dreilich, das ist der Chef einer Firma namens Dreilich Securitas. Die sitzt in der Liebigstraße 27, das ist in Lichtenberg. Falls ich mich heute Abend nicht melde, informiere die Polizei. Bitte sag vorher niemandem, dass ich dort bin. Danke.« Jetzt fühlte er sich besser, glaubte, er habe Dreilich ein Schnippchen geschlagen, bevor der ins Spiel kam.

Er packte seine Sachen in den Koffer und ging hinunter zum Empfang. Dahinter stand eine junge Frau, er hatte sie noch nicht gesehen. Sie lächelte ihn an. »Ich hoffe, Sie hatten eine geruhsame Nacht.«

Stachelmann dankte und bat um die Rechnung. Er nannte die Zimmernummer, die Frau tippte sie ein auf ihrem Computer. Nach wenigen Augenblicken nahm sie die Rechnung aus der Druckerablage. Stachelmann gab ihr seine Kreditkarte. Die Frau schob die Karte in ein Lesegerät und wartete. »Das dauert manchmal etwas mit der Datenübertragung nach Frankfurt.« Endlich tickerte das Gerät und warf einen Zettel aus. Die Frau schaute darauf, dann auf Stachelmann und wieder auf den Zettel. Sie legte den Zettel auf den Tresen. »Tut mir Leid, die Karte ist ungültig.« Stachelmann nahm den Zettel. *Ungültig* stand darauf.

»Versuchen Sie es noch mal«, sagte er. »Vielleicht der Magnetstreifen ... die gehen ja manchmal kaputt.«

»Ja, das habe ich auch schon erlebt.« Sie steckte die Karte wieder ins Gerät und wartete. Das Lesegerät tickerte und warf einen Zettel aus. Die Frau nahm ihn und schüttelte den Kopf. »Hier, sehen Sie selbst.« *Ungültig* stand auf dem Zettel.

»Dann nehmen Sie die.« Stachelmann gab ihr die Scheckkarte.

Die Frau führte die Scheckkarte ein. Das Lesegerät tickerte. Sie schaute auf den Zettel. »Das ist doch nicht wahr«, sagte sie. Auf dem Zettel stand *Gesperrt*. Sie schaute ihn an und sagte: »Der Name stimmt doch auch nicht. Sie haben einen anderen auf dem Anmeldeformular eingetragen.«

Stachelmann merkte, wie ihm der Schweiß auf die Stirn trat. Er fluchte innerlich, er hatte nicht aufgepasst. »Dann zahle ich eben bar.« Er legte einen Hundert-Euro-Schein auf den Tresen.

»Einen Augenblick bitte«, sagte die Frau. Sie nahm den Schein und ging in einen Büroraum hinter der Rezeption. Sie schloss die Tür. Durch ein Fenster sah Stachelmann, wie sie telefonierte. Er begriff blitzschnell. Sie rief die Polizei, hielt ihn für einen Betrüger. Er griff nach seinem Koffer und eilte zum Ausgang. Draußen rannte er weg. Er wusste nicht, wohin, nur weg. Nachdem er eine Weile gerannt war und die Knöchel und Knie stärker schmerzten, wurde er langsamer. Er schaute sich um, Polizei war nirgendwo zu sehen. Es fiel ihm schwer, die Tasche zu tragen. Dann sah er einen Taxistand. Er atmete durch, um nicht gehetzt zu wirken. Dann setzte er sich in einen Wagen. »Zum Bahnhof Friedrichstraße.«

Der Bauch des Taxifahrers spannte ein rotes T-Shirt. Der Wagen war überheizt. »Na, wollen Sie sich Berlin ansehen?«

Woher weiß der Mann, dass ich nicht aus Berlin komme?

»So ähnlich.«

»Sie sind allein.« Er wartete keine Antwort ab. »Wenn Sie wollen, könnte ich Sie heute Abend in einen Spitzenclub fahren.«

»Danke. Nicht nötig.«

»Aber ich sag Ihnen, so was hamse noch nicht erlebt. Und die Mädels, einfach Zucker.« Er schnalzte mit den Lippen.

»Danke. Wirklich nicht nötig.«

»Überlegen Sie sich das, hier ist meine Karte.« Er nahm eine Karte aus einer Schachtel, die aufs Armaturenbrett geklebt war. »Und wenn Sie sagen, Sie kommen von mir, dann gibt's das erste Getränk umsonst. Die haben da alles, sogar ein Schwimmbad. Wie heißt das, Whirlpool? Und alles ganz diskret.«

»Nein, ich habe kein Interesse, ja?«

»Ist ja gut. War doch nur eine Anregung. Wollte Ihnen einen Gefallen tun. Aber wenn Sie keine Lust haben. Wissen Sie, ich würde da jeden Abend reingehen, wenn ich es mir leisten könnte. Jeden Abend.«

Stachelmann antwortete nicht.

Der Fahrer brummelte vor sich hin. Dann sagte er: »Wissense, wir Berliner sind hilfsbereit. Wir haben nichts gegen Fremde, wir nicht.« Weit hinten schaltete eine Ampel auf Gelb, der Fahrer trat aufs Gaspedal, musste aber gleich wieder bremsen, weil sich ein Kleintransporter eines Gemüseladens aus einer Seitenstraße vordrängte. Der Taxifahrer drückte auf die Hupe und drohte mit der Faust. »Ich hätte es noch geschafft, wenn dieser Türkentrottel …«

Stachelmann versuchte sich auf seine Aufgabe zu konzentrieren.

»Sie wollen also wirklich heute Abend nichts unternehmen?«

Stachelmann schaute aus dem Seitenfenster. Auf dem Bürgersteig hasteten Menschen durch den Regen.

»Gerade bei so einem Sauwetter kann man abends doch nicht im Hotelzimmer sitzen. Da fällt einem doch die Decke auf den Kopf.« Er schlug mit der Hand aufs Lenkrad und rief: »Mach Platz, du Idiot!« Stachelmann verstand nicht, wen er beschimpfte. Er schaute auf die Uhr, er hatte viel Zeit. Vielleicht hätte er sich früher verabreden sollen.

Schimpfend hielt der Fahrer vor einem Seiteneingang des Bahnhofs Friedrichstraße. Stachelmann zahlte, stieg grußlos aus und fand bald die Schließfächer. Er stellte seinen Koffer in ein Fach, warf eine Münze ein und zog den Schlüssel ab. Er ging in die Bahnhofshalle. Als er zwei Polizisten sah, drehte er sich weg. Um Zeit totzuschlagen, betrachtete er die Auslagen der Bahnhofsbuchhandlung.

Er kaufte sich eine Berliner Zeitung, hinter der konnte er sich verstecken.

Er bummelte trotz des kalten Regens in Richtung Unter den Linden, aß in einem Restaurant eine Kleinigkeit, obwohl er keinen Hunger hatte. Dann ging er zurück zum Bahnhof und suchte sich eine Verbindung heraus. Mit der S75 zum Alexanderplatz, dort umsteigen in die U5 Richtung Hönow, aussteigen am Frankfurter Tor. Er kaufte sich einen Fahrschein und stieg die Stufen hoch zum Bahnsteig. Die Anspannung bereitete ihm Bauchschmerzen. Die Gelenke taten weh. Als er oben war, atmete er heftig gegen die steifen Rippen an. Erstickungsgefühle ließen ihn schwindelig werden. Er setzte sich auf eine Bank. Er schwitzte und wischte sich mit einem Taschentuch die Stirn ab. Dann kam schon der Zug, Stachelmann blieb sitzen und schaute zu, wie die Bahn losfuhr. Du hast Zeit, erhol dich erst. Er schaute den Tauben zu, die den Bahnsteig frech nach Futter absuchten. Kam jemand einer zu nah, flatterte sie ein Stückchen weg, um gleich wieder zu landen.

Eine junge Frau mit einem kreischenden Kind setzte sich neben ihn. Sie redete in einer ihm fremden Sprache geduldig auf das Kind ein. Er dachte an Anne. Die dürfte das Band längst abgehört haben. Ob die Polizisten noch nach seinem Handy suchten? Immer wieder kehrten seine Gedanken zurück zu Dreilich. Er versuchte so etwas wie einen Plan zu finden, nach dem er vorgehen könnte. Aber er war verwirrt, und die Angst vor dem, was kommen würde, blockierte seine Überlegungen. Er nahm sich vor, Dreilich zu überrumpeln. Aber dann fiel ihm ein, dass dieser längst wusste, um was es ging. Dreilich wusste es besser als Stachelmann. Aber immerhin, Dreilich wusste nicht, was Stachelmann wusste. Vor allem ahnte er nicht einmal, was der Zweck des Besuches war. Was konnte ein Behördenvertreter von einem wollen?

Wieder fuhr eine S75 ein. Die Wagen waren voll, Stachelmann drängte sich zwischen die Leute, die im Gang standen. Er hielt sich an einer Stange fest. Es war stickig in dem Wagen, es roch nach Schweiß, Parfüm, Rasierwasser, auch nach altem Speiseöl. Er sah hinaus in den Regen.

Am Alexanderplatz stieg er aus und wechselte zur U-Bahn-Station. Er hatte sich kaum erholt, die Angst wurde stärker. Während er auf den Zug wartete, drängte es ihn aufzugeben. Es ist doch Aufgabe der Polizei, den Fall aufzuklären. Gehst du eben noch einmal in U-Haft, die Wahrheit kommt raus. Aber dann packte ihn die Idee, dass er Opfer eines Justizirrtums würde. In diesem Spiel ist alles so sortiert, dass du nur verlieren kannst. Sie werden es als weiteren Beweis deiner Schuld werten, dass du abgetaucht bist. Wer vor der Polizei flieht, hat etwas zu verbergen. Du hast dich entschieden zu recherchieren, also bring es zu Ende.

Der Zug fuhr ein, die Bremsen quietschten. Eine eisige Bö fegte über den Bahnsteig. Diesmal fand Stachelmann einen Sitzplatz. Er zog die Zeitung aus der Tasche und verbarg sich dahinter. Am Bahnhof Weberwiese sah er zwei Polizisten, er drehte sich mit der Zeitung zum Fenster. An der nächsten Station stieg er aus. Er lief eine kurze Strecke auf der Frankfurter Allee in Richtung Osten, dann zweigte die Liebigstraße links ab. An der Ecke lag das Bauamt, wie ein Schild erklärte. Die Dreilich Securitas belegte das Erdgeschoss eines niedrigen Plattenbaus, dessen Fassade erst vor kurzem aufgefrischt worden war. Das Firmenschild war aus Messing, schnörkelig beschriftet, ein hilfloser Versuch zu protzen. Warum hatte Dreilich seine Firma im Osten angesiedelt? Weil die Mieten niedriger waren?

Er drückte auf die Messingklingel. »Ja?« Eine Männerstimme ertönte aus dem Lautsprecher.

»Dr. Kotzan.«

Es summte. Stachelmann drückte die Tür auf. Im Flur zeigte ein Pfeil den Weg zur Tür. Ein Mann stand im Vorzimmer. Als er Stachelmann sah, sagte er: »Kommen Sie mit.« Kein Händedruck, keine Begrüßung.

Stachelmann folgte ihm in ein großes Büro. Offenkundig waren die Angestellten nicht mehr anwesend. Hatte Dreilich sie nach Hause geschickt?

»Bitte«, sagte Dreilich. Er zeigte auf einen Stuhl in einer Besprechungsecke.

Stachelmann zog seinen Mantel aus und legte ihn über einen anderen Stuhl. Dann setzte er sich auf den zugewiesenen Platz. Dreilich setzte sich Stachelmann gegenüber. Er hatte das Licht im Rücken. Gut, dass draußen dunkle Wolken die Sonne verdeckten. Dreilich schaute ihn an und sagte nichts.

Stachelmann spürte Unsicherheit und Aufregung. Es war doch falsch, was er tat. »Ich bin gewissermaßen als Privatperson hier«, sagte er. »Allerdings weiß meine Abteilung in der Behörde, wo ich bin.«

Dreilich schaute ihn an, ohne sich zu rühren.

»Ich gehöre zu dem Team, das unter anderem die Akten der Hauptabteilung IX/9 des MfS bearbeitet. Die bekämpfte Fluchthelfer, aber das wissen Sie ja selbst. Wir fügen Papierschnipsel aneinander, Deutschlands größtes Puzzlespiel. Das ist eine mühsame Arbeit.« Er schaute Dreilich an, der rührte sich nicht. »Aber die Arbeit lohnt sich. Zuletzt sind uns einige interessante Namen untergekommen. Ihrer zum Beispiel. Sie waren Fluchthelfer, stimmt das?«

Dreilich nickte kaum sichtbar. Er sagte nichts, wollte erst hören, was dieser Dr. Kotzan wusste und warum er gekommen war.

»Sie waren aber auch Inoffizieller Mitarbeiter.« Stachelmann schaute Dreilich in die Augen. Die waren leer.

»Sie waren IM«, wiederholte Stachelmann.

Dreilich antwortete nicht.

»Wir können das beweisen.«

Dreilich schwieg.

»Wenn es herauskommt, dann kriegen Sie keinen öffentlichen Auftrag mehr. Und ein paar private Auftraggeber werden Sie auch verlieren.«

Dreilich räusperte sich. Er schaute sich im Zimmer um. Sein Blick blieb an einem Ölschinken hängen, der einen See zeigte, umstanden von einem Wald. Er verharrte eine Weile so. Dann sagte er mit rauer Stimme: »Und Sie könnten dafür sorgen, dass mein Name nicht auftaucht.«

Stachelmann nickte.

»Warten Sie«, sagte Dreilich. Er erhob sich und verließ das Zimmer. Stachelmann hörte seine Stimme durch die Tür. Offenbar saß er im Vorzimmer und telefonierte. Vielleicht überprüfte er Stachelmanns Identität. Stachelmann wurde unruhig. Vielleicht hatte er etwas übersehen? Wenn man Menschen in die Enge treibt, werden sie unberechenbar. Stachelmann stellte sich vor, wie Dreilich zurückkam, mit einer Pistole in der Hand.

Er kam ohne Pistole in der Hand zurück. Stachelmann schien es, als wäre Dreilich blass geworden. Dreilich setzte sich wieder hinter den Schreibtisch. »Aber Sie machen es nicht umsonst.«

»Sie meinen, es kostet Sie was, Ihren Namen verschwinden zu lassen.«

»Das meinen offenbar Sie.«

Stachelmann nickte. »Allerdings weiß ich noch zu wenig von Ihnen, wir sind noch nicht fertig mit unserer Arbeit, da warten noch ein paar Säcke mit Papierschnipseln auf mich und das schlaue Computerprogramm, das seit kurzem unsere Arbeit so enorm beschleunigt. Bisher weiß ich, dass Sie die Fluchthilfegruppe bespitzelt haben, der auch Wittstock, Pawelczyk, Zakowski und ein paar andere angehörten. Sie haben Fluchthilfeaktionen an die

Stasi verraten. Das fiel Ihnen am Anfang leicht, weil Sie die Pässe ausstellen ließen. Da hatten Sie die Fotos der Flüchtlinge frei Haus, für die Stasi war es nur noch eine Fleißarbeit, die Leute zu finden. Als die Gruppe das Verfahren änderte und von Ihnen nur noch Blankopässe verlangte, haben Sie Wolf Griesbach angeheuert. Und der hat unter anderem den Kontakt zu demjenigen gepflegt, der die Pässe fälschte, oder sagen wir, ausfüllte. Vielleicht war es auch nur so, dass Griesbach die Aktionen koordinierte und ihm dabei die Daten der Flüchtlinge in die Hände fielen. Er gab sie an die Stasi weiter, und die Sache lief weiter wie geschmiert. Stimmt's?«

Dreilich starrte Stachelmann an. Er zeigte keine Regung. Es verunsicherte Stachelmann.

»Worüber ich bisher nur spekulieren kann, das ist die Frage, wen hat die Stasi fliehen lassen, wen nicht? Da können Sie mir doch bestimmt weiterhelfen.«

Dreilich stand auf und ging zum Fenster. Er zeigte Stachelmann den Rücken und schaute hinaus. Dann drehte er sich um. Sein Gesicht hatte etwas Farbe zurückgewonnen. »Das wissen Sie nicht, Sie Experte? Das ist doch einfach. Die Genossen haben die nicht rausgelassen, die wichtig waren für die DDR, Spezialisten, Ärzte und so weiter. Und die anderen durften gehen, damit unsere lieben Fluchthelfer auch Erfolge vorweisen konnten. Glauben Sie es mir, es war eine gute Zusammenarbeit. Und unsere Erfolgsquote war nicht niedriger als die anderer Fluchthelfer.«

Warum wurde Dreilich plötzlich redselig? Warum überwand er den Schock so schnell? Was hatte er gesehen, als er zum Fenster hinausschaute?

»Aber dass Schlösser in den Knast kam, war doch ein Fehlschlag.«

»Überhaupt nicht, der hatte was spitzgekriegt, deshalb haben wir ihn aus dem Verkehr gezogen.«

»Und warum haben Sie Griesbach ermordet?«

Da lachte Dreilich laut auf. »Ich? Sie Witzbold. Ich habe überhaupt niemanden ermordet. Schon gar nicht den Tausendsassa Wolle.«

»Der war auch IM, vielleicht wollte er Sie verraten nach der Wende?«

»Wie konnte der jemanden verraten, ohne sich selbst zu entlarven? Sie sollten nicht nur Akten fressen, sondern auch mal nachdenken.« Was machte Dreilich plötzlich so selbstsicher? Stachelmann überlegte eilig. Du hast einen Fehler gemacht. Nur welchen?

»Und wer war es?«

»Das interessiert einen von dieser komischen Behörde? Woher wissen Sie überhaupt, dass Wolle ermordet wurde?«

Fieberhaft suchte Stachelmann eine Lüge. »Die Polizei hat uns unterrichtet. Die vermutet, dass es eine Stasiverbindung geben könnte.«

Dreilich zögerte. Dann sagte er: »Wenn ich richtig unterrichtet bin, ist da ein Kollege von Ihnen in der Bredouille, ein gewisser Stachelhaus oder so ähnlich.«

Draußen im Sekretariat klapperte etwas.

»Ich will Ihnen mal was sagen, Sie Oberschlauer. Sie können mich gar nicht erpressen. Wie sollten Sie es schaffen, meinen Namen aus all diesen Akten zu streichen? Das ist doch Unsinn. Das heißt, ob ich Ihnen nun Geld gebe oder nicht, die Geschichte kommt raus. Da haben die Genossen beim Aktenvernichten keine gute Arbeit abgeliefert. Aber sonst waren wir nicht schlecht. Wir haben für den Frieden gekämpft, während der Westen aufgerüstet hat. Ich bin stolz, ein Kundschafter des Friedens gewesen zu sein.«

Dreilich öffnete die Schreibtischschublade und hatte plötzlich eine Pistole in der Hand. Es klickte. Stachelmann begann zu zittern. Dreilich betrachtete die Pistole, wog sie in der Hand, dann zeigte der Lauf auf Stachelmann. »Es wäre so einfach, Sie Idiot. Ein schäbiger Erpresser, große Dinge enden klein.« Er steckte sich den Lauf in den Mund und drückte ab.

Stachelmann sah, wie der Schädel hinten aufplatzte. Blut und Hirn spritzten in die Regalwand. Stachelmann wurde schlecht. Mit einem Stöhnen schlug Dreilichs Oberkörper auf den Schreibtisch. Da, wo vor Sekunden noch der Hinterkopf war, gähnte ein Loch. Ein dumpfer Schlag, als die Pistole aus der Hand auf den Teppich fiel. Stachelmann war gelähmt. Er starrte auf die Leiche. »Du bist schuld«, sagte eine Stimme. »Hättest du nicht die Wahnsinnsidee gehabt, dich als Erpresser auszugeben, dann würde Dreilich noch leben.« Er übergab sich, suchte nach einem Taschentuch und wischte sich den Mund ab.

Dann öffnete sich die Tür.

* * *

Er begann immer das Gleiche zu träumen. Stets fing es an mit dem Bild von der Nacht, als die Mauer fiel. Jubelnde Menschen davor und darauf. Dann die Szenen, als Demonstranten die Dienststellen der Stasi stürmten. Verängstigte Uniformierte, sie wehrten sich nicht. Akten über Akten auf den Fluren und den Straßen. Beim ersten Mal wachte er auf mitten in der Nacht.

»Was ist?«, fragte Margarete.

»Nur ein schlechter Traum.«

Sie strich ihm über den Kopf. »Schlaf weiter.«

»Sie werden uns kriegen«, sagte er.

Margarete antwortete nicht. Dann schaltete sie ihre Nachttischleuchte an. Sie schmiegte sich an ihn. »Ja«, sagte sie endlich. »Sie werden uns kriegen. Übrigens möchte ich nicht mehr Margarete heißen. Das ist albern.«

»Ich hab mich so daran gewöhnt. Was machen wir dann?«

»Wann?«

»Na, wenn sie kommen.«

»Gar nichts. Ich habe alles vernichtet. Aber sie werden genug Akten in der Normannenstraße finden, um uns fertig zu machen.«

»Hast du keine Angst, Ines?«, flüsterte er.

»Doch. Aber ich versuch, nicht dran zu denken. Vielleicht haben wir Glück, und sie übersehen uns.«

Er lachte bitter. »Die übersehen niemanden.«

»Oder unsere Akten sind vernichtet.«

»Das behauptet Heinz.«

»Das ist doch was.«

»Aber es gibt bestimmt Durchschläge, Kopien.«

»Mach dich nicht verrückt. Je länger es dauert, umso größer unsere Chance davonzukommen. Und irgendwann ist es verjährt.«

Sie zündete sich eine Zigarette an. »Gib mir auch eine.« Sie rauchten wortlos.

»Du musst an deine Habilitation denken. Nur daran. Wenn du die hast, gehen wir weg aus Berlin. Vielleicht sogar ins Ausland.«

»Hamburg wäre schön«, sagte Wolf. »Auf dem Lehrstuhl für Neuere Geschichte sitzt so ein Angeber, Bohming, der lässt sich leicht beeindrucken, hat jedenfalls Bauer erzählt. Man müsse selbst auch ein bisschen prahlen und ihm den Eindruck geben, man arbeite nur, um den Ruhm des Herrn Professors zu mehren.«

»Schon gut, Wolf. Das ist zwar nicht das Ausland, aber besser als Berlin. Aber vorher musst du deine Habil fertig machen.«

»Was macht Heinz? Den habe ich lange nicht mehr gesehen.«

»Der war ja lange arbeitslos, arbeitet jetzt aber bei so einer Sicherheitsfirma.«

»Und Dreilich?«

»Der ist Heinz' Chef. Heinz hat gesagt, er würde uns bald einmal besuchen.« Sie drückte die Zigarette aus. »Jetzt schlaf.«

20

In der Tür stand ein kleinwüchsiger Mann mit kurzen roten Haaren in einem dunkelbraunen Mantel. Er schaute auf Dreilichs Leiche, dann auf Stachelmann. »Schon wieder eine Leiche, Herr Stachelmann.« Er zog die Hand aus der Manteltasche und hatte eine Pistole darin. Er trug Handschuhe. Stachelmann sah, wie der Pistolenlauf sich auf ihn richtete. Der Mann näherte sich dem Schreibtisch und bückte sich, um Dreilichs Waffe aufzuheben. Er sicherte sie und steckte sie in die Manteltasche. »Dann kommen Sie mal mit.« Stachelmann begriff erst nicht, dann erhob er sich. Er vermied es, zu dem Schreibtisch mit Dreilichs Leiche zu schauen. Der Mann dirigierte Stachelmann zu einem Hinterausgang, die Tür war offen. Sie führte auf einen Parkplatz, auf ihm standen Autos mit der Aufschrift *Dreilich Securitas*. Dazwischen stand ein grauer Opel Omega mit Berliner Kennzeichen. »Gehen Sie zu dem Opel und setzen Sie sich ans Steuer.«

Stachelmann setzte sich hinters Steuer. Der Mann setzte sich auf den Beifahrersitz. In dem Auto roch es scharf nach Zigarettenrauch.

»Sie fahren rechts an der Ausfahrt, dann noch zweimal rechts, dann sind Sie auf der Karl-Marx-Allee.« Stachelmann fuhr Richtung Mitte, dann leitete ihn der Mann über Alexanderstraße und Karl-Liebknecht-Straße zu Unter den Linden. Sie fuhren am Brandenburger Tor und dem sowjetischen Ehrenmal vorbei in die Straße des 17. Juni.

Langsam dämmerte Stachelmann, was das Ziel des Mannes sein könnte. »Wohin fahren wir?«

Der Mann stieß ihm den Lauf der Pistole in die Rippen. »Geradeaus«, sagte er.

Sie kamen auf den Spandauer Damm. Als sie die Autobahn überquert hatten, sagte der Mann: »Den nächsten Weg rechts hinein.« Hier hatte Stachelmann geparkt, als er Griesbach in der Laubenpieperkolonie suchte. »Anhalten. Fahren Sie den Wagen rechts ran.«

Als der Wagen stand, sagte der Mann: »Aussteigen. Machen Sie keine Mätzchen.« Er steckte die Hand mit der Pistole in die Manteltasche. Er leitete Stachelmann zu dem Haus, in dessen Vorgarten ein Gartenzwerg mit Kalaschnikow gestanden hatte. Der Zwerg war verschwunden. Der Mann reichte Stachelmann einen Schlüssel. »Aufschließen!«, sagte er. Stachelmann schloss die Tür auf. »Öffnen, weit öffnen!« Er öffnete die Tür, bis sie an die Wand anschlug. »Rein!« Er betrat das Haus. Nach ihm überschritt der Mann die Schwelle. »Gehen Sie in die Ecke, Gesicht zur Wand!« Stachelmann tat es. Der Mann schloss die Tür ab und schaltete das Licht ein. Die Vorhänge waren zugezogen. Es war warm. »Umdrehen. Da hinsetzen!« Er wies auf den Tisch. Stachelmann schaute sich um. Das letzte Mal war hier alles kalt, schmutzig und unordentlich gewesen, inzwischen hatte jemand aufgeräumt und den Ofen angezündet. Vielleicht hatte der Mann hier eine Weile gewohnt. Stachelmann setzte sich an den Tisch. Der Mann ging zu einer Kommode, zog eine Schublade auf und nahm einen Block und einen Kugelschreiber. Er legte beides vor Stachelmann hin. Dann griff er in eine Jacketttasche und hatte ein kleines Rohr in der Hand. Er schraubte es auf die Mündung der Pistole. Stachelmann war wie erstarrt. Was wollte der Mann? Wer war das?

»Nun werden wir ein bisschen reden«, sagte der Mann. Er nahm eine schwarzweiße Zigarettenpackung und zog eine Zigarette raus. Er steckte sie in den Mund, dann hatte er sie wieder in der Hand und spuckte Tabakkrümel aus. Nun zündete er sie an.

Irgendwo hatte Stachelmann gelesen, man solle eine persönliche Beziehung aufbauen zu einem Entführer. »Wie heißen Sie?«, fragte er. Er staunte, die Schmerzen waren weg.

»Nennen Sie mich Heinz.«

»Dann ist das nicht Ihr richtiger Name.«

»Für Sie ist er richtig genug.«

»Sind Sie derjenige, der bei mir zu Hause eingedrungen ist?«

Heinz nickte.

»Sie haben einen guten Musikgeschmack.« In seinem Hirn arbeitete es fieberhaft. Nicht in Panik geraten. Denk nach.

Heinz schaute ihn kurz ungläubig an. »Sie schreiben jetzt hier auf, dass Sie Wolf Griesbach in diesem Haus getroffen und getötet haben. Sie haben die Konkurrenz an der Universität nicht ertragen, außerdem haben Sie sich in seine Frau verliebt. Die Frage war: er oder Sie. Sie haben Griesbach aufgefordert, sich mit Ihnen in Berlin zu treffen. Als Druckmittel haben Sie mit Enthüllungen über seine Tätigkeit für die Staatssicherheit der DDR gedroht. Entsprechende Informationen fanden Sie bei seiner Frau in der Wohnung. Griesbach nannte Ihnen als Treffpunkt dieses Haus. Hier haben Sie ihn mit Ihren Informationen konfrontiert und verlangt, dass er verschwindet.« Heinz legte ein Stilett auf den Tisch.

Stachelmann wusste sofort, mit diesem Messer war Griesbach erstochen worden. Er sah wieder Dreilichs Leiche, Übelkeit stieg hoch.

»Griesbach hat sich geweigert, Sie haben sich gestritten. Griesbach ist auf Sie losgegangen, da haben Sie das Stilett gezogen und ihn erstochen.«

»Das glaubt doch keiner.« Stachelmann presste es hinaus. Er fühlte, wie er innerlich zitterte. Der halbe Schädel von Dreilich, die grauen und roten Flecken hinter ihm im Aktenregal.

Heinz lachte trocken. »Sie würden sich wundern, was so alles geglaubt wird. Wen die Liebe verrückt macht.« Es klang, als verachte Heinz Gefühle.

»Sie haben Griesbach ermordet«, sagte Stachelmann.

»Es kommt nicht darauf an, was geschehen ist, sondern darauf, was geglaubt wird.«

»Und warum soll ich Griesbachs Leiche im Kofferraum spazieren gefahren und dann selbst die Polizei geholt haben? Sie müssen mir das erklären, sonst schreibe ich nicht.« Zeit gewinnen, jede Sekunde zählt. Vielleicht fällt dir doch was ein. Du hast ein Druckmittel, er will, dass du etwas schreibst. Und wenn er sich was anderes einfallen lässt? Dann hast du Pech gehabt. Aber der steht unter Druck.

»Ich gebe zu, diese Sache hat mir eine Zeit lang Kummer bereitet. Aber je länger ich darüber nachgedacht habe, desto klarer wurde mir, das ist so blöd, dass es schon wieder überzeugend wirkt. Ein Intelligenzler bringt im Streit einen Konkurrenten um. Er muss die Leiche beseitigen, also packt er sie in einen Sack und dann in den Kofferraum. Mit der Leiche im Auto fährt er nach Hamburg. Er kriegt immer mehr Schiss. Die Nerven halten das nicht aus. So ein Intelligenzler, der hat dünne Nerven. Er sagt sich, schmeiß die Leiche in einen Fluss oder in einen Wald. Aber dann dreht er durch. Das schafft er nicht. Er stellt sich vor, dass ihn einer sieht. Er hat gemerkt, wie schwer eine Leiche ist, viel schwerer, als man glaubt. Es dauert lange, sie zu beseitigen. Und da fällt ihm ein, sich einfach blöd zu stellen. Kofferraum aufmachen und so tun, als wäre er böse überrascht. Also die Polizei rufen. Das ist nicht dumm. Mörder pflegen die Polizei nicht zu rufen. Und unser dünnnerviger Intelligenzler wird die Leiche auf perfekte Weise los.«

»Und damit am Ende doch der Verdacht auf mich fällt, haben Sie die Fasern auf dem Beifahrersitz verteilt.«

»Gut kombiniert. Es hätte aber auch ohne geklappt.«

Du musst mit ihm reden. Solange er mit dir spricht, schießt er nicht. Zeit gewinnen, nachdenken. Vielleicht kriegst du eine Chance.

»Und warum haben Sie diese Gespensterei veranstaltet? Musik in meiner Wohnung. Die E-Mail. Das Eindringen in mein Hotelzimmer in Weinheim.«

»Ach, das war eine meiner leichten Übungen.« Er war stolz auf sich. »Das haben wir früher auch gemacht. Man muss Feinde unter Druck setzen, dann machen sie Fehler. Sie haben sich doch unglaubwürdig gemacht. Wahrscheinlich glaubt Ihnen nicht mal mehr Ihr Anwalt. Schreiben Sie!«

»Sie sind immer im Zug mitgefahren.«

»Das musste ich ja nicht immer. Ich wusste meistens, was Sie wann tun würden. Nur dann nicht, als Sie den Wanzensucher riefen. Da habe ich die Wanze vorher beseitigt und sie nachher wieder installiert. Da war also eine Weile Funkstille. Schwierig wurde es nur, als Sie nicht mehr zu Hause telefonierten. Ich bin nach Weinheim mitgefahren, aber früher nach Lübeck zurückgekehrt.« Er sagte das in einem kalten, geschäftsmäßigen Ton. »Und nun schreiben Sie endlich.«

Ich muss Zeit gewinnen. »Wo wurde Griesbach umgebracht? Ich schreibe, wenn Sie meine Fragen beantworten.« Heinz schien zu hoffen, dass Stachelmann nicht ahnte, dass er getötet würde, sobald er das falsche Geständnis geschrieben hatte. Oder dass er sich an eine kleine Hoffnung klammerte. Stachelmann stellte sich das Bild vor. Seine Leiche auf dem Boden, das Geständnis auf dem Tisch, daneben das Stilett. Heinz musste fürchten, dass Stachelmann nicht mitmachte, wenn er wusste, dass er sein Todesurteil unterschrieb.

»Hier, in diesem Haus, wie ich sagte. Wir haben uns

getroffen, und Griesbach hat das nicht überlebt. Wenn es Sie tröstet, er hatte den Tod verdient.«

»Und wie weit steckt Ines mit drin?«

»Bis zu den Haarwurzeln. Es war ihr Plan. Sie hat mich gerufen, als Griesbach sagte, er wolle auspacken. Dann haben Wolf und ich uns hier getroffen, und ich habe ihm seine Schnapsidee ein für allemal ausgeredet.«

»Sie hatten das letzte Wort.«

Heinz lachte, dann hustete er. Asche fiel auf den Boden. »Muss ich nachher noch ein bisschen sauber machen. Stellen Sie sich das mal so vor. Als Sie mit Ines ins Bett gingen, habe ich Wolf erstochen. Das kommt zeitlich ungefähr hin. Dann habe ich ihn quasi vakuumverpackt. Schließlich habe ich mit der Leiche im Kofferraum meines Autos auf Sie gewartet. Und Sie sind brav gekommen. Ich wusste doch, dass Pawelczyk oder Wittstock Ihnen das mit der Laubenpieperkolonie erzählen würden. Sie suchten Wolf, und hier hat er ein paarmal übernachtet. Und wenn Sie nicht hier aufgetaucht wären, dann wäre ich nach Lübeck gefahren und hätte Ihnen die Leiche in der Nacht serviert. Ich bin flexibel. Schreiben Sie.«

»Es war Ines' Plan? Warum?«

»Ines war eine unserer besten Residentinnen, IM Margarete. Sie hat auch den lieben Wolf geführt. Es war Zufall, dass die beiden heirateten. Ich hätte nicht gedacht, dass Wolf so schlechte Nerven hat. Die Sache ist verjährt, doch er flippt aus. All die Jahre hatten Ines und ich eine Heidenmühe, Wolf bei Laune zu halten. Der entdeckte immer mal wieder sein Gewissen. Und das sagte ihm, er habe Unrecht getan, weil er Menschenhändler bekämpfte. So ein Quatsch. Er hat für den Frieden gekämpft, so wie Ines und ich.«

»Für den Frieden, lächerlich. Für Mielke haben Sie gekämpft und für alle Knäste der DDR.«

Heinz schaute ihn wütend an. »Wir haben gegen Menschenhändler gekämpft, weil die Feinde die Stabilität des

Friedenslagers unterminieren wollten. Nur die Stärke des sozialistischen Lagers hat die Imperialisten vom Krieg abgehalten.«

»Und Sie müssen diesen Quatsch glauben, weil Sie nicht als Schwein dastehen wollen?«

»Sie haben doch keine Ahnung, was sich damals wirklich abgespielt hat. Es war ein Krieg im Untergrund. Und wir vom Ministerium für Staatssicherheit haben ihn geführt, damit unsere Menschen in Frieden leben konnten.«

»Sie haben jeden Bürger schikaniert, der anderer Meinung war als Sie oder Ihre wunderbare Partei.«

»Davon verstehen Sie nichts. Schreiben Sie.«

»Und wie kam Ines gerade auf mich?«

»Ich glaube, sie ist ihrer Intuition gefolgt. Sie suchte einen Trottel und fand ihn. Sie hat mir erzählt, wie Sie sie angegafft haben auf diesem Empfang für Wolf. Dann hat sie sich auf Ihre Fährte gesetzt. Als Sie anbissen, war es leicht, Sie nach Berlin zu locken.«

Er erzählte es, als hätte er lange jemanden gesucht, vor dem er sich brüsten konnte. Er hatte keine Vorgesetzten mehr, die ihn mit Auszeichnungen behängen konnten. Er war sich seiner Sache sicher und wollte es ruhig zu Ende bringen. Aber je mehr er erzählte, desto gewisser war, dass er Stachelmann ermorden wollte. Und auch Heinz musste verstehen, dass Stachelmann seine Lage begriff.

Stachelmann hatte rasende Angst. Er mühte sich, das Bild von Dreilichs Leiche zu verdrängen, und auch das Schuldgefühl. Aber das Bild schaltete sich immer wieder ein. Er sah das Stilett auf dem Tisch liegen. Aber Heinz richtete seine Pistole mit dem Schalldämpfer auf ihn, dagegen kam Stachelmann nicht an. Wenn ich ihm die Tischplatte in den Körper rammen könnte, dann hätte ich ein paar Sekunden. Vielleicht würde das reichen. Aber ich muss ihn dazu kriegen, dass er mir gegenübersteht und eine Sekunde nicht aufpasst. Wenn ich alle meine Kraft und mein Gewicht dahinter setze, wirft die Attacke ihn vielleicht um. Ich muss ihn überraschen. Er hält Intellektuelle für Schwächlinge. Intelligenzler, wie er sagt.

»Schreiben Sie«, sagte Heinz.

»Sie meinen, ich soll mein Todesurteil schreiben. Würden Sie das tun?« Stachelmann nahm den Kugelschreiber in die Hand und zerbrach ihn. Er schob ihn über den Tisch.

Heinz starrte ihn böse an. »Ich erkläre, Sie schreiben, das ist die Vereinbarung.«

»Die kündige ich. Schreiben Sie's doch selbst.« Er sah Heinz an, dass es in ihm arbeitete. Welche Druckmittel hatte er? Er durfte nichts tun, was einen Selbstmord widerlegte. An Stachelmanns Leiche durften keine Spuren gefunden werden, die auf fremde Gewalt zurückgingen.

Heinz lächelte. Dann griff er in die Tasche. Er zog ein Foto heraus. »Ich habe gewusst, Sie würden Theater machen.« Er ließ das Foto über den Tisch rutschen. »Können Sie behalten, ich habe noch andere.«

Stachelmann nahm das Foto und erschrak. Es zeigte Anne. Sie schob einen Kinderwagen. Das Foto war offenbar in der Grindelallee geschossen worden, es zeigte im Hintergrund eine Apotheke, die Stachelmann kannte. Er verstand sofort, was es bedeutete. Heinz zündete sich eine Zigarette an, Tabak bröselte auf den Tisch. Er zeigte braune Zähne, als er sagte: »Nun schreiben Sie. Sie können das gerne ausschmücken. Aber, verdammt, fangen Sie endlich an. Auch eine?« Er hielt Stachelmann die Zigarettenschachtel hin. *Karo* stand darauf. Die Handschuhe trugen braune Flecken. Stachelmann winkte ab. Heinz schob ihm einen neuen Kugelschreiber über den Tisch.

Dann begann er zu schreiben. Er kämpfte an gegen die Angst, die ihn zu lähmen drohte. Er verschrieb sich oft.

Nach einer Weile trat Heinz neben ihn und schaute sich an, was Stachelmann schrieb. Dann ging er zurück an seinen Platz Stachelmann gegenüber. Er setzte sich an den Tisch und rauchte. Stachelmann begann zu schwitzen. »Können Sie den Ofen runterstellen?«

»Sie sollen schreiben.« Die Hand mit der Pistole lag auf der Tischkante. In der anderen qualmte die Karo. Eine innere Stimme sagte Stachelmann: Jetzt. Tu jetzt was. Greif ihn an, er erwartet es nicht. Täusche ihn, dann schlag zu. Er entschied sich, einen Zusammenbruch zu simulieren, das sollte ihm nicht schwer fallen. Er zwang sich das Bild von Dreilichs Leiche ins Hirn, dann das von dessen Selbstmord, an dem allein Stachelmann schuld war. Schuld war er auch an seiner Lage, er hätte nicht reinfallen müssen auf Ines. Er wurde wütend auf sich selbst. Dass du an einen Killer gerätst, zeigt deine Dummheit. Dann fiel ihm der Vater ein, während seine Hand irgendetwas schrieb. Er wusste nicht, ob es Angst, Wut oder Trauer war, die ihm die Tränen in die Augen trieben. Er begann zu schluchzen und warf den Kopf in die Hände.

Stachelmann sammelte seine Kraft und konzentrierte sich. Durch die Finger sah er, wie Heinz seine Hand von der Pistole nahm und sich durch die roten Haare strich. Vielleicht ein Zeichen, dass ihm das Weinen seines Opfers peinlich war. Stachelmann warf sich gegen den Tisch und rammte Heinz die Tischkante in den Bauch. Heinz ächzte und fiel mit dem Stuhl hintenüber, die Pistole knallte auf den Fußboden. Es machte Plopp, als sich ein Schuss löste. Stachelmann sah das Stilett auf dem Boden liegen, er riss es an sich, drückte auf den Knopf, die Klinge schnellte aus dem Griff. Heinz streckte ihm zur Abwehr die Arme entgegen, Stachelmann stach ihm in den Oberarm und rannte aus dem Haus, das Messer in der Hand. Heinz' Schrei folgte Stachelmann.

Er rannte, schaute sich immer wieder um. Dann sah er

den Opel. Er riss die Tür auf, aber der Schlüssel steckte nicht. Er knallte die Tür zu und lief weiter. Er hatte immer noch das Messer in der Hand. Bald hörte er es rattern. Ein Zug. Bremsen quietschten. Er lief darauf zu. Dann sah er den S-Bahnhof. Er warf das Messer weg, so weit er konnte, und rannte noch schneller. Er hetzte die Treppe hoch und sprang in die S-Bahn. Aber der Zug hatte es nicht eilig. Die Passagiere im Wagen schauten ihn neugierig an. Er schnaufte, stellte sich neben den Türeingang und schaute hinaus. Hoffentlich kommt er nicht. Hoffentlich kommt er nicht. Er flüsterte es vor sich hin wie eine Beschwörung. Ich habe ihn verletzt, er kann mir nicht folgen. Und wenn doch? Er war schweißnass. Endlich das »Zurückbleiben, bitte« in den Lautsprechern. Die Türen schlossen sich. Er setzte sich, bald war die Fensterscheibe neben ihm beschlagen. In welcher S-Bahn saß er, wohin fuhr sie? Er suchte nach einer Streckendarstellung, fand aber keine. Bald hielt der Zug, Stachelmann stieg aus. Er sah das Schild *Ruhleben*. Über dem Ausgang wurde eine U-Bahn angezeigt. Er folgte der Beschilderung. Auf dem Bahnsteig, von dem die U2 in Richtung Pankow abfuhr, kaufte er einen Fahrschein. Er setzte sich auf eine Bank. Er würde bis Zoo fahren. Bis dahin hatte er Zeit, sich etwas auszudenken.

Was tat Heinz? Stachelmann versuchte sich klar zu machen, dass Heinz ihm nicht folgen würde. Er spürte in der Hand noch den Widerstand von der Kleidung, dann vom Fleisch des Oberarms, als er das Messer hineingerammt hatte. Heinz hatte eine Sekunde nicht aufgepasst. Dann fiel ihm Dreilich ein, und wieder wurde ihm übel. Du hast einen Menschen auf dem Gewissen.

Die U-Bahn kam. Er setzte sich hinein und dachte nach. Immer wieder das Bild von Dreilichs Leiche am Schreibtisch. Er drängte es weg. Konzentrier dich. Die Polizei sucht dich, Heinz sucht dich. Wie sollte er beweisen, was er wusste? Konnte er beweisen, dass Heinz ihn entführt hatte? Nun wusste er, wo Griesbach ermordet worden war. Aber wenn er es der Polizei verriet, sprach es eher gegen ihn, als dass es ihn entlastete. Er konnte tun, was er wollte, am Ende verschlechterte es seine Lage. Aber Ines war noch da, sie wusste alles. Wie konnte er sie zum Sprechen bringen? Niemals würde sie sich selbst belasten. Er saß am Ende des fast vollen Wagens und bedachte seine Möglichkeiten. Langsam formte sich eine Idee. Heinz wusste, Stachelmann musste Ines bedrängen, die Wahrheit zu sagen. Das war Heinz' Chance, seinen Fehler wieder gutzumachen. Wenn ihn seine Verletzung nicht hinderte. Als er am Bahnhof Zoo angekommen war, wusste Stachelmann, was er zu tun hatte.

* * *

»Es ist alles verjährt. Selbst wenn es nicht so wäre, weswegen sollte dich jemand anklagen? Du hast keinen umgebracht, du hast nicht gestohlen. Warum also?«

»Und jetzt sag noch, wir hätten es für den Frieden getan.«

Sie saßen auf dem Sofa zwischen unausgepackten Umzugskisten. Ines rauchte, Griesbach trank einen Whiskey.

»Wir haben es für den Frieden getan.«

»Wir haben es für einen Staat getan, der seine Bürger einsperrte und Menschen ins Gefängnis steckte, weil sie anderer Meinung waren oder mit den falschen Leuten sprachen. Du hast dir ein Bild von der DDR gemalt, und das hast du angebetet. Leider hatte das Bild nichts zu tun mit der Wirklichkeit. Ein marodes Land, regiert von machtgeilen Greisen, die qua Amt unfehlbar waren. Den Frieden haben beide Seiten bedroht, und wir haben der einen Seite geholfen.«

»Reg dich ab, Wolf. Hast wieder schlecht geschlafen.

Uns wird nichts passieren. Die Akten sind futsch. Sonst hätten sie uns längst in die Mangel genommen. Und jetzt sind wir endlich weg aus Berlin, wir können hier in Hamburg neu anfangen.«

»Und zu dem Neuanfang gehört Heinz, oder warum telefonierst du dauernd mit ihm?«

»Ein alter Genosse, den lässt man nicht hängen.«

»Ich kann nicht mehr. Morgen ist der Empfang bei Bohming. Ich lüge die Leute doch an, wenn ich ihnen die Hand reiche. Wenn es die DDR noch gäbe, dann würde ich sie bespitzeln und helfen, Kundschafter zu rekrutieren.« Er zog das Wort »Kundschafter« verächtlich in die Länge.

»O je, du warst doch nur ein kleines Licht. Fast alle unsere Pläne mit dir sind gescheitert. Wenn die DDR nicht verraten worden wäre, dann säßest du längst in einem dieser Institute, die die Politiker beraten.«

»Darauf kommt es nicht an. Es geht darum, ob man mitgemacht hat und weiter mitgemacht hätte. Ich halte die Lügerei nicht mehr aus.«

»Du ruinierst deine wissenschaftliche Karriere, die du den Genossen verdankst, und du zerstörst unser Leben. Wenn du auspackst, werden sie gleich nach mir fragen. Und nach Heinz.«

»Hast du nicht gesagt, es sei alles verjährt? Und Heinz kann ohnehin niemand an den Karren fahren, der ist DDR-Bürger gewesen. Es geht um Ehrlichkeit den Leuten gegenüber, mit denen ich zu tun hatte und habe. Ich werde die Kollegen an der FU und die Fluchthelfer um Entschuldigung bitten. Und nicht nur sie.«

»Aber wie stehe ich da, zuerst als Frau eines IM und dann als Spionin? Ich krieg doch nie wieder einen Job. Ist doch so schon schwer genug. Ich hatte gute Gründe, das zu tun, was ich getan habe. Aber die versteht heute keiner mehr.«

»Verstehst du sie selbst noch? Ich verstehe mich jedenfalls nicht mehr. Verrückt muss ich gewesen sein, als ich mich darauf einließ. Ich hätte mich einsperren lassen sollen.«

Sie stand auf und stampfte mit dem Fuß auf den Boden. Zigarettenasche fiel auf den Teppich. Sie ging in die Küche und kehrte mit einer Wodkaflasche zurück. Sie schenkte zwei Wassergläser halb voll. Das eine stellte sie vor Griesbach auf den Tisch, das andere behielt sie in der Hand. Sie tranken.

»Du hast mich mit reingeritten, jetzt musst du zu deiner Verantwortung stehen«, sagte er. »Ihr habt Helga benutzt, mich zu erpressen. Das allein reicht schon.«

»Das hast du damals aber anders gesehen, mein Lieber. Helga, von der war doch bald nicht mehr die Rede. Heinz und ich haben dir erzählt, wie gut es Helga gehe. Du hast nicht mal nachgefragt. Und dann wolltest du ganz schnell bei mir landen. So war das doch.«

Griesbach trank einen kleinen Schluck und überlegte, wie es gewesen war. Sie hatte Recht. Jedenfalls mussten Heinz und Ines sich nicht viel Mühe geben, ihn zum IM zu machen. Er forschte in sich nach den Gründen, wie er es schon so oft getan hatte. Da war die Dankbarkeit, im Westen arbeiten zu dürfen. Dazu gesellte sich die Lust auf Abenteuer oder besser darauf, etwas Besonderes zu sein. Es hatte ihn erhoben über die anderen, dass er eine zweite, geheime Existenz besaß. Dass er einen Auftrag ausführte, hinter dem das mächtige sozialistische Lager stand.

»Warum sagst du nichts?«

Er dachte weiter nach. Von Westberlin aus hatte er die DDR zunächst wie durch einen Weichzeichner gesehen. Ihm gefiel die Idee, seine Verhaftung und die anschließende Anwerbung durch das Ministerium für Staatssicherheit seien einem Plan gefolgt, der eigens dazu ersonnen war, ihn zur Mitarbeit zu bewegen. Auch wenn es idiotisch war, empfand er es manchmal als Fürsorge. Damals jedenfalls. Aber seit er Tausende von Akten der SED gelesen hatte, war er kuriert.

»Niemand, der SED-Akten halbwegs unvoreingenommen liest, kann glauben, dieser DDR-Sozialismus sei mehr gewesen als die unbegrenzte Macht so genannter Arbeiterführer, die sich selbst oder mithilfe des großen Bruders in Moskau ins Amt gehievt hatten. Wechsel in der Macht gab es nur durch Intrigen und Kungeleien in Gremien, die auch niemand gewählt hatte. Den Beschluss zum Aufbau des Sozialismus 1952 hat Ulbricht in Absprache mit dem Massenmörder Stalin ganz allein gefällt. Das muss man sich mal auf der Zunge zergehen lassen.«

»Der Fortschritt geht manchmal krumme Wege. Das ist Dialektik, falls du das schon vergessen haben solltest.«

»Red nicht so einen Unsinn.« Er trank das Glas leer. »Du hast nur Schiss, dass du ein Jahrzehnt deiner Biografie unter Verluste abbuchen musst. Du kannst dir natürlich weiter vormachen, du hättest für den Frieden gekämpft, und es wird viele geben, die mit dieser Lüge beerdigt werden. Aber das ist kein Leben. Jedenfalls nicht für mich.«

»Sie werden dich rausschmeißen.«

»Das vermute ich auch. Aber ich glaube, dann wird es mir besser gehen. Ich habe schon viel zu lange gelogen.«

»Du warst immer ein Romantiker.«

Er lachte leise vor sich hin. »Ich habe gedacht, ich würde es loswerden mit der Zeit. Stattdessen mache ich mir immer mehr Vorwürfe, je weiter es zurückliegt. Ich wache nachts auf, ich träume schlecht, auch am Tag fallen mir immer wieder Szenen meines Lügenlebens ein. Zuallererst habe ich mich selbst angeschissen. Erstaunlich, wie lange man so was durchhalten kann.«

»Du trittst ja nun in Konkurrenz mit Engeln oder anderen Himmelsgeschöpfen. Glaubst du, deine werten

Kolleginnen und Kollegen tragen keine Lebenslügen mit sich herum?«

»Man kann das, was wir getan haben, nicht vergleichen mit einem Seitensprung oder mit Erbschleicherei. Wenn wir gesiegt hätten, dann hätten wir auch im Westen eine Diktatur eingeführt, genauso ekelhaft wie die im Osten. Dann hätten wir den Leuten vorgeschrieben, was sie wann zu denken hätten. Und wehe, wenn nicht.«

»Du glaubst also, den Leuten hier würde nicht vorgeschrieben, was sie zu denken hätten? Schau auf die Politik, sie lügen und betrügen.«

»Und wenn es so ist, macht es das besser, was wir getan haben? Kann man sich rausreden, indem man auf andere zeigt? Das ist doch wie im Sandkasten. Außerdem unterscheidet sich die Demokratie von der Diktatur nicht durch größere Wahrheitsliebe, sondern dadurch, dass nur die Demokratie einem die Chance bietet, seine Interessen durchzusetzen. Wenn du so willst, die Wahrheit für sich herauszufinden. Was keineswegs heißt, Erfolg zu haben. In der Diktatur bestimmt ein kleiner Zirkel von Führern, was gut ist für einen. Diktatur entmündigt, Demokratie verlangt selbstständiges Denken und selbstständiges Handeln. Die Möglichkeit des Scheiterns inbegriffen.«

»Danke, Herr Professor.«

»Manchmal habe ich den Eindruck, dass du diese einfache Wahrheit nicht begreifst. Oder nicht begreifen willst. Ich verstehe es auch, es würde das Eingeständnis bedeuten, dass du lange falsch gelegen hast, so wie ich. Wenn du so weitermachst, behältst du immer Recht und lügst doch.«

»Das hast mir schon alles tausendmal erzählt, dadurch wird's nicht richtiger.«

»Wir hätten nicht hierher ziehen sollen.«

»Ich hätte nicht mit dir hierher ziehen sollen.« Sie klang bitter. »Wenn du tust, was du vorhast, müssen wir uns trennen.«

»Sind wir das nicht längst, getrennt?«

»Ich dachte, du kommst zur Vernunft. Was passiert ist, ist passiert. Du kannst es nicht ungeschehen machen.«

»Aber ich kann verhindern, dass der Wahnsinn weitergeht, bis ich den Löffel abgebe.«

»Jetzt fängst du wieder von vorne an.«

Er stand auf, nahm die Flasche und goss sich noch mal ein. Sie kam, hielt ihr Glas hin, er schenkte es halb voll. Er roch ihr Parfüm, es stieß ihn ab.

»Ich fahre morgen nach dem Empfang nach Berlin und fange an, die Sache zu einem Ende zu bringen. Erst in Berlin und dann hier.«

»Was heißt hier?«

»Sobald ich zurück bin, gehe ich zu Bohming und sage ihm alles.«

»Er schmeißt dich raus.«

»Ja. Schlimm genug, dass ich mich habe einstellen lassen.«

»Wenn du nach Berlin fährst, solltest du dich mit Heinz treffen.«

Er schaute sie lange an. »Mit dem wollte ich eigentlich nichts mehr zu tun haben.«

»Mit dem hast du seit fast zwanzig Jahren zu tun. Wenn du ab sofort nur noch deine Wahrheit sagen willst, dann gehört auch Heinz zu den rechtmäßigen Empfängern der frommen Botschaft.« Er spürte die Verachtung, die in dem Satz lag. Aber sie hatte Recht. Er musste auch Heinz erklären, was er tun würde. Und ihm sagen, dass er ihn raushalten würde. Auch wenn er immer noch nicht wusste, wie Heinz wirklich hieß. »Wie heißt Heinz eigentlich?«

Sie setzte sich auf einen Sessel gegenüber, durch die Längsseite des Tisches von ihm getrennt, und schüttelte den Kopf. »So nicht«, sagte sie. »Du wirst uns alle verraten. Wenn du mal angefangen hast, hörst du nicht mehr auf.«

Er überlegte, ob es so sein würde. Natürlich, sie würden

fragen, ob Ines etwas gewusst oder sogar mitgemacht habe. Aber er traute sich zu, diese Fragen nicht zu beantworten. Und doch wusste er, dass Ines in die Enge getrieben werden könnte.

»Sie werden dich löchern, bis du perforiert bist.«

»Das habe ich mir redlich verdient«, sagte er und verbarg den Sarkasmus nicht. Es war sinnlos, mit ihr zu reden. Sie wollte an ihrer Lebenslüge festhalten, und er würde sie nicht überzeugen. Er hatte es so oft versucht.

Sie saßen schweigend im Wohnzimmer, das sie noch nicht eingeräumt hatten. Sie wussten, es war ihr letzter Abend. Wenn Griesbach nach Berlin fuhr, würde alles anders sein. Ines überlegte, wie sie sich retten könnte. Hass auf Griesbach staute sich auf. Was hatte sie nicht alles für ihn und seine Karriere getan? Und jetzt der Verrat. Das war sein Dank für Hilfe und Liebe. Für ihre Selbstaufopferung. Für ihre Treue. Und dafür, dass sie zu ihm gestanden hatte, wenn die Genossen manchmal zweifelten am IM Willibald. Allein schon dieser Name, auf dem Wolf bestanden hatte und mit dem er sich lächerlich machte über alles, was ihr heilig war. So richtig begriff sie das erst jetzt. Sie musste eine Lösung finden. Sie würde sich nicht seinem Wahrheitsfimmel opfern, dem, was er sein Gewissen nannte, dieser Mann, der so gerne den Sensiblen gab. Sie musste mit Heinz reden. Heinz würde eine Antwort finden, er hatte immer eine gefunden. Er würde versuchen, Wolf den Unsinn auszureden. Und wenn es ihm nicht gelang?

»Ich muss mal an die frische Luft«, sagte sie, stand auf und ging zur Garderobe. Sie zog sich einen Schal und einen Mantel an und schloss die Tür hinter sich. Um die Ecke stand eine Telefonzelle. Von dort würde sie Heinz anrufen. Und Heinz würde wissen, was zu tun war. Er war ein Meister, wenn schnell Pläne gemacht werden mussten. »Ein Tschekist ist flexibel«, sagte er immer. Sie erwischte Heinz auf dem Handy.

21

Er war zerschlagen, auf der Bahnfahrt von Berlin nach Hamburg hatte er kein Auge zugekriegt. Das Bild von Dreilichs Leiche bedrängte ihn. Und die Schmerzen waren zurückgekehrt. Sie waren höllisch, als wollten sie die Qual nachholen, die verschwunden war, als Heinz ihn in Todesangst versetzt hatte. Da halfen keine Tabletten. Aber jetzt kam es darauf an. Er stand vor dem Haus und wurde unsicher. Er wollte die Überraschung nutzen. Es war seine letzte Chance, Griesbachs Mörder zu überführen. Und er hatte noch eine Sache zu klären mit Ines.

Stachelmann schaute auf die Uhr, es war kurz vor zwei am Nachmittag. Er drückte auf die Klingel. Da kam die Angst, dass sie nicht zu Hause war. Heinz hatte sie wahrscheinlich schon informiert. War sie abgetaucht?

»Ja?«

»Josef«, sagte er nur. Er fürchtete, sie würde die Tür nicht öffnen.

Der Summer erklang.

Stachelmann drückte die Tür auf und stieg die Treppe hoch. Sie stand in der Tür. Ihr Gesicht zeigte Müdigkeit und Angst. Sie trat zur Seite und ließ ihn vorbei. Er ging ins Wohnzimmer, sie folgte ihm. Er ging zum Fenster und schaute hinaus. Es roch stark nach Zigarettenrauch.

»Es war also kein Zufall«, sagte Stachelmann.

»Nein.«

»Ich muss dich bewundern, du hast blitzschnell einen hundsgemeinen Plan ausgeheckt, der fast aufgegangen wäre. Was hättest du gemacht, wenn ich nicht ins Tokaja gegangen wäre?«

»Ich hätte dich unterwegs oder im Bahnhof angesprochen. Übrigens, du hast zwar herausgekriegt, was passiert ist, aber der Plan ist trotzdem aufgegangen. Niemand kann mir oder Heinz etwas nachweisen. Das ist die Hauptsache. Die Polizei sucht dich, und der Staatsanwalt wird dich auf die Anklagebank setzen. Es tut mir Leid, dass es so gekommen ist.«

»Immerhin, das Messer, mit dem Heinz deinen Mann abgestochen hat wie eine Schlachtsau, auf diesem Messer wird sich schon eine Spur vom Mörder finden.«

Die Schlafzimmertür ging auf, Heinz kam herein, die Pistole mit dem Schalldämpfer in der Hand. »Das glaube ich nicht. Nun können wir es ja zu Ende bringen.«

Stachelmann erschrak nicht, die Gewissheit erleichterte ihn fast. Die Schmerzen pochten. Er setzte sich hin. Er wandte sich an Ines. »Du hast mit mir geschlafen, um mir am Ende den Mord anzuhängen. Warum gerade mir?«

»Weil ich eilig einen finden musste, der darauf reinfiel. Ich habe doch sofort gemerkt, was in deinem Kopf geschah, als du mich gesehen hast auf diesem Empfang. Einen Versuch war es wert. Ich hätte allerdings nicht gedacht, dass du so gut funktionieren würdest. Da sagen manche, Frauen seien hormongesteuert.« Sie lachte, es klang nicht fröhlich.

»Und jetzt planst du schon den nächsten Mord.«

»Red nicht rum«, sagte Heinz.

Stachelmann sah, dass Heinz Schmerzen hatte. Der Stich im Arm.

Heinz zündete sich eine Karo an. Jetzt erkannte Stachelmann den Tabakgeruch, der in der Wohnung hing.

»Wir machen da weiter, wo wir aufgehört haben«, sagte Heinz. »Das dramatische Finale veranstalten wir an einem schönen Ort, du Schlaumeier.« Er genoss die Situation. »Und wenn du wieder eine falsche Bewegung machst, drücke ich ab. Dann lass ich deine Leiche eben verschwinden. Stachelmann untergetaucht, das wäre doch auch so was wie ein Schuldeingeständnis. Ich gebe zu, nicht ganz so überzeugend wie Variante eins, aber man muss sich auch mal mit der zweitbesten Lösung zufrieden geben. Wo ist mein Messer?«

»Das liegt irgendwo am Straßenrand in Berlin.«

Heinz grinste leicht. »Da hast du eben versucht, die arme Ines zu erschrecken. Von wegen Beweismittel. Da gibt es nichts.«

»Außer den Spuren, die Sie in Griesbachs Haus in der Laubenpieperkolonie hinterlassen haben.«

»Welches Haus? Meinst du das, welches gerade abgebrannt ist? Dieser Vandalismus wird immer schlimmer, findest du nicht auch?«

Stachelmann wandte sich an Ines. »Hast du Heinz gedrängt, deinen Mann zu ermorden?«

Sie schaute ihn traurig an. Dann drehte sie sich weg.

»Aufstehen!«, sagte Heinz. »Und diesmal bist du tot, bevor du auch nur die geringste Dummheit gemacht hast.«

Stachelmann stand auf. »Ines, du schuldest mir eine Antwort.«

Sie weinte. »Es war eine Notlage. Ich habe doch versucht, ihn davon abzubringen, uns zu verraten. Wenn ich gewusst hätte …« Sie schluchzte.

Stachelmann ging voraus zur Tür. »Du ekelst mich an«, sagte er zu Ines. Und zu Heinz: »Wir gehen!«

Heinz guckte erstaunt, dann folgte er Stachelmann. Er ließ ihn vorne gehen, die Hand mit der Pistole steckte in der Manteltasche. Heinz dirigierte Stachelmann zu seinem Opel, der um die Ecke abgestellt war. Er öffnete den Kofferraum und sagte: »Rein da!«

Stachelmann kroch in den Kofferraum. Es roch nach Öl.

»Wenn ich einen Mucks höre, bist du tot.«

Heinz schlug den Deckel zu, es wurde dunkel. Stachelmann versuchte, sich so zu legen, dass er möglichst wenig Schmerzen hatte. Aber es war zu eng und zu hart. Heinz startete den Motor und fuhr los. Er hielt oft an, offenbar vor Ampeln, dann fuhr er wieder an. Stachelmann wurde übel. Das Bild von Dreilichs zerschossenem Kopf überfiel ihn, er übergab sich. Er hatte nichts gegessen, die Magensäure schmeckte bitter. Der Gestank des Erbrochenen mischte sich mit dem Ölgeruch. Stachelmann versuchte, seinen Atem zu beruhigen. Der Wagen fuhr eine lange Linkskurve und bog dann rechts ab. Er beschleunigte, vielleicht fuhr Heinz über den Horner Kreisel auf die Autobahn. Stachelmann kannte die Strecke auswendig. Heinz fuhr offenbar Richtung Lübeck. Was wollte er dort? Die Hinterachse rumpelte. Die Schmerzen quälten ihn.

Du hältst das durch. Dann ist endlich alles vorbei. Es kann nicht mehr lange dauern.

Es dauerte nicht mehr lange. Der Wagen bremste und fuhr in eine scharfe Rechtskurve. Dann stand er einige Augenblicke und fuhr wieder los. Bald bog er links ab. Er fuhr Schritttempo. Es holperte, der Weg war voller Löcher. Dann hielt er. Stachelmann hörte, wie Heinz die Tür öffnete und zuschlug. Dann wurde eine andere Tür geöffnet und bald wieder geschlossen. Danach klappte Heinz den Kofferraum auf. Das Licht blendete Stachelmann, er legte die Hand vor die Augen. »Raus!« Stachelmann quälte sich aus dem Kofferraum. Dann sah er den Hocker, so einer stand auch in seiner Küche. Sie waren in einem Wald.

Heinz hatte ein aufgewickeltes Seil in der Hand. Er zeigte mit der Pistole auf Stachelmann, dann auf den Hocker und in den Wald hinein. »Abmarsch!«, sagte Heinz. Stachelmann nahm den Hocker und ging vorneweg. Sie liefen tief in den Wald hinein, manchmal auf einem schmalen Weg, manchmal durchs Unterholz. Ein Rehbock stand starr auf einer kleinen Lichtung und beobachtete sie. Heinz befahl Stachelmann, zur Lichtung zu gehen. Der Rehbock zuckte, dann floh er. Am Rand der Lichtung stand ein mächtiger Baum, ein starker Ast ragte in die Lichtung. »Ein schöner Platz zum Sterben«, sagte Heinz. Er stellte den Hocker unter den Ast und warf geschickt das Seil über ihn. Er knotete eine Schlinge und zog am Seil, damit sie sich um den Ast schloss. Er knüpfte eine zweite Schlinge mit mehreren Knoten und sagte: »Herkommen.«

Stachelmann lähmte die Angst. »Warum bringen Sie mich um?«

»Das ist die dümmste Frage des Tages. Es ist wie in einem Western, du weißt zu viel.«

Stachelmann sah die auf ihn gerichtete Pistole, dann blickte er auf die baumelnde Schlinge. Darunter stand der Hocker.

»Ist das der aus meiner Küche?«

»Natürlich«, sagte Heinz. »Die Sache muss doch stilecht ablaufen. Dr. Josef Maria Stachelmann hat genug vom Leben, nimmt sich einen Hocker und ein Seil, geht in den Wald und tritt ab. Einen Abschiedsbrief wird man nicht finden. Für diese Pirouette haben wir keine Zeit. Obwohl ich ein Freund des Eiskunstlaufs bin. Kennst du Kati Witt?« Er erwartete keine Antwort. »Ist sie nicht wunderbar? Nun komm her.« Er wurde ungeduldig.

»Ich kenne Kati Witt. Aber ist die nicht übergelaufen zum Klassenfeind?«

»Davon verstehst du nichts. Auf den Hocker, los, los!«

Stachelmann stellte sich auf den Hocker.

Heinz legte ihm die Schlinge um den Hals. »Zu lang«, sagte er. »Das Seil ist zu lang. Geh zum Baum.« Heinz verkürzte das Seil, indem er die untere Schlinge neu knotete. »Jetzt wird es gehen. Auf den Hocker!«

»Noch eine Frage.«

»Die letzte«, sagte Heinz.

»Wer hat Ihnen den Schlüssel für meine Wohnung gegeben, damit Sie diesen Hokuspokus veranstalten konnten?«

»Ines natürlich, dass du da nicht von selbst drauf kommst! Sie hatte Zeit genug, einen ordentlichen Abdruck zu machen, während du gepennt hast. Und der Schlosswechsel hat mich nur kurz geärgert. Da hättest du ein bisschen mehr investieren sollen. Schluss jetzt.«

Stachelmann stieg auf den Hocker. Heinz legte das Seil um Stachelmanns Hals.

»Hände hoch! Waffe weg!« Ein Megafon brüllte. Heinz fuhr zusammen, Stachelmann zog die Schlinge über den Kopf und sprang vom Hocker. Er rannte weg. Er hörte einen Schuss. Er rannte weiter. Er sah Polizisten am Rand der Lichtung. Einige trugen Helme und hatten Gewehre im Anschlag. »Waffe weg oder wir schießen!« Stachelmann erkannte Ossi neben dem Mann mit dem Megafon. Er rannte auf Ossi zu, dann drehte er sich um. Heinz stand wie erstarrt mit erhobenen Händen, in der Rechten hielt er seine Pistole. »Waffe weg!«, brüllte das Megafon. Heinz öffnete die Hand, die Pistole fiel auf den Boden. »Kommen Sie her, mit erhobenen Händen und langsam.« Heinz näherte sich den Polizisten. Zwei Beamte eilten auf ihn zu, warfen ihn auf den Boden und fesselten seine Hände auf dem Rücken. Heinz schrie vor Schmerz. Dann zerrten sie ihn hoch und durchsuchten ihn.

Sie führten ihn ab. Als Heinz an Stachelmann vorbeigeführt wurde, grinste er ihn an. In seinen Augen las Stachelmann Triumph. Da sagte Stachelmann: »Halt!« Die Polizisten hielten. Stachelmann knöpfte den Mantel auf, dann das Hemd. Auf seiner Brust war ein Kabel verklebt. Heinz sah es, schüttelte den Kopf, als wollte er es nicht sehen, dann wurde er kreideweiß. »Abführen!«, sagte Stachelmann. Ossi beobachtete die Szene und lachte.

»Ihr habt mich lange zappeln lassen«, sagte Stachelmann zu Ossi.

»Ist doch gut gegangen. Ich gebe zu, dein Plan war nicht schlecht. Aber hätte es nicht geklappt, säßen wir jetzt böse in der Scheiße. Du im Knast und ich ohne Pension.«

»Habt ihr Ines verhaftet?«

»Die sitzt bereits. Schade, eine schöne Frau. Jetzt kann sie Miss Knast werden.«

»Hast du die Lübecker Polizei informiert?«

»Noch nicht.«

»Dann mach es, ich will jetzt nämlich nach Hause gefahren werden und keine Überraschung mehr erleben. Davon hatte ich in den letzten Wochen genug.«

Ein Streifenwagen der Hamburger Polizei brachte Stachelmann nach Hause. Tatsächlich fehlte der Hocker in der Küche. Er ging zum Telefon, der Anrufbeantworter blinkte. Seine Mutter hatte angerufen und Anne. Er wählte Annes Nummer. Als sie abhob, sagte er: »Josef hier, es ist vorbei.«

»Was heißt das?«

Er berichtete knapp.

»Wann kommst du zu uns? Das müssen wir feiern.«

»Bald, ich melde mich dann.«

»Ich habe über uns nachgedacht«, sagte Anne. »Und über deine neue Angewohnheit, mit anderen Frauen ins Bett zu gehen.«

»Schön, dass du eifersüchtig bist.«

»Das bin ich gar nicht, nur …«

Er lachte laut. Sie fiel ein. »Bis bald, meine Liebe«, sagte er und legte auf.

Stachelmann blieb noch eine Weile sitzen, dann ging er ins Badezimmer. Er ließ eine Wanne mit warmem Wasser ein. Die Wärme tat ihm gut, er spürte seine Müdigkeit. Er legte sich ins Bett, plötzlich stand ihm Dreilichs Kopf vor Augen. Er erschrak nicht mehr so heftig, aber er fühlte sich schlecht. Doch schließlich siegte die Müdigkeit.

Er wachte früh am Morgen auf. Stachelmann bereitete sich ein Frühstück und holte die Sonntagsausgabe der Lübecker Nachrichten aus dem Briefkasten. Es stand noch nichts drin über die Aufklärung des Mordfalls Griesbach. Nach dem Frühstück zog er sich an und verließ das Haus. Es blies ein kalter Wind, am Himmel trieben schwere schwarzgraue Wolken. Er lief über die Puppenbrücke zum Bahnhof. Der Regionalexpress nach Hamburg wartete schon. Er fuhr bis zum Hauptbahnhof und setzte sich dann in eine S-Bahn Richtung Reinbek. In Reinbek nahm er ein Taxi zum Friedhof. Langsam näherte er sich dem Grab seines Vaters. Er spürte die Tränen in den Augen.

Nachbemerkungen

Mein Dank gilt
Gisela Gandras, die das Manuskript kritisch gegengelesen hat und deren Vorschläge das Buch verbessert haben;
Dr. Herbert Brehmer für fachlichen Rat und die kundige Begleitung bei Recherchen an Orten der Handlung, nicht zuletzt in der Zentralen Untersuchungshaftanstalt des Ministeriums für Staatssicherheit in Berlin-Hohenschönhausen und im zu Recht berüchtigten Stasi-Gefängnis Bautzen II;
Wilfried Kahl, der mir von den üblen Erfahrungen berichtete, die er im Untersuchungsgefängnis Hohenschönhausen machen musste wegen des Vorwurfs der staatsfeindlichen Hetze – in Gedichten;
Margitta Weidner, Wolf Krieger und *Christian Booß* für die engagierte Betreuung und Beratung bei Recherchen im Berliner Stasiaktenarchiv, einer Behörde, die lange Jahre nur als Gauck-, nun als Birthler-Behörde bekannt war und ist, weil Beamte ihr den unbenutzbaren Namen »Bundesbeauftragte für die Unterlagen des Staatssicherheitsdienstes der ehemaligen DDR« gegeben haben;
der Justizvollzugsanstalt Lübeck, namentlich *Manfred Puck* und *Uwe Groß*, der mir die Station des Gefängnisses ausführlich zeigte, in der Stachelmann einige Tage in Untersuchungshaft sitzen musste;
Professor Dietrich Kurze und *Bärbel Trettler* von der Freien Universität Berlin für Auskünfte;
Torsten Hauswirth von der Polizeiinspektion Lübeck für Auskünfte und die Geduld bei der Beantwortung meiner Fragen;

Lutz Dursthoff für sein vorzügliches Lektorat. Verbliebene Fehler gehen auf meine Kappe.

* * *

Natürlich habe ich die Personen und Ereignisse in diesem Buch erfunden, sofern sie nicht zeitgeschichtlich verbürgt sind. Auch habe ich mir in einer Szene erlaubt, die letzten Zuckungen des Sektiererwahns an deutschen Universitäten zu verlängern. Wahr ist aber, dass noch lange ehemalige Inoffizielle Mitarbeiter des Ministeriums für Staatssicherheit in Westdeutschland ihre Enttarnung befürchten müssen.

Pressestimmen zu »Mann ohne Makel. Stachelmanns erster Fall.«

»Ein packender Krimi, der zeigt, dass deutsche Autoren mit deutschen Themen bestens gegen internationale Konkurrenz bestehen können.« *Focus*

»Ein erstklassiger Roman.« *Brigitte*

»Ein höchst intelligenter, spannender und lesenswerter Krimi.« *WDR 4 Radio*

»Man wünscht sich noch mehr Fälle für Josef Maria Stachelmann.« *Die Welt*

»Wallander hinterlässt eine schmerzende Lücke bei Krimilesern. Vielleicht aber gibt es Trost. Der kommt aus Hamburg, heißt Josef Maria Stachelmann und ist Historiker.« *NDR Fernsehen*

»Deutschlands Antwort auf Henning Mankell.« *playboy*

»Hohes Suchtpotential« *Saarbrücker Zeitung*

Christian v. Ditfurth
Mann ohne Makel

Stachelmanns erster Fall
KiWi 826

Was als Aktensuche begann endet in einer tödlichen Jagd. Fast zu spät entdeckt Stachelmann, dass er das nächste Opfer eines rätselhaften Mörders sein soll. Mit dem immer vom Scheitern bedrohten Hamburger Historiker Josef Maria Stachelmann schuf Christian v. Ditfurth einen Romanhelden, der in der Kriminalliteratur einzigartig dasteht.